적과 흑 1

Le Rouge et le Noir

세계문학전집 95

적과 흑 1

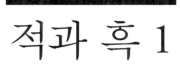

Le Rouge et le Noir

스탕달

이동렬 옮김

민음사

일러두기

1. 이 책은 Henri Martineau판 『Romans et Nouvelles』(tome I, Bibliothèque de la Pléiade, Gallimard, 1952년간)에 수록된 *Le Rouge et le Noir*를 저본으로 번역했다.
2. 본문의 모든 각주는 역주다.

차례

2부(상)

2권   2부(하)

작품 해설

작가 연보

1부

진실, 쏩쏠한 진실
— 당통

1장 소도시

수천 명을 함께 넣어봐라,
좀 덜 사악한 자들을.
그렇다고 감옥 안이 즐거울 것이랴.

—홉스

베리에르라는 작은 도시는 프랑슈콩테 지방에서 가장 아름다운 도시의 하나로 통할 만하다. 붉은 기와를 얹은 뾰족한 지붕의 하얀 집들이 언덕의 비탈에 늘어서 있으며, 무성한 밤나무 수풀은 그 언덕의 작은 굴곡을 드러내 보인다. 두(Doubs)강은 옛날에 스페인 사람들이 건축했으나 이제는 폐허가 된 그 도시의 요새 수백 미터 밑을 흐르고 있다.

베리에르의 북쪽은 높은 산에 둘러싸여 있는데, 그것은 쥐라 산맥의 한 지맥이다. 베라산의 깎아지른 듯한 봉우리들은 10월의 첫 추위가 시작되자마자 눈으로 덮인다. 산에서 쏟아져 내리는 급류는 두강에 뛰어들기 전에 베리에르를 가로질러 흐르면서 많은 제재소에 동력을 제공한다. 제재소는 아주 단순한 공업 형태지만, 부르주아라기보다는 농부에 가까운 주민의 대부분은 이 제재소 덕분에 꽤 유복하게 지낸다. 하지만 이 작은 도시를 부유하게 해 준 것은 제재소가 아니다. 나폴레옹이 실각한 이후로 베리에르의 거의 모든 집들의 현관을 개축하게 할 만큼 보편적인 유족함을 가져다준 것은 뮐루즈라고 불리는 날염(捺染)된 피류의 제조였다.

이 도시에 발을 들여놓자마자 무시무시해 보이는 기계의 시끄러운 소리에 귀가 멍멍해지게 된다. 포도(鋪道)를 뒤흔드는 소리를 내면서 떨어져 내리는 많은 수의 육중한 쇠망치가 급류의 수력으로 움직이는 바퀴에 의해 들어 올려진다. 그 쇠망치 하나하나는 매일 수천 개의 못을 만들어 낸다. 싱싱하고 예쁜 처녀들이 그 거대한 쇠망치 밑에 작은 쇳조각을 밀어 넣으면 그것이 재빨리 못으로 변하는 것이다. 너무도 힘겨워 보이는 이 작업은 프랑스와 스위스를 갈라놓는 이 산간 지방에 처음으로 발을 들여놓는 여행자에게는 가장 놀라운 일 가운데 하나이다. 베리에르에 들어서면서, 대로(大路)를 오르는 사람들의 귀를 멍멍하게 하는 그 훌륭한 못 공장이 누구의 소유냐고 여행자가 묻는다면, 사람들은 느릿느릿한 어조로 이렇게 대답할 것이다.

"저어, 그건 시장님 것입지요."

두강 기슭에서부터 언덕의 정상 근처까지 오르막으로 되어 있는 베리에르의 그 대로에 여행자가 잠시 머무르게되면, 그는 십중팔구 분주하고 거만한 태도의 키가 큰 사내가 나타나는 것을 볼 것이다.

그의 모습을 보면 모두들 재빨리 모자를 벗고 인사한다. 그는 머리카락이 희끗희끗하며, 회색 양복을 입고 있다. 여러 개의 훈장을 받은 바 있는 이 사내는 넓은 이마와 매부리코를 하고 있는데, 얼굴은 전체적으로 균형이 잡혀 있다고 말할 수 있다. 처음 볼 때는, 그 얼굴에 시골 시장의 위엄과 쉰 살 고개에 접어든 남자에게서도 아직 발견할 수 있는 일종의 매력이 결합되어 있다고까지 생각할 만하다. 그러나 편협하고 비창조적인 모습과 뒤섞인 자족과 자만의 태도에 파리에서 온 여행자는 곧 기분이 상하게 된다. 그 사내의 재능이란 꾸어 준 돈은 빈틈없이 받아 내고, 자기가 빚을 지고 있을 때는 가능한 한 늦게 갚는 것이 고작임을 마침내 느끼게 되는 것이다.

베리에르의 시장 드 레날 씨는 그런 사람이다. 그는 엄숙한 걸음걸이로 길을 건넌 다음 시청으로 들어가 여행자의 시야에서 사라질 것이다. 그러나 여행자가 산책을 계속한다면, 백 보쯤 위에서 상당히 아름다운 외관의 집 한 채와 그 집에 붙어 있는 철책을 통해 훌륭한 정원을 보게 될 것이다. 그 너머로는 눈을 한껏 즐겁게 하기 위해 만들어진 듯한, 부르고뉴의 언덕으로 이루어진 지평선이 펼쳐진다. 그 전망은 여행자가 질식할 듯이 느끼기 시작한 사소한 금전적 이해관계로 인한 역한 분위기를 잊게 해 줄 것이다.

그 집이 드 레날 씨의 소유라는 것을 여행자는 알게 된다. 베리에르의 시장은 그의 큰 못 공장에서 거두어들인 이득으로 지금 막 완공 중인, 다듬은 돌로 된 이 아름다운 저택을 세웠다. 그의 가문은 스페인계의 오랜 가문이라고 하며, 사람들이 주장하는 바에 따르면 루이 14세의 정복 훨씬 이전부터 이 고장에 정착했다고 한다.

1815년 이래로 그는 자신이 공업인이라는 사실을 부끄러워하고 있다. 1815년에 그는 베리에르의 시장이 되었던 것이다. 여러 층을 이루며 두강까지 내려가는 그 훌륭한 정원 곳곳을 떠받치는 테라스식 벽도 레날 씨가 쇠붙이 장사에서 발휘한 수완의 보상으로 세웠다.

라이프치히나 프랑크푸르트나 뉘른베르크 등 독일의 공업 도시들을 둘러싸고 있는 그림처럼 아름다운 정원을 프랑스에서 발견하리라고는 기대하지 마라. 프랑슈콩테 지방에서는 벽을 많이 쌓으면 쌓을수록, 돌을 차곡차곡 쌓아 올리는 소유지가 늘어나면 늘어날수록 이웃 사람들의 존경을 받을 권리를 더 많이 획득하는 것이다. 벽으로 가득 찬 드 레날 씨의 정원은, 그것이 점유하고 있는 몇몇 작은 땅뙈기를 금값으로 사들였던 만큼 더욱더 찬양받고 있었다. 예를 들어 베리에르에 들어설 때 두강 기슭에 있는 그 야릇한 위치가 놀라움을 자아냈으며, 지붕을 굽어보는 판자 위에 거대한 글씨로 소렐이란 이름이 쓰여 있는 것이 눈에 띄었던 그 제재소로 말하자면, 육 년 전만 해도 지금 축조되고 있는 드 레날 씨 정원의 네 번째 테라스 벽의 자리를 그 제재소가 차지하고 있었던 것이다.

시장은 오만한 성격에도 불구하고 억세고 고집 센 늙은 소렐과 많은 협상을 벌여야 했다. 소렐이 제재소를 다른 곳으로 옮기도록 하기 위해 많은 금화를 셈해 주어야 했던 것이다. 제재소를 움직이는 공공 하천으로 말하자면, 드 레날 씨는 파리의 신임을 이용해 그 하천의 물줄기를 돌려도 된다는 허락을 얻어냈다. 이러한 혜택은 182×년의 선거 후에 이루어졌다.

그는 500보쯤 아래의 두강 기슭에 1아르팡[1]당 4아르팡씩의 땅을 소렐에게 주었다. 그런데 이 위치가 그의 전나무 판자 사업에 훨씬 유리했는데도, 소렐 영감(부유해진 이후로 사람들은 그를 소렐 영감이라고 불렀다.)은 그의 이웃을 부추기는 초조함과 지주의 기벽(奇癖)으로부터 6000프랑의 금액을 뜯어내는 수완을 발휘했다.

이러한 협상이 인근의 분별 있는 사람들로부터 비판을 받았던 것은 사실이다. 한번은 그 일이 있은 지 사 년 후의 어느 일요일이었는데, 레날 씨가 시장의 정장을 차려입고 교회에서 돌아오다 아들 셋에 둘러싸인 늙은 소렐이 자기를 쳐다보며 미소를 띠고 있는 모습을 멀리에서 본 적이 있었다. 그 미소는 시장의 마음속에 쓰라린 아픔을 안겨 주었다. 그때 이래로 시장은 자기가 좀 더 싼 값으로 교환을 얻어 낼 수 있었을 것이라고 생각하고 있다.

베리에르에서 사람들의 존경을 얻기 위해서는 많은 벽을 쌓으면서도, 봄이면 파리에 가기 위해 쥐라의 협곡을 지나는 석공들이 이탈리아로부터 들여오는 설계법을 채택하지 않는 것이 몹시 중요하다. 그러한 혁신을 채택하여 벽을 쌓는 경솔한 자는 영원히 멍청이라는 평판을 받을 것인데, 이는 프랑슈콩테 지방에서 존경심을 배분하는 분별 있고 절제 있는 인사들에게 영영 신임을 잃는 결과를 가져올 것이다.

----

1) 넓이의 단위로 1아르팡은 약 1에이커.

사실상 그 분별 있는 인사라는 사람들이 그곳에서는 더없이 따분한 횡포를 부리고 있다. 파리라고 불리는 대공화국에서 살아 본 사람에게 소도시에서의 거주가 견딜 수 없는 일인 것도 횡포라는 그 고약스러운 단어 때문이다. 여론(여론은 또 무슨 오라질 여론이란 말인가!)의 압제는 아메리카 합중국에서와 마찬가지로 프랑스의 소도시들에서도 어리석기 짝이 없는 것이다.

2장 시장

지위! 이보시오, 그게 아무것도 아니라고요?
바보들은 존경하고 어린애들은 경탄하고
부자들은 부러워하고 현자들은 멸시하는데.

—바르나브

두 강 줄기 삼십여 미터 위에 있는 언덕을 따라 만든 산책로에는 거대한 축대가 꼭 필요했는데, 이것은 행정가로서의 드레날 씨의 명성을 위해서는 다행스러운 일이었다. 이 산책로는 훌륭한 위치 덕분에 프랑스에서 가장 아름다운 경치의 하나를 굽어볼 수 있다. 그러나 봄마다 빗물에 고랑이 패고 웅덩이가 생겨서 산책로를 사용할 수 없게 되는 것이었다. 누구나 느끼던 이러한 불편은 높이 6미터에 길이 30 내지 40투아즈[2]의 축대를 축조함으로써, 드 레날 씨로 하여금 그의 행정을 불후의 것으로 만들 다행스러운 필요성에 봉착하게 했다.

전전(前前) 내무 장관은 베리에르의 산책로 문제에 대해서

---

2) 옛 길이의 단위로 1투아즈는 약 1.949미터다.

는 전혀 씨가 먹히지 않아서, 드 레날 씨는 그 축대의 난간을 만들기 위해 세 번이나 파리를 오가야 했다. 이제 그 축대의 난간은 지상 1미터 위로 솟아 있다. 그리고 모든 전, 현직 장관들에게 도전이라도 하듯이 지금 그 난간은 다듬은 석판으로 장식되어 있다.

푸르스름한 아름다운 잿빛의 그 큰 돌 더미에 가슴을 기대고 서서 전날 떠나온 파리 무도회의 회상에 잠겨, 얼마나 여러 번 나는 두강 계곡을 바라보았던가! 그 너머 강 왼편 기슭으로는 대여섯 개의 계곡이 구불구불 펼쳐지고 그 계곡 밑으로 작은 개울들이 환히 눈에 들어온다. 그 개울들이 폭포를 이루며 쏟아져 내리다가 두강으로 흘러 떨어지는 것이 보인다. 이 산간 지방의 햇볕은 몹시 뜨겁다. 햇볕이 직선으로 내리쬘 때는 그 테라스 위에서 장려한 플라타너스의 그늘이 여행자의 몽상을 보호해 준다. 플라타너스의 빠른 성장과 푸른빛을 띤 아름다운 녹음은 시장이 거대한 축대 뒤에 만들어 놓은 매립지 덕분이다. 시의회의 반대에도 불구하고 그는 산책로의 너비를 1.8미터 이상이나 확장했던 것이다. (비록 그가 급진 왕당파이고 내가 자유주의자라 해도 이 점에 대해서는 나는 그를 찬양한다.) 그러기에 시장과 베리에르의 유복한 빈민 수용소장 발르노 씨의 견해로는 이 테라스야말로 생제르맹앙레의 테라스와 비견될 만한 것이다.

나로서는 '피델리테 산책로'에 대해 꼭 한 가지 지적할 점이 있다. 그 공식 명칭이 열다섯 내지 스무 군데나 대리석 판 위에 쓰여 있는 것을 볼 수 있는데 그것이 드 레날 씨에게 훈장을 하나 더 타게 해 주었다. '피델리테 산책로'에 대해 내가 비난하고 싶은 것은 무성한 플라타너스를 폐부까지 전지(剪枝)해 버리는 당국의 야만스러운 방식이다. 플라타너스는 볼품없는 야채처럼 낮고 둥글납작하게 윗부분을 다듬는 대신 영국에서 볼 수 있는 것과 같이 우람한 형태로 자라게 내버려 두어야 할 것이다. 그러나 시장의 의지는 전제적이어서 시 소유의 모든 나무들은 일 년에 두 번씩 무자비하게 전지당했다. 과장이 있긴 하지만, 이 고장의 자유주의자들은 보좌 신부 마슬롱이 전지된 나뭇가지들을 자기 소유로 삼게 된 이후부터 시 정원사의 손길이 더욱더 무자비해졌다고 주장하고 있다.

그 젊은 성직자는 셸랑 사제와 부근의 몇몇 주임 사제들을 감시하기 위해 몇 년 전 브장송으로부터 파견되어 온 사람이었다. 이탈리아 원정군에 복무하다가 퇴역해 베리에르에 은거하던 한 늙은 군의관(시장의 견해에 의하면 그는 생존 시 자코뱅파인 동시에 보나파르티스트였다.)이 어느 날 시장에게 그 아름다운 나무들의 정기적인 절단에 대해 항의를 감행했다.

그러자 드 레날 씨는 레지옹 도뇌르 훈장의 수훈자인 군의관에게 말할 때 어울리는 위엄 있는 뉘앙스를 띠고 이렇게 대답했다.

"나는 그늘을 좋아합니다, 그래서 그늘을 만들기 위해 '나의' 나무들을 전지하는 것입니다. 유용한 호두나무처럼 '수입을 가져오지 않을' 때는, 나무란 다른 것을 위해 만들어져 있다고 나는 생각하지 않습니다."

'수입을 가져온다는 것', 그것은 바로 베리에르에서 모든 것을 결정짓는 절대적인 말이다. 그 한마디 말은 주민 4분의 3 이상의 습관적인 생각을 대변한다.

'수입을 가져온다는 것'이, 당신에게 그토록 아름다워 보이던 이 소도시에서 모든 것을 결정짓는 이유인 것이다. 이 도시를 둘러싼 서늘하고 깊숙한 골짜기의 아름다움에 이끌려 찾아오는 외지인은 처음에는 이곳 주민들이 미에 민감할 것이라고 상상한다. 그들은 자기네 고장의 아름다움을 너무나 자주 들먹이는 것이다. 그들이 고장의 아름다움을 중히 여기는 것은 부인할 수 없다. 그러나 그것은 고장의 아름다움이 외지인들을 끌어들여 그들의 돈이 여관업자들을 부유하게 만들고, 결국은 입시세(入市稅)의 메커니즘에 따라 '시에 수입을 가져오기' 때문인 것이다.

어느 아름다운 가을날 드 레날 씨는 부인과 팔짱을 끼고 '피델리테 산책로'를 거닐고 있었다. 엄숙한 태도로 얘기하는 남편의 말에 줄곧 귀를 기울이고 있으면서도, 드 레날 부인의 눈길은 어린 세 아들의 동작을 불안스럽게 뒤쫓고 있었다. 열한 살쯤 됐을 듯한 큰 아이는 자주 난간으로 다가가 올라가려는 눈치를 보였다. 그러면 부드러운 목소리가 아돌프라는 이름을 불렀고, 아이는 제 야심적인 계획을 포기하곤 했다. 드 레날 부인은 서른 살쯤 되어 보이는 여인이었는데 아직 상당히 아름다웠다.

"그 파리에서 온 신사란 자는 후회하게 될걸." 평소보다 창백한 낯빛을 하고 기분 상한 태도로 드 레날 씨가 말했다. "나도 궁정에 친구들이 없는 것은 아니거든……."

여러분에게 앞으로 이백여 페이지나 시골 생활을 얘기하고 자 하지만, 나는 여러분에게 시골 대화의 장황함과 '교묘한 신 중함'을 견디게 하는 야만성을 보이지는 않을 것이다.

베리에르의 시장이 그토록 밉살스러워 하는 파리에서 온 신사란 아페르 씨로, 이틀 전에 베리에르의 감옥과 빈민 수용 소뿐만 아니라 시장과 인근의 모모한 지주들이 무료로 운영 하는 병원에까지 뚫고 들어가서 살펴보는 수단을 찾아낸 사 람이었다.

드 레날 부인이 머뭇거리며 말했다.

"하지만 당신은 가난한 사람들을 위해 양심적으로 일하시는 데 그 파리의 신사가 당신에게 어떤 해를 끼칠 수 있겠어요?"

"그자는 오직 비난을 퍼붓기 위해 온 거요. 자유주의파 신 문에다가 기사를 써 댈 거란 말이야."

"당신은 자유주의파 신문은 읽지 않잖아요."

"그렇지만 그런 과격파 기사의 소문이 들려오거든. 그 따위 것들이 우리의 주의를 산만케 해서 좋은 일을 못 하게 방해한 단 말이오. 나는 사제를 결코 용서하지 않겠소."

3장 가난한 사람들의 행복

덕성스럽고 책략을 부리지 않는 사제는
마을의 신(神)이다.

—플뢰리

팔순의 노인이지만 이 산간 지방의 신선한 대기 덕분으로
건강하며 강철 같은 성격을 지닌 베리에르의 사제는 어느 시
간이든 감옥과 병원은 물론 빈민 수용소까지 방문할 권리를
가지고 있다는 것을 알아 두어야 한다. 파리로부터 사제 앞으
로 소개장을 가지고 온 아페르 씨가 이 야릇한 소도시에 도착
한 것은 현명하게도 아침 6시 정각이었다. 그는 도착 즉시 사
제관으로 갔다.

프랑스 귀족원 의원이며 이 지방의 가장 부유한 지주인 드
라 몰 후작이 자기에게 쓴 소개장을 읽으면서 셸랑 사제는 생
각에 잠겼다.

'나는 늙었고 이곳에서는 나를 아껴 주고 있으니 그들도 감
히 어쩌지는 못하겠지!' 하고 이윽고 그는 낮은 소리로 중얼거

렸다. 노령에도 불구하고 다소 위험하기는 하나 훌륭한 행동을 하려는 기쁨을 나타내는 성스러운 불길로 반짝이는 눈으로, 그는 갑자기 파리의 신사에게 고개를 돌리더니 이렇게 말했다.

"나와 함께 가십시다, 선생. 그런데 간수와 특히 빈민 수용소의 감시인들이 있는 앞에서는 당신이 보는 것에 대해 어떤 의견도 표명하지 마시기 바랍니다."

아페르 씨는 자기가 용기 있는 인물과 대면하고 있다는 것을 알았다. 그는 이 존경할 만한 사제를 따라서 감옥과 병원과 빈민 수용소를 방문하고 많은 질문을 했는데, 이상스러운 답변을 들었는데도 조금도 비난의 눈치를 보이지 않았다.

이 방문은 몇 시간 동안 계속되었다. 사제는 아페르 씨를 점심 식사에 초대했으나 그는 편지 쓸 것이 있다는 이유로 사양했다. 이 너그러운 동반자를 더 이상 위태롭게 하고 싶지 않던 것이다. 오후 3시경 그들은 빈민 수용소의 시찰을 마치고 다시 감옥으로 돌아왔다. 그곳 문간에서 그들은 다리가 휘고 키가 1미터 80센티미터나 되는 거인 같은 간수가 버티고 서 있는 것을 보았다. 그의 천박한 얼굴은 두려움 때문에 흉측하게 일그러져 있었다. 그는 사제를 보자마자 이렇게 말했다.

"아아! 신부님, 같이 계시는 신사는 아페르 씨가 아닌가요?"

"아무려면 무슨 상관이오?" 사제가 말했다.

"아페르 씨를 감옥에 들이지 말라는 분명한 명령을 어제부터 받고 있는뎁쇼. 밤새껏 말을 달려온 헌병이 지사님의 명령을 전달했지요."

"누아루 씨, 나와 함께 계신 이 여행자는 아페르 씨가 맞소. 하지만 나는 밤낮 어느 시간이든 원하는 사람과 함께 감옥에 들어갈 권리가 있다는 것을 알고 있소?"

"예, 신부님." 간수는 낮은 목소리로 말하고는, 매질이 두려워 억지로 복종하는 불도그처럼 고개를 숙이고 덧붙였다. "하지만 신부님, 저는 처자가 딸린 몸이랍니다. 고자질을 당하면 쫓겨날 판이라고요. 먹고살 길이란 이 자리밖에 없는뎁쇼."

"내 자리를 잃으면 나도 마찬가지로 딱할 거요." 선량한 사제는 점점 흥분되는 목소리로 대꾸했다.

"보통 차이가 아니지요! 신부님, 신부님은 800프랑의 연 수입이 있는 양지바른 좋은 땅을 갖고 계신 걸 다들 알고 있는데요……." 간수가 격렬하게 대답했다.

각양각색으로 설명이 붙고 과장되어서, 이틀 전부터 소도시 베리에르의 모든 증오 섞인 정열을 뒤흔들어 놓은 사건은 이와 같은 것이었다. 이 사건이 지금 드 레날 씨가 자기 부인과 주고받는 대화의 주제가 되고 있었다. 그날 아침 드 레날 씨는 빈민 수용소장 발르노 씨를 대동하고 격렬한 불만을 토로하기 위해 사제의 집에 다녀온 길이었다. 셸랑 씨는 아무에게도 보호받지 못했다. 그는 그들이 퍼붓는 말이 뜻하는 바를 모두 알 수 있었다.

"그렇다면, 여러분! 나는 나이 여든이 되어 이 근방에서 쫓겨나는 세 번째 사제가 되겠소. 내가 이곳에 온 것이 오십육 년이나 되었습니다. 처음에 왔을 때는 하나의 장터에 불과했던 이 도시에서 나는 거의 모든 주민에게 영세를 주었습니다.

매일같이 젊은이들의 혼배 성사를 집전하고 있지만 그들의 조부들도 이전에 내가 결혼시켰어요. 베리에르는 내 집과 같습니다. 그러나 나는 그 낯선 사람을 보며 혼자 생각했지요. '파리에서 온 그 사람은 실제로 자유주의자일지도 모른다. 자유주의자는 대단히 많으니까. 그러나 그가 우리의 가난한 사람들과 우리의 죄수들에게 어떤 해를 끼칠 수 있을 것인가?'라고 말이오."

드 레날 씨와 특히 빈민 수용소장인 발르노 씨의 비난이 점점 거세지자 노사제는 떨리는 목소리로 외쳤다.

"그렇다면 여러분, 나를 면직시키시오. 그래도 나는 역시 이 고장에서 살 거요. 내가 사십팔 년 전에 800프랑의 연수(年收)를 산출하는 밭을 상속받았다는 것을 모두 알고 있소. 나는 그 수입으로 살 거요. 여러분, 나는 내 직책에서 전혀 여축을 얻지 못하는데, 어쩌면 그 때문에 그 직책을 잃게 된다는 말을 들어도 겁나지 않는 모양이오."

드 레날 씨는 부인과 대단히 사이좋게 지내고 있었다. 그러나 "파리에서 온 그 신사가 죄수들에게 무슨 해를 끼칠 수 있겠어요?"라고 부인이 머뭇거리며 되풀이한 말에 뭐라 답해야 할지 몰라 벌컥 화를 내려는 참인데, 부인이 외침 소리를 냈다. 반대편 포도밭 위로 벽이 6미터 이상이나 되는 높이에 솟아 있는데도 둘째 아들이 그 테라스 벽 난간에 기어올라 달려가고 있었던 것이다. 아들을 놀라게 해 떨어뜨릴까 봐 겁나서 드 레날 부인은 아들에게 말을 건네지 못했다. 제 용맹에 의기양양한 웃음을 짓고 있던 아이는 어머니를 쳐다보고 얼굴이 파랗게 질려 있는 것을 알고는 산책로로 뛰어내려 어머니에게 달려갔다. 그는 몹시 꾸중을 들었다.

이 작은 사건이 대화의 흐름을 바꾸게 했다.

"나는 제재소 집 아들 소렐을 꼭 우리 집에 데려다 두고 싶소." 드 레날 씨가 말했다. "우리가 다루기에는 너무 힘들어지기 시작한 아이들을 그 사람이 돌볼 거요. 그는 젊은 성직자라고 할 만한 사람으로 라틴어를 잘한다니 아이들 공부를 진전시킬 테고, 사제 말로는 성격도 견실하다고 합디다. 그에게 300프랑의 급료와 식사를 제공하겠소. 그는 레지옹 도뇌르 훈장을 탄 그 늙은 군의관의 귀염둥이 노릇을 해서, 난 그의 품성에 얼마간 의심을 갖기도 했소. 그 군의관은 소렐과 친척이라고 하면서 그 집에 와서 묵고 있던 자거든. 하지만 그자는 실제로는 자유주의자들 편의 비밀 염탐꾼이었을지도 모르오. 우리 산간의 공기가 자기 천식에 좋다고 말했지만 그건 뭐 증명된 것도 아니거든. 그는 부오나파르테[3]의 모든 이탈리아 전투에 참전하고서도 당시 제정(帝政)에는 반대 서명을 했었다는 얘기요. 그 자유주의자가 소렐의 아들에게 라틴어를 가르쳐 주고, 가져온 책을 많이 물려주었다고 합디다. 그러니 나는 그 목수의 아들을 우리 애들 곁에 데려올 생각은 꿈에도 안 했소. 그런데 우리가 완전히 사이가 벌어지게 된 그 일이 있기 바로 전날, 사제가 내게 말하기를 그 소렐은 신학교에 들어갈

---

3) 귀족 계급 등 나폴레옹의 반대파들이 보나파르트를 경멸적으로 지칭할 때 쓰는 발음이다.

계획으로 삼 년 전부터 신학 공부를 하고 있다는 거요. 그러니 그는 자유주의자가 아니고 라틴어 학도지."

드 레날 씨는 눈치를 살피는 태도로 아내를 쳐다보며 계속해서 말했다.

"이런 조치는 여러 가지로 합당한 것이오. 발르노가 사륜마차를 끌 노르망디산 말 두 필을 사가지고 우쭐거리고 있거든. 하지만 그자도 아이들에게 가정 교사는 못 대고 있소."

"그 사람이 가정 교사를 빼앗아 갈 수도 있겠네요."

아내의 기발한 생각에 미소로 감사를 표하면서 드 레날 씨가 말했다.

"당신, 내 계획에 찬성하는 거지? 자, 그러면 결정됐소."

"아이, 여보! 빨리도 결정하시는군요."

"그건 내 성격이 단호하기 때문이오. 사제도 그 점을 똑똑히 보았지. 아무것도 숨기지 맙시다. 우리는 이곳에서 자유주의자들에게 둘러싸여 있어요. 저 포목상들은 모두 나를 질시하는 것이 틀림없소. 그들 중 두셋은 벼락부자가 되어 가고 있소. 나는 드 레날 씨의 자제들이 '그들의 가정 교사'의 인솔하에 산책 나가는 것을 그 사람들에게 보여 주고 싶은 거요. 그 모습은 존경심을 불러일으키겠지. 내 할아버지께서는 어린 시절에 가정 교사를 두었다는 얘기를 자주 하셨소. 가정 교사를 두면 100에퀴[4]의 돈이 들겠지만 그건 우리의 지위를 유지하기 위해 필요한 비용으로 쳐야 할 거요."

---

4) 옛 화폐 단위로 1에퀴는 5프랑에 해당한다.

이 갑작스러운 결정은 드 레날 부인을 깊은 상념에 잠기게 했다. 그녀는 키가 크고 날씬한 여인으로, 이 산간 지방 사람들의 말을 빌리면 고장의 미인이었다. 그녀는 어딘지 순박한 태도와 젊음이 엿보이는 몸가짐을 드러내고 있었다. 파리 사람의 눈에는, 순진함과 생기로 가득 찬 이러한 꾸밈없는 매력이 달콤한 쾌락에 대한 생각을 불러일으킬지도 모른다. 그러나 드 레날 부인은 자신이 그런 종류의 생각을 불러일으킨다는 것을 알면 몹시 부끄러워할 것이다. 교태라든가 가식 같은 것이 그녀의 마음에 스며든 적은 결코 없었다. 부유한 수용소장 발르노 씨가 그녀에게 추파를 보낸 적이 있었지만 전혀 성공을 거두지 못해서 그녀의 미덕을 더욱 빛나게 했다. 발르노 씨는 혈색 좋은 얼굴에 검은 구레나룻을 무성하게 기른 건장한 젊은이로, 시골에서 호남이라고 불리는 거칠고 뻔뻔스러우며 소란스러운 남자들 중 하나였기 때문이다.

언뜻 보면 몹시 변덕스러운 성격 같지만 실은 매우 수줍은 드 레날 부인은 발르노 씨의 끊임없는 소란과 시끄러운 목소리가 특히 질색이었다. 베리에르에서 사람들이 향락이라고 부르는 것을 멀리한 까닭에 그녀는 자신의 가문에 지나치게 긍지를 느낀다는 평판을 받기도 했다. 그녀는 그런 생각은 하지도 않았지만, 주민들이 자기 집에 덜 찾아오는 것을 보면 몹시 만족했다. 남편에 대해 전혀 책략을 부릴 줄 몰라 파리나 브장송에서 오는 예쁜 모자를 살 기회도 다 놓쳐 버리는 만큼, 그곳 부인들의 눈에는 그녀가 바보로 비치고 있다는 사실도 숨기지 않겠다. 아름다운 자기 정원을 홀로 거닐도록 놔두기만 한다면 그녀는 조금도 불만이 없었다.

그녀는 남편을 판단하거나 남편에게 싫증 난다고 생각해 본 적이 없는 순진한 영혼이었다. 남편과 아내 사이가 자기들 이상으로 원만한 관계도 없을 거라고 혼자 속으로 생각할 뿐 이었다. 그녀는 드 레날 씨가 아이들에 관한 계획을 얘기할 때 면 특히 좋았다. 그는 큰아들은 군인으로 둘째는 법관으로 막 내는 성직자로 만들 작정이었다. 요컨대 그녀는 자기가 알고 있는 모든 남자들 가운데서 드 레날 씨가 가장 싫지 않은 남 자라고 생각하고 있었다.

남편에 대한 이와 같은 생각은 그럴 만한 것이기도 했다. 아 저씨로부터 물려받은 대여섯 개의 농담을 구사할 줄 아는 덕 분에 베리에르의 시장은 재사(才士)라는 평판과 아울러 특히 점잖다는 평판을 누리고 있었던 것이다. 그의 아저씨 늙은 드 레날 대위는 혁명 전에 오를레앙 공작의 보병 연대에 근무했 던 사람으로 파리에 올라가면 공작의 살롱에 출입할 수 있었 다. 거기에서 그는 드 몽테송 부인, 유명한 드 장리스 부인, 팔 레루아얄5)의 창시자인 뒤크레스트 씨 등을 만난 적이 있었 다. 드 레날 씨가 얘기하는 일화에는 이러한 인물들이 너무나 자주 출현하곤 했다. 그러나 얘기하기에 몹시 미묘한 이러한 추억담은 그에게 점차 부담스러운 일이 되어서, 오를레앙가에 관계되는 일화는 이제 아주 중요한 경우에만 반복하게 되었

---

5) 파리의 루브르 궁전 옆에 있는 여러 건물과 정원을 말하는데, 원래는 17세 기에 리슐리외 추기경을 위해 지었던 궁전에서 시작되었다. 뒤크레스트 후 작은 이 궁전을 장식하는 회랑을 창건한 사람이다.

다. 더구나 그는 돈 얘기를 할 때를 제외하고는 대단히 정중한 사람이었으므로 그가 베리에르에서 가장 귀족적인 인물로 통하는 것도 무리는 아니었다.

4장 아버지와 아들

이처럼 된 것이
내 잘못이란 말인가?

—마키아벨리

내 마누라는 정말로 머리가 좋단 말이야! 하고 이튿날 새벽 6시에 소렐 영감의 제재소로 내려가면서 베리에르 시장은 혼자 생각했다. 내게 걸맞는 우월성을 유지하기 위해 그 얘기를 꺼내기는 했지만, 라틴어에는 날고 긴다는 그 어린 사제 소렐을 내가 데려오지 않으면 쉼 없이 설쳐 대는 수용소장이 나와 같은 생각을 해서 그를 가로채리라고는 꿈에도 생각하지 못했거든. 그자가 얼마나 자만에 찬 어조로 제 자식들의 가정 교사 얘기를 떠벌릴 것인가……! 그 가정 교사가 일단 우리 집에 오게 되면 수단6)을 입을까?

이러한 의문에 골똘해 있던 드 레날 씨는 키가 1미터 80센

---

6) 가톨릭 성직자가 입는 긴 옷.

티미터에 가까운 농부의 모습을 멀리서 보았다. 이 이른 새벽부터 두강 줄기를 따라 예선도(曳船道) 위에 부려 놓은 재목의 치수를 열심히 재고 있는 듯이 보였다. 농부는 시장이 다가오는 것을 보자 별로 달가운 기색이 아니었다. 그의 재목이 거기 부려져 길을 막고 있는 것은 규정 위반이었기 때문이다.

그 사람이 바로 소렐 영감이었는데, 그는 드 레날 씨가 자기 아들 쥘리앵에 대해 해온 야릇한 제안에 매우 놀라는 한편 몹시 만족했다. 그럼에도 그는 이 산간 지방 주민들이 교묘하게 속마음을 위장하는, 그 불만에 찬 침울하고 무관심한 태도로 시장의 말을 들었다. 스페인 지배 시대의 노예였던 그들은 아직도 이집트 농부들에게서 볼 수 있는 특징적인 외관을 간직하고 있는 것이다.

소렐은 우선 자기가 외우고 있는 모든 인사말을 길게 암송하는 것으로 답변을 대신했다. 그의 외모에 천성적으로 배어 있는 허위와 사기성이 비치는 태도를 배가시키는 어색한 미소를 짓고서 쓸데없는 소리를 반복하고 있는 동안에도, 늙은 농부의 활발한 정신은 이처럼 중요한 인물이 자기의 건달 아들을 집에 데려가겠다는 이유가 무엇일까를 찾느라 여념이 없었다. 그는 쥘리앵이 몹시 못마땅했다. 그런데 드 레날 씨가 그런 아들에게 숙식은 물론 의복까지 곁들여 주면서 연 300프랑이라는 예기치 못한 보수를 제안해 온 것이다. 마지막 의복에 관한 건은 소렐 영감이 갑자기 주장을 내세우는 비상한 수완을 발휘해서, 드 레날 씨가 즉석에서 허락한 것이었다.

그런 요구는 시장을 놀라게 했다. 소렐은 당연히 내 제안에 만족하고 기뻐해야 할 텐데도 그렇지 않으니, 누군가 다른 편에서도 제안해 온 것이 분명하다, 하고 생각했다. 그런 제안을 한 것은 발르노가 아니고 누구겠는가? 드 레날 씨는 즉시 결정을 짓자고 소렐을 재촉했으나 허사였다. 교활한 늙은 농부는 완강히 거부했다. 마치 시골에서 부유한 아비가 일전 한 푼 없는 아들놈과 의논하는 것이 형식적인 행위를 넘어서는 것이기라도 하듯이, 자기 아들과 상의해 보겠다고 말하는 것이었다.

수력 제재소는 강가에 있는 헛간 같은 건물이다. 지붕은 네 개의 굵은 나무 기둥 위에 걸쳐 있는 뼈대로 떠받쳐져 있다. 건물 한가운데 2, 3미터 높이에 톱이 있어 위아래로 움직이는 것이 보이는데, 단순한 기계 장치가 그 톱을 향해 목재를 밀어 넣는다. 강물의 힘으로 작동하는 바퀴 하나가 이 이중의 기계 장치, 즉 위아래로 오르내리는 톱과 톱을 향해 목재를 천천히 밀어 넣어 판자로 잘려 나오게 만드는 장치를 움직인다.

소렐 영감은 공장에 다가가서 벼락 치는 소리로 쥘리앵을 불렀다. 그러나 아무도 대답하지 않았다. 거인 같은 큰 아들과 둘째 아들이 육중한 도끼를 들고서 제재소로 날라 갈 전나무 둥치를 네모나게 다듬고 있는 모습만 보였다. 목재에 그어 놓은 검은색 선을 정확히 따라가면서 그들이 도끼를 내리찍을 때마다 커다란 나뭇조각들이 떨어져 나왔다. 그들은 아버지의 목소리를 듣지 못했다. 소렐 영감은 건물 쪽으로 나아갔다. 그는 건물 안으로 들어가 쥘리앵이 지키고 있어야 할 톱 옆 자리에서 아들을 찾았으나 헛일이었다. 그는 1, 2미터 위 대들보에 말 타듯 걸터앉아 있는 쥘리앵의 모습을 얼핏 보았다. 모든 기계 장치의 작동을 조심스럽게 감시하는 대신에 쥘리앵은 책을 읽고 있었다. 늙은 소렐에게 그보다 심사가 뒤틀리는 일은 없었다. 형들과는 달리 육체노동에 적합하지 않은 쥘리앵의 호리호리한 몸매는 어쩌면 참아 줄 수도 있겠으나, 그 책 읽는 버르장머리는 밉살스럽기 짝이 없는 것이었다. 소렐 영감 자신은 글자를 읽을 줄 몰랐다.

그는 두세 번 쥘리앵을 불러 보았으나 소용없었다. 톱의 소음 이상으로 젊은이가 책에다 쏟고 있는 주의력이 부친의 무서운 목소리를 듣지 못하게 했던 것이다. 지긋한 나이에도 불구하고 소렐 영감은 마침내 톱에 잘리고 있는 목재 위로 민첩하게 뛰어올라, 거기서부터 지붕을 받치고 있는 가로놓인 대들보로 올라갔다. 그는 쥘리앵이 들고 있던 책을 세차게 내리쳐 개울로 날려 보냈다. 쥘리앵의 머리로 날아든, 마찬가지로 세찬 두 번째 주먹질은 그가 균형을 잃게 만들었다. 그는 3, 4미터 아래서 작동 중인 기계의 지렛대 가운데로 떨어져 산산조각이 날 뻔했으나 아버지의 왼손이 떨어지려는 그를 붙들었다.

"이 게으름뱅이 놈아! 톱은 지켜보지 않고 밤낮없이 못된 책이나 읽고 자빠졌느냐? 책은 저녁에 신부 집에 가서 얼쩡거릴 때나 읽어라, 제기랄."

매를 맞아 피투성이가 되고 얼얼했지만 쥘리앵은 톱 옆의 제자리로 다가갔다. 그는 육체적인 아픔보다는 좋아하는 책을 잃은 것이 슬퍼서 눈물을 글썽이고 있었다.

"내려와라 못된 놈아, 할 말이 있단 말이다."

기계의 소음 때문에 쥘리앵은 또다시 그 명령을 듣지 못했다. 내려와 있던 그의 아버지는 다시 기계 위로 올라가는 수고를 하고 싶지 않아서, 호두를 터는 긴 장대를 가지고 와 그것으로 쥘리앵의 어깨를 후려쳤다. 쥘리앵이 땅에 내려서자마자 늙은 소렐은 그를 거칠게 몰아 대면서 집 쪽으로 밀고 갔다. 아버지가 내게 무슨 짓을 할지 알겠는가! 하고 젊은이는 속으로 생각했다. 지나는 길에 그는 책이 떨어진 개울을 슬프게 쳐다보았다. 그 책은 그가 무엇보다도 아끼는 『세인트헬레나의 기록』[7]이었다.

그는 붉은 뺨을 하고 눈을 내리깔고 있었다. 그는 열아홉 정도의 키가 자그마한 젊은이였는데, 겉으로는 약해 보였으며 선이 고르지는 않으나 섬세한 얼굴과 매부리코를 하고 있었다. 조용할 때는 깊은 생각과 열정을 나타내 보이는 커다란 검은 눈이 이 순간에는 더없이 사나운 증오의 표정으로 이글거리고 있었다. 아래쪽으로 내려온 짙은 밤색의 머리칼은 이마를 좁아 보이게 했으며 성난 순간에는 고약한 모습을 띠게 했다. 인간의 수많은 다양한 용모 가운데서 이보다 인상적인 특성으로 두드러지는 용모도 아마 없을 것이다. 날렵하고도 짜임새 있는 몸매는 힘보다는 경쾌함을 예고해 주는 것이었다. 아주 어린 시절부터 극도로 사색적인 그의 태도와 지나친 창백함은 그의 아버지에게 그가 살아남지 못하거나 살더라도

7) 나폴레옹의 시종장을 지내고 유배 중인 나폴레옹을 수행해 세인트헬레나에 갔던 라스 카즈가 나폴레옹의 말을 기록해서 1823년에 출판한 저작.

가족의 짐이 될 것이라는 생각을 불러일으켰다. 집에서 모두에게 경멸받는 그는 형들과 아버지를 증오했다. 일요일에 공공 광장에서 놀이를 할 때면 그는 언제나 지는 편이었다.

그의 예쁜 용모가 처녀들 사이에서 다정한 목소리를 불러일으키기 시작한 것은 일 년도 채 되지 않은 일이었다. 약한 존재로 모두에게 멸시받는 쥘리앵은 어느 날인가 플라타너스 문제로 시장에게 감히 항의한 바 있는 그 늙은 군의관을 숭배했다.

그 외과 의사는 때때로 소렐 영감에게 쥘리앵의 품값을 지불하면서 그에게 라틴어와 역사를 가르쳤다. 그가 역사라고 알고 있는 것은 1796년의 이탈리아 전투에 대한 얘기가 전부였다. 그는 죽으면서 쥘리앵에게 자신의 레지옹 도뇌르 훈장과 반급(半給) 연금의 미불금과 삼사십 권의 책을 물려주었는데, 그 책들 중 가장 소중한 것은 시장의 신임으로 물줄기를 돌린 공공 하천에 막 떨어져 버린 책이었다.

집에 들어서자마자 쥘리앵은 아버지의 억센 손이 그의 어깨를 잡아채는 것을 느꼈다. 그는 또 몇 대 얻어맞을 것을 예상하며 벌벌 떨었다.

"거짓말 말고 바른 대로 대답해라." 아버지는 어린아이의 손이 납으로 만든 장난감 병정을 돌리듯 그를 돌려 세우면서, 늙은 농부의 거친 목소리로 그의 귀에 대고 소리쳤다. 눈물이 그렁거리는 쥘리앵의 커다란 검은 눈은 그의 마음속까지 꿰뚫어 보려는 듯한 늙은 목수의 심술궂고 작은 잿빛 눈과 마주쳤다.

5장 협상

그는 어물어물 사건을 수습했다.

—엔니우스

"거짓말 말고 바른대로 대답해라. 이 책 버러지 같은 놈아. 어디서 드 레날 부인을 알게 됐고 언제 그 여자에게 말을 걸었느냐?"

"나는 말을 건 적이 없어요, 그 부인은 교회에서밖에는 못 봤고요." 쥘리앵이 대답했다.

"뻔뻔스러운 놈아, 하지만 너는 그 여자를 쳐다보았던 게지?"

"아녜요! 저는 교회에서 하느님밖에는 보지 않는다는 것을 아시잖아요." 또다시 따귀를 얻어맞는 것을 피하기에 알맞다고 생각되는 위선적인 태도를 지으며 쥘리앵이 덧붙여 말했다.

"그렇지만 여기엔 뭔가가 있어." 심술궂은 농부는 대답하고서 잠시 입을 다물었다. "못된 거짓말쟁이 녀석, 네놈에 대해선 도대체 알 수가 없단 말이야. 실은 네놈을 떨쳐 버리게 됐다. 내 제재소는 더 잘 돌아가겠지. 넌 신부인지 누군지를 용케 구워삶아서 좋은 일자리를 얻게 됐다. 가서 보따리를 꾸려라, 드 레날 씨 집에 데리고 갈 테니. 너는 그 집 아이들의 가정 교사가 된단 말이다."

"그 대가로 뭘 받게 되죠?"

"밥과 옷과 300프랑의 보수다."

"나는 하인이 되고 싶지는 않아요."

"이놈아, 누가 하인이 된다고 말하더냐? 내 아들이 하인이 되게 놔둘 성싶으냐?"

"하지만 누구와 함께 식사를 하게 되죠?"

이 질문은 늙은 소렐을 당황하게 했다. 그는 얘기를 하다 보면 어떤 실수를 저지를지 모르겠다고 느꼈다. 그는 쥘리앵에게 화를 버럭 내고 먹는 것밖에는 모른다고 몰아세우면서 욕설을 퍼붓고는, 그를 떠나 다른 아들들과 상의하러 갔다.

쥘리앵은 곧 각자의 도끼에 몸을 기대고 서서 의논하는 그들의 모습을 보았다. 오랫동안 그들을 바라본 다음 아무것도 짐작할 수 없다는 것을 깨닫자 쥘리앵은 들키지 않게 제재소의 반대편으로 가서 자리를 잡았다. 그는 자신의 운명을 바꿔 놓은 이 예기치 않은 통고에 대해 생각해 보려고 했으나 좀처럼 신중할 수 없음을 느꼈다. 그의 상상력은 드 레날 씨의 아름다운 저택에서 보게 될 이런저런 것을 그려 보는 데 온통 빠져 있었던 것이다.

하인들과 함께 식사하는 처지에 떨어지느니 차라리 이 모든 것을 포기하는 편이 낫겠다, 하고 그는 혼자 생각했다. 아버지는 내게 강요하겠지. 차라리 죽어 버리는 편이 낫다. 15프랑 8수의 저축금이 있으니 오늘 밤 도망쳐 버리자. 헌병에게 들킬 염려가 없는 샛길로 가면 이틀이면 브장송에 도착할 것이다. 거기서 병졸로 입대하든지, 필요하다면 스위스로 건너가자. 그러나 그렇게 되면 더 이상 출세도 없고 야망도 끝장이지. 모든 것을 이루어 줄 그 훌륭한 사제의 신분도 못 갖게 되겠지.

하인들과 함께 식사하는 것에 대한 이러한 혐오감은 쥘리앵에게 자연스러운 것은 아니었다. 그는 출세하기 위해서라면 훨씬 더 고통스러운 일도 해냈을 것이다. 그는 그런 불쾌감을 루소의 『고백록』에서 끌어냈다. 그 책은 그의 상상력이 세상을 그려 볼 수 있게 도움을 주는 유일한 책이었다. 『대군회보집(大軍回報集)』과 『세인트헬레나의 기록』이 그의 코란을 보충해 주고 있었다. 그는 이 세 저작을 위해서라면 죽음도 불사했을 것이다. 늙은 군의관의 한마디 말에 의해, 그는 세상의 다른 책들은 모두 거짓이며 사기꾼들이 이득을 위해 쓴 것으로 생각하고 있었다.

불같은 영혼의 소유자인 쥘리앵은 흔히 어리석음과 연결되어 있기가 십상인 놀라운 기억력을 지니고 있었다. 장래 자신의 운명이 노사제 셸랑에게 달려 있다는 것을 잘 알고 있는 쥘리앵은 그의 환심을 사기 위해 라틴어 『신약 성서』를 모두 암기했으며 또한 드 메스트르[8] 씨의 『교황론』도 외고 있었으

---

8) 조제프 마리 드 메스트르(Joseph Marie de Maistre, 1753~1821). 프랑스의 작가이며 철학자, 반혁명적 반동 사상가.

나, 그 어느 것도 별로 믿지는 않았다.

　서로 약속이라도 한 듯 소렐과 그의 아들은 그날 대화를 피했다. 저녁때 쥘리앵은 사제관으로 신학 공부를 하러 갔으나, 자기 아버지가 받은 그 이상한 제안에 관해서는 사제에게 아무 말도 하지 않는 편이 신중하다고 판단했다. 어쩌면 그건 함정일지도 모르니 잊어버린 척해야겠다고 생각했던 것이다.

　다음 날 이른 시간에 드 레날 씨는 늙은 소렐을 불렀다. 소렐은 한두 시간을 기다리게 한 끝에 문간에서부터 인사말과 함께 수많은 변명을 늘어놓으며 마침내 나타났다. 갖가지 이의를 늘어놓은 끝에 소렐은 자기 아들이 주인 내외와 함께 식사를 하게 되며 손님이 많은 날에는 아이들과 딴 방에서 식사를 들게 될 것임을 알아차렸다. 시장에게서 정말로 서둘러 대는 모습을 간파해 감에 따라 점점 까다로운 조건을 내세우고 싶어진 소렐은 한편으로는 경계심과 놀라움에 가득 차서, 자기 아들이 거처할 방을 보여 달라고 요구했다. 그것은 아주 깨끗하게 꾸민 커다란 방이었는데 벌써 세 자녀의 침대를 옮기느라 분주했다.

　이러한 상황은 늙은 농부에게 한줄기 섬광과도 같았다. 그는 곧 확신에 차서 자기 아들에게 줄 옷을 보여 달라고 요구했다. 드 레날 씨는 서랍을 열고 100프랑을 꺼냈다.

　"이 돈으로 당신 아들에게 뒤랑 씨 양복점에 가서 검은 양복 한 벌을 맞추라고 하시오."

　"댁에서 그 애를 데려갈 때도 그 검은 양복은 그 애 것이 되겠지요?"

갑자기 예의도 망각해 버린 농부가 말했다.

"물론이오."

"그렇군요! 그렇다면 이제 한 가지 일만 합의하면 되겠습니다. 그 애에게 주실 돈 말씀입니다만." 소렐은 질질 끄는 어조로 말했다.

"뭐라고!" 드 레날 씨는 분개해서 외쳤다. "어제 벌써 합의하지 않았소. 나는 300프랑을 주겠소. 그 액수는 많은 것이고 어쩌면 과한 것이라고 생각하는데."

"그건 시장님의 제안이었죠, 그것을 부인하지는 않습니다만서도." 늙은 소렐은 더욱더 느릿느릿 말했다. 그러고는 프랑슈 콩테 지방의 농부를 모르는 사람에게는 놀랍기 그지없을 천재적인 힘으로 드 레날 씨를 빤히 쳐다보면서 이렇게 덧붙였다. "다른 데 더 나은 자리를 찾아봐야겠는데요."

이 말에 시장의 안색이 흔들렸다. 하지만 그는 침착함을 회복했다. 한마디 말도 되는대로 내뱉은 것 없이 족히 두어 시간이나 교묘한 대화를 나눈 끝에, 마침내 농부의 교활함이 먹고 살기 위해 그것을 필요로 하지는 않는 부유한 사람의 교활함을 이겼다. 쥘리앵의 새로운 생활을 규정할 많은 조문이 확정되었다. 그의 봉급이 400프랑으로 결정되었을 뿐만 아니라 매월 초하루에 선불로 지불하도록 타결되었던 것이다.

"그러면 35프랑씩 그에게 주기로 하겠소." 드 레날 씨가 말했다.

"우리 시장님처럼 부자시고 너그러우신 분이라면 우수리 없이 36프랑까지는 내실 테죠." 농부가 아양 떠는 목소리로 말했다.

"좋소, 여기서 끝냅시다." 드 레날 씨가 말했다.

이번에는 화가 치민 그가 단호한 어조를 띠었다. 농부는 더 이상 나가서는 안 되리라는 것을 알았다. 그러자 드 레날 씨가 공세를 취할 차례였다. 아들 대신 받고 싶어 안달이 난 늙은 소렐에게 첫 달 치 36프랑을 결코 주려 하지 않았던 것이다. 드 레날 씨는 모든 협상에서 자기가 해낸 역할을 아내에게 애기해야 한다는 데 생각이 미쳤다.

"당신에게 맡긴 100프랑을 돌려주시오. 뒤랑 씨는 내게 갚을 돈이 좀 있소. 내가 당신 아들을 데리고 가서 검은 양복을 맞추게 하겠소." 시장이 기분 상한 어조로 말했다.

이 호된 대응에 부딪히자 소렐은 다시 조심스럽게 공손한 어투로 돌아갔다. 그 인사치레는 족히 15분은 걸렸다. 마침내 더 이상 아무것도 얻을 것이 없다는 것을 확실히 알게 되자 그는 물러갔다. 그의 마지막 경의의 표현은 다음과 같은 말로 끝났다.

"아들놈을 성(城)으로 올려 보내겠습니다."

시장의 주민들이 그의 비위를 맞추려고 할 때면 시장 댁을 그렇게 부르는 것이었다.

자기 공장으로 돌아온 소렐은 아들을 찾았으나 허사였다. 무슨 일이 일어날지 경계심을 품은 쥘리앵은 한밤중에 집을 나가고 없었다. 자기 책들과 레지옹 도뇌르 훈장을 안전한 곳에 보관해 두려 했던 것이다. 그는 베리에르를 굽어보는 높은 산간에 살고 있는 친구인 푸케라는 이름의 젊은 재목 상인의 집에 모든 것을 옮겨 놓고 오는 길이었다.

그가 다시 나타나자 아버지가 그에게 말했다. "못된 게으름뱅이 녀석아, 여러 해 전부터 네게 외상으로 먹여 준 밥값을 갚을 만큼의 떳떳한 마음씨가 네놈에게 있는지는 하느님이나 아실 게다. 네 누더기를 꾸려가지고 시장님 댁으로 가거라."

쥘리앵은 얻어맞지 않은 것에 놀라서 서둘러 출발했다. 그러나 무서운 아버지가 눈에 보이지 않게 되자마자 발걸음을 늦췄다. 그는 교회에 들르는 것이 그의 위선에 유용할 것이라고 판단했다.

위선이란 이 단어가 여러분에게는 놀라운가? 이 끔찍한 말에 다다르기 전에 시골 청년의 영혼은 많은 우여곡절을 겪었다.

아주 어린 시절부터, 기다란 흰 망토를 걸치고 긴 검은색 갈기를 늘어뜨린 투구를 쓰고서 이탈리아에서 돌아오는 제6용기병 연대의 병사들이 자기 아버지 집 창살에 말을 매는 모습을 본 이후로, 쥘리앵은 군인의 신분에 열광했다. 나중에는 늙은 군의관이 들려주는 로디 교(橋) 전투며 아르콜 전투며 리볼리 전투의 얘기를 황홀하게 들었다. 그는 노인이 자기 훈장을 바라볼 때의 불타는 듯한 눈길도 눈여겨보았다.

그러나 쥘리앵이 열네 살이 되었을 때 베리에르에는 그처럼 작은 도시로서는 장엄하다고 일컬을 수 있는 교회가 건축되기 시작했다. 특히 네 개의 대리석 원주의 모습은 쥘리앵에게 깊은 인상을 남겨 주었다. 이 대리석 기둥들은 치안 판사와 젊은 보좌 신부(브장송에서 파견된 이 보좌 신부는 수도회의 첩자로 알려져 있었다.)사이에 치열한 알력을 야기함으로써 그 고장에서 유명해졌다. 치안 판사는 자리를 빼앗길 지경에 이르렀다. 어쨌든 사람들이 떠드는 얘기로는 그러했다. 거의 이 주일마다 브장송에 가서 주교 각하를 알현한다는 사제와 그는 감히 분쟁을 벌이지 않았는가?

그러는 사이에 다수 가족의 가장인 치안 판사는 부당해 보이는 판결을 몇 건 내렸다. 이 판결들은 모두 《입헌 신문》을 읽는 주민들에게 불리하게 내린 것이었다. 결국 집권파가 승리한 것이다. 3프랑 내지 5프랑의 벌금에 불과한 재판이긴 했지만, 그 소액 벌금의 하나를 쥘리앵의 대부인 못 장사를 하는 사람이 물게 되었다. 그 사람은 화가 나서 이렇게 외쳤다. "이렇게 변할 수가 있단 말인가! 치안 판사는 이십 년 이상이나 정직한 사람으로 통해 왔는데!" 쥘리앵의 친구인 군의관은 이미 죽은 뒤였다.

쥘리앵은 갑자기 나폴레옹에 대한 얘기를 하지 않게 되었다. 그는 사제가 되겠다는 계획을 선포했고, 이후부터는 사제가 빌려준 라틴어 성경을 암송하는 데 정신이 팔려 있는 그의 모습을 부친의 제재소에서 언제나 볼 수 있었다. 쥘리앵의 학업의 진척에 경탄한 그 선량한 노인은 그에게 신학을 가르치는 데 저녁 시간을 내내 보내곤 했다. 쥘리앵은 사제 앞에서는 경건한 감정만을 나타내 보였다. 출세하지 못할 바에는 차라리 골백번이고 죽음을 택하겠노라는 불굴의 결심이 그처럼 창백하고 부드러운 소녀 같은 얼굴에 감추어져 있다는 것을 누가 짐작이나 할 수 있었겠는가!

쥘리앵에게 출세한다는 것은 우선 베리에르를 떠나는 것을 의미했다. 그는 자기 고향이 질색이었다. 고향에서 눈에 띄는 모든 것은 그의 상상력을 얼어붙게 만들었다.

아주 어린 시절부터 그는 열광의 순간을 경험하곤 했다. 그럴 때면 어느 날엔가 자기는 파리의 아름다운 여인들에게 소개되고, 어떤 빛나는 행동에 의해 그녀들의 관심을 끌 수 있으리란 감미로운 공상에 잠기곤 했다. 아직 가난했던 시절에도 찬란한 드 보아르네 부인의 사랑을 받았던 보나파르트처럼 자기라고 왜 그런 여인 중 하나의 사랑을 받지 못할 것인가? 여러 해 전부터, 쥘리앵이 재산도 없는 일개 무명의 중위였던 보나파르트가 검의 힘으로 세계의 주인이 되었다는 것을 생각하지 않고 지낸 시간은 아마 한 시간도 없었을 것이다. 이 생각은 스스로 엄청난 것으로 여기는 불행으로부터 그를 위로해 주었으며 그 생각이 들 때면 그의 기쁨이 배가되었다.

교회의 건축과 치안 판사의 판결이 갑자기 그의 눈을 뜨게 해주었다. 그에게 떠오른 한 생각이 몇 주일 동안 그를 미친 듯한 상태로 만들어 놓았으며, 마침내 그 생각은 정열적인 영혼이 스스로 처음 찾아냈다고 자부하는 개념의 온갖 힘을 발휘하여 그를 사로잡았다.

'보나파르트가 유명해졌을 때는 프랑스가 외적의 침입을 두려워하고 있었다. 군사적 공훈이 필요했고 또 인기가 있었다. 오늘날에는 마흔 살 난 사제들이 십만 프랑의 연봉, 즉 나폴레옹 사단의 유명한 장군들의 연봉보다 세 배나 더 받는 것을 볼 수 있다. 그들에게는 그들을 보좌할 사람들이 필요하다. 지금껏 그토록 분별 있고 정직하였으며 또 그처럼 나이가 많은 치안 판사가 서른 살짜리 젊은 보좌 신부의 비위를 거스를까 두려워 치욕을 감수하지 않는가. 사제가 되어야겠다.'

그가 새로운 신앙심에 파묻혀 지내던 중(그때 쥘리앵은 이미 이 년 전부터 신학 공부를 하고 있었다.) 한번은 그의 영혼을 불태우는 정열의 갑작스러운 분출 때문에 자신의 본심을 노출하고 말았다. 셸랑 씨 댁에서 있었던 사제들의 만찬회 석상에서 그 선량한 사제가 동료들에게 쥘리앵을 기린아로 소개한 참이었는데, 그는 그만 나폴레옹을 열정적으로 찬양하고 말았던 것이다. 이 일이 있은 후 그는 오른팔을 가슴에 비끄러매고서, 전나무 둥치를 옮기다가 삐었다고 말하면서 두 달 동안이나 팔을 그렇게 불편한 위치에 묶고 다녔다. 이런 체형(體刑)을 스스로 가한 다음에야 그는 자신을 용서했다. 작은 짐 보퉁이를 팔 밑에 끼고 베리에르의 웅장한 교회로 들어가고 있는 젊은이는 이런 사람이었다. 열아홉이었지만, 약한 모습의 이 청년은 남들이 보면 기껏해야 열일곱 정도쯤 돼 보였을 것이다.

교회 안은 어둡고 고적했다. 마침 축제가 있어서 교회의 모든 유리창에는 진홍빛 천이 드리워져 있었다. 그 때문에 햇빛을 받자 더없이 장엄하고 종교적인 성격의 현란한 빛의 효과가 이루어지고 있었다. 쥘리앵은 몸이 부르르 떨렸다. 교회 안에 홀로 있는 그는 가장 훌륭한 외양의 의자에 걸터앉았다. 그 의자에는 드 레날 씨의 문장(紋章)이 새겨져 있었다.

기도대 위에서 쥘리앵은 읽어달라는 듯이 펼쳐져 있는 인쇄된 종이쪽지 하나를 발견했다. 그는 거기로 눈길을 돌려 다음과 같은 구절을 보았다.

'브장송에서 처형당한 루이 장렐의 최후 순간과 처형의 상보(詳報)……'

종이쪽지는 찢겨 있었다. 뒷면에는 '첫걸음'이란 한 행의 처음 단어가 눈에 띄었다.

'누가 이런 쪽지를 갖다 놓았을까?' 하고 쥘리앵은 생각했다. "가엾은 사람 같으니라고, 그의 이름은 내 이름과 끝 글자가 같구나……." 그는 한숨을 내쉬며 덧붙여 말했다. 그러고는 그 종이를 구겨 버렸다.

교회를 나서다가 쥘리앵은 성수반 곁에서 피를 본 듯했다. 그러나 그것은 거기 뿌려 놓은 성수였다. 창문에 드리워진 붉은 커튼이 반사되어 피처럼 보이게 했던 것이다.

쥘리앵은 자신의 은밀한 공포심을 부끄럽게 여겼다.

"내가 겁쟁이라니! 무기를 들어라!" 그는 혼자 중얼거렸다.

늙은 군의의 전쟁담 중에 너무도 자주 되풀이되던 '무기를 들어라!'라는 말은 쥘리앵에게는 영웅적으로 들리던 말이었다. 그는 일어서서 드 레날 씨의 집을 향해 재빨리 걸어갔다.

그 장한 결심에도 불구하고 이십 보쯤 앞에 드 레날 씨의 집이 눈에 띄자마자 그는 억제할 수 없는 소심증에 사로잡혔다. 철책 문은 열려 있었다. 그에게는 그것이 으리으리해 보였다. 그 안으로 들어가야만 했던 것이다.

그 집에 그가 도착하는 것 때문에 마음이 뒤흔들린 사람은 쥘리앵만이 아니었다. 그의 역할 때문에 자기와 자기 자녀들 사이에 끊임없이 끼어들 그 낯선 사람에 대한 생각으로 극도로 소심한 드 레날 부인도 당황하고 있었던 것이다. 그녀는 아들들이 자기 침실에서 잠을 자는 데 습관이 들어 있었다. 그날 아침 아이들의 작은 침대를 가정 교사의 거처로 옮겨 놓는 것을 보았을 때 그녀는 눈물을 억제할 길이 없었다. 그녀는 막내아들 스타니슬라스 크사비에의 침대만이라도 다시 자기 침실로 옮겨봐 달라고 남편에게 졸라 보았으나 헛일이었다.

드 레날 부인에게는 여인의 섬세함이 극단적인 데까지 나아가 있었다. 그걸 위해 자기 아들들을 때리기까지 할 야만스러운 언어인 라틴어를 안다는 단 한 가지 이유 때문에, 자기 아이들을 야단칠 임무를 떠맡은 더벅머리의 천박한 인간에 대한 더없이 불쾌한 모습을 상상하고 있었던 것이다.

6장 권태

내가 무엇인지
내가 무엇을 하는지를
나는 더 이상 알 수 없다.

—모차르트, 「피가로의 결혼」

사람들의 시선에서 멀리 떨어져 있을 때면 그녀에게 자연스럽게 떠오르는 활력과 매력에 찬 드 레날 부인이 정원으로 난 유리문을 밀고 나오는 길이었는데, 그때 대문 곁에서 젊은 농부의 얼굴이 얼핏 눈에 띄었다. 그 얼굴은 몹시 창백하고 막운 듯한, 아직 어린아이에 가까운 모습이었다. 그는 새하얀 셔츠를 입었고 보랏빛 나사의 아주 깨끗한 윗도리를 팔 밑에 끼고 있었다.

그 어린 농부의 얼굴빛이 너무나 희고 눈이 너무나 부드러웠으므로, 다소 공상적인 데가 있는 드 레날 부인은 처음에는 어떤 처녀가 변장을 하고 시장에게 무슨 청을 하러 온 것이 아닌가 하는 생각까지 들었다. 대문에 멈춰 서서 감히 초인종을 누르지도 못하고 있는 것이 분명한 그 가련한 사람이 그녀는 가엾어졌다. 가정 교사가 온다는 사실이 불러일으킨 울적한 심사도 잠시 잊고 드 레날 부인은 그에게 다가갔다. 문 쪽으로 고개를 돌리고 있던 쥘리앵은 그녀가 다가오는 것을 보지 못했다. 귀 가까이에서 부드러운 목소리가 들려왔을 때 그는 소스라쳐 놀랐다.

"이봐요, 어떻게 온 거지?"

쥘리앵은 얼른 돌아섰다. 그러고는 드 레날 부인의 우아한 맵시로 가득 찬 시선에 놀라서 수줍음을 어느 정도 잊을 수 있었다. 뒤이어 그녀의 아름다움에 얼이 빠져서 그는 모든 것을, 심지어 자기가 무엇을 하러 왔는지조차 잊었다. 드 레날 부인은 질문을 되풀이했다.

"저는 댁의 가정 교사로 왔습니다." 눈물을 흘린 것이 부끄러워 애써 눈물을 닦으면서 마침내 그가 대답했다.

드 레날 부인은 어리둥절했다. 그들은 바싹 붙어 서서 서로를 쳐다보고 있었다. 쥘리앵은 그처럼 옷을 잘 차려입은 사람을 본 적이 없었고, 특히 그토록 눈부신 살결을 지닌 여인이 다정한 태도로 자기에게 말을 걸어 준 적이 없었다. 드 레날 부인은 처음에는 그렇게 창백하다가 이제는 빨갛게 달아오른 그 젊은 농부의 뺨에 맺힌 커다란 눈물방울을 쳐다보았다. 다음 순간 그녀는 앳된 처녀와도 같은 터무니없는 쾌활함을 보이며 웃기 시작했다. 그녀는 자기 자신을 비웃는 것이었다. 그녀의 행복감은 이루 형용할 수가 없었다. 뭐라고, 아이들을 꾸짖고 매질하러 올 더럽고 형편없는 매무새의 사제로 상상했던 가정 교사가 바로 이 사람이라니!

"그런데 선생께서 라틴어를 하시나요?" 이윽고 그녀가 입을 열었다.

선생이란 말이 쥘리앵에게는 너무도 놀라워서 그는 잠시 생각에 잠겼다.

"그렇습니다, 부인." 그는 수줍게 대답했다.

드 레날 부인은 기쁨이 하도 커서 쥘리앵에게 이런 얘기까지 할 수 있었다.

"가엾은 애들을 너무 야단치시지는 않겠죠?"

"제가 야단을 치다뇨, 왜 그러겠습니까?" 쥘리앵이 놀라서 말했다.

"선생께선 그 애들에게 잘 대해 주시겠죠, 약속해 주시겠어요?" 그녀는 잠시 입을 다물었다가, 매 순간 점점 감동이 커가는 목소리로 이렇게 덧붙여 말했다.

쥘리앵은 이처럼 훌륭한 옷차림을 한 부인이 진지한 태도로 또다시 선생이라고 불러 주리라고는 꿈에도 생각하지 못했다. 청춘의 온갖 공상 속에서 그는 자기가 훌륭한 제복을 착용하게 될 때가 아니면 어떠한 귀부인도 자기에게 말을 걸어 주지 않을 것이라고 상상해 왔던 것이다. 한편 드 레날 부인은 쥘리앵의 아름다운 혈색, 커다란 검은 눈, 마음을 가라앉히려고 공동 우물에 축이고 온 길이었기 때문에 평소보다 곱슬곱슬한 예쁜 머리칼 때문에, 이 사람이 상상하던 모습과는 전혀 다르다는 것을 깨달았다. 자기 아이들에게 거칠고 험상궂은 태도로 대할까 봐 그토록 두려워했던 그 숙명적인 가정 교사에게서 소녀처럼 수줍은 모습을 발견한 부인의 기쁨은 이루 말할 수 없었다. 드 레날 부인같이 참으로 평온한 영혼에게는, 자신이 두려워했던 것과 지금 눈앞에 보고 있는 것의 이러한 대조는 하나의 큰 사건이었다. 이윽고 그녀는 놀라움에서 깨어났다. 그러자 그녀는 거의 셔츠 차림이랄 수 있는 청년과 문간에서 이렇게 너무 가까이 붙어 서 있는 것을 깨닫고 다시 놀랐다.

"들어가십시다, 선생." 그녀는 아주 당황한 기색으로 말했다.

순수하게 유쾌한 느낌이 이처럼 깊이 드 레날 부인을 감동시킨 적은 일찍이 없었다. 불안스러운 두려움에 이처럼 매혹적인 출현이 뒤따라온 적도 없었다. 그녀가 그토록 정성스레 보살펴온 귀여운 아이들이 더럽고 투덜거리는 사제의 손아귀에 떨어지지 않아도 좋게 된 것이다. 현관에 들어서자마자 그녀는 수줍은 듯 뒤따라 들어오던 쥘리앵에게 고개를 돌렸다. 이렇듯 훌륭한 집을 보고 놀라는 그의 모습이 드 레날 부인의 눈에는 또 하나의 매력으로 비쳤다. 그녀는 자기 눈을 믿을 수가 없었다. 그녀는 특히 가정 교사란 검은 옷을 입어야 한다고 여기고 있었던 것이다.

신뢰감으로 행복에 넘쳐 있던 그녀는 혹시 사람을 오인한 것이나 아닐까 몹시 두려워서 다시 한번 멈춰 서서 말했다.

"그런데, 선생께서 라틴어를 하신다는 게 사실인가요?"

이 말은 쥘리앵의 자존심을 상하게 했고 조금 전부터 그가 잠겨 있던 매혹을 사라지게 했다.

"그렇습니다, 부인. 저는 신부님만큼 라틴어를 알고 있고, 때로는 신부님보다 잘 안다고 그분께서 말씀해 주시기까지 했습니다." 그는 냉정한 태도를 지으려고 애쓰면서 대답했다.

드 레날 부인은 쥘리앵이 몹시 사나운 표정이 된 것을 알았다. 그는 그녀와 두어 걸음 떨어진 곳에 서 있었다. 그녀는 다가가서 낮은 목소리로 말했다.

"아이들이 배운 것을 모르더라도, 처음 며칠은 아이들을 때리지 말아 주세요."

이토록 아름다운 부인의 애원에 가까운 상냥한 어조는 쥘리앵으로 하여금 라틴어 학자로서의 자신의 명성에 대한 자부심도 갑자기 잊게 해 주었다. 드 레날 부인의 얼굴은 그의 얼굴에 닿을 듯 가까이 머물러 있었다. 부인의 여름옷에선 향기가 풍겨 나왔는데, 그것은 가난한 시골뜨기에겐 아주 놀라운 일이었다. 쥘리앵은 얼굴을 몹시 붉히고는 한숨을 지으며 꺼져 가는 목소리로 말했다.

"아무 염려 마세요, 부인. 저는 매사에 부인의 뜻을 따르겠습니다."

그제야 아이들에 대한 부인의 불안감은 완전히 사라졌다. 그리고 드 레날 부인은 쥘리앵의 뛰어나게 아름다운 용모에 놀랐다. 거의 여성적이라고 할 만한 그의 생김새와 어쩔 줄 몰라 하는 태도가 그 자신이 몹시 부끄럼을 많이 타는 부인에게는 전혀 우스꽝스러워 보이지 않았다. 남성미에 필수적이라고 누구나 생각하는 사내다운 태도가 그녀에게는 오히려 무섭게 느껴졌을 것이다.

"선생은 올해 나이가 어떻게 되시죠?" 그녀는 쥘리앵에게 물었다.

"곧 열아홉이 됩니다."

드 레날 부인은 이제 완전히 마음을 놓고 말했다.

"우리 큰아들은 열한 살입니다. 당신과는 거의 친구라고 해도 좋을 나이죠. 그러니 알아듣게 타일러 주세요. 한번은 애 아버지가 그 애를 때리려고 한 적이 있었어요. 그랬더니 그 애가 일주일 동안이나 앓아눕지 않겠어요. 아주 살짝 때린 정도였는데도 말이죠."

나와는 얼마나 엄청난 차이인가, 내 아버지는 어제도 나를 때렸는데, 하고 쥘리앵은 생각했다. 부자들은 참 행복하기도 하구나!

드 레날 부인은 벌써 가정 교사의 마음속에 일어나는 사소한 변화까지도 알아차리기에 이르렀다. 그녀는 쥘리앵이 시무룩해진 것은 수줍음 탓이라고 여기고 그를 격려해 주려고 했다.

"선생은 이름이 어떻게 되시죠?" 그녀는 쥘리앵이 알지도 못하는 사이에 매료돼 버린 우아함과 다정한 어조를 띠고 말했다.

"제 이름은 쥘리앵 소렐입니다, 부인. 저는 난생처음 낯선 집에 들어오게 돼서 떨리기만 합니다. 저는 부인의 보호가 필요합니다. 그리고 처음에는 많은 일을 너그럽게 보아주세요. 저는 너무 가난해서 학교에도 다녀 보지 못했습니다. 저는, 제 친척이며 레지옹 도뇌르 훈장 수훈자인 군의와 셸랑 신부님 이외에는 다른 사람과 말해 본 적이 없습니다. 셸랑 신부님은 저에 관해 잘 말씀해 주실 것입니다. 제 형들은 언제나 저를 때리기만 했지요. 형들이 저를 나쁘게 말하더라도 그 얘기는 믿지 마세요. 그리고 제가 잘못을 저지른다 해도 나쁜 의도는 전혀 없을 테니 용서해 주시기 바랍니다."

　이렇게 긴 얘기를 하는 동안 마음이 가라앉은 쥘리앵은 드 레날 부인을 찬찬히 살펴보았다. 흠잡을 데 없는 우아한 매력, 그것이 성격과 자연스럽게 어울리고 또 당사자가 그 매력을 전혀 의식하지 않을 때의 그 우아한 매력의 효과를 부인은 십분 보여 주고 있었다. 쥘리앵이 여성의 아름다움을 잘 아는 사람이라면 이 순간 부인이 스무 살밖엔 안 됐을 거라고 단정했을지도 모른다. 그녀의 손에 키스하고 싶다는 대담한 생각이 갑자기 그에게 떠올랐다. 그는 곧 그 생각에 겁이 났다. 그러나 다음 순간 속으로 이렇게 중얼거렸다. 제재소에서 막 벗어난 가난한 노동자에게 이 아름다운 부인이 품고 있을지도 모를 경멸감을 줄여 주는, 내게 유용할 수 있는 행동을 실행하지 못한다면 나는 비겁한 것이다. 어쩌면 쥘리앵은 반년 전부터 일요일마다 처녀들이 자기를 미남이라고 수군거리는 소리를 들어온 것에 약간 용기를 얻었는지도 모를 일이었다. 이처럼 마음속으로 갈등을 겪는 동안, 드 레날 부인은 아이들과 처음에 어떻게 지낼지에 대해 그에게 몇 마디 타이르는 말을 건네고 있었다. 쥘리앵이 겪는 격한 갈등이 또다시 그를 몹시 핼쑥하게 했다. 그는 거북스러운 태도로 말했다.

　"부인, 저는 결코 아드님들을 때리지 않겠습니다. 하느님 앞에 맹세하지요."

　이 말을 하면서 그는 감히 드 레날 부인의 손을 잡아 자기 입술로 가져갔다. 그녀는 이 행동에 놀랐으며, 생각해 보니 화가 나기도 했다. 날씨가 너무 더워서 숄 밑의 팔은 벌거숭이였는데, 손을 자기 입술로 가져간 쥘리앵의 동작이 그 팔을 완전히 노출시키고 말았다. 잠시 후 그녀는 자신을 책망했다. 그녀에게는 자기가 빨리 화내지 못한 것이 잘못으로 여겨졌다.

말소리를 듣고 드 레날 씨가 자기 서재에서 나왔다. 그는 시청에서 결혼식을 주재할 때처럼 엄숙하고 어버이 같은 태도로 쥘리앵에게 말했다.

"아이들과 만나기 전에 당신과 얘기할 것이 있소."

그는 쥘리앵을 방에 들어오게 한 다음 나가려는 부인을 붙들었다. 드 레날 씨는 문을 닫고 엄숙하게 자리에 앉았다.

"당신이 훌륭한 사람이라는 말을 신부님에게서 들었소. 여기서는 모두들 당신에게 정중하게 대할 것이고, 당신이 마음에 들게 일해 준다면 나중에 당신이 자리 잡는 데도 도움을 줄 생각이오. 이제부터는 당신이 친척이나 친구들을 만나지 않기를 바라겠소. 그들의 언동은 우리 아이들에게 어울리지 않으니까. 여기 첫 달 치 봉급 36프랑이 있소. 하지만 이 돈을 당신 부친에게는 한 푼도 주지 않겠다고 약속해 주어야겠소."

드 레날 씨는 이번 일에서 자기보다 교활함을 보였던 소렐 영감에 대해 단단히 기분이 상해 있었다.

"그런데 선생, 참, 앞으로는 내 분부대로 집 안에서 모두들 당신을 선생이라고 부를 것이오. 당신은 점잖은 집에 들어온 보람을 느끼게 될 테지. 그런데 선생, 당신이 평복 차림으로 아이들과 만나는 것은 좋지 않겠소. 하인들이 선생을 보았소?" 드 레날 씨는 아내에게 물었다.

"아니요, 여보." 그녀는 깊은 상념에 빠져 있는 태도로 대답했다.

"마침 잘됐소. 이것을 입으시오." 그는 놀란 젊은이에게 자기 프록코트 한 벌을 내주며 말했다.

"이제 뒤랑 씨네 나사점(羅紗店)으로 갑시다."

한 시간여가 지난 후 드 레날 씨가 온몸을 검은 옷으로 단장한 새 가정 교사를 데리고 돌아왔을 때 그는 아내가 아직도 같은 자리에 앉아 있는 것을 보았다. 그녀는 쥘리앵이 나타나자 안도감을 느꼈다. 그를 찬찬히 살펴봄으로써 그에 대한 두려움을 잊을 수 있었던 것이다. 쥘리앵으로서는 전혀 그녀 생각을 하고 있지 않았다. 운명이나 타인에 대해 극도로 경계심을 갖고 있는 쥘리앵이었지만 이 순간 그의 마음은 어린아이의 마음과 다름이 없었다. 세 시간 전 교회 안에서 떨던 순간부터 지금까지가 그에게는 여러 해를 살아온 듯이 여겨졌다. 그는 드 레날 부인의 냉랭한 태도를 알아챘다. 그녀의 손에 감히 키스했던 것에 대해 화나 있는 것이라고 생각했다. 그러나 여태껏 입어 오던 것과는 판이한 옷을 입게 되어 우쭐해진 감정이 정신을 나가게 한 데다 기쁨을 감추느라고 너무나 애쓴 나머지, 그의 모든 동작에는 급작스럽고 미친 듯한 태도가 엿보였다. 드 레날 부인은 놀란 눈으로 그를 쳐다보았다.

"선생, 우리 아이들과 하인들의 존경을 받으려면 좀 엄숙한 태도를 가지시오." 드 레날 씨가 그에게 말했다.

"새 옷을 입으니 거북한 듯합니다." 쥘리앵이 대답했다.

"가난한 농군인 저는 평복밖에는 입어 보지 못했습니다. 허락해 주신다면 제 방에 가서 잠시 혼자 있고 싶습니다."

"이 신출내기가 당신에겐 어떻게 보이오?" 드 레날 씨가 아내에게 물었다.

분명히 까닭도 모르면서 거의 본능적으로 드 레날 부인은 남편에게 본심을 숨겼다.

"저는 당신처럼 그 어린 시골뜨기가 마음에 들진 않아요. 당신의 친절한 행동이 그를 건방지게 만들어서 한 달도 채 안 돼 내보내게 될지도 모르겠군요."

"그렇다면 내보내도록 합시다. 우리가 100프랑 남짓 손해를 보게 되겠지. 그렇지만 드 레날 씨 자식들에게 가정 교사가 딸려 있다는 것을 아는 데 베리에르 장안이 익숙해질 거요. 쥘리앵을 일꾼의 옷차림 그대로 내버려 둔다면 그 목적을 전혀 달성할 수 없거든. 그를 내보낼 때는 나사점에서 맞춘 검은 맞춤 양복은 물론 빼앗겠소. 양복점에서 찾아 입힌 기성복만 줘야지."

쥘리앵이 자기 방에서 보낸 시간이 드 레날 부인에게는 한 순간으로 여겨졌다. 새로운 가정 교사가 왔다는 소식을 전해 들은 아이들은 어머니에게 갖가지 질문을 퍼부어 댔다. 마침내 쥘리앵이 나타났다. 그는 다른 사람이 된 듯했다. 엄숙하다고 말한다면 오히려 잘못된 표현일 것이고 그는 차라리 엄숙의 화신 같았다. 아이들에게 소개되자 그는 드 레날 씨도 놀라지 않을 수 없는 태도로 그들에게 얘기했다.

"여러분, 나는 여러분에게 라틴어를 가르치러 여기 왔습니다." 쥘리앵은 연설을 끝맺으며 말했다. "여러분은 학과를 암송한다는 것이 어떤 것인지 알겠죠? 여기 성경이 있습니다." 그는 검은색 장정이 된 32절형 작은 책 한 권을 그들에게 보이면서 말했다. "이것은 특히 우리 주 예수 그리스도의 이야기로 '신약'이라고 하는 부분이에요. 나는 앞으로 여러분에게 자주 암송을 시킬 생각인데, 오늘은 먼저 나에게 암송시켜 보세요."

맏이인 아돌프가 책을 집어 들었다.

"아무 데나 되는대로 책을 펼쳐 보세요." 쥘리앵이 계속해서 말했다. "그리고 어디든 별행(別行)의 첫 마디만 말해 주세요. 그러면 나는 우리 모두의 행동 지침인 이 성스러운 책을 그만두라고 할 때까지 외워 보이겠어요."

아돌프가 책을 펴들고 한마디를 읽자, 쥘리앵은 프랑스어를 할 때와 마찬가지로 수월하게 그 페이지 전체를 암송했다. 드 레날 씨는 의기양양한 태도로 아내를 쳐다보았다. 아이들은 부모가 놀라는 모습을 보자 눈이 휘둥그레졌다. 하인 하나가 응접실의 문간에 왔을 때도 쥘리앵은 계속해서 라틴어를 암송하고 있었다. 하인은 처음에는 꼼짝 않고 서 있다가 사라졌다. 곧 부인의 하녀와 식모가 문 곁으로 왔는데, 그때 아돌프는 벌써 성경을 여덟 군데나 펼친 길이었고 쥘리앵은 여전히 한결같이 수월하게 암송하고 있었다.

"어쩜, 저렇게 예쁜 사제가!" 신앙심 깊고 선량한 처녀인 식모는 큰 소리로 이렇게 외쳤다.

드 레날 씨의 자존심이 불안해졌다. 가정 교사를 살펴볼 생각을 하기는커녕 그는 기억 속에서 몇 마디 라틴어를 찾아내느라 여념이 없었다. 마침내 그는 호라티우스[9]의 시구 하나를 읊을 수 있었다. 쥘리앵은 성경 이외에는 라틴어를 알지 못했다. 그는 눈살을 찌푸리며 말했다.

"제게 예정되어 있는 신성한 직분은 그처럼 세속적인 시인의 시를 읽는 것을 금했습니다."

드 레날 씨는 호라티우스의 시라고 일컫는 것을 상당히 많이 인용했다. 그는 자기 아이들에게 호라티우스가 어떤 인물이었는가를 설명했다. 그러나 가정 교사를 경탄해 마지않는 아이들은 아버지의 말에는 별로 주의를 기울이지도 않고 쥘리앵만을 쳐다보고 있었다.

하인들이 여전히 문턱을 떠나지 않는 것을 보고 쥘리앵은 이 시험을 더 연장해야 한다고 생각했다.

"스타니슬라스 크사비에 군도 내게 성경의 한 구절을 지적해 줘야 해요." 그는 아이들 중 막내에게 말했다.

어린 스타니슬라스가 우쭐해져서 한 행의 첫 마디를 겨우겨우 읽어 내자 쥘리앵은 그 페이지 전체를 외웠다. 드 레날 씨의 의기양양함에 무엇 하나 빠진 것이 없도록 하기 위해서인 듯, 쥘리앵이 암송하고 있을 때 노르망디산 준마를 소유하고 있는 발르노 씨와 군수인 샤르코 드 모지롱 씨가 들어왔다. 이 장면은 쥘리앵에게 선생이란 칭호를 붙이기에 어울리는 것이었다. 하인들도 감히 그 칭호를 거부하려 들지 못했다.

그날 저녁 베리에르의 주민들은 그 비범한 인물을 보러 드 레날 씨 집으로 쇄도했다. 쥘리앵은 거리감을 두는 우울한 태도로 모두에게 답했다. 그의 명성은 삽시간에 퍼져서 며칠 후,

---

9) Horatius(B.C. 65~8). 로마의 고전 시인.

누군가가 그를 빼앗아 갈까 두려워진 드 레날 씨는 이 년간의 계약에 서명해 달라는 제안을 했다.

"안 됩니다." 쥘리앵은 냉정하게 대답했다. "시장님께서 저를 내보내신다면 저는 나갈 수밖에 없을 것입니다. 시장님께서는 아무 의무도 지지 않고 저만 묶어 매는 계약은 공평하지 않으니, 거절합니다."

쥘리앵이 너무나 잘 처신했기 때문에, 그가 도착한 지 한 달도 채 안 되어 드 레날 씨까지 그를 존경하게 되었다. 사제는 드 레날 씨나 발르노 씨와는 사이가 벌어져서, 이제 나폴레옹에 대한 쥘리앵의 옛 열정을 누설할 사람은 아무도 없었다. 그는 어쩌다 나폴레옹의 얘기를 할 때면 혐오감을 나타내 보일 뿐이었다.

7장 선택 친화력

그들은 감정을 상하게 함으로써만
감정을 건드릴 수 있다.

─한 현대인

아이들은 그를 숭배했으나 그는 아이들을 전혀 사랑하지 않았다. 그의 생각은 다른 데 있었던 것이다. 어린아이들이 무슨 짓을 하든 그는 마음 쓰지 않았다. 냉정하고 올바르고 태연하며, 또한 그가 옴으로써 집 안의 권태가 어느 정도 일소되었기 때문에 사랑받는 그는 훌륭한 가정 교사라고 할 수 있었다. 하지만 그는 자기가 받아들여진 상류 사회에 대해 증오감과 혐오감밖에는 느끼지 않았다. 실상 그는 그 사회에서 테이블의 말석을 차지한 셈이었는데, 어쩌면 그것이 증오감과 혐오감을 설명해 주는 이유인지도 모른다. 때로 화려한 만찬회가 열리곤 했는데 그럴 때면 그는 주위의 모든 것에 대한 증오를 억제하기 힘들었다. 한번은 성 루이 축일에 발르노 씨가 드 레날 씨 댁에서 혼자 떠들어 대고 있었다. 쥘리앵은 본심이 터져

나올 것만 같아서, 아이들을 돌보아야 한다는 핑계를 대고 정원으로 달아났다. 어쩌면 저렇게 청렴함을 찬양해 댈 수 있단 말인가! 그는 혼자 소리쳤다. 저 작자들은 그것이 유일한 덕성이란 거겠지. 하지만 빈민의 복지를 관리하게 된 이후로 명백히 제 재산을 두세 배나 불린 자에 대한 경의와 치사한 존경의 꼴이라니! 놈은 다른 사람들보다 그 비참함이 더 존중되어야 할 고아들을 위해 마련된 기금까지도 착복하고 있는 것이 틀림없다! 아아! 짐승만도 못한 놈! 더러운 놈! 아버지와 형들과 가족 전체에게 미움받는 나 또한 일종의 고아가 아니고 무엇이랴.

성 루이 축일 며칠 전 피델리테 산책로를 굽어보는 벨베데르라고 불리는 작은 숲 속에서, 성무일과서(聖務日課書)를 외며 혼자 산책하던 쥘리앵은 멀리서 호젓한 오솔길로 오고 있는 두 형을 보고는 피하려고 애썼으나 피할 수가 없었다. 동생의 멋진 검은 옷이며 더없이 깨끗한 태도며 자기들에 대한 공공연한 멸시 때문에 질투심으로 눈이 뒤집힌 이 거친 노동자들은 피투성이가 되어 기절할 정도로 쥘리앵을 두들겨 팼다. 발르노 씨와 군수와 함께 산책하던 드 레날 부인은 우연히 그 작은 숲에 이르렀다. 땅바닥에 쓰러져 있는 쥘리앵을 보고 그녀는 그가 죽은 것으로 생각했다. 그녀의 충격의 표시는 너무도 엄청나서 발르노 씨에게 질투심을 일으킬 정도였다.

쥘리앵은 너무 일찍부터 경계심을 품었다. 그는 드 레날 부인이 매우 아름답다고 생각했으나 그 아름다움 때문에 그녀를 미워했다. 그녀가 자기의 출세를 가로막을지도 모를 최초의 암초로 여겨졌던 것이다. 그는 처음 만나던 날 그녀의 손에 키스했던 황홀감을 잊기 위해 되도록 그녀와 적게 얘기했다.

드 레날 부인의 하녀 엘리자는 어쩔 수 없이 젊은 가정 교사에게 반하게 되었다. 그녀는 안주인에게 자주 가정 교사 얘기를 했다. 엘리자 양의 사랑은 쥘리앵에게 한 하인의 원한을 사게 만들었다. 어느 날 그는 그 하인이 엘리자에게 이렇게 말하는 소리를 들었다. "그 꾀죄죄한 가정 교사가 집 안에 들어온 이후로 너는 나와 말도 하지 않는 거냐?" 쥘리앵은 이런 욕설을 들을 하등의 이유가 없었다. 하지만 그는 미소년의 본능으로 자신의 몸치장에 더욱 신경을 썼다. 발르노 씨의 원한도 배가되었다. 그는 그처럼 멋 부리는 것은 젊은 사제에게는 도대체 어울리지 않는 일이라고 공공연히 말하고 다녔다. 쥘리앵이 입고 있는 것은 수단을 빼면 정장에 불과했다.

드 레날 부인은 그가 평소보다 자주 엘리자 양과 얘기를 나누는 것을 주시했다. 그리고 쥘리앵의 옷가지가 너무 적은 것이 그 대화의 원인임을 알게 되었다. 쥘리앵은 속옷이 몇 벌 안 되어 집 밖에서 자주 빨도록 할 수밖에 없었는데, 이 작은 일 때문에 엘리자를 필요로 했던 것이다. 짐작도 못 했던 이런 극도의 빈곤이 드 레날 부인의 마음을 두드렸다. 그녀는 쥘리앵에게 선물을 하고 싶었으나 선뜻 그러지도 못했다. 이 마음속 갈등은 쥘리앵이 그녀에게 야기한 최초의 고통스러운 감정이었다. 그때까지 그녀에게 쥘리앵이란 이름은 오직 지적이고 순수한 기쁨의 감정과 같은 뜻이었던 것이다. 쥘리앵의 가난에 대한 생각으로 괴로워하던 드 레날 부인은 그에게 속옷을 선물하자고 남편에게 얘기했다.

"무슨 어리석은 소리요!" 남편은 대꾸했다. "우리 마음에도 꼭 들고 우리에게 잘 봉사하고 있는 사람에게 선물을 다 하다니! 그가 소홀해져서 성의를 북돋아 줘야 할 때나 선물을 하는 거지."

이런 사고방식에 드 레날 부인은 기분이 상했다. 쥘리앵이 오기 전이라면 이런 사고방식에 대해 전혀 신경도 쓰지 않았을 것이다. 그녀는 젊은 사제의 아주 단순하면서도 몹시 깨끗한 차림을 볼 때마다, 가난한 아이가 어쩌면 이렇게 차릴 수가 있을까 하고 생각하지 않을 수 없었다.

점차로 그녀는 쥘리앵에게 결핍되어 있는 모든 것에 대해 기분이 상하기는커녕 동정심을 느끼게 되었다.

드 레날 부인은 처음 알게 되는 보름 동안은 누구나 바보로 여기기 십상인 그런 시골 여인 가운데 하나였다. 그녀는 아무런 인생 경험도 없었고 굳이 남들과 얘기하려 하지도 않았다. 섬세하고 오연(傲然)한 영혼을 타고난 부인은 우연히 자신이 그 속에 섞여 들게 된 상스러운 사람들의 언동에는 대체로 무관심했는데, 그것은 만인에게 공통된 행복에 대한 본능에서 말미암은 것이었다.

그녀가 조금만 교육을 받았더라면 그 자연스럽고 생기발랄한 정신은 세인의 주목을 끌었으리라. 그러나 상속녀의 신분으로, 그녀는 예수회파에 적대적인 프랑스인들에 대한 강렬한 증오심에 불타는 광신적인 예수 성심회의 수녀들 사이에서 자라났던 것이다. 드 레날 부인은 수녀원에서 배웠던 것을 모두

불합리한 것으로 여기고 곧 망각해 버릴 만큼 분별을 지니고 있었다. 그러나 그녀는 그 자리를 어떤 것으로도 채우지 않았기 때문에, 결국 아는 것이라고는 아무것도 없었다. 많은 재산의 상속녀로 일찍부터 아첨의 대상이 되었고, 열렬한 신앙심을 타고난 그녀는 전적으로 내성적인 삶의 방식을 지니게 되었다. 흠잡을 나위 없이 겸손하고 자기 의사를 전혀 내세우지 않음으로써, 베리에르의 남편들이 자기 아내에게 본보기로 치켜세우며 또한 드 레날 씨를 우쭐하게 만들기도 한 부인의 습관적인 행동은, 실상은 더없이 오만한 기질의 결과였다. 오만함 때문에 사람들 입에 오르내리는 어떤 왕녀라도, 외관상 그토록 온화하고 겸손한 드 레날 부인이 남편의 언행에 기울이는 관심보다는 훨씬 많은 관심을 주위 신사들의 행동에 기울일 것이다. 쥘리앵이 올 때까지 그녀는 실제로 자기 아이들에게만 관심을 가져 왔다. 아이들의 사소한 질병, 괴로움, 작은 기쁨만이 브장송의 성심 수녀원에 있을 때 하느님을 경배한 경험밖에 없는 이 영혼의 모든 감수성을 사로잡고 있었다.

아무에게도 그런 말을 한 적은 없지만, 자기 아들 중 하나가 열이라도 오를라치면 그녀는 그 아이가 죽기라도 하듯 타격을 받는 것이었다. 결혼 초에는 이런 종류의 걱정을 억제할 수 없어 남편에게 털어놓고 얘기도 해 보았지만, 그럴 때마다 남편은 여자의 어리석음에 대한 시시한 격언을 늘어놓으며 너털웃음을 짓거나 어깨를 으쓱해 보이는 것이 고작이었다. 그런 종류의 농담이 나올 때면, 특히 그것이 아이들의 병에 관해서 튀어나올 때면 드 레날 부인은 가슴을 비수로 도려내는 듯한 아픔을 느꼈다. 자신의 청춘 시절을 보냈던 예수회 수녀원에서 받던 은근하고 달콤한 아첨 대신에 그녀가 발견한 것은 이런 것이었다. 그녀의 교육은 이런 고통으로 이루어졌다. 친구인 데르빌르 부인에게조차도 이런 종류의 괴로움을 얘기하기에는 너무나 자존심이 강한 그녀는 남자란 모두 자기 남편이나 발르노 씨나 샤르코 드 모지롱 군수와 같다고 막연히 상상했다. 상스러움, 금전이나 지위나 훈장의 이해관계와 상관없는 모든 것에 대한 짐승 같은 무감각, 자기들에게 반대하는 일체의 논의에 대한 맹목적인 증오심 같은 것이, 그녀에게는 장화를 신거나 펠트 모자를 쓰는 것처럼 남성에게는 자연스러운 일로 보였던 것이다.

오랜 세월이 흐른 후에도 드 레날 부인은 돈만 아는 그런 사람들에게 아직 익숙해질 수 없었다. 하지만 부인은 그들 가운데서 살아야 했다.

나이 어린 시골뜨기 쥘리앵의 성공은 거기에서 연유되었다. 이 고상하고도 자존심 강한 영혼과의 교감 속에서 그녀는 새로움이 갖는 매력의 감미롭고 찬란한 기쁨을 발견했던 것이다. 드 레날 부인은 자기가 고쳐 줄 수 있었던 쥘리앵의 거친 태도와 또 하나의 매력으로 보이는 그의 극도의 무지를 진작부터 용서해 주었다. 길을 건너다가 빠른 속도로 달려오는 농부의 짐수레에 깔려 죽은 불쌍한 개의 얘기와 같은 가장 일상적인 대화에서조차도 그녀는 쥘리앵에게 귀 기울일 가치가 있음을 발견했다. 이런 마음 아픈 얘기를 듣고도 남편은 그저 너털웃음이나 짓는 것이었지만, 쥘리앵은 예쁘게 활 모양으로

굽은 검고 고운 눈썹을 찌푸려 보였다. 너그러움, 영혼의 고귀성, 인간미 같은 것이 그녀에게는 점차로 이 젊은 사제에게만 존재하는 듯이 보였다. 이러한 미덕이 고상하게 타고난 영혼에 불러일으키는 모든 공감과 찬탄을 그녀는 오직 그 한 사람에게서만 느꼈다.

파리에서라면 드 레날 부인에 대한 쥘리앵의 위치는 재빨리 단순화되었을 것이다. 그러나 파리에서는 사랑이란 소설의 소산이라고 할 수 있다. 젊은 가정 교사와 그의 수줍은 여주인은 서너 권의 소설 속에서, 아니면 짐나즈 극장에서 부르는 노래의 가사에서라도 그들 입장의 설명을 찾아낼 수 있었을 것이다. 소설이 그들에게 해야 할 역할을 그려 보이고 모방할 모델을 제시해 보였을 것이다. 아무런 즐거움이 없다고 해도, 어쩌면 얼굴을 찌푸리면서까지도 허영심 때문에 쥘리앵은 조만간 그 모델을 추종하지 않을 수 없었을 것이다.

아베이롱이나 피레네 지방의 소도시에서라면, 불타는 듯한 기후 때문에 아무리 사소한 사건이라도 결정적인 국면으로 접어들고 말 것이다. 그러나 좀 더 어두운 이 고장 하늘 밑에서, 섬세한 마음으로 인하여 돈이 줄 수 있는 어떤 향락을 필요로 하기 때문에 야심만만한 가난한 청년 하나가, 자기 아이들에게만 정신이 팔려 소설 속에서 행동의 본보기를 취할 생각이라고는 하지도 않는 정말로 현숙한 30세의 여인을 매일 만나고 있는 것이다. 시골에서는 모든 것이 천천히 진행되고 모든 것이 조금씩 조금씩 이루어진다. 거기에는 더 많은 자연스러움이 깃들어 있는 것이다.

젊은 가정 교사의 가난을 생각하면서 드 레날 부인은 종종 눈물을 지을 정도로 측은해했다. 어느 날 쥘리앵은 정말로 울고 있는 부인을 보았다.

"그런데 부인, 무슨 좋지 않은 일이라도 있나요?"

"아니에요, 그런 게 아니라." 부인이 대답했다. "몬 아미[10], 아이들을 불러 주세요, 함께 산책이나 하러 가죠."

그녀는 쥘리앵의 팔을 잡더니 그에게 이상하게 여겨지는 태도로 기대어 왔다. 그녀가 '몬 아미'라고 그를 불러 준 것은 그때가 처음이었다.

산책이 끝날 무렵 쥘리앵은 그녀가 몹시 얼굴을 붉히고 있는 것을 알아보았다. 그녀는 발걸음을 늦추었다.

"아시게 되겠지만, 나는 브장송에 사시는 아주 부유한 아주머니의 유일한 상속녀랍니다." 그녀는 쥘리앵을 쳐다보지도 못한 채 얘기했다. "그분은 내게 선물을 많이 보내 주시죠……. 아이들 공부도 썩 잘되고……. 아주 놀라울 정도죠……. 그래서, 나는 감사의 표시로 선생이 작은 선물을 받아 주었으면 하는데요. 내의를 살 약간의 돈에 불과한 것이니까요. 하지만……." 그녀는 더욱더 얼굴을 붉히며 덧붙여 말하려다가 말 끝을 맺지 못하고 말았다.

"그래서요?" 쥘리앵이 물었다.

"이런 얘기를 남편에게 할 필요는 없을 거예요." 그녀는 고개를 숙이면서 말을 이었다.

---

10) Mon ami. '내 친구'라는 뜻의 프랑스어.

"저는 하잘것없는 사람이지만 저열한 인간은 아닙니다, 부인. 이 점을 깊이 생각하시지 않은 것 같습니다." 쥘리앵은 화가 나서 눈을 번득이며 멈춰 서서는 몸을 꼿꼿이 펴고 대답했다. "제 금전 문제에 관해 무엇이건 드 레날 씨께 감추는 것이 있다면 저는 하인만도 못한 사람이 될 것입니다."

드 레날 부인은 너무 놀라 정신이 멍멍했다.

쥘리앵이 계속해서 얘기했다.

"시장님은 제가 댁에 거주한 이후로 36프랑씩 다섯 번을 주셨습니다. 저는 제 금전 출납부를 시장님이든 어느 누구에게든, 심지어 저를 미워하는 발르노 씨에게라도 언제든지 보여 드릴 수 있습니다."

이러한 힐책이 있자 드 레날 부인은 얼굴이 파리해져 몸을 떨었다. 양편 어느 쪽에서도 대화를 이을 구실을 찾지 못한 채 산책은 끝이 났다. 쥘리앵의 오만한 마음속에서는 드 레날 부인에 대한 사랑이 점점 불가능해졌다. 부인 편에서는 그를 존경하고 찬미했다. 그녀는 그런 쥘리앵에게서 힐책을 들었던 것이다. 그녀는 뜻하지 않게 쥘리앵의 자존심에 상처를 입힌 것을 보상한다는 구실로 더할 나위 없이 다정하게 그를 보살폈다. 이런 새로운 방식은 일주일 동안 드 레날 부인을 행복하게 해 주었다. 그 결과 쥘리앵의 노여움을 부분적으로는 가라앉힐 수 있었다. 그러나 쥘리앵은 거기에서 어떤 개인적인 은밀한 느낌 같은 것은 전혀 알아차리지 못했다.

부자들이란 다 그런 거지. 사람을 모욕해 놓고는, 꼴불견의 야릇한 짓을 함으로써 모든 걸 보상할 수 있다고 믿는단 말이야! 쥘리앵은 혼자 이렇게 생각했던 것이다.

드 레날 부인은 너무나 마음이 무거웠고 또 너무 순진했기 때문에, 그 일에 대해서는 입을 다물고 있기로 결심했는데도 쥘리앵에게 선물을 제안했다가 어떻게 거절당했는지 남편에게 얘기하고 말았다.

"뭐라고, 당신은 하인에게서 거절당하고도 참을 수 있었단 말이오?" 드 레날 씨는 버럭 화내며 대답했다.

부인이 하인이란 말에 항의하자 그는 덧붙여 말했다.

"나는 자기 신부(新婦)에게 시종들을 소개하던 고(故) 콩데 공의 말투를 따르는 거요. 그분은 '이 사람들은 모두 내 하인이오.'라고 말했거든. 상석권(上席權)의 본질이라고 할 수 있는 브장발의 『회상록』에 나오는 그 구절을 당신에게도 읽어 준 적이 있지 않소. 귀족이 아닌 사람으로 당신 집에 머물며 보수를 받는 사람은 누구나 당신의 하인인 거요. 그 쥘리앵 선생에게 몇 마디 해 주고 100프랑을 줘야겠소."

"아니, 여보! 적어도 하인들 앞에서는 그러지 마세요!" 드 레날 부인은 떨면서 말했다.

"그래야지, 하인들이 당연히 샘낼 테니까." 남편은 이렇게 말하고, 적지 않은 액수를 생각하면서 자리를 떴다.

드 레날 부인은 괴로움에 기절하다시피 한 상태로 의자에 털썩 주저앉았다. 저이가 쥘리앵을 모욕하겠지. 그것도 내 잘못 때문에! 남편이 끔찍스러웠다. 그녀는 두 손에 얼굴을 파묻고 말았다. 다시는 남편에게 속마음을 털어놓지 않겠다고 단단히 마음먹었다.

다시 쥘리앵을 보게 되었을 때 그녀는 몸을 와들와들 떨었다. 가슴이 죄어와서 단 한마디 말도 할 수가 없었다. 경황없는 중에 그녀는 쥘리앵의 두 손을 잡고 꼭 쥐었다.

"그런데, 저희 주인 양반이 기분 나쁘진 않으셨나요?" 마침내 그녀가 이렇게 말했다.

"어찌 그럴 수가 있겠어요? 저한테 100프랑을 주시더군요." 쥘리앵은 쓸쓸한 미소를 지으며 대답했다.

드 레날 부인은 마음이 안 놓이는 듯이 그를 쳐다보았다.

"팔을 좀 빌려주세요." 이윽고 그녀는 쥘리앵이 이전에 본 적이 없는 용감한 어조로 말했다.

그곳은 자유주의적이라는 악평이 자자했는데도 그녀는 대담하게도 베리에르의 책방까지 갔다. 그곳에서 그녀는 10루이어치의 책을 골라 자기 아이들에게 주었다. 그러나 그 책들은 쥘리앵이 보고 싶어 하던 것들임을 그녀는 알고 있었다. 바로 그 책방 안에서 그녀는 아이들에게 자기 몫으로 주어진 책에 이름을 써넣게 했다. 대담하게 쥘리앵에게 해 준 이런 종류의 보상에 드 레날 부인이 만족해하는 동안, 쥘리앵은 책방에서 본 많은 양의 책에 놀라움을 금치 못했다. 그는 한 번도 이런 속된 곳에 들어와 보질 못했던 것이다. 그의 가슴이 뛰었다. 드 레날 부인의 마음속에서 일어나는 일을 어림해 볼 생각을 하기는커녕, 자기와 같은 젊은 신학도가 그런 책 몇 권을 얻을 방법은 없을까 하는 것만을 골똘히 생각하고 있었다. 마침내 그는 아이들의 작문 주제를 위해서 그 지방 출신 유명한 귀족들의 이야기를 선정해 주어야 한다고 드 레날 씨를 교묘히 설득할 수 있으리란 생각을 했다. 한 달간이나 조심스레 일을 추진한 끝에 쥘리앵은 그 생각이 성공을 거두는 것을 볼 수 있었다. 얼마 후에는 드 레날 씨와 얘기하면서, 그 귀족 시장에게는 아주 괴로운 행동을 언급해 볼 수 있는 정도로까지 나아갔다. 책방에 예약 구독을 신청함으로써 자유주의자에게 재산을 보태 주는 문제였던 것이다. 드 레날 씨는 큰아들이 사관학교에 입학하게 되면 대화 중에 튀어나올 몇 가지 책을 눈으로 보게 하는 것이 좋을 것이라고 시인했다. 그러나 쥘리앵은 시장이 좀처럼 그 이상은 나아가려고 하지 않는다는 것을 알았다. 무슨 숨은 이유가 있다고 생각했지만 알아낼 수가 없었다.

어느 날 그는 이렇게 말해 보았다.

"레날 같은 훌륭한 귀족의 성(姓)이 책방의 시시한 장부에 기재된다는 것은 아주 적절치 못하다고 생각합니다."

그러자 드 레날 씨의 얼굴이 환해졌다.

쥘리앵은 좀 더 겸손한 어조로 계속해서 말했다.

"가난한 신학도로서도 그 이름이 책을 대여하는 책방의 장부에 기입되어 있는 것이 언젠가 발견된다면 아주 불명예스러운 것이겠지요. 자유주의자들은 치욕스러운 책들을 주문했다고 저를 비난할 수도 있을 것입니다. 그들이 제 이름 다음에 그런 타락한 책의 제목을 적어 넣기까지 할지 또 누가 알겠습니까?"

그러나 쥘리앵은 말꼬리를 흐렸다. 시장의 얼굴이 난처하고 화난 표정을 띠는 것을 보았던 것이다. 쥘리앵은 입을 다물었다. 그러고는 나는 이자를 손아귀에 넣고 있구나 하고 혼자 생각했다.

며칠 후 드 레날 씨가 있는 앞에서 그의 큰아들이 《코티디엔》지에 광고가 실린 책에 관해 쥘리앵에게 물어 왔다.

"자코뱅파에게 의기양양해서 떠들 구실을 주지 않으면서도 제가 아돌프 군의 질문에 대답할 수 있도록, 댁의 하인 중 제일 신분 낮은 사람의 이름으로 책방에 예약 구독을 신청하는 방법도 있을 것입니다." 젊은 가정 교사는 이 기회에 말을 꺼냈다.

"그거 괜찮은 생각이군." 드 레날 씨는 분명히 기쁜 내색을 하며 말했다.

"하지만 그 하인이 소설은 한 권도 사지 않도록 유의해야 할 것입니다. 그런 위험한 책들이 일단 집 안에 들어오면, 부인의 하녀들은 물론 그 하인까지도 타락시킬지 모르니까요." 오래도록 바라던 일이 성사된 것을 본 사람들에게 아주 잘 어울리는, 엄숙하며 거의 우울해 보이는 태도로 쥘리앵은 말했다.

"정치적 팸플릿들도 잊지 말아야지." 드 레날 씨가 오만한 태도로 덧붙였다. 아이들 가정 교사가 창안해 낸 교묘한 절충안이 그에게 불러일으킨 찬탄을 감추고 싶었던 것이다.

쥘리앵의 생활은 이렇듯 사소한 협상의 연속으로 이루어져 있었다. 이러한 협상에서의 성공이 드 레날 부인의 마음속에 자리 잡은 그에 대한 현저한 편애의 감정보다 훨씬 더 쥘리앵을 사로잡고 있었다.

여태껏 쥘리앵이 변함없이 처해 있던 정신 상태는 베리에르의 시장 댁에서도 되풀이되었다. 그곳에서도 자기 아버지의 제재소에서와 마찬가지로, 그는 더불어 사는 사람들을 마음속 깊이 경멸했으며 또한 그들에게 미움을 받았다. 매일같이 군수나 발르노 씨나 또는 이 집의 다른 친구들이 그들의 면전에서 일어난 일에 관해 하는 얘기를 들으면서, 그는 그들의 생각이 현실과 얼마나 동떨어져 있는가를 알았다. 어떤 행동이 그에게 찬탄할 만한 것으로 보이면, 그 행동은 반드시 자기 주위 사람들의 비난을 받는 것이었다. 짐승 같은 놈들! 병신 같은 놈들! 이것이 언제나 그의 마음속의 답이었다. 재미있는 점은, 이처럼 자부심이 강하면서도 그들이 하는 얘기를 그가 전혀 이해하지 못하는 일이 종종 있다는 것이었다.

여태껏 그가 솔직히 마음을 터놓고 얘기해 본 사람은 늙은 군의밖에는 없었다. 군의가 지니고 있는 약간의 개념은 보나파르트의 이탈리아 전투나 외과 의술에 관계된 것이었다. 그의 젊은이다운 용기는 가장 고통스러운 외과 수술의 자세한 얘기를 재미있어 했다. 나 같으면 눈살을 찌푸리지도 않았을 텐데, 하고 중얼거리곤 했던 것이다.

드 레날 부인이 아이들의 교육과 관계없는 대화를 해 보려고 처음으로 시도했을 때 그는 대번에 외과 수술 얘기를 끄집어냈다. 그녀는 얼굴이 하얗게 질려 제발 그만두라고 간청했다.

쥘리앵은 그 밖에는 아는 것이 아무것도 없었다. 그래서 드 레날 부인과 함께 생활하면서도, 단둘만 있게 되자마자 그들 사이에는 야릇한 침묵이 감도는 것이었다. 그러나 응접실에서는 쥘리앵이 아무리 겸허한 태도를 짓고 있어도, 그녀는 그의 눈동자 속에서 자기 집에 찾아오는 그 누구에 비해서도 지적으로 우월한 모습을 발견하는 것이었다. 한편 잠시라도 단둘이서만 있게 되면 그녀는 쥘리앵이 눈에 띄게 당황해하는 것을 알았다. 그녀는 그것이 불안했다. 여성으로서의 본능이 그 당황함이 전혀 다정한 것이 아님을 깨닫게 해 주었기 때문이었다.

늙은 군의가 보았던 상류 사회의 어떤 이야기로부터 받아들인 생각에 따라, 여인과 함께 있는 장소에서 침묵을 지키게 되자마자 쥘리앵은 마치 그 침묵이 자신의 특별한 잘못이라도 되는 듯이 굴욕감을 느끼는 것이었다. 이러한 감정은 단둘만 있을 때면 훨씬 고통스러워졌다. 여자와 단둘이 있을 때 남자가 말해야 할 것에 대해 더없이 과장되고 더없이 영웅적인 개념에 가득 차 있는 그의 상상력은 당황한 가운데 도저히 용납되기 힘든 생각만 떠오르게 하는 것이었다. 그의 마음은 구름을 타고 있는 듯했지만 그는 그 창피스러운 침묵으로부터 헤어날 수가 없었다. 그리하여 드 레날 부인과 아이들과 함께 오래 산책할 때면 그의 딱딱한 태도는 더없이 괴로운 고통으로 인해 더욱 심해졌다. 그는 자신을 끔찍하게 경멸하곤 했다. 불행히도 그가 억지로 말을 꺼내기라도 하면 우스꽝스럽기 짝이 없는 얘기가 튀어나오기 일쑤였다. 더욱더 한심한 것은, 그가 자신의 어리석음을 알아차리고는 그것을 과장해 생각하는 것이었다. 그러나 그가 보지 못하는 것은 자기 눈의 표정이었다. 그의 눈은 몹시 아름다운 데다가 너무도 강렬한 영혼을 드러내 보이고 있어서, 훌륭한 배우와도 같이 때때로 무의미한 것에도 매력적인 의미를 부여해 주었다. 드 레날 부인은 그가 자기와 단둘이 있을 때면, 어떤 뜻하지 않은 사건으로 방심해서 멋진 표현을 쓰려고 미처 생각하지 못했을 때 말고는 결코 제대로 말하지 못한다는 것을 알아챘다. 집에 드나드는 친구들이 새롭고 빛나는 생각으로 그녀를 즐겁게 해 준 적이 없었기 때문에 드 레날 부인은 쥘리앵의 지성의 섬광을 감미롭게 즐기고 있었다.

나폴레옹이 몰락한 이후로 일체의 다정다감한 면모는 지방의 풍속에서 엄격히 추방되고 말았다. 사람들은 자리에서 쫓겨날까 봐 두려워했다. 사기꾼들은 수도회 속에서 뒷받침을 구했고 위선이 자유주의 계층에까지 만연했다. 권태는 더 심해졌다. 독서와 농사 이외에 다른 즐거움이라고는 남아 있지 않았다.

신앙심 깊은 아주머니의 부유한 상속녀로 열여섯 살에 문벌 좋은 귀족과 결혼한 드 레날 부인은, 연애 비슷한 것이라고는 여태껏 경험한 적은 물론 본 적도 없었다. 발르노 씨의 치근거림에 관해서 연애라는 얘기를 그녀에게 들려준 사람은 고해 사제인 선량한 셸랑 사제뿐이었는데, 셸랑 사제는 연애를 아주 역겨운 것으로 상상하게 해서, 그 말이 그녀에게는 더할 나위 없이 천한 방종을 나타내 보일 뿐이었다. 그녀는 우연히 읽어 본 몇 권 안 되는 소설 속에 그려진 것과 같은 연애는 예외거나 아니면 완전히 본래의 속성에서 벗어난 것으로 생각하고 있었다. 이러한 순진함 덕분에 드 레날 부인은 끊임없이 쥘리앵에게 정신이 사로잡혀 완전히 행복에 젖어 있으면서도, 조금도 자책의 감정이 들지 않았던 것이다.

8장 작은 사건들

억제하기에 더욱더 깊은 한숨이,
훔치기에 더욱더 감미로운 훔쳐봄이,
죄지은 것도 없건만 타오르는 홍조(紅潮)가
있었노라.

—『돈 후안』제1가 74절

　그녀의 성격과 현재의 행복에 기인한 드 레날 부인의 천사
같은 부드러움도 하녀 엘리자에 생각이 미칠 때만은 약간 흔
들리는 것이었다. 유산을 좀 물려받게 된 이 여자아이는 셸랑
사제에게 고해하러 가서는 쥘리앵과 결혼하고 싶다는 의도를
고백했다. 사제는 제자의 행운을 진심으로 기뻐했다. 그러나
엘리자 양의 제의가 자기에게는 어울리지 않는다고 쥘리앵이
단호한 태도로 말하는 소리를 들었을 때, 사제는 놀라움을 금
할 수 없었다.
　사제는 눈살을 찌푸리면서 얘기했다.
　"이보게, 자네 마음속에 일어나고 있는 일을 경계하게. 오직
자네의 소명감(召命感) 때문에 부족할 것 없는 이 행운을 물
리친다면 자네의 소명감을 치하할 일이네만. 내가 베리에르의

사제 직을 맡은 지 오십육 년이 됐지만, 모든 조짐으로 미루어 곧 면직될 것 같네. 마음 아픈 일이기는 하지만 그래도 나는 800프랑의 연 수입이 있네. 이런 자세한 것을 얘기하는 이유는 자네를 기다리고 있는 성직자 생활에 대해 환상을 품지 않게 하기 위함일세. 만약 자네가 권세 있는 사람들에게 아첨할 것을 꿈꾼다면 자네의 영원한 파멸은 기정사실일세. 자네가 출세할 수 있을지는 모르지만, 불쌍한 사람들에게는 해를 끼치고 군수나 시장이나 유력 인사에게 아부하며 그들의 열정에 봉사해야 할 것이네. 세상에서 처세술이라고 일컫는 이러한 행동이 세속인에게는 구원과 전적으로 어긋나지 않을 수도 있겠지. 그러나 우리의 직분에서는 선택을 해야만 하네. 이 세상에서 행운을 이루느냐 아니면 저 세상에서 그러느냐 하는 문제지, 그 중간책이란 없네. 가서 깊이 생각해 보고 사흘 후에 다시 와서 결정적인 답을 주게. 자네 성격의 밑바탕에는 어두운 격정이 엿보이는 것 같아 걱정이네. 그것은 성직자에게는 꼭 필요한 절제라든가 세속적 이득의 완전한 포기 같은 것을 보여 주지 않는단 말이야. 자네의 재주는 전도유망하다고 생각하는 바이지만 그러나," 선량한 사제는 눈에 눈물을 글썽이며 덧붙여 말했다. "이 얘기를 해야겠네만, 성직자가 될 경우 나는 자네의 구원이 염려되는 바일세."

쥘리앵은 자신이 느낀 마음의 동요가 부끄러웠다. 난생처음으로 자신이 사랑받고 있다는 것을 깨달았다. 그는 감격해서 울었다. 그러고는 눈물을 감추려고 베리에르 위쪽의 커다란 숲 속으로 갔다.

내가 왜 이런 상태에 빠져 있을까? 마침내 그는 이렇게 중얼거렸다. 그 착하신 셸랑 신부님을 위해서라면 수백 번이라도 내 목숨을 바칠 수 있을 듯한 느낌이다. 그렇지만 그분은 내가 바보에 불과하다는 것을 내게 증명해 보이셨다. 내가 속여야 할 사람은 특히 그분이다. 그런데 그분은 내 속을 꿰뚫어 보시는 것이다. 그분이 말씀하신 그 은밀한 격정이란 바로 출세하고자 하는 내 계획인 것이다. 50루이의 연수를 포기한다면 내 신앙심과 내 소명감을 높이 평가해 주리라고 상상하던 바로 그때에, 그분은 내가 성직자로서는 맞지 않는다고 생각하신 것이다.

앞으로는 내 성격 가운데 내가 경험한 부분만을 믿기로 하자. 쥘리앵은 계속해서 이렇게 생각했다. 내가 눈물을 흘리는 데서 기쁨을 느낀다고 누가 내게 말할 수 있을 것인가! 내가 바보에 지나지 않는다는 것을 증명해 보인 사람을 나는 사랑한다고 누가 내게 말할 수 있을 것인가!

사흘 후 쥘리앵은 첫날부터 내세웠어야 마땅했을 구실을 찾아냈다. 그 구실이란 중상이었다. 그렇지만 중상쯤 무슨 상관이랴? 제삼자를 해롭게 하는 것이기 때문에 설명드릴 수 없는 이유로 인해, 처음에는 청혼을 거절했었다고 그는 사제에게 몹시 주저하면서 고백했다. 그것은 엘리자의 행실을 비난하는 말이었다. 셸랑 사제는 쥘리앵의 태도에서 젊은 수도자들을 북돋우는 열정과는 판이한 아주 세속적인 어떤 열정을 발견했다.

"이보게, 소명감 없는 성직자가 되기보다는 차라리 존경받고 학식 있는 시골의 훌륭한 시민이 되게." 그가 또다시 타일렀다.

이 새로운 훈계에 대해 쥘리앵은 말만은 아주 그럴듯하게 대답했다. 그는 열렬한 젊은 신학생이 썼을 법한 말을 찾아냈던 것이다. 그러나 그가 말하는 어조나 그의 눈에 번득이는 잘 감추어지지 않은 열정은 셸랑 사제를 불안하게 했다.

쥘리앵의 전도(前途)를 그렇다고 너무 나쁘게 예상해서는 안 될 것이다. 그는 교활하고 신중한 위선의 말을 정확히 찾아낼 수 있었다. 그것은 그의 나이에 비해 상당한 수준이었다. 어조나 몸짓에 있어서는, 시골뜨기들과 섞여 살아온 그로서는 뛰어난 본보기를 갖지 못했으니 할 수 없는 노릇이었다. 후에 본보기가 될 만한 신사들에게 접근하게 되자마자 그는 언사에 있어서와 마찬가지로 몸짓이나 태도에서도 훌륭해졌던 것이다.

드 레날 부인은 자기 하녀가 새로 재산을 얻었는데도 더 행복해하지 않는 것을 보고 놀랐다. 그녀는 하녀가 끊임없이 사제 댁에 갔다가는 눈물을 글썽이며 돌아오곤 하는 것을 보았다. 마침내 엘리자는 부인에게 결혼 얘기를 꺼냈다.

드 레날 부인은 병에 걸린 것만 같았다. 일종의 열병 같은 상태에 빠져 잠을 이룰 수가 없었다. 그녀는 하녀나 쥘리앵이 눈에 띌 때만 살아 있는 듯이 느꼈다. 그녀는 이들 한 쌍과, 이들이 결혼해서 행복하게 사는 모습 이외에 다른 것은 생각할 수가 없었다. 50루이의 연수로 살아나갈 그 작은 집의 가난함이 부인에게는 황홀한 색채로 그려져 보이는 것이었다. 쥘리앵은 베리에르에서 8킬로미터쯤 떨어진 군청 소재지 브레이에서 변호사 노릇을 할 수 있을지도 모를 일이다. 그렇게 되면 그녀는 때때로 그를 볼 수도 있을 것이다.

드 레날 부인은 자기가 정신을 잃어간다고 정말로 믿게 되었다. 그래서 남편에게도 그렇게 얘기하고 마침내는 몸져누웠다. 바로 그날 저녁 부인은 하녀가 자기 시중을 들면서 울고 있는 것을 알아차렸다. 그녀는 그 무렵 엘리자가 몹시 미워서 방금도 막 핀잔을 준 참이었다. 그녀는 엘리자에게 사과했다. 그러자 엘리자는 더 심하게 울어 대면서, 마님이 허락해 주신다면 자기의 불행을 다 털어놓겠다고 말했다.

"얘기해 봐." 드 레날 부인이 대답했다.

"그런데 마님, 그이가 저를 거절해요. 나쁜 사람들이 그이에게 제 얘기를 안 좋게 했나 봐요. 그이는 그런 얘기를 믿고 있어요."

"누가 너를 거절한다고?" 드 레날 부인이 숨이 막힐 듯한 상태로 물었다.

"쥘리앵 씨가 아니고 누구겠어요, 마님?" 하녀는 흐느껴 울면서 대답했다. "신부님도 그이의 마음을 돌리지 못하셨어요. 신부님은 하녀였다는 핑계로 정직한 처녀의 청혼을 거절해서는 안 된다고 생각하시거든요. 결국 쥘리앵 씨의 아버지도 목수지 별거겠어요. 그이도 마님 댁에 오기 전엔 어떻게 벌어먹고 살았는데요?"

드 레날 부인에게는 더 이상 들리지가 않았다. 행복에 넘쳐서 거의 이성을 잃을 지경이었다. 쥘리앵이 결심을 번복할 수 없을 정도로 단호하게 거절했다는 확언을 그녀는 몇 번이고 되풀이해 들었다.

"내가 마지막 노력을 기울여보지. 쥘리앵 선생에게 얘기해볼게." 부인은 자기 하녀에게 얘기했다.

다음 날 아침 식사를 하고 나서 드 레날 부인은 자기 연적을 변호했으나, 쥘리앵이 엘리자의 구혼과 재산을 한 시간 동안이나 줄곧 거절하는 것을 보고는 감미로운 쾌감을 느꼈다.

쥘리앵은 점차로 어색한 답변에서 벗어나 드 레날 부인의 현명한 대변에 재치 있게 대답하기에 이르렀다. 그녀는 그렇게 여러 날 동안 절망에 시달린 끝에 자기 마음에 넘쳐흐르는 행복의 격류를 주체할 수 없었다. 그녀는 자기가 완전히 병에 걸린 것만 같았다. 자기 방에서 기력을 회복하고 마음을 가다듬은 다음 사람들을 모두 내보냈다. 그녀는 심한 동요를 겪었던 것이다.

내가 쥘리앵에게 연정을 품은 것일까? 이윽고 그녀는 이렇게 중얼거렸다.

다른 때 같으면 회한과 심한 불안을 일으켰을 이런 깨달음이 지금은 그저 야릇하나 대단치 않은 정경처럼만 여겨지는 것이었다. 모든 일을 겪고 나서 기진맥진해진 그녀의 마음은 정열을 돌볼 기력이 더 이상 없었다.

드 레날 부인은 일을 하려고 했으나 깊은 잠에 빠지고 말았다. 잠에서 깨어났을 때는 생각보다 마음이 가라앉아 있었다. 무엇이든 나쁘게 받아들이기에는 그녀는 너무도 행복에 겨워 있었다. 천진난만한 성품의 이 착한 시골 여인은 어떤 감정이나 불행의 새로운 뉘앙스에 민감해지려고 자기 마음을 괴롭힌 적이 없었다. 쥘리앵이 오기 전까지 파리에서 멀리 떨어져 사는 착한 가정주부의 운명인 많은 집안일에 완전히 몰두해 있던 드 레날 부인은, 사랑의 열정에 대해서는 우리가 복권에 대해 생각하는 식으로, 즉 속는 것이 확실하며 어리석은 자들이 추구하는 행복이라고 생각하고 있었던 것이다.

점심 식사를 알리는 종소리가 울렸다. 아이들을 데리고 오는 쥘리앵의 목소리가 들리자 드 레날 부인은 얼굴을 몹시 붉혔다. 사랑을 하게 된 이후로 약간 능란해진 부인은 얼굴이 빨개진 것을 설명하려고 두통이 심하다고 투덜거렸다.

"여자들이란 모두 이렇단 말이야. 걸핏하면 고칠 것이 생기는 기계라니까!" 드 레날 씨가 너털웃음을 치며 대꾸했다.

이런 종류의 재담에 습관이 돼 있기는 했지만 그 목소리의 어조가 드 레날 부인의 비위를 상하게 했다. 마음을 돌리려고 그녀는 쥘리앵의 얼굴을 바라보았다. 쥘리앵이 더없는 추남이었다 해도 이 순간만큼은 그녀의 마음에 들었을 것이다.

궁정 귀족의 습관을 모방하기에 급급한 드 레날 씨는 따뜻한 봄 날씨가 시작되자마자 베르지의 별장으로 옮겨 가 살았다. 베르지는 가브리엘의 비극적 모험으로 유명해진 마을이었다. 옛 고딕식 성당의 아름다운 폐허에서 몇백 보 떨어진 곳에 드 레날 씨는 낡은 성관 하나를 소유하고 있었다. 그 성관에는 네 개의 탑이 솟아 있었고, 해마다 두 번씩 전지해 주는 마로니에 나무를 심은 산책로와 회양목으로 가장자리를 둘러 튈르리 공원식으로 꾸민 정원이 있었다. 사과나무를 심은 가까운 밭도 산책로 구실을 하였다. 과수원 끝에는 여남은 그루의 울창한 호두나무가 솟아 있었다. 그 무성한 나뭇잎은 지상에서 24미터나 뻗어 있었다.

드 레날 씨는 그 호두나무들을 찬탄하는 아내에게 이렇게 말했다. "저 빌어먹을 호두나무 하나가 반 아르팡씩의 수확을 망친단 말이야. 그 그늘에서는 밀이 자라지 못하거든."

드 레날 부인에게는 이 시골 풍경이 새롭게만 느껴졌다. 그녀는 황홀할 정도로 감탄에 빠졌다. 고양된 감정이 그녀에게 재치와 결단력을 불어넣어 주었다. 베르지에 도착한 다음다음 날 드 레날 씨가 시청의 업무 때문에 시내로 돌아가고 나서 부인은 자신의 돈으로 인부들을 샀다. 이른 아침부터 아이들이 이슬에 신발을 적시지 않고서도 산책할 수 있도록, 과수원 안과 커다란 호두나무 밑을 순환하는 모래를 깐 작은 길을 만드는 게 좋겠다고 쥘리앵이 제안했던 것이다. 이 제안은 꺼낸 지 스물네 시간도 안 돼서 실행에 옮겨졌다. 드 레날 부인은 쥘리앵과 함께 인부들을 독려하며 하루를 즐겁게 보냈다.

시내에서 돌아온 베리에르의 시장은 산책로가 만들어진 것을 보고 몹시 놀랐다. 그의 도착은 드 레날 부인에게도 놀라운 일이었다. 그녀는 남편의 존재를 까맣게 잊고 있었던 것이다. 그 후 두 달 동안이나 자기와 상의도 없이 그처럼 중요한 '수리'를 해치운 대담함에 대해 드 레날 씨는 화를 내며 얘기했지만, 부인이 자신의 돈으로 그 일을 했기 때문에 약간 위안을 받았다.

드 레날 부인은 아이들과 함께 과수원을 뛰어다니며 나비를 쫓는 일로 나날을 보냈다. 그들은 환히 비치는 망사로 커다란 나비 채를 만들어 불쌍한 인시류(鱗翅類)를 잡아 댔다. 인시류란 괴상한 명칭은 쥘리앵이 드 레날 부인에게 가르쳐 준 것이었다. 그녀는 고다르 씨의 훌륭한 저작을 브장송에서 주문해 왔는데, 쥘리앵은 그것을 읽고 불쌍한 동물의 기이한 습속을 그녀에게 얘기해 주곤 했다.

그들은 역시 쥘리앵이 만든 커다란 마분지 판에 나비를 사정없이 핀으로 꽂아 놓는 것이었다.

드 레날 부인과 쥘리앵 사이에는 마침내 대화의 주제가 생겨나게 되었다. 이제 쥘리앵은 침묵의 순간이 가져오는 끔찍한 고통을 당하지 않아도 되었다.

그들은 아주 시시한 얘기긴 했지만 몹시 흥미롭게 쉬지 않고 얘기를 나누었다. 이처럼 활동적이고 분주하고 쾌활한 생활은 일거리가 넘쳐나는 엘리자 양을 빼고는 모두의 기분에 맞았다. 베리에르에 무도회가 있는 사육제 때도 부인이 몸치장에 이렇게 신경 쓴 적은 없었다고 엘리자는 투덜거렸다. 부인은 하루에도 두세 번씩 옷을 갈아입는 것이었다.

우리는 어느 누구에게도 아첨할 의도가 없기 때문에 하는 얘기지만, 눈부신 살결을 지닌 드 레날 부인이 팔과 가슴을 많이 드러내는 옷을 골라 입었다는 사실을 부인하지 않으려 한다. 그녀는 몸매가 썩 빼어났고 그런 옷차림이 기막히게 어울렸다.

"부인께서 이렇게 젊어 보이신 적은 없었던 것 같습니다." 식사 초대를 받아 베르지로 온 베리에르의 친구들이 이렇게 말하곤 했다. (그것은 그 고장의 말투였다.)

우리로서는 믿기 힘든 일이지만 한 가지 특이한 것은, 드 레날 부인이 뚜렷한 의도도 없이 그처럼 몸치장에 신경 쓴다는 사실이다. 그녀는 거기서 즐거움을 발견했다. 그리고 아이들이나 쥘리앵과 함께 나비를 쫓지 않을 때면 언제나 별다른 생각 없이 엘리자와 옷 만드는 일을 했다. 그녀가 단 한 번 베리에르에 다녀온 것도 뮐루즈에서 들여온 새 여름옷을 사고 싶었기 때문이었다.

그녀는 친척 간인 한 젊은 부인을 베르지에 데리고 왔다. 결혼한 후 드 레날 부인은 옛날 성심 수녀원 시절의 친구였던 데르빌르 부인과 점차 친해졌던 것이다.

데르빌르 부인은 친척인 드 레날 부인의 어리석은 생각에 대해 몹시 웃어 댔다. "나 혼자서라면 전혀 그런 생각을 못 했을 거야." 하고 그녀는 말했다. 파리에서라면 기발한 것으로 여겨졌을 뜻밖의 생각을 해내도, 드 레날 부인은 남편과 함께 있을 때면 바보짓 같아 그 생각이 부끄러워졌다. 그러나 데르빌르 부인이 있으면 용기가 나는 것이었다. 처음에 그녀는 수줍은 목소리로 데르빌르 부인에게 자신의 생각을 얘기했다. 그러나 오랫동안 둘만 있게 되자 드 레날 부인의 정신은 활기를 띠었고 호젓하고 긴 아침나절은 순식간처럼 지나가 버렸으며 두 친구는 명랑해지는 것이었다. 이 여행에서 분별 있는 데르빌르 부인은 자기 친척이 마음이 들떠 있다기보다는 훨씬 더 행복한 편임을 알게 되었다.

한편 쥘리앵은 이 시골에 머무르게 된 이후로, 나비를 쫓아

다니는 것을 제자들만큼이나 즐거워하며 어린아이처럼 지내고 있었다. 그렇게도 속박당하고 간교한 책략을 부려야 하는 생활에서 벗어나 사람들의 시선에서 멀리 떨어져 혼자 있게 되자, 그는 본능적으로 드 레날 부인도 전혀 두려워하지 않게 되었고 더할 나위 없이 아름다운 이 산간 지대에서 그의 나이에는 생생하게 느끼게 마련인 생의 기쁨을 만끽할 수 있었던 것이다.

데르빌르 부인이 도착하자마자 쥘리앵은 그녀가 전부터 알던 친구처럼 여겨졌다. 그는 부인에게 큰 호두나무 아래 새로 만든 산책로 끝에서 보이는 전망을 서둘러 소개했다. 실상 그 전망은 스위스나 이탈리아의 호수들이 보여 줄 수 있는 가장 찬탄할 만한 경치 이상으로 훌륭하다고 할 수는 없더라도, 그와 마찬가지로 아름다운 것이었다. 거기에서 몇 발짝 떨어진 곳에서 시작되는 가파른 언덕을 오르면 떡갈나무 숲에 둘러싸인 웅장한 낭떠러지에 곧 당도하게 된다. 그 낭떠러지는 거의 강기슭까지 뻗쳐 있다. 행복하고 자유로우며 그 이상으로 나아가 집 안의 제왕과도 같은 쥘리앵은, 두 친구를 그 깎아지른 듯한 암벽 꼭대기로 안내하여 그녀들이 그 장관을 찬탄하는 모습을 보며 기뻐했다.

"나는 모차르트의 음악을 듣는 기분이야." 데르빌르 부인이 말했다.

형들의 시기와 성난 폭군과도 같은 아버지 때문에 쥘리앵에게 베리에르 근교의 시골 경치란 즐거운 것일 수가 없었다. 베르지에는 결코 그런 쓰라린 추억 같은 것은 없었다. 난생처음 그는 주위에서 적을 볼 수 없었다. 종종 있는 일이지만 드 레날 씨가 시내에 나가고 없을 때면 그는 과감히 책을 읽었다. 밤에는 전처럼 거꾸로 세워 놓은 꽃병 속에 램프 불빛을 감추고 책을 읽는 대신 깊은 잠을 잘 수가 있었다. 낮에 아이들을 가르치는 틈틈이 그는 둘도 없는 행동의 지침서이며 열광의 대상인 책을 끼고서 그 암벽으로 찾아들곤 했다. 그는 의기소침할 때면 그 책 속에서 행복과 황홀과 위안을 동시에 발견하는 것이었다.

여자에 관한 나폴레옹의 몇 마디와 그의 치하에서 유행한 소설들의 장점에 대한 몇 가지 논의를 읽고서, 쥘리앵은 그 나이 또래의 젊은이라면 누구나 오래전부터 지니고 있었을 몇 가지 생각을 처음으로 하게 되었다.

무더위가 닥쳤다. 그들은 집 근처에 있는 커다란 보리수나무 아래에서 저녁나절을 보내는 습관이 들었다. 그곳은 어둠이 매우 짙었다. 어느 날 저녁 쥘리앵은 활발하게 얘기를 진행했다. 그는 젊은 여인들에게 유창하게 얘기하는 즐거움을 달콤하게 향유하고 있었다. 손짓을 하다가 그는 정원에 놓아둔 색칠한 나무 의자 등받이에 기대어 있던 드 레날 부인의 손을 건드렸다.

부인은 재빨리 손을 피했다. 그러나 쥘리앵은 자기가 건드릴 때 그 손이 피하지 않게 하는 것이 자신의 의무라고 생각했다. 수행해야 할 의무감과, 그 의무를 달성하지 못하면 웃음거리가 되거나 그보다도 열등의식에 시달리게 되리라는 생각이 졸지에 그의 마음속의 즐거움을 모두 사라지게 했다.

9장 전원의 하루 저녁

게랭 씨가 그린 디동,[11]
매력적인 스케치.

—스트롬베크

다음 날 드 레날 부인을 만났을 때 쥘리앵의 눈초리는 이상한 빛을 띠고 있었다. 그는 당장에 싸워야 할 적처럼 그녀를 훑어보았다. 전날과는 너무도 판이한 그런 눈초리를 대하자 드 레날 부인은 어찌할 바를 몰랐다. 자기는 그에게 잘 대해 주었는데 그는 잔뜩 화난 표정을 짓고 있는 것이었다. 그녀는 그의 시선으로부터 눈을 뗄 수가 없었다.

데르빌르 부인이 있어서 쥘리앵은 말을 적게 하는 대신 머릿속에 가득 찬 생각에 더 골몰할 수 있었다. 그날 하루 종일 그가 한 유일한 일은 그의 영혼을 단련시켜 주는 계시받은 책을 읽음으로써 마음을 굳건히 하는 일이었다.

---

11) 그리스 전설에 나오는 티르의 왕녀.

그는 아이들 수업을 많이 단축했다. 드 레날 부인이 나타나서 그의 명예를 돌보아야 할 일이 다시 상기되었을 때, 그는 그 저녁에야말로 그녀의 손이 자기 손안에 꼭 머물러 있게 해야 한다고 결심했다.

해가 지고 결정적인 순간이 다가오자 쥘리앵의 가슴은 이상하게 두방망이질 쳤다. 밤이 되었다. 그 밤이 몹시 깜깜할 것임을 알고 쥘리앵은 가슴을 짓누르던 엄청난 짐이 떨어져 나간 듯 기쁨을 느꼈다. 무더운 바람에 날리는 두꺼운 구름을 머금은 하늘은 폭풍우를 예고하는 듯이 보였다. 두 여인은 아주 늦게까지 산책을 했다. 그 여인들이 그날 저녁에 하고 있는 모든 일이 쥘리앵에게는 이상하게 느껴졌다. 민감한 영혼을 소유한 사람들에게는 사랑의 기쁨을 증가시켜 줄 듯해 보이는 날씨를 그녀들은 즐기고 있었던 것이다.

마침내 그들은 자리에 앉았다. 드 레날 부인이 쥘리앵 곁에 앉고 데르빌르 부인은 자기 친구 곁에 앉았다. 쥘리앵은 감행하려는 일에 정신이 팔려서 한마디 말도 꺼내지 못하고 있었다. 대화는 활기를 잃어갔다.

내게 닥칠 첫 번째 결투에서 나는 이처럼 벌벌 떨며 비참해질 것인가? 쥘리앵은 혼자 뇌까렸다. 자신과 타인에 대해 모두 지나친 의심을 품고 있는 그는 자기의 마음 상태를 알고 있었기 때문이다.

격심한 번민에 사로잡힌 그에게는 어떠한 위험이라도 이 번민보다는 나을 듯해 보였다. 갑자기 불가피한 어떤 일이 생겨서 드 레날 부인이 정원을 떠나 집으로 들어가게 되기를 얼마나 수없이 바랐던가! 스스로를 억제하느라 너무 애쓴 나머지 쥘리앵의 목소리는 변할 수밖에 없었다. 뒤따라 드 레날 부인의 목소리도 떨렸으나 쥘리앵은 전혀 알아차리지 못했다. 의무감과 소심함이 벌이는 무서운 싸움이 너무나 고통스러워서 그는 자기 이외의 어떤 것도 알아볼 상태가 못 되었던 것이다. 성의 괘종시계가 막 9시 45분을 울렸으나 그는 아직 아무것도 감행하지 못하고 있었다. 자신의 비겁함에 분개한 쥘리앵은 이렇게 뇌었다. 10시가 울리는 바로 그 순간에, 나는 오늘 밤에 실행하겠다고 종일토록 다짐했던 것을 실행하고야 말겠다. 그러지 못하면 내 방에 올라가 머리를 쏘아 죽고 말아야지.

지나친 흥분으로 정신이 나간 듯한 기대와 초조의 마지막 순간이 지나고 머리 위의 시계에서 10시가 울렸다. 그 숙명적인 종소리 하나하나는 그의 가슴속에도 울려 퍼져 육체적인 동요를 야기하는 것이었다.

10시를 알리는 마지막 종소리가 아직 울려 퍼지고 있을 때 마침내 그는 손을 내밀어 드 레날 부인의 손을 잡았다. 부인은 즉시 손을 뺐다. 쥘리앵은 자기가 무엇을 하는지도 모른 채 다시 그 손을 잡았다. 그 자신이 몹시 흥분해 있었는데도 그는 부인의 손이 얼음같이 차가운 것에 놀랐다. 그는 발작적인 힘을 기울여 그 손을 꼭 쥐었다. 부인은 손을 빼내려고 마지막 안간힘을 썼으나 마침내 그 손은 쥘리앵의 손에 머물러 있게 되었다.

그의 마음은 행복으로 넘쳐흘렀다. 드 레날 부인을 사랑해서가 아니라 끔찍한 고통이 끝났기 때문이었다. 그는 데르빌르 부인이 아무것도 알아차리지 못하도록 무슨 얘기든 해야 겠다고 생각했다. 그때 그의 목소리는 우렁차고 컸다. 반대로 드 레날 부인의 목소리는 지나친 동요를 드러내고 있어서, 데르빌르 부인은 그녀가 아프다고 생각하고는 집으로 들어가자고 제의했다. 쥘리앵은 위험을 느꼈다. 만약 드 레날 부인이 응접실로 들어가 버린다면 나는 종일 겪었던 끔찍한 상태에 다시 빠지고 말 것이다. 내 기득권으로 여기기에는 너무 잠시 동안만 이 손을 잡은 것이다.

데르빌르 부인이 응접실로 들어가자는 제의를 되풀이하는 순간 쥘리앵은 그에게 맡겨진 손을 세게 쥐었다.

벌써 일어서고 있던 드 레날 부인은 다시 주저앉으며 꺼져 가는 목소리로 이렇게 말했다.

"사실 좀 아픈 것 같기는 하지만 바람을 쐬는 편이 나을 듯해."

이 말은 그 순간 절정에 달해 있던 쥘리앵의 행복감을 확고하게 해 주었다. 그는 가장하는 것도 잊어버리고 얘기를 시작했다. 얘기를 듣는 두 여인에게 그는 가장 매력 있는 남자로 보였다. 그렇지만 불쑥 튀어나온 그 웅변 속에는 아직도 약간 용기가 부족한 데가 있었다. 폭풍우에 앞서 오는 센 바람이 불기 시작해서 피로해진 데르빌르 부인이 혼자서 응접실로 들어가려 하지나 않을까 몹시 두려웠던 것이다. 그러면 드 레날 부인과 단둘이 남게 될 것이다. 그는 거의 우연이랄 수 있게 행동에 필요한 맹목적인 용기를 내기는 했지만, 드 레날 부인에게 아주 간단한 말 한마디라도 건넬 힘이 자기에게는 없는 듯이 느꼈다. 부인이 힐책해 온다면, 아무리 가벼운 힐책이라도 그는 무너질 것이고 그가 얻어 낸 성공도 다 소멸할 것 같았다.

다행스럽게도 그날 저녁에는, 감동에 차고 과장된 그의 언변이 늘 그를 어린아이처럼 서툴고 재미없는 사람으로 여기던 데르빌르 부인의 마음에 들었다. 쥘리앵에게 손을 잡힌 드 레날 부인으로서는 아무것도 생각할 수가 없었다. 그녀는 그저 겨우 숨을 쉬고 있는 정도였다. 이 고장 전설에 따르면 대담공 샤를[12]이 심었다고 전해지는 그 우람한 보리수 밑에서 지낸 몇 시간이, 드 레날 부인에게는 행복한 한때였다. 그녀는 무성한 보리수 잎 사이로 살랑거리는 바람 소리와, 낮게 드리운 보리수 잎사귀에 드문드문 떨어지기 시작한 빗방울 소리에 달콤하게 귀 기울이고 있었다. 쥘리앵은 그에게 매우 안도감을 주었을 한 가지 상황을 미처 알아차리지 못했다. 데르빌르 부인이 바람결에 발밑으로 쓰러진 꽃병을 일으켜 세우려는 것을 도우려고 일어선 드 레날 부인은 쥘리앵에게서 손을 빼지 않을 수 없었다. 그러나 다시 앉자마자 마치 그들 사이에 이미 약속된 일이기라도 하듯, 부인은 별다른 거리낌 없이 자기 손을 쥘리앵에게 맡겼던 것이다.

자정이 울린 지 오래였다. 마침내 정원을 떠나야 했다. 그들은 서로 헤어졌다. 사랑의 행복에 도취되어 아무것도 돌볼 겨를이 없는 드 레날 부인은 자신을 거의 책망하지도 않았다.

---

12) 샤를 르 테메레르(Charles le Téméraire, 1433~1477). 부르고뉴의 마지막 공작으로 몇 차례 왕권에 도전하는 반란을 일으켰다.

．

그녀는 행복감에 잠을 이루지 못했다. 한편 하루 종일 소심함과 자존심이 마음속에서 벌였던 싸움으로 지칠 대로 지친 쥘리앵은 세상모르고 곯아떨어졌다.

이튿날 그는 5시에 잠이 깼다. 그는 드 레날 부인 생각을 거의 하지 않았는데, 만약 부인이 그 사실을 알았다면 마음이 쓰라렸을 것이다. 그는 '자신의 의무, 영웅적인 의무'를 수행했을 따름이었다. 이런 느낌으로 행복에 찬 그는 방을 안으로 걸어 잠그고 자기가 숭배하는 영웅의 무훈담을 새로운 즐거움을 가지고 탐독했다.

아침 식사를 알리는 종소리가 들렸을 때는『대군회보집』을 읽느라고 전날 밤의 승리도 모두 잊고 있었다. 그 여자에게 사랑한다고 말해야지, 하고 응접실로 내려가면서 그는 가벼운 어조로 중얼거렸다.

그가 만날 것으로 기대했던 달콤함에 찬 시선 대신 그는 드 레날 씨의 험한 얼굴과 마주쳤다. 두 시간 전에 베리에르에서 도착한 드 레날 씨는 쥘리앵이 아침나절 내내 아이들을 돌보지 않은 것에 대해 불만을 감추지 않았다. 성을 내면서 그것을 남에게 드러내 보일 수 있다고 생각하는 이 거드름 피우는 사내보다 더 꼴불견인 것은 없었다.

남편의 퉁명스러운 말 한마디 한마디가 드 레날 부인의 가슴을 아프게 찔렀다. 쥘리앵으로서는 너무도 황홀감에 빠져 있었고 지난 몇 시간 동안 그의 눈앞에서 전개된 위대한 무훈에 아직도 너무 골똘해 있어서, 처음에는 드 레날 씨가 그에게 퍼붓는 거친 말을 듣는 데까지 자기 관심을 끌어내리기가 힘들 정도였다. 이윽고 쥘리앵이 불쑥 한 마디 내뱉었다.

"전 아팠습니다."

이 대꾸의 어조는 베리에르 시장보다 훨씬 무딘 사람이라도 기분을 상하게 했을 것이다. 그는 당장에 쥘리앵을 내쫓음으로써 거기에 응답할까 하는 생각이 들었다. 그러나 일에 있어서는 너무 서둘러서는 안 된다는 자신의 격언을 생각하고서 겨우 억제했다.

이 어린 바보 녀석이 내 집에서 일종의 평판을 얻었으니, 발르노 같은 자가 데려가거나 아니면 엘리자와 결혼할지도 모르렷다. 그 어느 경우이거나 녀석은 내심 날 비웃겠지. 드 레날 씨는 곧 이런 생각이 들었다.

이처럼 현명하게 심사숙고했는데도 드 레날 씨의 불만은 여전히 거친 말로 폭발하여 점점 쥘리앵을 화나게 했다. 드 레날 부인은 눈물이 솟구칠 지경이었다. 아침 식사가 끝나자마자 그녀는 쥘리앵더러 산책을 나가게 팔을 빌려 달라고 청하고는, 다정하게 그에게 몸을 기댔다. 드 레날 부인이 뭐라고 얘기해도 쥘리앵은 그저 나직이 이렇게 대꾸할 뿐이었다.

"부자란 다 그런 거지요!"

드 레날 씨는 그들 가까이에서 걷고 있었다. 그가 있는 것이 쥘리앵의 화를 더 돋우었다. 그는 갑자기 드 레날 부인이 유난스럽게 자기 팔에 기대어 오는 것을 알아챘다. 그는 이 동작이 질색이었다. 그는 난폭하게 부인을 밀어젖히고 팔을 빼냈다.

다행스럽게도 드 레날 씨는 이런 또 다른 무례함을 전혀 보지 못했다. 그 행동은 데르빌르 부인의 눈에 띄었을 뿐이었다.

드 레날 부인은 눈물을 흘리고 있었다. 이 순간 드 레날 씨는 울타리가 망가진 길로 넘어 들어와 과수원 한 모퉁이를 지나고 있는 시골 계집아이를 돌을 던지며 뒤쫓기 시작했다.

"쥘리앵 선생, 제발 좀 참으세요. 누구나 기분 나쁠 때가 있다는 것을 생각하셔야죠." 데르빌르 부인이 재빨리 얘기했다.

쥘리앵은 말할 수 없는 경멸이 담긴 눈으로 그녀를 냉랭하게 쳐다봤다.

이 눈초리가 데르빌르 부인을 놀라게 했다. 그 눈초리의 진정한 표현을 알아챘다면 더욱더 놀랐을 것이다. 거기에서 더없이 잔인한 복수의 어렴풋한 희망을 읽을 수 있었을 테니까. 아마도 로베스피에르 같은 인물이 태어나는 것은 그런 모욕의 순간일지도 모른다.

"당신네 쥘리앵이란 사람 난폭한가 봐. 겁이 다 나네." 데르빌르 부인이 친구에게 나지막이 속삭였다.

"그 사람이 화내는 것도 당연해. 아이들 실력을 놀랄 만큼 향상시켰는데, 하루 아침 가르치지 않았다고 그게 뭐 대수로운가. 하여튼 남자들이란 참 거칠지 뭐야." 드 레날 부인이 대답했다.

난생처음으로 드 레날 부인은 남편에 대해 일종의 복수심 같은 것을 느꼈다. 쥘리앵은 부유한 사람들에 대한 극도의 증오심이 폭발하려 하고 있었다. 다행히도 드 레날 씨는 정원사를 불러서 가시나무 다발로 망가진 과수원 울타리를 막느라 정신이 없었다. 산책이 끝날 때까지 쥘리앵은 두 여인이 보여준 친절에 단 한마디도 대꾸하지 않았다. 드 레날 씨가 멀어지자마자 두 여인은 피곤하다는 핑계로 각각 쥘리앵의 팔을 잡았다.

극도의 혼란 때문에 두 볼이 붉게 물들고 당황한 기색에 싸인 두 여인 사이에서, 쥘리앵의 오만한 창백함과 어둡고 단호한 태도는 야릇한 대조를 이루고 있었다. 그는 이 여인들과 일체의 부드러운 감정을 멸시했다.

도대체 뭔가! 그는 혼자 뇌까렸다. 학업을 마칠 수 있도록 500프랑의 연봉조차 주지 않으면서! 아아! 집어치울 수 있다면 좋으련만!

이런 격렬한 생각에 골몰해 있는 그는 간간이 두 여인의 친절한 말소리를 알아듣게 되면 그것이 의미 없고 어리석고 나약한, 요컨대 여성적인 것으로 여겨져 불쾌했다.

억지로라도 얘기를 해야 했고 또 대화에 활기를 띠게 하려고 애쓴 나머지, 드 레날 부인은 남편이 소작인 한 사람과 옥수숫대 거래 문제로 베리에르에서 왔다는 얘기를 하게 되었다. (이 고장에서는 침대 매트를 옥수숫대로 채워 넣었다.)

"남편은 우리에게 다시 오지 않을 거예요. 정원사와 하인을 데리고 집 안의 매트를 갈아 넣느라고 바쁠 테니까요. 아침에는 2층의 침대에 모두 옥수숫대를 넣었는데 이제 3층 차례예요." 드 레날 부인은 이렇게 덧붙여 말했다.

그러자 쥘리앵의 안색이 확 바뀌었다. 그는 이상한 태도로 드 레날 부인을 쳐다보더니, 걸음을 빨리하면서 그녀를 따로 데리고 갔다. 데르빌르 부인은 그들이 가도록 내버려 두었다.

"저를 살려 주십시오. 부인만이 그렇게 하실 수 있습니다.

하인이 죽도록 저를 미워한다는 사실을 부인도 아시지요. 솔직히 말씀드려야겠습니다만 저는 초상화를 한 장 가지고 있습니다. 그것을 제 침대 매트 속에 숨겨 놓았습니다." 쥘리앵이 드 레날 부인에게 말했다.

이 말을 듣자 이번에는 드 레날 부인이 창백해졌다.

"지금 이 순간에는 부인만이 제 방에 들어가실 수 있습니다. 시침 떼고 창문에서 제일 가까운 매트 모서리를 뒤져 보세요. 거기에 검고 반들반들한 작은 마분지 상자가 있을 거예요."

"거기에 초상화가 들어 있다고!" 드 레날 부인은 겨우 몸을 가누며 말했다.

쥘리앵은 그녀의 낙담한 표정을 눈치채고 즉시 그것을 이용했다.

"두 번째 부탁을 드려야겠는데, 제발 그 초상화를 보지 말아 주십시오. 그건 제 비밀입니다."

"그건 비밀이라고요." 드 레날 부인이 꺼져 가는 목소리로 반복했다.

그러나 재산을 뽐내고 이해관계에만 밝은 사람들 사이에서 자라났다 해도, 사랑을 하는 그녀의 마음속에는 벌써 너그러움이 넘치고 있었다. 지독히 타격을 받고서도 드 레날 부인은 더없이 순수한 헌신의 태도로 쥘리앵의 심부름을 이행하는 데 필요한 몇 가지 질문을 했다.

"그렇다면 둥글고 반들반들한, 검은색의 작은 마분지 상자 겠죠." 그녀는 쥘리앵의 곁을 떠나면서 말했다.

"그렇습니다, 부인." 쥘리앵은 위험에 부딪혔을 때 사내들이 짓는 굳은 표정을 띠고 대답했다.

그녀는 죽음을 맞으러 가기라도 하듯 하얗게 질려서 성관의 3층으로 올라갔다. 설상가상으로 그녀는 자기가 병에 걸리기라도 하려는 듯한 느낌이었다. 그러나 쥘리앵에게 도움을 주어야 한다는 필요성이 그녀에게 힘을 솟게 했다.

'그 상자를 손에 넣어야만 한다.' 그녀는 걸음을 재촉하며 생각했다.

바로 쥘리앵의 방 안에서 남편이 하인에게 얘기하는 소리가 들려왔다. 다행스럽게도 그들은 아이들 방으로 건너갔다. 그녀는 침대 자락을 들어 올리고 손가락의 살갗이 벗겨질 정도로 세차게 매트 속에 손을 집어넣었다. 그녀는 이런 종류의 작은 아픔에도 대단히 민감한 편이었지만, 손을 집어넣자마자 매끄러운 마분지 상자의 감촉이 와 닿았기 때문에 아픈 것도 의식하지 못했다. 그녀는 상자를 집어 들고 달려 나갔다.

남편에게 들킬 염려에서 벗어나자마자 그 상자가 일으키는 전율로 그녀는 까무러쳐 쓰러질 지경이었다.

그러니까 쥘리앵은 사랑을 하고 있고 나는 지금 그가 사랑하는 여자의 초상화를 들고 있는 것이구나!

드 레날 부인은 그 방 응접실 의자에 앉아 질투심의 온갖 괴로움에 사로잡혀 있었다. 그녀의 극도의 순진함은 이런 순간까지도 유용한 것이어서, 놀라움이 괴로움을 완화해 주고 있었다. 쥘리앵이 나타나더니 감사하다는 말 한마디 없이 상자를 빼앗아 들고는 자기 방으로 달려갔다. 그는 거기서 불을 피우고 즉시 그것을 태워 버렸다. 그는 정신 나간 듯 얼굴이 창백했다. 그는 막 겪은 위험의 정도를 과장해서 생각하고 있었던 것이다.

왕위 찬탈자를 공공연히 증오하는 사람의 집에서 나폴레옹의 초상화를 숨기고 있는 것이 발각되다니! 쥘리앵은 고개를 설레설레 흔들며 중얼거렸다. 더구나 그처럼 지독한 왕당파이며 또 그토록 성나 있는 드 레날 씨에게 발견되다니! 경솔하기 짝이 없게 초상화 뒷면 백지에는 내 손으로 글귀까지 적어 놓았으렷다! 내 나폴레옹 숭배 열을 의심할 여지 없이 드러내는 글귀를! 그 숭배의 열정 하나하나에는 날짜까지 적혀 있지 않은가! 그저께 날짜도 적혀 있는 것이다.

내 평판은 모두 순식간에 무너지고 사라져 버릴 것이다. 불타는 상자를 바라보며 쥘리앵은 이렇게 생각했다. 평판은 내 전 재산이다. 나는 오직 평판에 의해 살아가고 있는데……. 그런데 제기랄, 이게 무슨 꼴의 삶이란 말인가!

한 시간이 지난 후 그는 피로와 스스로에 대한 연민으로 마음이 누그러졌다. 드 레날 부인과 마주치자 그는 그녀의 손을 잡아 어느 때보다도 진정한 마음으로 키스했다. 그녀는 행복해서 얼굴을 붉혔으나 거의 동시에 질투심으로 화가 치밀어 쥘리앵을 뿌리쳤다. 조금 전에 상처받았던 쥘리앵의 자존심이 이 순간에는 아주 맹목적으로 변했다. 드 레날 부인이 그저 하나의 돈 많은 여자로만 보였던 것이다. 그는 경멸적으로 부인의 손을 팽개치고 멀리 가 버렸다. 그는 정원으로 가서 깊은 상념에 잠긴 채 오락가락했다. 곧 그의 입술에는 쓸쓸한 미소가 번졌다.

나는 시간을 제 마음대로 쓸 수 있는 사람처럼 여기서 태연히 산책하고 있구나! 아이들을 돌보지 않다니! 드 레날 씨의 모욕적인 잔소리에 부딪혀도 할 말이 없으리라. 그는 아이들의 방으로 달려갔다.

그가 제일 좋아하는 막내 아이의 재롱이 그의 쓰라린 괴로움을 약간 진정시켜 주었다.

이 아이는 아직은 나를 멸시하지 않는다, 하고 쥘리앵은 생각했다. 그러나 그는 곧 이처럼 괴로움이 사그라지는 것은 또 다른 나약함이라고 자책했다. 이 아이들은 어제 사 온 어린 사냥개를 쓰다듬듯이 내 비위를 맞추고 있을 뿐이다.

10장 드높은 마음, 비천한 신세

그러나 정열이란 그 비밀스러움으로 인해
드러나게 마련이니
아무리 숨겨봐도 헛된 일일지라.
마치 가장 어두운 하늘이 가장 무서운
비바람을 예고하듯…….

—『돈 후안』제1가 73절

성관의 모든 방을 다 돌아본 드 레날 씨는 하인들에게 매트를 들게 한 다음 함께 아이들 방으로 돌아왔다. 그 사람이 불쑥 들어온 것은 가득 찬 물병을 넘쳐흐르게 만드는 마지막 물방울처럼 쥘리앵의 울화통을 터뜨리게 만드는 것이었다.

평소보다 더 창백하고 더 어두운 얼굴로 그는 드 레날 씨를 향해 돌진했다. 드 레날 씨는 주춤 멈춰 서더니 하인들을 쳐다보았다.

쥘리앵이 말을 꺼냈다.

"시장님은 저 말고 다른 어떤 가정 교사가 아이들을 이만큼 가르쳐 낼 수 있었으리라고 생각하십니까? 만약 그렇지 않다고 대답하신다면," 쥘리앵은 드 레날 씨에게 말할 여유를 주지 않고 계속해서 얘기했다. "어떻게 제가 아이들을 소홀히 한다고 질책하실 수 있는 겁니까?"

겁을 먹었다가 겨우 정신을 차린 드 레날 씨는 이 풋내기 시골뜨기가 당돌하게 대드는 품으로 보아, 그가 어떤 유리한 제안을 받아 자기 집을 떠나려 한다고 결론을 내렸다. 말을 해 나가면서 더욱더 화가 복받친 쥘리앵은 이렇게 덧붙였다.

"저는 시장님 도움 없이도 살아갈 수 있습니다."

"당신이 그렇게 흥분한 걸 보니 정말 유감이오." 드 레날 씨는 약간 더듬거리면서 대꾸했다. 하인들이 십여 보 떨어진 곳에서 침대를 정돈하고 있었다.

"제게 필요한 건 그런 말씀이 아닙니다. 아까 제게 주신 창피를 좀 생각해 보십시오, 그것도 부인들 앞에서 말입니다." 쥘리앵은 제정신이 아닌 듯 퍼부어댔다.

드 레날 씨는 쥘리앵이 요구하는 것이 무엇인지를 너무도 잘 알고 있었다. 괴로운 갈등으로 그의 마음은 찢어지는 듯했다. 마침내 쥘리앵은 정말 미친 듯이 성내며 부르짖었다.

"댁을 나가도 갈 데가 있다고요."

이 말이 떨어지자, 드 레날 씨 눈에는 발르노 씨 집에 자리 잡은 쥘리앵의 모습이 선히 떠오르는 듯했다.

"좋소! 선생, 당신 요구를 들어주기로 하지. 모레부터, 마침 모레는 초하루니까 매달 50프랑씩 주기로 하겠소." 이윽고 드 레날 씨는 한숨을 내쉬면서, 더없이 고통스러운 수술을 받으려고 외과 의사를 부르기라도 한 사람 같은 표정으로 말했다.

쥘리앵은 어이가 없고 웃음이 터져 나올 것만 같았다. 분노도 모두 사라지고 말았다.

이 짐승 같은 작자에게는 멸시가 충분치 못했던 모양이다. 그는 속으로 생각했다. 이처럼 비열한 인간이 할 수 있는 최상의 사과란 기껏 이런 것이구나.

입을 딱 벌리고 이 장면의 얘기를 듣고 있던 아이들은 정원으로 달려 나가서, 쥘리앵 선생이 몹시 화를 냈으며 그렇지만 그가 매달 50프랑씩 받게 됐다고 어머니에게 얘기했다.

쥘리앵은 화가 머리끝까지 치밀어 있는 드 레날 씨는 쳐다보지도 않고 습관적으로 아이들을 뒤쫓아 갔다.

발르노 때문에 168프랑이 또 드는구나. 시장은 혼자 생각했다. 고아들의 급식 운영에 대해 그자에게 따끔한 말을 꼭 해 줘야지.

잠시 후 쥘리앵은 다시 드 레날 씨와 마주쳤다.

"저는 셸랑 신부님께 고해할 것이 있습니다. 몇 시간 자리를 비우는 것을 미리 말씀드려야겠습니다."

드 레날 씨는 더할 나위 없이 가식적인 웃음을 지으며 대답했다.

"물론 그렇게 하시지. 선생이 원한다면 하루 종일도 괜찮고 내일까지도 좋소. 베리에르에 가는 데는 정원사의 말을 이용하시고."

녀석이 발르노에게 답을 하러 가는구나. 드 레날 씨는 생각했다. 녀석은 내게 아무런 약속도 하지 않았으렷다. 하지만 이 풋내기에게 머리를 식힐 여유를 좀 줘야겠지.

쥘리앵은 재빨리 빠져나와 큰 숲 속으로 올라갔다. 그 숲을 통해 베르지에서 베리에르로 갈 수 있다. 그는 셸랑 사제 댁에 그다지 빨리 도착하고 싶지는 않았다. 또 다른 위선의 장면을 억지로 연출하고 싶은 생각은 없었다. 그는 자기 마음속을 분명히 헤아려 보고, 그 마음을 뒤흔든 온갖 감정을 따져 볼 필요를 느꼈던 것이다.

나는 전투에서 이겼다, 내가 전투에 이긴 것이다! 숲 속에 접어들어 사람들의 시선에서 멀어지자마자 그는 중얼거렸다.

이 한마디 말이 그의 모든 처지를 아름답게 채색한 듯 마음이 어느 정도 평온해졌다.

나는 매달 50프랑의 보수를 받게 되었다. 드 레날 씨는 상당히 겁먹고 있는 것이 틀림없다. 그런데 무엇 때문에 겁을 먹는 것일까?

한 시간 전만 해도 그가 분노에 복받쳐 대들었던 그 운 좋고 권세 있는 사내를 두렵게 한 것이 무엇인가를 생각하노라니 쥘리앵의 마음은 아주 명랑해졌다. 한순간 그는 자기가 걷고 있는 숲의 매혹적인 아름다움에 민감해질 정도였다. 옛날에 거대한 바위 덩어리들이 산 쪽에서 이 숲 가운데로 떨어져 내렸다고 한다. 이 바위 덩어리들만큼이나 키가 큰 울창한 너도밤나무들이 솟아 있었다. 바위 그늘은 상쾌할 정도로 시원했으나, 거기에서 서너 발짝 떨어진 곳만 해도 멈춰 설 수 없을 만큼 햇볕이 뜨거웠다.

쥘리앵은 그 거대한 바위 덩어리의 그늘에서 잠시 숨을 돌리고 다시 산을 오르기 시작했다. 오래지 않아 그는 염소 치는 사람들만이 이용하는, 보일락 말락 하는 좁은 오솔길로 해서 거대한 바위 위에 올랐다. 그곳이야말로 분명히 세상 모든 사람들과 격리된 곳이었다. 자기 몸이 자리하고 있는 이 위치는 그에게 미소가 떠오르게 했다. 이 위치는 그가 정신적으로 도달하고자 열망하는 위치를 그려 보여 주고 있었다. 높은 산의 맑은 공기가 그의 마음을 차분하고 즐겁게까지 해 주었다. 쥘리앵의 눈에는 언제나 베리에르 시장이 지상의 모든 부유한 자들, 모든 건방진 자들의 대표자로 보였다. 그러나 쥘리앵은, 그를 뒤흔든 증오는 그것이 난폭한 것이었는데도 불구하고 전혀 개인적인 것이 아님을 느꼈다. 드 레날 씨를 보지 않게 된다면 일주일 만에 그는 레날 씨 자신은 물론 그의 성관, 그의 개, 그의 아이들, 그의 가족 전체를 잊어버릴 것이었다. 까닭은 알 수 없는 노릇이지만 나는 그에게 더없이 큰 희생을 강요했다. 일 년에 50에퀴 이상이라니! 조금 전 나는 커다란 위험에서 간신히 벗어났다. 하루에 승리를 두 번 거둔 것이다. 그러나 두 번째 승리는 자랑이 못 된다. 그 이유를 알아내야 할 것이다. 하지만 괴로운 탐색은 내일로 미뤄 두자.

쥘리앵은 거대한 바위 더미 위에 서서 팔월의 태양으로 이글거리는 하늘을 쳐다보았다. 바위 아래 풀밭에서 매미의 울음소리가 들려왔고, 그 소리가 멎을 때면 주위는 쥐 죽은 듯 고요했다. 그는 발아래로 뻗어 있는 넓은 땅을 굽어보았다. 그의 머리 위 큰 바위에서 날아오른 새매 한 마리가 때때로 소리 없이 거대한 원을 그리며 떠도는 모습이 눈에 들어왔다. 쥘리앵의 눈은 기계적으로 그 맹금을 쫓았다. 새의 유유하고도 힘찬 동작이 그를 탄복하게 했다. 그는 그 힘을 부러워했고 그 고독을 부러워했다.

그것은 나폴레옹의 운명이었다. 그것이 언제 쥘리앵 자신의
운명이 될 것인가?

11장 하루 저녁

그러나 줄리아의 싸늘함에는 아직 부드러움이
남아 있었다. 그녀의 작은 손은 가볍게 떨면서
그의 손에서 빠져나갔다. 은은하게 떨리는
가벼운 감촉, 그것이 있었는지조차 모를
너무도 가벼운 감촉을 뒤에 남기고.

—『돈 후안』 제1가 71절

어쨌든 쥘리앵은 베리에르에 나타나지 않을 수 없었다. 사
제관을 나오는 길에는 운 좋게 발르노 씨와 마주쳤다. 그는 발
르노 씨에게 봉급이 오르게 되었다고 서둘러 얘기했다.

베르지에 돌아온 쥘리앵은 밤이 이슥해서야 정원으로 내려
갔다. 그의 마음은 하루 종일 그를 뒤흔든 수많은 세찬 감동
으로 피로해 있었다. 그 여자들에게 무슨 얘기를 해야 하나?
부인들이 머리에 떠오르자 그는 불안스럽게 이런 생각을 했
다. 보통 여자들의 관심을 끌게 마련인 사소한 상황 정도에 바
로 자기 영혼이 머물러 있다는 것을 그는 전혀 몰랐다. 데르빌
르 부인이나 심지어 드 레날 부인에게도 쥘리앵이 알 수 없는
인물로 비치는 일이 종종 있었으며, 한편 그로서는 그녀들의
얘기를 절반밖에는 이해하지 못했다. 이것이 이 젊은 야심가

의 영혼을 뒤흔든 정열의 힘의, 굳이 얘기한다면 위대한 정열의 힘의 결과였던 것이다. 이 야릇한 존재에게는 거의 매일의 삶이 폭풍우였다.

그날 저녁 정원으로 들어서면서 쥘리앵은 아름다운 두 부인의 생각에만 마음을 쓰기로 작정했다. 부인들은 초조하게 그를 기다리고 있었다. 그는 드 레날 부인 곁의 늘 앉던 자리에 자리 잡았다. 곧 짙은 어둠이 깔렸다. 그는 한참 전부터 자기 곁 의자 등받이 위에 기대 있던 하얀 손을 잡으려 했다. 부인은 잠시 머뭇거리더니 화가 난 듯 그에게서 손을 빼고 말았다. 쥘리앵은 그것을 묵인하고 쾌활하게 대화를 계속하기로 마음먹었다. 그때 드 레날 씨가 다가오는 소리가 들렸다.

쥘리앵에게는 아직도 아침나절의 거친 말소리가 귓가에 쟁쟁했다. 이 작자가 있는 바로 앞에서 그 아내의 손을 잡는 것이, 온갖 특권을 누리는 이 작자를 조롱하는 한 방법이 아니겠는가? 쥘리앵은 이런 생각을 했다. 좋다, 그렇게 하고 말겠다. 그에게 그토록 멸시당한 내가 아닌가.

성격에 어울리지 않게 잠시 지닐 수 있었던 쥘리앵의 태연함은 이 순간 갑자기 사라져버렸다. 그는 다른 생각은 전혀 못 하고 그저 드 레날 부인이 자기에게 손을 맡겨 주기만을 안타깝게 갈망했다.

드 레날 씨는 성이 나서 정치 얘기를 늘어놓고 있었다. 베리에르의 공업인 두세 명이 확실히 그보다 부자가 되어 선거에서 그를 골탕 먹이려 하고 있었던 것이다. 데르빌르 부인은 그 얘기에 귀 기울이고 있었다. 그의 연설에 역정이 난 쥘리앵은 제 의자를 드 레날 부인 의자에 가까이 가져갔다. 어둠이 모든 움직임을 가려 주고 있었다. 그는 살이 드러나 있는 부인의 고운 팔 곁에 제 손을 바싹 가져갔다. 쥘리앵은 당황하여 제정신이 아니었다. 그는 그 고운 팔에 뺨을 가져가 대담하게도 입술을 댔다.

드 레날 부인은 전율했다. 남편이 서너 발짝 떨어진 곳에 있었다. 그녀는 쥘리앵에게 서둘러 손을 내주고는 동시에 그를 약간 떠밀었다. 드 레날 씨가 부자가 되어가는 자코뱅파의 시시한 인간들에게 계속 욕설을 퍼붓는 동안 쥘리앵은 자기에게 맡겨진 손에 열정적인 키스를 퍼부었다. 어쨌든 드 레날 부인에게는 그것이 열정적인 키스로 보였다. 하지만 이 가엾은 여인은 부지불식간에 사랑하게 된 이 남자가 다른 여자를 사랑하고 있다는 치명적인 증거를 그날 낮에 알게 된 것이 아닌가! 쥘리앵이 없는 동안 내내 그녀는 극도의 불행에 사로잡혀 이런저런 생각에 빠지지 않을 수 없었다.

어머나! 내가 사랑을 하다니! 그녀는 혼자 생각했다. 결혼한 여자인 내가 사랑에 빠지다니! 그러나 잠시도 쥘리앵을 생각하지 않고는 견딜 수 없는 이런 암담한 열정을 내 남편에게는 한 번도 느낀 적이 없는걸. 실상 그 사람은 나를 존경하는 아이에 불과할 뿐인데! 이런 열정은 일시적인 거야. 그 젊은이에게 내가 품을 수 있는 감정이 남편에게야 무슨 상관이 있겠어! 드 레날 씨는 나와 쥘리앵이 나누는 공상적인 것에 대한 얘기에는 진력을 낼 거야. 그이는 자기 사업만 생각하는데. 쥘리앵에게 주려고 내가 그이한테서 빼앗는 것은 아무것도 없잖아.

여태껏 경험해 본 적이 없는 정열로 방황하고 있다고 해도 이 순진한 영혼의 순결을 변질시키는 위선은 그녀에게서 찾아볼 수 없었다. 그녀는 자신도 모르게 잘못 생각하고 있을 뿐이었다. 그렇지만 본능적인 부덕(婦德)은 겁을 먹었다. 쥘리앵이 정원에 나타났을 때 그녀를 뒤흔들던 갈등은 이런 것이었다. 그녀는 그의 말소리를 듣는 것과 거의 동시에 자기 곁에 앉는 그의 모습을 보았다. 그녀의 마음은 두 주일 전부터 그녀를 유혹한다기보다는 놀라게 하는 매혹적인 행복에 휩쓸려 날아갈 것만 같았다. 그녀에게는 모든 것이 뜻밖의 일이었다. 하지만 잠시 후에는 쥘리앵이 나타나기만 하면 그 사람의 모든 잘못도 깨끗이 사라진단 말인가 하고 생각했다. 그녀는 질겁했다. 그러고는 쥘리앵에게서 손을 빼냈다.

　이전에는 결코 받아 본 적이 없는 정열에 가득 찬 키스를 받고서 그녀는 그가 다른 여자를 사랑할지도 모른다는 사실을 갑자기 잊어버렸다. 뒤이어 그녀의 눈에는 쥘리앵이 아무 잘못도 없는 것으로 비쳤다. 의혹의 소산인 폐부를 찌르는 듯한 고통이 끝나고 여태껏 꿈조차 꾸어 본 적이 없는 행복이 출현하자, 그녀는 사랑의 황홀과 주체할 수 없는 쾌활함에 빠져 들었다. 부자가 된 공업인들을 못 잊어 하는 베리에르 시장을 제외하고는, 그날 밤은 모두에게 매력적이었다. 쥘리앵은 음침한 야심도 실행하기 어려운 계획도 더 이상 생각하지 않았다. 난생처음 그는 아름다움의 힘에 이끌려 들어갔다. 그의 성격과는 너무도 이질적인 어렴풋하고 달콤한 몽상에 빠져 더할 나위 없이 아름다워 보이는 손을 부드럽게 애무하면서, 그는 가벼운 밤바람에 흔들리는 보리수 나뭇잎의 살랑거리는 소리며 멀리 두강의 물방앗간에서 들려오는 개 짖는 소리를 넋 놓고 듣고 있었다.

그러나 이 감동은 즐거움이었지 정열은 아니었다. 자기 방으로 들어오면서 그는 좋아하는 책을 다시 읽는다는 한 가지 행복밖에는 생각하지 않았던 것이다. 스무 살의 나이에는, 세상과 그 세상에 일으켜 놓아야 할 효과에 대한 관념이 모든 것을 능가하는 법이다.

그러나 그는 곧 책을 내려놓았다. 나폴레옹의 승리를 곰곰이 생각한 나머지 자신의 승리에서 새로운 어떤 것을 발견했던 것이다. 그는 생각했다. 그렇다, 나는 하나의 전투에서 승리했다. 그러나 그것을 이용해야 한다. 그가 퇴각하는 동안에 그 거만한 신사 나리의 자만심을 납작하게 짓눌러 주어야 한다. 그것이 나폴레옹의 진면목인 것이다. 내 친구 푸케를 만나러 가기 위해 사흘간의 휴가를 요청해야겠다. 만약 거절한다면 계약을 파기하든지 말든지 양자택일을 하라고 하지. 하지만 그자는 굴복하고 말걸.

드 레날 부인은 눈을 감고 잠을 이룰 수가 없었다. 그녀는 그때까지는 진정으로 살아온 것 같지가 않았다. 쥘리앵이 자기 손에 불같은 키스를 퍼붓는 것을 느끼던 순간의 행복에서 그녀는 헤어날 수가 없었다.

갑자기 간통이라는 끔찍한 말이 그녀에게 떠올랐다. 더없이 추잡한 방탕이, 관능적 사랑이란 개념에 안겨 줄 수 있는 역겨운 모든 것이 그녀의 상상에 무더기로 떠올랐다. 그런 생각은 쥘리앵에 관해서, 또 그에 대한 사랑의 행복에 관해서 그녀가 품고 있던 다정하고도 신성한 이미지를 흐려 놓으려 했다. 미래가 무시무시한 색채로 그려져 보였다. 자신이 경멸당해 마땅한 여자로 여겨졌다.

그 순간은 끔찍한 것이었다. 그녀의 영혼은 알지 못할 세상에 다다르고 있었다. 그녀는 전날엔 일찍이 경험하지 못했던 행복을 맛보았다. 그런데 이제는 돌연히 참혹한 불행에 빠져 있는 것이다. 그런 괴로움은 전혀 생각도 못 해 본 것이어서 그녀는 걷잡을 수 없는 혼란에 빠졌다. 그녀는 쥘리앵을 사랑하게 될까 봐 두렵다고 자기 남편에게 고백할까 하는 생각도 한순간 해 보았다. 그것은 쥘리앵에 관한 얘기를 해야 하는 것이었다. 다행히 그녀는 이전에 자기가 결혼하기 전 아주머니에게서 들은 교훈을 기억 속에 떠올렸다. 그것은, 여하튼 일종의 주인인 남편에게 비밀을 털어놓는 것은 위험하다는 내용이었다. 그녀는 너무나도 괴로워 손을 뒤틀었다.

그녀는 모순되고도 괴로운 상념에 되는 대로 이끌려 들어갔다. 때로는 사랑받지 못할까 봐 두려워하기도 했고, 또 때로는 내일 당장이라도 군중에게 자기의 간통을 설명하는 게시판을 메고 베리에르 광장의 공시대(公示臺)에 서야 할 형편이기라도 하듯 끔찍한 죄책감에 몸서리치기도 했다.

드 레날 부인은 아무런 인생 경험도 지니고 있지 못했다. 정신이 말짱하여 분별력을 온전히 행사할 때조차도, 하느님 앞에 죄를 짓는 것과 모든 사람의 요란스러운 경멸을 공공연히 받는 것 사이에서 아무런 차이도 알아채지 못할 정도였다. 간

통과 그 죄에 뒤따르게 마련인 (그녀의 생각으로는 그러했다.) 온 갖 치욕에 대한 끔찍한 관념이 잠시 잠잠해지고 전처럼 결백하게 쥘리앵과 살아나가는 감미로움에 생각이 미치면, 그녀는 또 쥘리앵이 다른 여자를 사랑하고 있다는 무서운 생각에 휩쓸려 드는 것이었다. 그 초상화를 잃을까 봐서, 또는 초상화의 얼굴을 들킬까 봐서 두려워할 때 그의 하얗게 질린 얼굴이 아직도 눈에 선했다. 그처럼 태연하고 그처럼 고상한 얼굴에서 그녀는 처음으로 두려움을 목격했던 것이다. 그녀나 아이들에 대해 그가 그처럼 흥분한 모습을 보인 적은 결코 없었다. 점점 커 가는 이 괴로움은 인간의 마음이 견뎌 낼 수 있는 불행의 한계까지 다다랐다. 드 레날 부인은 자신도 모르는 사이에 고함을 쳤다. 그 소리에 하녀가 깨어났다. 그녀는 갑자기 침대 곁에 불빛이 나타나는 것을 보았고 엘리자의 모습을 알아보았다.

"그 사람이 사랑하는 게 너냐?" 그녀는 정신없이 소리쳤다.

주인마님의 무서운 동요에 놀란 하녀는 다행히 그 야릇한 말에는 아무런 주의도 기울이지 않았다. 드 레날 부인은 자신의 경솔함을 깨달았다.

"열이 나고 정신이 좀 어지러우니 내 곁에 있어 다오." 부인은 하녀에게 이렇게 말했다. 자제의 필요성 때문에 완전히 잠에서 깨어난 그녀는 괴로움이 좀 사그라지는 기분이었다. 비몽사몽 상태에서 잃었던 분별력이 다시 회복되었다. 뚫어져라 쳐다보는 하녀의 시선에서 벗어나려고 그녀는 하녀에게 신문을 읽게 했다. 《코티디엔》지의 긴 기사를 읽는 하녀의 단조로운 목소리를 들으며 드 레날 부인은 쥘리앵을 다시 만나면 냉정하게 대하겠다는 덕성스러운 결심을 했다.

12장 여행

파리에서는 우아한 사람들을 볼 수 있는 반면,
시골에서는 기개 있는 사람들을 볼 수 있다.

―시에예스

이튿날 드 레날 부인이 눈에 띄기도 전인 아침 5시에 쥘리앵은 그녀의 남편에게서 사흘간의 휴가를 얻어 냈다. 뜻하지 않게 쥘리앵은 그녀가 보고 싶어졌다. 그는 그녀의 고운 손을 생각하고 있었다. 그는 정원으로 내려가 오랫동안 드 레날 부인을 기다렸다. 만약 쥘리앵이 그녀를 사랑했더라면 2층의 반쯤 닫힌 덧문 뒤에서 이마를 유리에 대고 서 있는 그녀의 모습을 보았을 것이다. 그녀는 쥘리앵을 바라보고 있었다. 굳은 결심을 했는데도 그녀는 마침내 정원에 모습을 드러내고야 말았다. 평소 창백한 그녀의 얼굴에 생기 있는 홍조가 떠올랐다. 이 순진한 여인은 분명히 마음이 동요되어 있었다. 그 천사 같은 얼굴에 매력을 주던, 삶의 온갖 비속한 이해타산을 초월한 듯한 오묘한 고요의 표정이 거북함과 노여움의 감정으로 흔들리고 있었다.

쥘리앵은 부랴부랴 그녀에게 다가갔다. 서둘러 걸치고 나온 숄 밑에 드러나 보이는 그녀의 아름다운 팔을 그는 경탄의 눈길로 바라보았다. 밤사이 흥분으로 온갖 감각에 민감해진 살빛을 아침의 신선한 대기가 더욱 빛나게 해 주는 듯 보였다. 겸허하고 감동적이면서도 하층 계급에서는 전혀 볼 수 없는 사려 깊은 모습을 띠고 있는 부인의 아름다움은, 쥘리앵이 여태껏 느끼지 못했던 영혼의 능력을 드러내 보이는 듯이 여겨졌다. 그의 탐욕스러운 시선에 와 닿은 부인의 매력에 감탄한 나머지 넋이 나간 쥘리앵은, 부인에게서 기대했던 다정한 응대에는 전혀 생각이 미치지 못했다. 그런 만큼 그는 부인이 그에게 의도적으로 나타내 보이는 얼음처럼 차가운 태도에 더욱더 놀라지 않을 수 없었다. 그 태도에서는 자기를 제 위치로 되돌려 놓으려는 의사를 엿볼 수 있는 것만 같았다.

그의 입술에 떠올랐던 기쁨의 미소가 사라졌다. 그는 사회에서의, 특히 고귀하고 부유한 상속녀의 눈에 비친 자신의 위치를 상기했다. 그 순간 그의 표정에는 오만과 자기 자신에 대한 분노만이 나타났다. 그는 이처럼 창피스러운 응대를 받으려고 한 시간 이상이나 출발을 지연시킨 데 대해 분통이 터졌다.

다른 사람에게 화를 내는 것은 어리석은 자뿐이다. 돌은 무거우니까 떨어지는 것이다. 쥘리앵은 이런 생각을 했다. 나는 언제까지나 어린아이로 머물러 있을 것인가? 도대체 언제부터 돈 때문에 저자들에게 내 영혼을 파는 습관이 들었단 말인가? 내가 저자들과 나 자신의 존경을 받고자 한다면, 남들의 부와 거래하는 것은 내 가난일 뿐 내 영혼은 그들의 무례와 는 수천 킬로미터 떨어진 곳, 그들의 경멸이나 호의의 하찮은 표시가 와 닿기에는 너무도 높은 천구(天球)에 위치해 있다는 것을 그들에게 보여 주어야 한다.

젊은 가정 교사의 마음에 이런 감정이 떼 지어 밀어닥치는 동안 그의 변하기 쉬운 표정은 고통받는 자존심과 사나움의 빛을 띠고 있었다. 그러자 드 레날 부인은 혼란에 빠졌다. 그 녀가 그에게 내보이고자 했던 정숙한 냉정함은 관심의 표정으로, 쥘리앵의 갑작스러운 변화에 놀라서 일어난 관심의 표정으로 바뀌었다. 아침에 주고받게 마련인 건강이며 그날의 날씨에 대한 쓸데없는 말이 끝나자 두 사람 모두 말문이 막혔다. 어떠한 열정에도 판단이 흐려지는 일이 없는 쥘리앵은 자기가 그녀와의 우정 관계를 얼마나 신뢰하지 않는지 드 레날 부인에게 보여줄 방법을 재빨리 찾아냈다. 그는 떠나려는 짧은 여행에 대해서는 아무 말도 하지 않고, 그녀에게 인사만 꾸벅하고 자리를 떴다.

전날에는 그렇게도 상냥하던 시선에서 음울한 오만의 표정을 보고 어쩔 줄 몰라하며 그가 사라져가는 모습을 바라보고 있는데, 큰아들이 정원으로 달려 나와 어머니를 포옹하면서 말했다.

"우리는 놀게 됐어요. 쥘리앵 선생님이 여행을 떠나시거든요."

이 말을 듣자 드 레날 부인은 몸이 오싹해지는 것을 느꼈다. 그녀는 덕성 때문에 괴로웠고 나약함 때문에 더욱더 괴로웠다.

이 새로운 사건이 부인의 상상력을 온통 사로잡았다. 무서운 밤을 지새우며 얻은 정숙한 결심도 다 허물어져 버렸다. 이제는 그렇게 사랑스러운 애인에게 저항하는 것이 아니라, 영원히 그를 잃어버릴지도 모르는 일이 문제였던 것이다.

어쨌든 아침 식사 자리에는 나타나야 했다. 설상가상으로 드 레날 씨와 데르빌르 부인은 쥘리앵이 떠난 것에 대한 얘기만 했다. 베리에르 시장은 쥘리앵이 휴가를 요청하는 단호한 어조에서 심상치 않은 무언가를 눈치챘다는 것이었다.

"그 어린 시골뜨기가 아마 누군가의 제안을 받은 모양이야. 제안을 한 자가 발르노 씨라 해도 연간 600프랑을 지불해야 할 것을 생각하면 약간 낙심할걸. 어제 베리에르에서 생각 좀 하게 사흘만 말미를 달라고 요청했을 거야. 그리고 오늘 아침에는 그 꼬마 선생이 내게 답변을 하지 않으려고 산으로 떠났단 말이야. 건방지게 구는 한심한 노동자 녀석과 담판을 벌이지 않을 수 없다니, 이 무슨 기막힌 꼴이람!"

한편 드 레날 부인은 이렇게 생각했다. 남편은 자기가 얼마나 쥘리앵을 기분 나쁘게 했는지는 모르고 그가 우리에게서 떠날 거라고만 생각하니, 나는 어떻게 생각해야 하는가? 아아! 모든 것이 끝장이구나!

혼자 울기라도 하려고, 그리고 데르빌르 부인이 묻는 것에 대답하기가 싫어서, 그녀는 머리가 아프다고 말하면서 자리에 누웠다.

드 레날 씨는 늘 하는 얘기를 되풀이했다.

"여자란 노상 그렇단 말이야. 그 복잡한 기계에는 언제고 고장난 곳이 있거든." 그는 이렇게 빈정거리며 사라졌다.

　드 레날 부인이 우연히 빠져 든 무서운 정열의 더할 나위 없는 괴로움에 시달리고 있는 동안, 쥘리앵은 산간 지방이 보여줄 수 있는 가장 아름다운 경치 속에서 쾌활하게 길을 오르고 있었다. 그는 베르지 북쪽의 큰 산맥을 넘어야 했다. 그가 접어든 오솔길은 웅장한 너도밤나무 숲 사이로 점점 가팔라지면서, 북쪽으로 두강 계곡을 그려 보이는 험준한 산비탈로 그칠 줄 모르고 구불구불 뻗어 있었다. 잠시 후 나그네의 시선은 남쪽을 향해 흐르는 두강 줄기를 가로막고 있는 나지막한 언덕 위로 부르고뉴와 보졸레의 비옥한 평원까지 내려다볼 수 있었다. 이 젊은 야심가의 영혼이 이런 종류의 아름다움에 아무리 무감각하다 해도, 그는 때때로 발길을 멈추고 그처럼 광활하고 장엄한 광경을 바라보지 않을 수 없었다.

　마침내 그는 큰 산의 꼭대기에 다다랐다. 젊은 목재상인 친구 푸케가 살고 있는 쓸쓸한 골짜기에 이르기 위해서는 이 산꼭대기 옆을 지나는 지름길을 택해야 했다. 쥘리앵은 푸케든 다른 어떤 사람이든 서둘러 만날 필요가 없었다. 산꼭대기를 덮고 있는 벌거숭이 바위 더미 사이에 맹금처럼 몸을 숨기고 있는 그는 누구든 다가오는 사람을 멀리에서도 알아볼 수 있었다. 그는 거의 수직으로 뻗은 바위 비탈 가운데서 작은 동굴 하나를 발견했다. 그는 뛰어가서 그 은신처 속에 자리를 잡았다. 여기서는 사람들이 나를 해치지 못할 것이다. 그는 기쁨으로 눈을 반짝이며 말했다. 그는 자기 사상을 마음껏 기록해 보고 싶다는 생각이 들었다. 다른 곳에서는 그것은 위험하기 짝이 없는 일이었다. 네모난 돌이 책상 구실을 해주었다. 그의 펜은 나는 듯이 움직여 나갔다. 주위의 아무것도 그의 눈에 띄지 않았다. 마침내 그는 보졸레의 먼 산 너머로 해가 지는 것을 알았다.

여기서 밤을 지새워서 안 될 것이 무엇이랴? 나는 빵도 가지고 있고 그리고 '나는 자유롭다!' 그는 이렇게 생각했다. 자유라는 그 거창한 말소리가 울리자 그의 마음은 흥분되었다. 그의 위선 때문에 푸케의 집에서조차도 그는 자유롭지 못했던 것이다. 그 동굴 안에서 두 손에 머리를 기대고 갖가지 공상과 자유의 행복에 흥분한 쥘리앵은 그의 생애 그 어느 때보다도 행복했다. 그는 황혼의 빛이 하나하나 꺼져 가는 것을 생각 없이 바라보았다. 그 광막한 어둠 가운데서 그의 마음은 어느 날엔가 파리에서 만나게 될 것에 대해 상상하느라 방황하고 있었다. 우선 시골에서 볼 수 있는 것보다 훨씬 아름답고 훨씬 고결한 재능을 지닌 여인이 떠올랐다. 그는 열렬히 사랑하고 또 사랑받는 것을 꿈꾸었다. 그 여인과 잠시 헤어지게 된다면 그것은 영광을 쟁취하여 더욱더 사랑받을 가치를 지니기 위해 떠날 뿐이리라.

쥘리앵과 같은 상상력을 지녔다고 가정하더라도 파리 사교계의 쓸쓸한 진실 가운데서 자라난 젊은이라면, 냉정한 아이러니에 의해 그 정도에서 공상으로부터 깨어났을 것이다. 위대한 행위는 그런 행위에 도달하려는 희망과 더불어 사라지고, 대신 '정부와 헤어지면 슬프게도 하루에 두세 번씩 속을 위험이 있다.'라는 잘 알려진 속담이 자리 잡게 될 것이다. 그런데 이 젊은 시골뜨기는 자기와 가장 영웅적인 행위 사이에는 오직 기회가 결여되어 있을 뿐이라고 생각하고 있었던 것이다.

사방이 깊은 어둠에 잠겼다. 푸케가 사는 촌락까지는 아직도 8킬로미터는 더 내려가야 했다. 작은 동굴을 떠나기 전에 쥘리앵은 불을 켜서 자기가 기록한 것을 조심스럽게 태워 버렸다.

그는 새벽 1시에 문을 두드려서 친구를 몹시 놀라게 했다. 푸케는 금전 출납부 기록에 열중해 있었다. 그는 키가 크고 억센 표정에 긴 코를 가진 아주 못생긴 젊은이였으나, 그런 흉한 모습에는 착한 마음씨가 감추어져 있었다.

"이렇게 돌연히 나타나다니, 드 레날 씨와 다투기라도 했나?"

쥘리앵은 전날 있었던 일을 대강 그에게 얘기했다.

푸케가 그에게 말했다.

"나와 함께 있게나. 자네는 드 레날 씨, 발르노 씨, 모지롱 군수, 셸랑 사제 같은 사람들을 잘 알고 그들의 약삭빠른 성격도 훤히 이해하지 않나. 그러니 자네는 경매를 요리하는 데 꼭 맞는단 말일세. 나보다 산술도 잘 알고 하니 내 회계를 맡아주게. 나는 장사에서 큰 벌이를 한다네. 혼자서 모든 걸 할 수도 없고, 동업자로 누군가를 채용했다가 사기꾼한테 걸려들지 않을까 걱정도 되고 해서 매일 좋은 돈벌이를 놓치곤 한단 말이야. 아직 한 달도 안 지난 최근 일이지만, 나는 생타르망에 사는 미쇼라는 사람에게 6000프랑의 벌이를 시켜 줬네. 육 년간이나 만난 적이 없는 사람인데 퐁타를리에의 벌채에서 우연히 그자를 보게 됐단 말이야. 이보게, 자네라면 그 6000프랑을 적어도 3000프랑이라도 벌지 못했겠나? 그날 자네가 나와 함께 있었더라면 나는 그 벌채 경매에 좀 더 높은 값을 불렀을 테고, 그 벌채는 결국 내게 떨어졌을 거야. 내 동업자가 돼서 일해 보세."

이 제안은 쥘리앵의 기분을 상하게 했다. 그의 열정에 방해가 됐던 것이다. 푸케는 독신으로 지내고 있었기 때문에 두 친구가 호머의 서사시에 출현하는 영웅들처럼 손수 밤참을 마련하여 먹는 동안, 그는 쥘리앵에게 장부를 내보이며 목재 장사가 얼마나 유리한가를 증명해 보였다. 푸케는 쥘리앵의 지식과 성격을 더없이 높게 평가하고 있었다.

이윽고 전나무 판자로 만든 작은 방에 혼자 있게 되자 쥘리앵은 생각에 잠겼다. 그렇다, 여기서 몇천 프랑의 돈을 벌어서, 나중에 프랑스를 지배하는 추세에 따라 유리한 조건으로 군인이나 성직자의 직업으로 재출발할 수 있는 것은 사실이다. 조금씩 저축을 해가면 사소한 금전상의 곤란은 면하게 되겠지. 이 산속에서 고독하게 지내면, 살롱의 인사들과 섞여 내 무지에 몸서리치는 생활을 털어 버릴 수도 있겠지. 그러나 푸케는 결혼을 포기했으면서도 고독은 불행한 것이라고 거듭 말하고 있다. 그가 동업 자금도 없는 동업자를 구하는 것은, 그의 곁을 영원히 떠나지 않을 동료를 만들려는 속셈이 분명하다.

내가 친구를 저버릴 수 있을 것인가? 쥘리앵은 불쾌한 기분으로 혼자 부르짖었다. 동정심을 일체 갖지 않고 위선을 행하는 것을 자기 구원의 일상적인 수단으로 삼던 이 사나이도 이번에는 자기를 사랑하는 사람에 대해 조그만 흠이라도 잡힐 일은 차마 할 수 없을 것만 같았다.

그러나 쥘리앵은 갑자기 마음이 밝아졌다. 거절할 이유를 찾아냈던 것이다. 뭐라고! 칠팔 년을 비겁하게 낭비한다고! 그러면 나는 스물여덟 살이 될 것이다. 그런데 그 나이에 보나파르트는 그의 가장 위대한 일들을 해냈다! 벌채장을 뛰어다니며 미천하게 얼마 안 되는 돈을 벌어 하찮은 몇몇 사기꾼 녀석들의 호의를 사게 된다 해도, 그때 가서도 내게 명성을 이룰 신성한 열정이 남아 있으리라고 누가 말할 수 있겠는가?

이튿날 아침 쥘리앵은 동업 문제가 이미 결정된 것으로 생각하는 착한 푸케에게, 제단에 서야 할 성직에 대한 소명 때문에 동업을 받아들일 수 없다고 지극히 냉정하게 대답했다. 푸케는 놀라움을 금치 못했다.

"그러나 생각 좀 해 보게." 푸케가 거듭 말했다. "나와 동업으로 하든지 아니면 자네가 좋다면 일 년에 4000프랑씩 주기로 하겠네. 그런데 자네는 자네를 신발에 묻은 흙만큼도 여기지 않는 그 레날 씨 집으로 돌아가겠단 말인가! 자네가 200루이의 돈을 거머쥐게 된다면 신학교에 못 들어갈 이유가 뭐겠나? 그 이상이지, 내가 이 고장 최고의 사제 직을 자네에게 얻어 줄 책임을 지겠네." 푸케는 목소리를 낮추며 부연했다. "나는 모모 중요 인사들에게 땔감을 대 주고 있거든. 그들에게는 일급의 떡갈나무 장작을 제공하면서도 값은 하얀 장작 값만 받고 있네. 하지만 이보다 좋은 투자는 없는 셈이지."

그 어떤 말로도 쥘리앵의 소명 의식을 굴복시킬 수는 없었다. 푸케는 마침내 이 친구가 좀 돌지 않았나 하고 생각했다. 사흘째 되던 날 쥘리앵은 큰 산의 바위 사이에서 하루를 지내려고 꼭두새벽에 친구와 헤어져 나왔다. 그는 작은 동굴을 되찾아 갔으나 이제 마음의 평화는 얻을 수 없었다. 친구의 제안이 마음의 평화를 앗아 갔던 것이다. 그는 헤라클레스처럼 선과 악 사이가 아니라, 확실한 안락의 비속성과 청춘의 모든 영웅적 꿈 사이에 끼어 있었다. 그는 혼자 중얼거렸다. 나는 진정한 단호함은 없는 모양이구나. 그것이 그를 가장 괴롭히는 의혹이었다. 밥벌이를 하느라고 팔 년쯤 보내고 나면 비범한 일을 수행케 하는 그 숭고한 정력이 내게서 빠져나갈까 봐 두려워하고 있으니, 나는 아무래도 위대한 인물이 될 재목은 못 되는가 보다.

13장 비치는 양말

소설이란, 길을 따라 들고 다니며
비추는 거울이다.

—생 레알

베르지 옛 사원의 아름다운 폐허가 눈에 들어오자, 쥘리앵
은 이틀 전부터 자기가 드 레날 부인의 생각을 한 번도 하지 않
았다는 것을 깨달았다. 내가 떠나던 날 그 여자는 우리 사이의
무한한 거리를 내게 상기시켰지. 나를 노동자의 자식으로 취급
했단 말이야. 전날 밤 내게 손을 맡겼던 일을 후회한다는 표시
를 하고 싶었던 거겠지……. 하지만 그 손은 정말 아름답다! 얼
마나 매력적인가! 그 여자의 시선은 또 얼마나 고귀한가!

푸케와 함께 한 밑천 잡을 수 있다는 가능성이 쥘리앵의 추
리를 어느 정도 수월하게 해 주었다. 사람들의 눈에 자기가 가
난하고 비천한 존재로 비친다는 쓰라린 감정과 노여움으로 그
의 추리가 전처럼 쉽사리 깨지지는 않았던 것이다. 높이 솟은
갑(岬) 위에 자리 잡은 듯 그는 극도의 빈곤과 그가 아직 부유

함이라고 부르는 여유를 판단하고, 말하자면 굽어볼 수 있게 되었다. 철인(哲人)으로서 자신의 처지를 판단할 수 있는 상태에는 어림도 없었지만, 그는 산속으로의 그 짧은 여행 후에 자기가 달라졌다고 느낄 만한 통찰력은 지니고 있었다.

드 레날 부인의 요청으로 그는 여행 다녀온 얘기를 간단히 들려주었는데, 그 얘기를 듣는 부인의 몹시 흥분한 태도에 적이 놀랐다.

푸케는 결혼할 생각을 가진 적이 있었고 불행한 사랑 경험도 했다. 그 문제에 대한 긴 고백이 그들 두 친구의 대화 내용의 대부분이었다. 너무 일찍이 행복을 발견했던 푸케는 애인이 사랑하는 남자가 자기만이 아니라는 사실을 깨달았다는 것이었다. 그런 모든 얘기는 쥘리앵을 놀라게 했다. 그는 새로운 사실을 많이 배우게 되었다. 상상과 경계심으로 가득 찬 쥘리앵의 고독한 생활은 그를 깨우쳐줄 수 있는 모든 것으로부터 그를 격리해 왔던 것이다.

쥘리앵이 없는 동안 드 레날 부인에게는 산다는 것이 견딜 수 없는 온갖 고통의 연속이었다. 그녀는 정말로 병이 났다.

쥘리앵이 오는 것을 보고 데르빌르 부인은 드 레날 부인에게 말했다.

"몸이 그렇게 불편하니 오늘 저녁에는 정원에 나가지 말아요. 습한 공기 때문에 더 나빠질 거야."

옷차림이 너무 수수하다고 드 레날 씨에게 늘 불평을 듣던 친구가 살이 비치는 양말을 신고 파리에서 가져온 작고 예쁜 구두를 신은 것을 보고, 데르빌르 부인은 놀라움을 금할 수가 없었다. 사흘 전부터 드 레날 부인의 유일한 심심풀이는, 최신 유행의 곱고 얇은 천을 말라서 엘리자를 시켜 여름옷 한 벌을 서둘러 짓게 하는 것이었다. 쥘리앵이 도착한 잠시 후에야 그 옷은 겨우 완성될 수 있었다. 드 레날 부인은 즉시 그 옷을 입었다. 데르빌르 부인은 더 이상 의심할 여지가 없었다. 가엾은 것 같으니라고, 사랑을 하고 있구나! 하고 그녀는 혼자 중얼거렸다. 그녀는 드 레날 부인의 병의 이상스러운 징조도 모두 이해할 수 있게 되었다.

그녀는 쥘리앵에게 얘기하는 드 레날 부인의 모습을 보았다. 빨갛게 달아올랐던 얼굴이 창백하게 변하는 것이었다. 젊은 가정 교사의 눈을 뚫어져라 쳐다보는 눈에는 불안이 서려 있었다. 드 레날 부인은 쥘리앵이 집을 떠날 것인지 머물러 있을 것인지를 얘기하고 해명해 주기를 순간순간마다 기다리고 있었다. 그러나 쥘리앵은 그런 생각은 하지도 않았고 그 문제에 대해서는 아무 말도 없었다. 무서운 마음속 갈등을 겪은 끝에, 드 레날 부인은 마침내 자신의 모든 정열이 배어 있는 떨리는 목소리로 그에게 얘기했다.

"아이들을 떠나 다른 데 가시려는 건 아니죠?"

쥘리앵은 드 레날 부인의 시선과 꺼질 듯한 목소리에 몹시 놀랐다. 이 여자는 나를 사랑하는구나, 하고 그는 생각했다. 그러나 자신의 오만을 후회하며 이처럼 일시적으로 약해진 순간이 지나가고 내가 떠날 것을 더 이상 두려워하지 않게 되면, 이 여자는 금방 자존심을 회복하겠지. 서로의 처지에 대한 이런 생각이 번개처럼 재빨리 쥘리앵의 머릿속을 스치고 지나갔다. 그는 머뭇거리며 대답했다.

"그처럼 귀엽고 또 '그처럼 가문이 좋은' 아드님들과 헤어진다는 것은 몹시 마음이 아프지만, 어쩌면 헤어져야 할 것 같습니다. 사람은 자기 자신에 대한 의무도 있으니까요."

'그처럼 가문이 좋은'(이것은 쥘리앵이 최근에 배운 귀족적인 표현 가운데 하나였다.)이란 말을 하면서 그는 깊은 반감을 느꼈다.

이 여자의 눈에 나는 가문이 좋은 놈이 못 된다, 하고 그는 생각했다.

드 레날 부인은 쥘리앵의 얘기에 귀를 기울이며 그의 천재와 그의 미모에 찬탄을 금치 못했다. 한편 그가 떠날 가능성을 암시하자 그녀는 가슴이 찢어질 듯이 아팠다. 쥘리앵이 없는 동안 만찬에 초대되어 베르지에 왔던 베리에르의 친구들은 모두 그녀의 남편이 운 좋게 발굴해 낸 놀라운 청년에 대해 앞 다투어 부인에게 찬사를 했다. 그것은 그들이 아이들의 학업의 진전을 이해했기 때문이 아니었다. 성경을, 그것도 라틴어로 암송한다는 사실에 베리에르의 주민들은 경탄을 금할 수 없었던 것이다. 어쩌면 그 경탄은 한 세기 동안이나 지속될지도 모를 일이었다.

아무와도 얘기를 주고받지 않는 쥘리앵은 그런 사실을 하나도 모르고 있었다. 드 레날 부인이 조금이라도 냉정한 상태여서 쥘리앵에게 그가 얻은 명성을 축하해 주었더라면, 쥘리앵의 자존심도 만족되었을 것이고 부인의 새 옷이 매력적으로 보이는 만큼 그는 부인에게 다정하고 상냥하게 굴었을 것이다. 자신의 예쁜 새 옷과 쥘리앵이 그 옷을 칭찬해 준 것에 만족한 드 레날 부인은 정원을 한 바퀴 돌고 싶어졌다. 그러나 그녀는 곧 더 걸을 수가 없다고 말했다. 쥘리앵의 팔을 잡자 힘이 솟기는커녕 그만 맥이 탁 풀리고 말았던 것이다.

밤이 되었다. 자리에 앉자마자 쥘리앵은 이전의 권리를 행사하여 어여쁜 부인의 팔에 입술을 갖다 대고는 그녀의 손을 잡았다. 그는 애인들에게 보였던 푸케의 대담한 행동을 생각하고 있었지 드 레날 부인을 생각하고 있는 것은 아니었다. '가문이 좋은'이란 말이 아직도 그의 가슴을 무겁게 짓누르고 있었다. 부인이 그의 손을 꼭 쥐었으나 그것이 그에게는 조금도 즐겁지가 않았다. 그날 밤 드 레날 부인은 너무나 분명한 표시로 감정을 나타내 보였건만, 그는 그것이 자랑스럽기는커녕 고마운 줄도 몰랐다. 그는 부인의 아름다움과 우아함과 신선함에도 거의 무감각했다. 마음이 순결하고 가슴에 품은 원한이 없어야만 청춘이 오래 지속되는 모양이다. 대부분의 아름다운 여인에게서 맨 먼저 늙어 가는 것은 얼굴의 모습이다.

쥘리앵은 저녁 내내 침울했다. 지금까지 그는 운명과 사회에 대해서만 화를 내왔었다. 그러나 푸케가 안락에 이르는 미천한 방법을 제시해 온 이후로는 자기 자신에 대해서도 기분이 상했다. 때때로 두 부인에게 몇 마디 말을 건네기는 했지만, 온통 자기 생각에 사로잡힌 쥘리앵은 자신도 모르는 사이에 드 레날 부인의 손을 놓아 버리고 말았다. 이런 행동은 가련한 부인의 마음을 뒤흔들어 놓았다. 그녀는 그 행동에서 자신의 운명이 선언되는 것을 보는 것만 같았다.

쥘리앵의 애정이 확실한 것이었다면 아마 그녀의 덕성은 그에게 대항할 힘을 발견할 수 있었을지도 모른다. 그러나 영원히 그를 잃게 될까 봐 벌벌 떨며 그녀는 솟구치는 정열에 어찌할 바를 모르고, 의자 등받이에 무심히 올려놓은 쥘리앵의 손을 다시 붙잡고 말았다. 부인의 이런 행동이 이 젊은 야심가를 몽상에서 불쑥 깨어나게 했다. 그가 아이들과 함께 식탁의 말석에 앉아 있을 때면 보호자인 체하는 미소를 띠고 내려다보는 건방진 모든 귀족들을 이 장면의 증인으로 삼았으면 하는 생각이 들었다. 그는 혼자 생각했다. 이 여자는 이제 나를 멸시할 수 없을 거다. 그렇다면 나는 이 여자의 아름다움을 즐겨야지. 그녀의 애인이 된다는 것은 나 자신에 대한 의무이다. 푸케의 순진한 속내 얘기를 듣기 전이었다면 그에게 이런 생각이 떠오르지는 않았을 것이다.

갑작스럽게 마음을 결정하고 나자 그는 기분이 유쾌해졌다. 그는 생각했다. 나는 이 두 여자 중 하나를 내 것으로 만들어야겠다. 데르빌르 부인의 마음을 끄는 편이 훨씬 나을 듯했다. 데르빌르 부인이 더 마음에 들었기 때문이 아니라, 그녀는 두터운 나사로 지은 윗도리를 팔 밑에 끼고 드 레날 부인 앞에 나타났던 막노동꾼 목수가 아닌, 지식을 갖춘 훌륭한 가정 교사로서만 쥘리앵을 보아 왔기 때문이었다.

그렇지만 드 레날 부인이 가장 매력 있게 상상하는 쥘리앵의 모습은 바로, 눈자위까지 상기되어 문간에 멈춰 서서는 초인종을 누르지도 못하고 머뭇거리던 젊은 노동자의 모습이었다.

자기 입장을 거듭 음미해 본 끝에 쥘리앵은 데르빌르 부인을 정복하겠다는 것이 터무니없는 생각이라는 것을 알았다.

그녀는 쥘리앵에 대한 드 레날 부인의 호감을 짐작하고 있을지도 몰랐다. 다시 드 레날 부인에게로 돌아올 수밖에 없었던 쥘리앵은 또 생각에 잠겼다. 이 여자의 성격에 대해 도대체 내가 무엇을 알고 있는가? 여행을 떠나기 전에는 내가 그녀의 손을 잡고 그녀가 손을 뺐으나, 오늘은 내가 손을 빼고 그녀가 손을 잡아 꼭 쥔다는 사실밖에는 모르고 있다. 그녀가 내게 품고 있던 모든 경멸을 되돌려 줄 좋은 기회. 그녀가 얼마나 많은 애인을 거느렸는지 알 게 뭔가! 단지 만나기가 쉽다는 이유로 내게 호의를 베풀기로 작정했는지도 모를 일이다.

슬프도다! 이것이 과도한 문명의 불행인 것이다! 약간의 교육을 받은 자라면, 스무 살의 나이에 벌써 젊은이의 영혼이 자유방임과는 천리만리 동떨어져 있는 것이다. 자유방임이 없으면 사랑도 흔히 권태롭기 짝이 없는 의무에 지나지 않는데.

쥘리앵의 하찮은 허영심은 독백을 계속했다. 어느 날 내가 입신양명하게 되었을 때 가정 교사라는 천한 직분에 있었다고 누가 비난이라도 한다면 나는 사랑 때문에 그랬노라고 말할 수 있을 테니, 더욱더 이 여자를 사로잡아야겠다.

쥘리앵은 또다시 드 레날 부인에게서 손을 뺐냈다가는 얼마 후 그녀의 손을 잡고 꼭 쥐었다. 자정 무렵이 되어 살롱으로 들어갈 때 드 레날 부인은 쥘리앵에게 낮은 목소리로 속삭였다.

"우리를 버리고 떠나시겠어요?"

쥘리앵은 한숨을 쉬며 대답했다.

"그래야만 할 것 같습니다. 저는 부인을 열렬히 사랑하니까요, 그건 잘못이죠……. 더구나 젊은 사제로서는 큰 잘못이죠!"

드 레날 부인은 그의 팔에 몸을 기댔다. 자기 볼이 쥘리앵의 뜨거운 볼에 맞닿을 만큼 아무 스스럼 없이 그의 팔에 매달렸다.

두 남녀가 지낸 밤은 전혀 다른 것이었다. 드 레날 부인은 가장 고상한 정신적 쾌감의 황홀함에 도취되었다. 일찍이 사랑을 경험한 교태로운 처녀는 사랑의 흥분에 익숙해지게 마련이다. 그런 여자는 진정한 정열을 느낄 나이가 되어도 새로운 매력을 알지 못한다. 드 레날 부인은 소설조차 읽은 적이 없었으므로 행복의 뉘앙스 모두가 그녀에게는 새로운 것이었다. 어떠한 슬픈 진실도, 미래에 대한 공포심조차도 그녀의 마음을 얼어붙게 하지는 못했다. 그녀는 십 년 후에도 지금 이 순간처럼 행복할 것만 같았다. 며칠 전만 해도 그녀를 뒤흔들었던 정조 관념이나 남편에게 충실하겠다는 맹세는 아무 쓸모 없는 것이었다. 그녀는 귀찮은 손님을 쫓듯이 그런 생각을 물리쳤다. 나는 쥘리앵에게 아무것도 허락하지 않을 거야. 우리는 한달 전부터 지내온 식으로 앞으로도 그렇게 지낼 거야. 그는 친구일 뿐인데 뭐. 드 레날 부인은 이렇게 생각했다.

14장 영국제 가위

열여섯 살의 처녀는 얼굴이
장밋빛이었는데도 연지를 칠했다.

—폴리도리

쥘리앵에게는 푸케의 제안이 모든 행복을 앗아 가는 결과
가 되었다. 그는 어떠한 방침도 정할 수가 없었다. 아아! 나는
꿋꿋한 기품이 없는 모양이구나. 나는 나폴레옹의 형편없는
병사에 불과했을 것이다. 그래도 이 집의 여주인과 사랑의 불
장난을 하는 것이 일시적인 기분 전환은 되겠지. 그는 이런 생
각을 했다.

그에게는 다행한 일이겠지만, 이런 하찮은 사건에서조차도
그의 내면은 그의 기사도적 언사에 잘 호응하질 못했다. 그는
너무나 아름다운 옷 때문에 드 레날 부인이 두려워졌다. 그의
눈에는 부인의 옷이 파리 유행의 첨단을 걷는 것으로 비쳤던
것이다. 그의 자존심은 아무것도 순간의 영감이나 우연에 내
맡기고 싶지 않아 했다. 푸케의 고백과 성경에서 읽은 얼마 안

되는 사랑 이야기에 따라 그는 아주 상세한 작전 계획을 짰다. 스스로 인정하지는 않았지만 그는 몹시 동요되어 있었기 때문에 그 계획을 기록해 두기로 했다.

다음 날 아침 살롱에서 드 레날 부인은 잠시 동안 그와 단둘이 있게 되었다.

"당신은 쥘리앵이란 이름 말고 다른 이름은 없나요?" 부인이 그에게 물었다.

아주 기분 좋은 이런 질문에 우리의 주인공은 뭐라고 대답해야 할지를 몰랐다. 이런 상황은 예상되어 있지 않았던 것이다. 계획을 세운다는 어리석은 짓을 하지 않았더라면 쥘리앵의 날카로운 재치가 잘 활용되었을 것이며, 불의의 질문은 그의 통찰력을 더욱더 생기 있게 해 주었을 것이다.

그는 어색했고 또 자신의 어색함을 과장해서 생각했다. 그러나 드 레날 부인은 그의 그런 모습을 즉시 용서해 주었다. 부인에게는 그것이 매력 있는 순진함의 결과로 보였던 것이다. 누구나 천재로 여기는 그 사람에게 부족한 것은 바로 순진한 모습이라고 그녀는 생각해 오고 있었다.

"저 풋내기 가정 교사는 경계심을 불러일으킨단 말이야. 저 사람은 늘 생각에 잠겨 있고 정략적으로만 행동하는 것 같아. 엉큼한 사람이야." 데르빌르 부인은 이따금 드 레날 부인에게 이렇게 얘기하곤 했다.

쥘리앵은 불행히도 드 레날 부인에게 대답하지 못한 것 때문에 몹시 기분이 상했다.

나와 같은 사나이는 이런 실패를 보상해야만 한다, 하고 생각했다. 그리고 다른 방으로 옮겨 가는 순간을 포착하여 부인에게 키스하는 것이 자신의 의무라고 믿었다.

그에게 있어서나 부인에게 있어서나 이보다 주책없고 이보다 불쾌하며 이보다 경솔한 일은 있을 수 없었다. 그의 행동은 하마터면 사람들 눈에 띌 뻔했다. 드 레날 부인은 그가 정신이 나갔다고 생각했다. 그녀는 질겁했으며 그리고 무엇보다도 기분이 상했다. 이런 어리석은 짓은 그녀에게 발르노 씨를 상기시켰다.

내가 저 사람과 단둘만 있게 되면 무슨 봉변을 당할까? 그녀는 이렇게 생각했다. 사랑의 감정이 사그라졌기 때문에 그녀의 덕성이 모두 되살아났다.

그녀는 자기 아이들 중 하나가 항상 자기 곁에 머물러 있게 했다.

그날은 쥘리앵에게 견디기 힘든 하루였다. 그는 자신의 유혹의 계획을 서투르게 실천하며 온종일을 보냈다. 그가 드 레날 부인을 바라볼 때마다 그 시선에는 늘 따져 묻는 기색이 담겨 있었다. 그렇지만 그는 자기가 사랑스럽게 보이지 못했을뿐더러 전혀 부인의 마음을 끌지 못했다는 것을 모를 만큼 바보는 아니었다.

드 레날 부인은 그처럼 서투른 동시에 그처럼 대담하기 짝이 없는 그를 보고 놀라움을 금할 수 없었다. 그건 재주 있는 사람이 사랑할 때의 수줍음일 거야! 그가 내 연적으로부터 지금껏 사랑받지 못했다는 것을 상상이나 할 수 있을까! 부인은 마침내 이루 표현할 수 없는 기쁨을 느끼며 이런 생각을 했다.

아침 식사 후 드 레날 부인은 브레이의 군수 샤르코 드 모 지롱 씨의 방문을 접대하러 응접실로 들어갔다. 그녀는 꽤 높게 설치된 작은 작업대에서 장식 융단 짜는 일을 했다. 데르빌르 부인이 그녀 곁에 있었다. 대낮에 이러한 위치에서, 우리의 주인공은 장화를 신은 제 발을 슬며시 내밀어 드 레날 부인의 예쁜 발을 눌러 주는 것이 좋겠다고 생각했다. 부인의 살이 비치는 양말과 파리에서 주문해 온 예쁜 구두가 분명히 멋쟁이 군수의 시선을 끌고 있었는데도 말이다.

드 레날 부인은 겁에 질렸다. 그녀는 가위와 털실 꾸러미와 바늘을 떨어뜨리고 말았다. 그래서 쥘리앵의 동작은 가위가 미끄러져 떨어지는 것을 보고 막으려 한 어설픈 시도로 보일 수 있었다. 다행히 영국 산 강철로 만든 그 작은 가위가 부러졌다. 드 레날 부인은 쥘리앵이 좀 더 그녀 가까이에 있지 않았던 것이 유감천만이란 시늉을 했다.

"당신은 가위가 떨어지는 것을 나보다 먼저 보았으니 막았어야 했는데요. 그 대신 열성껏 한다는 게 내게 힘껏 발길질만 하셨군요."

이런 모든 제스처가 군수를 속일 수는 있었으나 데르빌르 부인을 속이지는 못했다. 이 예쁘장한 소년은 어지간히도 어리석은 태도를 지녔구나! 데르빌르 부인은 혼자 이렇게 생각했다. 지방 도시의 처세는 이런 종류의 잘못을 결코 용서하지 않는다. 드 레날 부인은 기회를 잡아 쥘리앵에게 일렀다.

"조심하세요, 부탁이에요."

쥘리앵은 자신의 서투름을 알고 기분이 언짢았다. 그는 '부탁이에요.'라는 말에 화를 내야 할지 어떨지를 혼자 오랫동안 곰곰이 생각해 봤다. 그는 어리석게도 이런 생각을 했다. 아이들 교육에 관계된 일이라면 그 여자가 내게 '부탁이에요.'라고 말할 수도 있겠지만, 내 사랑에 대한 응답에 있어서는 그 여자는 평등을 전제로 해야 한다. '평등'이 없이는 서로 사랑할 수 없거늘……. 그의 모든 정신은 평등에 대한 진부한 표현을 찾아내느라고 골몰했다. 그는 며칠 전 데르빌르 부인이 가르쳐 주었던 코르네유의 시구절을 성이 나서 되뇌었다.

　　사랑은 평등을 이루지
　　그것을 애써 찾지 않노라.

　쥘리앵은 애인도 가져본 적이 없는 주제에 돈 후안 노릇을 해 보겠다고 안달이었기에, 하루 종일 죽도록 어리석은 짓만 되풀이했다. 그의 생각 중 한 가지만이 옳았다. 자기 자신과 드 레날 부인에게 다 같이 싫증이 난 그는, 정원에 나가 어둠 속에서 그녀 곁에 앉아 있어야 할 밤이 다가오는 것이 두려웠던 것이다. 그래서 드 레날 씨에게 사제를 만나러 베리에르에 가겠다고 얘기하고 저녁 식사 후에 출발해서 밤이 깊어서야 돌아왔다.

　베리에르에 당도하자 셸랑 사제는 이사 준비에 분주했다. 그는 마침내 면직당하고 보좌 신부 마슬롱이 그의 자리를 차지했던 것이다. 쥘리앵은 선량한 사제의 일을 거들어 주었다. 그는 푸케에게 편지를 써서, 성직에 대해 느끼는 억제할 수 없는 소명감이 처음에는 친절한 제안을 받아들이지 못하게 했으나, 이처럼 부당한 실례를 보고 나니 차라리 성직에 들어가지 않는 편이 자신의 구원에 유리할 듯하다는 의사를 밝히려는 생각이 들었다.

쥘리앵은 성직에의 문은 유보해 둔 채로, 만약 그의 정신에서 음울한 신중함이 영웅심을 능가하게 되면 상업으로 전환할 수 있도록 베리에르 주임 사제의 면직 사건을 이용해 보려는 자신의 약삭빠른 생각을 기뻐했다.

15장 닭 우는 소리

사랑(amour)을 라틴어로 아모르(amor)라고 한다.
그러니 죽음(mort)은 사랑에서부터 비롯되는 것.
그리고 그 앞에는 가슴을 물어뜯는(mord) 근심,
슬픔, 눈물, 계략, 죄악, 회한(remords)이 있나니……

—사랑의 문장(紋章)

쥘리앵은 터무니없이 자기가 재치 있다고 생각하고 있었지만, 만약 정말로 재치가 있었다면 베리에르에 다녀온 여행의 효과를 보고 이튿날 신명이 날 수 있었을 것이다. 그의 부재가 그의 서툰 짓들을 잊게 해 주었던 것이다. 그날도 그는 아주 침울했다. 저녁 무렵 그에게 한 가지 우스꽝스러운 생각이 떠올랐는데, 그는 대담무쌍하게도 드 레날 부인에게 그 생각을 전했다.

정원에 자리 잡고 앉자마자 어둠이 충분히 내리기도 기다리지 않고, 쥘리앵은 드 레날 부인의 귀에 입을 바짝 갖다 대고서 부인을 끔찍한 곤경에 몰아넣을 위험을 무릅쓰고 이렇게 말했다.

"부인, 오늘 밤 2시에 침실로 가겠습니다. 드릴 말씀이 있어요."

쥘리앵은 자기 청이 받아들여질까 봐 오히려 벌벌 떨었다. 여인을 유혹하는 역할이란 것이 그에게는 너무도 끔찍하게 무거운 짐이어서, 그의 기질대로라면 그는 며칠 동안 자기 방에 칩거하면서 그 부인들을 만나고 싶지 않았다. 그는 전날의 주책없는 행동 때문에 이틀 전의 좋은 인상을 다 망쳐 버렸다는 것을 이해하고 있었으나, 실제로 어찌해야 좋을지 몰라 쩔쩔맸다.

드 레날 부인은 전혀 과장 없이 정말로 분개해서 쥘리앵의 무례하기 짝이 없는 말에 대답했다. 부인의 짧은 대답에는 경멸이 담겨 있는 듯했다. 아주 나지막하게 말한 그 대답 속에는 '피이' 하는 비웃음이 확실히 섞여 있었다고 그는 생각했다. 아이들에게 할 말이 있다는 핑계로 쥘리앵은 아이들 방에 다녀와서는 드 레날 부인과 멀리 떨어져 데르빌르 부인 곁에 자리 잡았다. 이렇게 함으로써 드 레날 부인의 손을 잡을 수 있는 모든 가능성을 제거했다. 대화는 심각한 것이었다. 쥘리앵은 머리를 쥐어짜느라고 잠시 침묵을 지킨 것 이외에는 용케 대화를 풀어 나갔다. 사흘 전에는 그녀가 내 것이라고 믿을 수가 있었는데, 드 레날 부인이 그런 확실한 애정의 표시를 보이게 할 무슨 묘책을 발견해 낼 수는 없단 말인가! 그는 이런 생각을 했다.

쥘리앵은 거의 절망적인 상태로 일을 이끌어 간 것에 대해 극도로 당황했다. 하지만 그 일이 성공을 거두는 것보다 난처한 경우는 없을 듯했다.

자정이 되어 그들이 헤어지게 되었을 때, 비관에 빠진 쥘리앵은 데르빌르 부인이 자기를 경멸하고 있으며 어쩌면 드 레날 부인도 거의 마찬가지일 것이라고 생각했다.

몹시 기분이 나쁘고 자존심이 상한 쥘리앵은 잠을 이룰 수 없었다. 하지만 그는 모든 가식과 모든 계획을 포기하고 나날의 삶이 가져다주는 행복에 어린아이처럼 만족하면서 드 레날 부인과 그날그날 살아갈 생각은 꿈에도 없었다.

교묘한 책략을 짜내느라고 머리가 피곤했으나, 다음 순간에는 그 책략이 다 헛된 것처럼 보였다. 요컨대 성관의 시계가 2시를 쳤을 때 그는 몹시 비참한 상태에 빠져 있었다.

닭 우는 소리가 성 베드로를 깨어나게 했듯이 시계 치는 소리가 그의 정신을 일깨웠다. 그는 가장 고통스러운 사건의 고비에 서 있었던 것이다. 그는 부인에게 무례한 제안을 했던 그 순간 이후로 그 제안은 생각도 하지 않고 있었다. 그 제안은 얼마나 꼴좋은 대꾸를 받았던가!

그는 자리에서 일어서면서 생각했다. 나는 2시에 그녀의 방에 가겠다고 말했지. 농군의 자식인 만큼 나는 미숙하고 거칠지도 모른다. 데르빌르 부인은 내게 그것을 충분히 암시했다. 그러나 나는 적어도 약하지는 않을 것이다.

쥘리앵이 자신의 용기를 자화자찬한 것은 당연한 일이기도 했다. 여태껏 그가 이보다 고통스러운 일에 스스로 맞서 본 적은 없었던 것이다. 자기 방문을 열면서 그는 너무나 떨려서 무릎을 제대로 가누지 못했으므로 벽에 몸을 기대지 않을 수 없었다.

그는 신을 신지 않고 있었다. 그는 드 레날 씨의 방문 앞에 가서 가만히 귀를 기울였다. 코 고는 소리를 들을 수 있었다. 그는 그 소리에 실망을 느꼈다. 더 이상 부인의 방에 가지 않을 구실이 없어졌던 것이다. 하지만 거기에 가서 무엇을 하겠단 말인가? 그는 아무런 계획도 갖고 있지 않았다. 설사 무슨 계획이 있다손 쳐도 그는 도저히 계획대로 실행할 수 없을 만큼 극도의 혼란에 빠져 있었다.

죽음을 향해 걸어가는 것보다도 훨씬 더 괴로워하면서 마침내 그는 드 레날 부인의 침실로 통하는 작은 복도에 들어섰다. 떨리는 손으로 방문을 열었다. 문 여는 소리가 몸서리쳐질 만큼 무서운 소리로 들렸다.

방에는 불빛이 비치고 있었다. 야등이 벽난로 아래에서 타고 있었다. 이런 새로운 불행은 예상 밖의 일이었다. 그가 들어오는 것을 보자 드 레날 부인은 질겁하며 침대 밖으로 뛰어내렸다. 몹쓸 사람! 그녀가 부르짖었다. 잠시 어찌할 바를 몰랐다. 쥘리앵은 그의 허황된 계획들을 다 잊고 있는 그대로의 솔직한 역할로 돌아갔다. 이처럼 매력적인 여인의 사랑을 받지 못한다는 것은 불행 중 최고의 불행으로 보였다. 부인의 꾸짖음에 대해 그는 오직 부인의 발밑에 몸을 내던지고 그녀의 무릎을 얼싸안는 것으로 답할 뿐이었다. 부인이 아주 준엄하게 얘기하자 그는 그만 눈물을 쏟고 말았다.

몇 시간 후 드 레날 부인 방에서 나올 때 쥘리앵의 심경은, 소설 문체식으로 말하자면 더 이상 아무것도 바랄 나위가 없는 그런 것이었다. 사실 그는 자신이 불어넣었던 사랑과 부인의 매혹적인 아름다움이 빚어낸 뜻밖의 인상 덕분으로, 그의 서툰 재간으로는 도저히 쟁취하지 못할 승리를 얻을 수 있었다.

그러나 가장 달콤한 순간에조차도 괴상한 자존심에 사로잡힌 그는 여자들을 정복하는 데 익숙한 사내의 역할을 해내려고 드는 것이었다. 그는 자신이 지닌 사랑스러운 점을 망쳐 버리려고 무한히 애쓰는 셈이었다. 그는 자신이 자아낸 황홀함이나 그 황홀함의 강도를 한층 높여주는 회한에 주의를 기울이는 대신, 끊임없이 의무의 관념에 사로잡혔다. 자신이 따르기로 한 이상적 모델에서 벗어나기라도 한다면 끔찍한 후회를 겪고 영원히 웃음거리가 될 것이라고 두려워하고 있었다. 요컨대 쥘리앵을 탁월한 존재로 만들어주는 것이 바로 눈앞의 행복을 맛보지 못하게 가로막는 것이었다. 그것은 마치 매혹적인 살빛을 가진 열여섯 살의 처녀가 무도회에 가려고 얼굴에 연지를 칠하는 미친 짓을 하는 것과도 같았다.

쥘리앵의 출현에 질겁하여 놀란 드 레날 부인은 뒤이어 더없이 가혹한 공포에 시달렸다. 그런데 쥘리앵의 눈물과 절망적인 모습이 그녀의 마음을 뒤흔들었다.

그에게 더 이상 아무것도 거부할 것이 없게 되었을 때조차도 그녀는 정말로 화내며 쥘리앵을 멀리 떠밀었다. 그리고 다음 순간에는 다시 그의 품 안에 몸을 던지는 것이었다. 이런 행동에는 어떠한 계획적인 의도도 들어 있지 않았다. 그녀는 자신이 용서의 여지 없이 저주받은 여자가 된 것으로 생각했고, 정신없이 쥘리앵을 애무함으로써 지옥의 광경을 가려 보려고 기를 쓰고 있었던 것이다. 요컨대 그가 행복을 향락할 줄만 알았더라면, 자기가 유혹한 여인의 불타오르는 듯한 감각에 이르기까지 우리 주인공의 행복에는 무엇 하나 결핍된 것이 없었을 것이다. 쥘리앵이 떠난 다음에도 부인은 자신도 어쩔 수 없는 황홀감과 아울러 가슴을 찢는 회한과의 싸움에서 헤어날 수 없었다.

아아! 행복하다는 것, 사랑받는다는 것이 결국 이런 것에 불과한가? 자기 방에 들어서면서 쥘리앵의 머리에 떠오른 첫 생각은 이런 것이었다. 오래 갈망하던 것을 막 획득하고 난 다음에 으레 그렇듯이, 그의 마음은 놀라움과 불안한 동요의 상태에 빠져들었다. 그 마음의 상태란, 무엇을 갈망하는 데 습관이 들었다가 더 이상 갈망할 것을 찾지 못하게 되었으나 아직 추억에 잠기기는 이른 그런 상태를 말하는 것이다. 열병식에서 돌아온 병사처럼 쥘리앵은 자신의 행동을 주의 깊게 세세히 다시 살펴보았다. 나는 자신에 대한 의무를 하나도 소홀히 하지 않았는가? 나는 내 역할을 잘 수행했는가?

그런데 무슨 역할이란 말인가? 여자들을 눈부시게 다루어 내는 데 익숙한 사나이의 역할이었다.

16장 이튿날

그는 자기 입술을 그녀의 입술로 가져갔다.
그리고 한 손으로는 헝클어진 그녀의 머리 타래를
뒤로 쓸어내렸다.

—『돈 후안』 제1가 170절

쥘리앵의 영예를 위해서는 다행스럽게도 드 레날 부인은 너무도 동요하고 너무도 놀란 상태여서, 한순간에 자기에게 세상의 모든 것이 되어 버린 남자의 어리석음을 알아차리지 못했다.

동이 터오는 것을 보자 그녀는 쥘리앵에게 돌아가 달라고 부탁하면서 이렇게 말했다.

"아아! 어쩌나, 남편이 소리라도 들었다면 나는 끝장이에요."

그럴듯한 구절을 만들어낼 여유를 가졌던 쥘리앵에게 다음과 같은 구절이 떠올랐다.

"목숨을 아까워하리오?"

"아! 지금 이 순간은 몹시 아까워요! 하지만 당신을 안 것을 후회하지는 않겠어요."

쥘리앵은 일부러 날이 훤히 밝은 다음 대담하게 돌아가는 것이 자기 위엄에 어울린다고 생각했다.

경험 있는 남자처럼 보이려는 어리석은 생각에서 자신의 사소한 행동까지도 면밀히 살피는 끊임없는 주의도 한 가지 이점은 가지고 있었다. 아침 식사 자리에서 드 레날 부인을 다시 만났을 때 그의 행동은 신중함의 완벽한 표본과도 같았다.

부인으로서는 눈자위까지 빨개지지 않고는 그를 쳐다볼 수가 없었다. 그러면서도 한순간이라도 그를 쳐다보지 않고는 견딜 수가 없었다. 그녀는 자신의 동요를 알아챘으나 감추려고 애쓰면 동요가 더 커질 뿐이었다. 쥘리앵은 그녀에게 단 한 번밖에 눈길을 주지 않았다. 처음에 드 레날 부인은 그의 신중함에 감탄했다. 그러나 곧 뒤이어 그 단 한 번의 눈길이 되풀이되지 않는 것을 보자 불안에 빠졌다. '그이는 벌써 나를 사랑하지 않는 것일까? 아아! 나는 그이에 비해 너무 늙었다. 열 살이나 연상이니까.' 그녀는 이런 생각을 했다.

식당에서 정원으로 나가는 길에 그녀는 쥘리앵의 손을 꼭 쥐었다. 이처럼 애틋한 사랑의 표시에 놀란 쥘리앵은 정열적인 눈길로 그녀를 바라보았다. 아침 식사 때 그녀의 모습은 아주 아리따워 보였던 것이다. 그는 눈을 내리깔고 그녀의 매력을 하나하나 생각해 보았다. 그의 시선이 드 레날 부인에게 위안을 주었으나 그녀의 불안감을 모두 걷어 주지는 못했다. 그러나 불안감으로 인해 그녀는 남편에 대한 죄책감을 거의 잊을 수 있었다.

아침 식사 때 남편은 아무것도 눈치채지 못했다. 그러나 데르빌르 부인도 마찬가지인 것은 아니었다. 그녀는 드 레날 부인이 자칫 유혹에 굴복할 듯이 여겨졌다. 그날 하루 종일, 대담하고도 신랄한 우정을 지닌 그녀는 드 레날 부인이 겪고 있는 위험이 얼마나 끔찍한 것인가를 암시하는 말을 하나도 빼놓지 않고 얘기했다.

드 레날 부인은 쥘리앵과 단둘이만 있고 싶어서 속이 탔다. 그녀는 쥘리앵이 아직도 자기를 사랑하는지 물어보고 싶었다. 한결같이 부드러운 성품임에도, 그녀는 데르빌르 부인에게 그녀가 얼마나 귀찮은 존재인지를 몇 번이나 암시할 뻔했다.

저녁에 정원에 나갔을 때 데르빌르 부인은 사정을 교묘히 이용해서 드 레날 부인과 쥘리앵 사이에 자리 잡고 앉았다. 쥘리앵의 손을 꼭 쥐고 입술에 갖다 댈 기쁨을 달콤하게 상상하던 드 레날 부인은 그에게 한마디 말조차 건넬 수 없었다.

이런 불시의 사고에 그녀는 더욱더 안절부절못하게 되었다. 그녀는 한 가지 후회로 가슴을 태우고 있었다. 지난 밤 경솔하게 자기 방에 온 것에 대해 쥘리앵을 지나치게 꾸짖었기 때문에 이 밤에는 그가 오지 않을까 하여 떨고 있었던 것이다. 그녀는 일찍 정원을 떠나 자기 방에 틀어박혔다. 그러나 조바심이 나서 부쩍 못하고 쥘리앵의 방문에 와서 귀를 대 보았다. 가슴을 쥐어뜯는 불안과 정열에도 불구하고 그녀는 방 안에 들어가지는 못했다. 그런 행동은 그녀에게 최후의 타락처럼 보였던 것이다. 그런 짓은 이 지방에서 속담으로 쓰이고 있었기 때문이었다.

하인들도 모두 잠들어 있는 것이 아니었다. 마침내 그녀는 자기 방으로 되돌아오는 조심성을 보이지 않을 수 없었다. 두 시간의 기다림은 고통에 싸인 200년의 세월과도 같았다.

그러나 쥘리앵은 자기가 의무라고 부르는 것에 너무도 충실한 사람이어서 스스로 규정한 것을 한 치도 틀리지 않게 실행했다.

1시를 치자 그는 살며시 자기 방을 빠져나와, 집주인이 깊이 잠든 것을 확인하고 드 레날 부인 방에 모습을 드러냈다. 그날 밤에는 연인 곁에서 더 많은 행복을 누릴 수 있었다. 수행해야 할 역할을 쉬지 않고 생각하지는 않았기 때문이다. 그는 볼 수 있는 눈과 들을 수 있는 귀를 가지고 있었다. 드 레날 부인이 자기 나이에 대해 얘기한 것이 적이 그의 마음을 놓이게 했다.

"아아! 나는 당신보다 열 살이나 위예요! 어떻게 당신이 나를 사랑할 수 있겠어요!" 그 생각이 마음을 짓누르고 있었기 때문에 그녀는 아무 속셈 없이 되풀이해서 그렇게 말했다.

쥘리앵은 그런 걱정이라고는 해 보지도 않았지만 나이 차이가 사실임을 알 수 있었다. 그래서 그는 자기가 우스꽝스럽게 보이지 않을까 하는 두려움을 거의 잊을 수 있었다.

자신의 미천한 태생 때문에 하급의 애인으로 보이지 않을까 하는 어리석은 생각도 역시 사라졌다. 쥘리앵의 황홀감이 그의 수줍은 연인을 차차 안심시켜 감에 따라, 그녀는 얼마간 행복한 기분과 자기 애인을 판단할 힘을 회복했다. 그날은 전날 밤의 밀회를 승리로 이끌게는 했지만 기쁨으로 만들지는 못했던 그 어색한 태도를 다행히도 그가 거의 지니고 있지 않았다. 만약 그녀가 하나의 역할을 행하려는 그의 조심성을 엿보았다면, 그 슬픈 발견이 그녀에게서 일체의 행복을 앗아갔을 것이다. 그녀는 그것도 나이 차이의 서글픈 결과라고밖에는 생각할 수 없었을 것이다.

비록 드 레날 부인이 연애의 이론을 생각해 본 적은 없었지만, 연애 문제가 화제에 떠오를 때마다 나이 차이는 재산의 차이 다음으로 그 지방 농담에 자주 출현하는 진부한 주제 중 하나였던 것이다.

불과 며칠 사이에 쥘리앵은 그 나이의 모든 열정에 사로잡혀 미친 듯이 사랑에 빠져들게 되었다.

부인은 확실히 천사처럼 착한 마음씨를 갖고 있다, 그리고 아무도 부인보다 예쁘지는 못하다. 그는 이렇게 생각했다.

그는 어떤 역할을 연기하려는 생각은 거의 완전히 잊었다. 마음을 푹 놓는 순간에는 자신의 걱정거리를 부인에게 모두 고백하기까지 했다. 이런 고백은 그가 불어넣은 부인의 정열을 절정에 다다르게 했다. 그러고 보니 그의 사랑을 받은 행복한 연적은 없는 모양이구나! 드 레날 부인은 더없이 기쁨을 느끼며 혼자 생각했다. 그녀는 그가 그렇게 애지중지한 초상화에 대해 용기를 내어 물어보았다. 쥘리앵은 그것이 어떤 남자의 초상화라고 그녀에게 맹세했다.

드 레날 부인이 깊은 생각에 잠길 만큼 냉정해질 때면 그녀는 이러한 행복도 존재할 수 있다는 것, 그런데 그것을 짐작조차 못했던 것에 대해 놀라움을 금할 수 없었다.

아아! 내가 아직 아름다운 여자로 통할 수 있었던 십 년 전에 쥘리앵을 알았더라면! 그녀는 혼자 이런 생각을 했다.

쥘리앵은 그런 생각과는 동떨어져 있었다. 그의 사랑은 아직도 야심에 속하는 것이었다. 그것은, 자기처럼 불행하고 경멸받는 가련한 존재가 그처럼 고귀하고 그처럼 아름다운 여인을 소유하는 데서 오는 기쁨이었다. 연인의 매력을 바라볼 때의 그의 찬탄과 열광의 표정은 나이 차이를 걱정하는 부인을 얼마간 안심시키기에 이르렀다. 좀 더 세련된 지방에 사는 삼십 대 여자라면 오래전부터 갖고 있을 처세술을 그녀가 조금만 알았더라도, 놀라움과 자존심의 도취가 지속되는 동안만 살아 있는 듯이 보이는 사랑이 오래가지 않을 것임을 짐작하고 몸서리쳤을 것이다.

야심을 망각하고 있는 순간이면 쥘리앵은 드 레날 부인의 모자와 옷에 대해서까지도 열광하여 감탄하는 것이었다. 그는 그 향내를 맡는 즐거움에 물릴 줄을 몰랐다. 그는 거울이 달린 부인의 장롱을 열고는 거기 들어 있는 모든 것의 아름다움이며 정돈된 상태를 몇 시간씩이나 감탄하며 쳐다보았다. 그의 연인은 그에게 몸을 기댄 채 그를 바라보았다. 그는 결혼식 전날 결혼 함에 넣는 보석이며 피륙을 넜을 놓고 구경하는 것이었다.

나는 이런 남자와 결혼할 수도 있었을 텐데! 드 레날 부인은 때때로 생각했다. 얼마나 불덩이 같은 영혼인가! 이런 사람과 함께라면 얼마나 황홀한 삶이겠는가!

쥘리앵으로서는 여성의 매력이라는 그 무시무시한 화기(火器)에 이처럼 가까이 다가가 본 적이 없었다. 파리에서도 이보다 아름다운 것은 얻지 못할 거야! 그는 이렇게 생각했다. 이럴 때면 그는 자신의 행복에 아무런 이의를 발견할 수 없었다. 사심 없는 진실한 감탄과 연인의 열광적인 모습이 종종 그에게 허황된 이론을 잊게 해 주었다. 그 허황된 이론 때문에 그는 사랑의 초기에는 그처럼 어색하고 또 우스꽝스럽게 보였던 것이다. 습관적인 위선에도 불구하고 그는 자기를 사랑하는 그 귀부인에게 일상의 예의범절에 대한 자신의 무지를 고백하고 싶은, 마음이 포근해지는 순간들을 경험했다. 연인의 신분이 자기의 신분까지도 높여 주는 듯이 보이기도 했다. 한편 드레날 부인은 모든 사람들이 장차 위대한 인물이 될 것으로 생각하는 이 천재적인 청년에게 많은 자질구레한 일들을 가르치는 데서 감미로운 정신적 기쁨을 발견하는 것이었다. 군수와 발르노 씨까지도 쥘리앵에 대해서는 감탄을 금하지 못했다. 그 때문에 그녀에게는 그 사람들도 바보는 아닌 듯이 보였다. 그러나 데르빌르 부인은 그런 감정과는 아주 동떨어져 있었다. 자기의 예측이 맞아떨어진 데 절망하고 문자 그대로 정신이 돌아버린 친구에게는 자기의 분별 있는 충고도 기분을 상하게 할 뿐이라는 것을 알게 되자, 데르빌르 부인은 이유도 설명하지 않고(그 이유를 물어보지도 않았지만) 베르지를 떠나버렸다. 드 레날 부인은 눈물을 좀 흘렸지만 곧 자신의 지극한 행복이 더 커진 듯이 느꼈다. 친구가 떠남으로써 거의 온종일을 애인과 단둘이서만 지낼 수 있게 된 것이다.

쥘리앵은 너무 오랫동안 혼자 있게 되면 푸케의 치명적인 제안이 마음을 흔들어 놓기 때문에 더욱더 애인과의 달콤한 관계에 몰두했다. 남을 사랑해 보지도 않았고 누구에게서 사랑을 받은 적도 없는 그는, 이 새로운 생활의 처음 며칠 동안에는 진심을 털어놓는 것이 몹시 기분 좋은 즐거움이 될 듯이 여겨지는 때가 있었다. 그래서 그때까지 자기 생존의 본질이었던 야망을 드 레날 부인에게 고백할 뻔했다. 그는 이상하게 자기 마음을 유혹하는 푸케의 제안에 대해서도 부인과 상의해 보고 싶었으나 하나의 사소한 사건이 일체의 솔직함을 막아 버렸다.

17장 제1부시장

오오, 이 사랑의 봄은
덧없는 사월의 영화(榮華)와 얼마나 흡사한가!
한순간 찬란한 태양 빛을 비추다가,
구름이 모든 것을 하나씩 걷어가 버리나니.

—『베로나의 두 신사』

어느 날 저녁 황혼 녘에 쥘리앵은 귀찮은 사람들과 멀리 떨어져 과수원 깊숙한 곳에서 애인 곁에 앉아 깊은 몽상에 잠겨 있었다. 이처럼 달콤한 순간이 언제까지나 지속될 것인가? 그는 이런 생각을 했다. 그의 마음은 어떤 신분에 정착하는 것의 어려움을 생각하는 데 골몰해 있었다. 그는 소년기를 끝내고 풍요롭지 못한 청년기의 출발을 망쳐 버리는 커다란 불행이 닥쳐오는 것을 한탄하고 있었다.

그는 혼자 부르짖었다. "아아! 나폴레옹은 프랑스 청년들을 위해 하느님이 보내 주신 사람이었다! 누가 그를 대신할 수 있을 것인가? 나보다는 부자라고 해도 그저 좋은 교육을 받을 정도의 여유가 있을 뿐, 자기 대신 입대할 청년을 사거나 출셋길을 개척할 만한 돈이 없는 가련한 사람들은 나폴레옹 없이 무슨 일을 할 수 있겠는가!" 그는 깊은 한숨을 내쉬며 덧붙여 말했다. "숙명적인 그의 기억이 있는 한, 무슨 일을 하든 우리는 결코 행복할 수 없으리라!"

그는 갑자기 드 레날 부인이 눈살을 찌푸리며 냉정하고 경멸적인 표정을 짓는 것을 보았다. 그녀에게는 이런 사고방식이 하인에게나 어울리는 것으로 보였던 것이다. 자기는 매우 부유하다는 생각 속에서 자라난 그녀는 쥘리앵도 마땅히 자기와 같은 생각일 것으로 여기고 있었다. 그녀는 쥘리앵을 생명보다도 훨씬 더 사랑하고 있었으나 금전 문제는 전혀 고려해 보지 않았다.

쥘리앵으로서는 부인의 그런 생각을 짐작할 도리가 없었다. 그녀가 눈살을 찌푸리자 그는 번뜩 정신이 들었다. 그는 재치를 발휘하여, 녹음 속의 벤치에 몸을 맞대고 앉아 있는 그 귀부인에게 자기가 방금 한 말은 실상은 재목상을 하는 친구 집에 갔을 때 들은 것이라고 슬쩍 얼버무렸다. 그것은 신앙심 없는 사람들의 생각이라는 것이었다.

"그랬군요! 그런 사람들과는 더는 어울리지 마세요." 드 레날 부인은 아직도 약간 싸늘한 태도로 말하더니, 그 태도는 이내 열렬한 애정의 표정으로 바뀌었다.

쥘리앵의 마음을 이끌어오던 환상은 부인이 눈살을 찌푸린 것 때문에, 아니 그보다도 자신의 경솔함에 대한 후회 때문에 처음으로 곤경에 봉착했다. 그는 혼자 생각했다. 이 여자는 착하고 온화하며 내게 강한 관심을 가진 것도 사실이다. 그러나 이 여자는 적의 진영에서 자라났다. 저들은 특히 훌륭한 교육을 받았으나 진로를 개척할 만한 돈이 없는 용기 있는 사람들의 계층을 두려워하는 것이 틀림없다. 우리가 동등한 무기를 들고 싸우게 된다면 저들, 저 귀족들은 어떤 꼴이 될 것인가! 근본적으로는 드 레날 씨도 정직한 편이긴 하지만, 만약 정직하고 선의를 품은 나 같은 인물이 베리에르의 시장이 된다면! 나는 보좌 신부며 발르노 씨며 그들의 모든 간계를 얼마나 멋지게 물리칠 것인가! 베리에르에서는 정의가 승리를 거두련만! 그들의 재능이란 것이 내게 장애가 되지는 못할 것이다. 그들은 끊임없이 더듬거리고 있을 뿐이다.

그날 쥘리앵의 행복은 끝까지 지속될 수 있을 듯했다. 그러나 우리의 주인공에게는 솔직함이 결여되어 있었다. 그는 자신의 야망과 싸울 용기가, 그것도 '당장에' 필요했던 것이다. 드 레날 부인은 쥘리앵의 말에 놀랐다. 교육을 잘 받은 하층 계급의 청년들 때문에 로베스피에르 같은 자가 다시 출현할지도 모른다는 말을 상류 사회 인사들로부터 자주 들어왔기 때문이었다. 드 레날 부인의 싸늘한 태도는 꽤 오래 지속되었고 그것이 쥘리앵의 눈에 띈 듯했다. 쥘리앵의 몹쓸 말에 대한 역겨움이 가시자 그녀는 그에게 넌지시 불쾌한 소리를 한 것이 걱정스러웠다. 귀찮은 사람들과 멀리 떨어져 행복에 잠겨 있을 때면 그렇게도 순결하고 순진한 그녀의 표정에 그런 걱정이 짙게 드리워졌다.

쥘리앵은 더 이상 마음 놓고 몽상에 잠기지 못했다. 좀 더 침착해지고 사랑하는 마음은 보다 약해진 그는, 자기가 드 레날 부인을 만나러 그녀의 방으로 찾아가는 것은 경솔하다는 생각이 들었다. 그녀가 자기 방으로 찾아오는 것이 나을 듯했다. 집 안을 돌아다니는 것이 하인 눈에 띄더라도 부인은 여러 가지 핑계로 그것을 설명할 수 있을 것이었다.

그러나 이런 해결책 역시 불편한 점이 있었다. 그는 신학생의 입장으로서는 서점에 주문할 수 없는 책 몇 권을 푸케에게서 받아 두고 있었다. 그것들은 밤에만 펼쳐 볼 수 있었다. 그런데 그는 부인이 찾아오는 것 때문에 독서를 방해받고 싶지 않았던 것이다. 과수원에서 작은 사건이 있었던 지난밤에도 부인이 찾아올까 봐 마음이 졸여 책을 읽을 수가 없었다.

전혀 새로운 방식으로 그 책들을 이해하려면 드 레날 부인의 도움이 필요했다. 그는 용기를 내어 많은 사소한 것들을 부인에게 물어보았다. 그러한 것들을 모르고서는 아무리 뛰어난 재능을 타고났다 해도 하층 사회에서 태어난 젊은이의 지성은 곧 발전이 가로막히는 것이다.

지식이 별로 없는 여인에게서 받는 이런 사랑의 교육은 행복한 것이었다. 쥘리앵은 곧바로 오늘날의 사회를 있는 그대로 바라보게 되었다. 2000년 전의 옛날 사회를 그린 이야기나 또는 볼테르와 루이 15세 시대인 불과 육십 년 전 사회를 그린 이야기를 읽어도 그의 정신은 전혀 혼란을 일으키지 않게 되었다. 그의 눈을 가로막던 장막이 걷히고, 말할 수 없는 기쁨을 느끼며 그는 마침내 베리에르에서 일어나는 일들을 이해하게 되었다.

브장송의 도지사를 중심으로 이 년 전부터 아주 복잡하게 짜인 음모가 무대의 전면에 드러났다. 그 음모는 파리의 대단히 저명한 인물이 써 보낸 편지에 의해 뒷받침을 받고 있었다. 이 지방 최고의 독실한 신자인 드 무아로 씨를 베리에르 제2부시장이 아니라 제1부시장으로 선출하는 것이 문제되고 있었다.

대단히 부유한 제조업자가 그의 경쟁자여서, 드 무아로 씨는 한사코 그 경쟁자를 제2부시장 자리로 밀어내야 했다.

마침내 쥘리앵은 이 지방 상류 사회 인사들이 드 레날 씨 댁에 모여 만찬을 할 때 얼핏 듣곤 했던 몇 마디 암시의 말을 이해하게 되었다. 이 특권 계층은 제1부시장 선택에 몹시 신경 쓰고 있었으나, 나머지 시민과 특히 자유주의자들은 그런 기미를 짐작조차 못하고 있었다. 그 문제가 그처럼 중요하게 된 이유는, 누구나 알다시피 베리에르의 대로가 국도가 되어서 그 길을 동쪽으로 3미터 이상 확장해야 했기 때문이었다.

그런데 넓혀야 할 길 쪽에 세 채의 집을 가지고 있는 드 무아로 씨가 만약 제1부시장에 선출되고 뒤이어 드 레날 씨가 국회의원이 될 경우 시장으로 승진하게 된다면, 공도(公道) 위에 나와 있는 집들은 그저 눈에 띄지 않게 살짝 손질이나 하는 식으로 백 년은 버티어 나갈 수 있을 것이다. 드 무아로 씨의 돈독한 신앙심과 청렴함은 익히 알려진 바이지만 그래도 사람들은 그를 융통성 있는 사람으로 믿고 있었다. 그는 많은 자녀를 두고 있기 때문이었다. 뒤로 물러나야 할 집들 가운데 아홉 채는 베리에르 일급 명사들의 소유였던 것이다.

쥘리앵의 눈에는 이 음모가 퐁트누아[13]의 전사(戰史)보다도 중요해 보였다. 퐁트누아란 지명도 푸케가 보내 준 책에서 처음으로 본 것이었다. 저녁에 사제의 집으로 공부하러 다니기 시작한 오 년 전부터 쥘리앵에게 놀라운 일은 한둘이 아니었다. 그러나 신학 공부를 하는 학생에게는 신중함과 겸손함이 일차적인 자질이므로, 물어본다는 것이 그에게는 항상 불가능했다.

어느 날 쥘리앵에게 적의를 품은 남편의 하인에게 드 레날 부인이 무슨 분부를 하고 있었다.

"하지만 마님, 오늘은 마지막 금요일인데요." 그자는 이상한 태도로 대답했다.

"그럼 가 봐요." 드 레날 부인이 말했다.

"그렇군요! 저 사람은 옛날에 교회였다가 최근에 다시 예배 장소가 됐다는 그 건초 창고에 가는 거군요. 그런데 뭘 하러 가는 거죠? 저는 도무지 알 수 없는 일이군요." 쥘리앵이 이렇게 물어보았다.

드 레날 부인이 대답했다.

"그것은 아주 유익하고 기묘한 제도인가 봐요. 여자들은 그곳에 들어갈 수가 없어요. 내가 아는 것이라고는 거기에서는 누구나 너나들이로 지낸다는 거예요. 예를 들어 저 하인은 거기서 발르노 씨를 만나게 될 텐데, 그처럼 거만하고 어리석은 발르노 씨도 저 생장이 반말하는 소리를 듣고 화내지 않을뿐더러 생장에게 같은 투로 대답한다는 거예요. 거기서 뭘 하는지 당신이 꼭 알고 싶다면 드 모지롱 씨와 발르노 씨에게 자

---

13) 1745년 5월 11일 프랑스의 삭스 원수가 영국군과 네덜란드군을 물리쳤던 벨기에의 한 지방.

세한 것을 물어봐 드릴게요. 어느 날 폭동이라도 일어나면 그들이 우리를 참살하지 않도록 우리는 하인 한 명에 20프랑씩 지불한답니다."

세월은 유수처럼 흘러갔다. 애인의 매력을 생각하노라면 쥘리앵은 자신의 음울한 야심에서 벗어나는 것이었다. 그들은 서로 반대파에 속해 있었기 때문에 부인에게 까다롭고 합리적인 얘기를 하는 것은 피할 필요가 있었다. 그것은 쥘리앵이 부인에게서 얻는 행복과 쥘리앵에 대한 부인의 지배력을 무의식중에 크게 해 주었다.

아주 영리해진 아이들이 곁에 있어서 분별 있는 냉정한 얘기밖에 주고받을 수 없을 때면, 쥘리앵은 사랑에 불타는 눈으로 그녀를 쳐다보면서도 더없이 온순한 태도로 부인의 세상 돌아가는 얘기에 귀를 기울였다. 도로나 납품 문제에 대한 교묘한 사기 사건 같은 것을 얘기하다가 드 레날 부인은 종종 정신을 놓을 정도로 혼란에 빠져들어, 쥘리앵에게 자기 아이들을 대하는 듯한 허물없는 동작을 보이곤 했다. 그럴 때면 쥘리앵은 부인을 나무랄 필요가 있었다. 부인이 쥘리앵을 마치 자기 자식처럼 사랑한다는 착각을 일으킬 때가 있기 때문이었다. 좋은 가문에서 태어난 아이라면 열다섯 살이면 다 알고 있을 수많은 단순한 사실을 순진하게 자꾸 물어 오는 데 대해 그녀는 끊임없이 대답해야 하지 않았던가? 그러나 다음 순간이면 그녀는 쥘리앵을 자기 스승처럼 존경했다. 그녀는 쥘리앵의 천재성에 겁이 날 정도였다. 날이 갈수록 이 젊은 사제에게서 미래의 위대한 인물의 모습이 더욱 뚜렷하게 보이는 듯이 여겨졌다. 그녀는 그에게서 교황의 모습을 보았고, 리슐리외[14] 같은 재상의 모습을 보았다.

"당신이 명성을 떨치는 것을 볼 때까지 내가 살 수 있을까요? 위대한 인물에게는 자리가 마련되어 있는 법이에요. 왕정도 종교도 그런 인물을 필요로 해요." 그녀는 쥘리앵에게 이런 말을 하기도 했다.

---

14) 아르망 장 뒤 플레시 리슐리외(Armand Jean du Plessis Richelieu, 1585~1642). 루이 13세 시대의 재상으로 프랑스 역사상 가장 훌륭한 정치가 중한 사람으로 꼽히는 인물.

18장 국왕의 베리에르 행차

여러분은 영혼도 없고 혈관에 피도 흐르지 않는
천민의 시체처럼, 그저 내동댕이쳐지는 것 이외엔
아무 쓸모가 없는 사람들이란 말이오?

—주교의 강론, 성 클레망 교회에서

9월 3일 밤 10시, 헌병 한 명이 말을 질주하여 대로를 올라
가면서 베리에르 전 주민의 잠을 깨웠다. 그는 국왕 폐하께서
다음 일요일에 행차하신다는 소식을 가져오는 길이었는데, 그
날은 화요일이었다. 지사는 의장대를 구성할 것을 허락했는데
그것은 의장대를 구성하라는 요구나 다름없었다. 가능한 모든
호화로움을 펼쳐 보여야 했다. 급보를 전할 사람이 베르지로
파견되었다. 드 레날 씨가 밤중에 당도해 보니 시가지 전체가
온통 흥분의 도가니였다. 모두들 하겠다고 주장하는 바가 있
었다. 가장 한가한 사람들은 국왕의 입성을 구경하려고 발코
니를 빌리고 있었다.

누가 의장대를 지휘할 것인가? 드 무아로 씨가 그 지휘를 맡
는 것이 철거해야 할 가옥의 이해관계에 얼마나 중요한가를 드

레날 씨는 즉시 알아차렸다. 의장대를 지휘한다는 것은 제1부시장 자리의 자격을 얻는 것과도 같았다. 드 무아로 씨의 신앙심은 그 누구와도 비교를 불허할 정도로 흠잡을 나위가 없었으나, 그는 한 번도 말을 타 본 경험이 없었다. 그는 매사에 소심한 서른여섯 살 난 사람이었는데, 낙마와 아울러 남의 웃음거리가 될 것을 두려워하고 있었다.

시장은 새벽 5시부터 그를 불러오게 했다.

"모든 신사들이 당신을 천거하는 제1부시장 자리에 당신이 이미 앉아 있는 것으로 알고, 나는 당신의 의견을 청하는 것입니다. 이 불행한 도시에서는 공업이 번창 일로에 있고 자유주의파는 백만장자가 되어 권력을 꿈꾸고 있소이다. 자유주의파는 모든 수단을 동원할 수 있게 될 거요. 국왕과 왕정과 무엇보다도 성스러운 종교의 이해관계를 생각합시다. 당신은 의장대의 지휘를 누구에게 맡길 수 있다고 생각하시오?"

말에 대한 끔찍한 공포에도 불구하고 드 무아로 씨는 마침내 순교자처럼 그 영예를 떠맡고 말았다. "실수 없이 꾸려 가도록 해 보겠습니다." 그는 시장에게 이렇게 말했다. 칠 년 전 왕자가 이곳에 들렀을 때 착용했던 의장대 제복을 손볼 시간이 겨우 남아 있을 뿐이었다.

아침 7시에는 드 레날 부인이 베르지에서 쥘리앵과 아이들을 데리고 도착했다. 그녀는 자유주의파의 부인들로 응접실이 가득 찬 것을 발견했다. 그 부인들은 당파가 결합해야 한다고 역설하며, 자기 남편이 의장대에 낄 수 있게 시장에게 알선해 줄 것을 드 레날 부인에게 부탁하러 온 것이었다. 어떤 부인은 만일 자기 남편이 의장대원으로 선출되지 못하면 슬픔으로 파산하고 말 것이라고 얘기하기도 했다. 드 레날 부인은 당장에 그 사람들을 돌려보냈다. 그녀는 매우 분주해 보였다.

쥘리앵은 부인이 그렇게 동요된 이유를 자기에게 숨기는 것에 놀랐고 또 몹시 화가 났다. 그는 씁쓸한 느낌으로 혼자 생각했다. 내 이럴 줄 알았다니까. 자기 집에 국왕을 맞이하게되는 기쁨 앞에서 이 여자의 사랑은 사그라져 버린 거야. 이모든 소란이 이 여자를 현혹시킨 거지. 특권 의식이 머리를 어지럽히지 않게 돼야 이 여자는 다시 나를 사랑하겠지.

놀라운 사실은 이렇게 되자 부인이 더욱 사랑스러워졌다는 것이었다.

실내 장식업자들이 집 안을 가득 채우기 시작했다. 그는 오랫동안 부인에게 말을 건넬 기회를 노렸으나 허사였다. 마침내 그는 자기 방에서 그의 옷 한 벌을 들고 나가는 부인과 마주쳤다. 그들 둘만 있었다. 그는 부인에게 말을 걸려고 했다. 그러나 부인은 듣지 않고 달아나 버렸다. 저런 여자를 사랑하다니 내가 바보지. 저 여자는 야심 때문에 자기 남편만큼이나 미쳐 버린 거야.

그녀는 그 이상으로 미쳐 있었다. 기분을 상하게 할까 봐 쥘리앵에게 고백한 적은 없었지만, 그녀의 커다란 욕망의 하나는 단 하루라도 쥘리앵이 음울한 검은 옷을 벗는 모습을 보는 것이었다. 그처럼 기교를 모르는 여인으로서는 정말로 찬탄할 만한 재간을 발휘하여, 부인은 우선 드 무아로 씨에게서 그리고 뒤이어 군수 드 모지롱 씨에게서 쥘리앵이 대여섯 명의 청년을 제치고 의장대원에 임명되도록 허락을 얻어 냈다. 제외된 대여섯 명의 청년은 아주 부유한 공장주의 자제였고 그들 중 적어도 두 명은 모범적인 신앙심을 가진 사람이었다. 시에서 가장 아름다운 여자들에게 자기 사륜마차를 빌려주어 그의 노르망디산 준마들을 자랑해 보일 심산이던 발르노 씨도, 그가 가장 미워하는 사람인 쥘리앵에게 말 한 필을 빌려주는 데 동의하고 말았다. 그런데 의장대원들은 모두, 칠 년 전에 눈부신 빛을 발휘했던 두 개의 은제(銀製) 대령 견장이 부착된 그 훌륭한 하늘빛 제복을 가지고 있거나 빌릴 수 있는 사람들이었다. 드 레날 부인은 새 제복 한 벌을 만들어 주고 싶었다. 그런데 브장송에 사람을 보내어 제복이며 무기며 모자 등 의장대원에 필요한 모든 것을 가져오게 하는 데 나흘밖에는 시간 여유가 없었다. 재미있는 것은, 베리에르에서 쥘리앵의 복장을 만들게 한다면 그건 조심성 없는 짓이라고 부인이 생각했다는 점이다. 그녀는 쥘리앵을, 그리고 시 전체를 놀래 주고 싶었다.

의장대 구성과 시민의 정신적인 채비에 대한 일이 끝나자 시장은 큰 종교 의식을 준비해야 했다. 국왕이 시에서 4킬로미터쯤 떨어진 브레이 르 오에 모셔 둔 성 클레망의 유명한 유골에 참배하지 않고서 베리에르를 지나칠 리 없었다. 많은 성직자들의 참여가 요망되었는데, 그것은 가장 해결하기 어려운 문제였다. 새로 사제가 된 마슬롱 씨는 셀랑 씨의 참석을 한사코 막으려 들었다. 드 레날 씨가 셀랑 사제의 불참은 경솔한 짓이라고 경고해 보아도 헛일이었다. 조상들이 대대로 이 지방 영주였던 드 라 몰 후작이 국왕의 수행원으로 지명되어 있었다. 그는 삼십 년 전부터 셸랑 사제와 알고 지내는 사이였다. 그는 베리에르에 도착하는 대로 셸랑 사제의 안부를 물어볼 것이 분명했다. 그리고 사제가 면직당한 것을 알게 되면, 그는 거느릴 수 있는 수행원들을 모두 데리고 사제가 은거해 있는 작은 집까지 직접 찾아가 볼 사람이었다. 그런 사태가 일어난다면 이 무슨 망신이란 말인가!

"나는 여기서도 브장송에서도 면목을 잃게 됩니다. 얀세니스트[15]가 나의 성직자단에 끼어들다니오!" 마슬롱 사제는 이렇게 대답했다.

"신부님이 뭐라고 말씀하셔도, 나는 베리에르의 행정 기관이 드 라 몰 씨의 모욕을 당하도록 하지는 않겠습니다. 신부님은 그분을 모릅니다. 그 양반은 궁정에서는 점잖게 행동하시지만, 이곳 시골에서는 조롱과 야유의 명수인 짓궂은 익살꾼으로 그저 사람들을 난처한 지경에 빠뜨리려고만 한답니다. 그 양반은 그저 재미 삼아 자유주의자들 앞에서 우리를 웃음거리로 만드는 것도 마다하지 않을 사람입니다." 드 레날 씨가 이렇게 응수했다.

세 차례의 협상 끝에 토요일 밤늦게야 마슬롱 사제의 자존심은 용기로 변한 시장의 두려움 앞에 굴복했다. 노령과 불편한 몸이 허용한다면, 브레이 르 오의 유골 참배 의식에 참석

---

15) 17세기 중엽 네덜란드의 천주교 신학자인 얀센(Jansen)이 창시한 교의를 신봉하는 사람을 일컫는다.

해 주기를 앙청하는 공손한 편지를 셸랑 사제에게 써야 했다. 셸랑 씨는 쥘리앵을 차부제(次副祭) 자격으로 동반하는 초청장을 요구해 받아 냈다.

일요일 아침부터 인근 산간 지방에서 모여든 수천 명의 농부들이 베리에르 거리에 넘쳐흘렀다. 더없이 좋은 날씨였다. 마침내 3시경이 되자 군중 전체가 술렁거렸다. 베리에르에서 8킬로미터쯤 떨어진 바위산 위에 커다란 봉홧불이 피어오르는 것이 보였던 것이다. 이 신호는 국왕이 현의 경계에 들어섰음을 알리는 것이었다. 곧 모든 종소리가 울려 퍼지고 시 소유의 낡은 스페인 포가 연속 발포되면서 이 커다란 사건에 대한 기쁨을 표시했다. 주민의 반은 지붕 위로 올라갔다. 여자들은 모두 발코니에 서 있었다. 의장대가 움직이기 시작했다. 사람들은 빛나는 제복에 감탄했으며 각자 자기의 친척이나 친구를 찾아보았다. 매 순간 손으로 조심스럽게 안장 앞 테를 잡으려고 쩔쩔매는 드 무아로 씨의 겁먹은 모습은 사람들의 조소거리가 되었다. 그러나 한 가지 주목할 사실이 다른 모든 것을 잊게 만들었다. 제9열의 제1기수는 아주 날씬한 미소년이었는데, 처음에 사람들은 그가 누구인지 알아보질 못했다. 다음 순간, 어떤 사람들에게서 일어난 분격의 외침과 또 다른 어떤 사람들에게서 일어난 놀라움의 침묵은 만인의 충격을 말해 주는 것이었다. 발르노 씨의 노르망디산 말을 타고 있는 그 청년이 목수의 아들 소렐이라는 것을 사람들은 마침내 알아보았다. 모든 이들 사이에서, 특히 자유주의자들 사이에서 시장을 비난하는 함성이 일었다. 무슨 수작인가, 사제로 변신한 그 풋내기 노동자 녀석이 제 자식들의 가정 교사란 이유로 부유한 공장주인 모모 씨 같은 사람들을 제쳐 놓고 감히 의장대원으로 지명하다니!

"그 신사들이 천민 출신인 저 건방진 어린 녀석을 단단히 혼내줘야 할 거예요." 한 은행가 부인이 말했다.

"녀석은 엉큼한 데다 칼까지 차고 있어요. 녀석이 신사 양반들의 얼굴을 벨 만큼 위험할지도 모르지요." 옆에 앉은 사람이 이렇게 대꾸했다.

귀족 사회의 대화는 더 위험스러운 것이었다. 귀부인들은 그런 터무니없는 처사를 시장 단독으로 했겠냐고 수군거렸다. 사람들은 시장이 비천한 태생을 멸시한다는 것을 대체로 인정하고 있었다.

그가 무성한 화제의 대상이 되어 있는 동안, 쥘리앵은 누구보다도 행복했다. 천성적으로 대담한 그는 이 산간 도시 대부분의 젊은이들보다 훌륭하게 말을 탔다. 그는 여자들의 눈에서 자기가 화제에 오르고 있다는 것을 알아보았다.

그의 견장은 새것이었기 때문에 더 반짝였다. 그가 탄 말은 연방 뒷발로 일어섰고 그의 기쁨은 끝 간 데를 몰랐다.

그가 한없는 행복에 잠겨 있을 때, 낡은 성벽 옆을 지나던 그의 말이 작은 대포 소리에 놀라 대열 밖으로 뛰쳐나왔다. 우연히도 그는 말에서 떨어지지 않았다. 이 순간 그는 자신이 영웅이라도 된 듯이 느꼈다. 그는 마치 나폴레옹의 전속 부관이 되어 포대를 향해 돌격하는 듯한 기분이었다.

그보다 행복한 사람이 한 사람 있었다. 그 사람은 처음에는 시청의 창문을 통해 그가 지나가는 모습을 보았다. 뒤이어 사륜마차에 올라탄 그 여인은 다른 길로 빠른 속도로 우회하여, 마침 쥘리앵의 말이 대열 밖으로 뛰쳐나오는 순간에 도착해서는 그 모습을 보고 몸을 떨었다. 이윽고 그녀의 사륜마차는 다른 성문을 통해 전속력으로 빠져나와 국왕이 통과할 도로에 접어들어, 영광의 먼지가 날리는 가운데에서 이십 보가량 간격을 두고 의장대를 뒤따를 수 있었다. 시장이 국왕 폐하의 환영 연설을 하자 만여 명의 농부가 국왕 만세를 외쳤다. 한 시간 후 갖가지 연설이 끝나자 국왕은 시내로 들어갔다. 작은 대포가 빠른 속도로 포성을 울리기 시작했다. 뒤이어 하나의 사고가 일어났는데, 그것은 라이프치히와 몽미라유에서 전투 경험을 쌓은 포수들에게가 아니라 미래의 제1부시장 드 무아로 씨에게 일어난 사고였다. 그의 말은 대로 위에 꼭 한 군데 남아 있던 진창 속에다 그를 부드럽게 내려뜨렸던 것이다. 국왕의 마차가 지나가도록 거기에서 그를 끌어내야 했으므로 한 차례 소동이 벌어졌다.

폐하는 그날을 위해 모든 진홍빛 커튼을 동원하여 장식한 아름다운 신축 교회에서 마차를 내렸다. 국왕은 오찬을 들고 성 클레망의 유명한 유골에 참배하기 위해 곧 마차에 다시 오를 예정이었다. 국왕이 교회에 당도하자마자 쥘리앵은 드 레날 씨 댁으로 말을 달렸다. 거기에서 그는 한숨을 내쉬며, 아름다운 하늘빛 제복이며 칼이며 견장을 벗어 놓고 초라한 검은 옷으로 갈아입었다. 그는 다시 말에 올라 잠시 후에는 아주 아름다운 언덕 꼭대기에 있는 브레이 르 오에 당도했다. 열광에 넘쳐 농부들의 숫자가 점점 늘어나는구나. 베리에르 사람들의 동작이 굼뜬데도 이 옛 사원 주위에는 만 명 이상이 모였구나. 쥘리앵은 이런 생각을 했다. 혁명 때의 문화 파괴주의로 인해 반쯤 허물어졌던 이 사원은 왕정복고 후에 장엄하게 복구되어, 사람들은 이제 기적을 운위하기 시작하고 있었다. 쥘리앵은 셸랑 사제 곁으로 갔다. 사제는 그를 몹시 꾸짖고는 수단과 중백의(中白衣)[16]를 내주었다. 그는 재빨리 그것을 걸쳐 입고 아그드의 젊은 주교를 만나러 가는 셸랑 사제를 뒤따랐다. 주교는 드 라 몰 씨의 조카로 최근에 임명받은 사람이었는데, 국왕에게 유골을 참배하도록 하는 책무를 맡고 있었다. 그러나 아무도 그 주교를 찾을 수가 없었다.

성직자단은 초조했다. 그들은 옛 사원의 어두운 고딕식 회랑에서 그들의 지휘자를 기다리고 있었다. 1789년 이전에 스물네 명의 참사원으로 구성되어 있었던 옛 브레이 르 오 참사회를 그대로 나타내기 위해서 스물네 명의 사제가 소집되어 있었다. 45분 동안이나 주교의 젊은 나이를 한탄하고 난 후에 사제들은, 사제장이 주교에게 찾아가서 국왕이 곧 당도하실 테니 내진(內陣)으로 나와 달라고 얘기하는 것이 좋겠다고 생각했다. 연장자인 셸랑 씨가 사제장으로 추대되어 있었다. 쥘리앵에 대해 기분이 언짢았음에도 셸랑 사제는 그에게 따라오라고 손짓했다. 쥘리앵은 중백의를 아주 맵시 있게 입고 있었

---

16) 무릎까지 내려오는 짧은 흰 옷. 아직 공부하고 있는 성직자가 미사 이외의 다른 예식 때 입는다.

다. 어떤 성직자식 화장술을 사용했는지 모르지만 그의 아름
다운 고수머리는 아주 판판하게 펴져 있었다. 그러나 그의 긴
수단 자락 밑으로 의장대원의 박차(拍車)가 눈에 띄어서, 그런
부주의가 셸랑 사제의 화를 돋우었다.

그들이 주교의 접견실에 당도하자, 으리으리한 복장을 한
시종들은 주교께서는 면회를 허락하지 않으신다고 노사제에
게 겨우 한마디 응대해 줄 뿐이었다. 셸랑 사제가 자기는 고귀
한 브레이 르 오 참사회의 사제장 자격으로 어느 때라도 제식
을 맡은 주교를 면회할 권리가 있다고 설명하자 시종들은 코
웃음을 쳤다.

시종들의 건방진 태도에 오만한 쥘리앵은 몹시 기분이 상했
다. 그는 문이란 문은 닥치는 대로 뒤흔들어 가며 옛 사원의
방들을 모조리 뒤지기 시작했다. 아주 조그만 문 하나를 세
차게 밀어붙이고 그는 검은 복장에 목걸이를 단 주교의 하인
들이 모여 서 있는 방으로 들어섰다. 황급한 그의 태도를 보
자 하인들은 그를 주교가 부른 사람으로 생각하고 통과하게
내버려 두었다. 몇 걸음 더 나아가자 검은 떡갈나무로 벽을 친
몹시 어둡고 커다란 고딕식 홀이 나왔다. 첨두(尖頭) 형의 창
문들은 하나만 빼놓고 모두 벽돌로 막혀 있었다. 벽돌 공사의
거침이 그대로 드러나 있어서 훌륭한 옛 소목 세공(小木細工)
과는 한심한 대조를 이루었다. 대담공 샤를 공작이 어떤 죄의
속죄를 위해 1470년경에 건축하게 했다는, 부르고뉴의 고고학
자들 사이에서는 유명한 이 홀의 양 벽은 화려하게 조각한 나
무 판으로 장식되어 있었다. 거기에는 「묵시록」의 온갖 신비가

다양한 색채의 나무로 형상화되어 나타나 있었다.

칠한 지 오래되지 않아서 아직도 새하얀 벽토와 벌거숭이 벽돌 때문에 품위가 훼손되긴 했지만, 그 우수에 찬 장엄함은 쥘리앵을 감동시켰다. 그는 조용히 멈춰 섰다. 홀의 반대편 끝, 햇빛이 새어 들어오는 단 하나의 창문 곁에서 그는 마호가니로 틀을 끼운 움직이는 거울 하나를 보았다. 보랏빛 옷과 레이스 장식이 달린 중백의를 입었으나 머리에는 아무것도 쓰지 않은 젊은 사람 하나가 거울에서 몇 걸음 떨어진 곳에 서 있었다. 그런 장소에 거울이 놓여 있는 것은 이상해 보였다. 아마도 시내에서 일부러 날라 온 듯했다. 쥘리앵은 그 젊은이가 화난 표정인 것을 알아보았다. 그는 거울 쪽을 향해 오른손으로 엄숙하게 축복을 주는 몸짓을 하고 있었다.

저것이 무엇을 뜻하는 것일까? 쥘리앵은 생각했다. 저 젊은 사제는 의식의 예행연습이라도 하는 것인가? 어쩌면 저 사람은 주교의 비서일지도 모르겠다……. 그도 시종들처럼 건방지겠지……. 아무려면 어떠랴, 한번 물어보기로 하자.

그는 단 하나의 창문 쪽으로 시선을 고정한 채 그 젊은 사람을 쳐다보면서 앞으로 나가 홀을 천천히 가로질러 갔다. 젊은 사람은 잠시도 쉬지 않고 계속 되풀이해서 천천히 축복을 주고 있었다.

가까이 다가가면서 쥘리앵은 그의 노한 표정을 더 분명히 알아볼 수 있었다. 레이스 장식이 달린 중백의의 화려함에 놀란 쥘리앵은 으리으리한 거울의 몇 보 앞에서 무의식적으로 멈춰 섰다.

저 사람에게 말하는 것이 내 의무다. 마침내 그는 이렇게 생각했다. 그러나 홀의 아름다움에 감동한 그는 그 사람이 던져 올 통명스러운 대꾸에 미리부터 마음이 언짢아졌다.

거울 속으로 쥘리앵이 다가오는 것을 본 젊은이는 몸을 돌리더니, 순식간에 노한 표정을 버리고 더할 나위 없이 온화한 어조로 말했다.

"자! 마침내 준비가 되었소?"

쥘리앵은 어안이 벙벙했다. 그 젊은이가 자기 쪽으로 몸을 돌리는 순간 그는 젊은이의 가슴에서 주교가 패용하는 십자가를 보았다. 그 사람이 아그드의 주교였다. 이처럼 젊은 나이에! 기껏 나보다 예닐곱 살 연상일 텐데……! 쥘리앵은 이렇게 생각했다. 그리고 자신의 박차가 부끄러워졌다.

"예하, 저는 참사회 사제장 셸랑 씨의 심부름으로 왔습니다." 그는 머뭇거리며 대답했다.

"아! 그분에 대한 천거는 나도 잘 받았소." 주교는 쥘리앵을 점점 황홀하게 하는 정중한 어조로 말했다. "그런데 미안하게 됐소이다. 나는 당신을 주교관(主敎冠)을 가져오는 사람으로 오인했으니. 파리에서 포장을 잘못해서 위쪽의 은제 장식이 못 쓰게 망가졌어요. 그대로 쓰자니 꼴불견이겠고 해서. 그런데 아직도 오질 않는군!" 젊은 주교는 우울한 표정으로 덧붙였다.

"예하, 허락해 주신다면 소인이 주교관을 찾아오겠습니다." 쥘리앵의 아름다운 눈이 효력을 발휘했다.

"그럼 가 보시오. 곧 필요한데……. 참사회 여러분을 기다리게 해서 유감입니다." 주교는 매력적인 정중함을 내보이며 대답했다.

홀 중앙에 도달했을 때 그는 주교 쪽으로 고개를 돌려 보았다. 주교는 다시 축복 주는 일을 시작하고 있었다. 대체 저게 무슨 뜻일까? 아마도 곧 거행될 의식에 필요한 종교적 연습이겠지. 쥘리앵은 속으로 이렇게 생각했다. 그가 하인들이 모여 있는 방에 당도해 보니 주교관은 그들 손에 있었다. 그들은 쥘리앵의 위압적인 눈초리에 굴복하여 무심코 그에게 주교관을 내주었다.

그는 주교관을 들고 가는 것이 자랑스럽게 느껴졌다. 홀을 가로지르며 천천히 걸어갔다. 주교는 거울 앞에 앉아 있었다. 하지만 주교는 지친 오른손으로 아직도 이따금씩 축복을 주고 있었다. 쥘리앵은 주교가 관을 쓰는 것을 거들어 주었다. 주교는 머리를 흔들어 보았다.

"아! 잘 맞는 것 같군. 좀 물러서서 봐주겠소?" 그는 만족한 빛으로 쥘리앵에게 말했다.

그런 다음 주교는 빠른 걸음으로 홀 중앙까지 나아가더니, 천천히 거울로 다가가면서 또다시 노한 표정을 띠고 엄숙하게 축복을 주는 것이었다.

쥘리앵은 놀라서 꼼짝 못하고 서 있었다. 물어보고 싶은 유혹을 느꼈으나 감히 그러지 못했다. 주교는 멈춰 서더니 이내 엄숙함이 사라진 얼굴로 쥘리앵을 바라보고 말했다.

"내 주교관이 어떻소, 어울립니까?"

"아주 잘 어울립니다. 예하."

"너무 뒤로 젖혀지지는 않았소? 그러면 좀 바보스러워 보이는데. 그렇다고 사관들의 군모처럼 눈 위까지 내려 써도 안 되고."

"제게는 아주 잘 어울려 보입니다."

"국왕께서는 늘 엄숙하고 존경받는 성직자들을 대해 오셨죠. 나는 특히 내 나이 때문에, 경박한 태도를 보이고 싶지는 않소."

주교는 또다시 축복을 주면서 걷기 시작했다.

주교님은 축복을 주는 연습을 하고 계시는 것이 분명하다. 쥘리앵은 마침내 이해하고서 이렇게 생각했다.

잠시 후에 주교가 말했다.

"이제 모든 준비가 다 되었소. 가서 사제장과 참사회 여러분에게 알려 주시오."

곧 뒤이어 셸랑 씨가 나이 많은 두 사제를 대동하고 으리으리하게 조각된 커다란 문을 통해 들어왔다. 쥘리앵은 여태껏 그 문이 있는지 모르고 있었다. 그러나 이번에는 일행의 맨 끝인 제자리에 머물게 되어, 그는 문으로 떼 지어 몰려 들어오는 성직자들의 어깨 너머로만 겨우 주교의 모습을 볼 수 있었다.

주교는 천천히 홀을 가로질러 갔다. 그가 문턱에 다다랐을 때 사제들은 행진 대열을 지었다. 잠깐 혼란이 있은 다음 대열은 「시편」을 노래하며 행진하기 시작했다. 주교는 셸랑 씨와 아주 연로한 다른 한 사제를 양편에 거느리고 대열의 맨 끝에서 걸어갔다. 쥘리앵은 셸랑 사제의 수행원으로서 주교의 바로 옆으로 끼어들었다. 그들은 브레이 르 오 사원의 복도를 따라갔다. 햇볕이 쨍쨍 내리쬐고 있었는데도 복도는 어둡고 눅

녹했다. 일행은 마침내 회랑의 문에 도착했다. 쥘리앵은 그처럼 아름다운 의식에 감탄하여 정신이 얼떨떨했다. 주교의 젊은 나이로 인해 깨어난 야망과, 그 고위 성직자의 예민한 감성과 미묘한 예절이 그의 마음을 들끓어 오르게 했다. 그 예절은 드 레날 씨의 예절(그의 기분이 좋은 날이라고 해도)과는 아주 다른 것이었다. 사회적 지위가 올라갈수록 이처럼 매력적인 거동을 지니게 되는 모양이다. 쥘리앵은 이렇게 생각했다.

대열은 옆문을 통해 교회 안으로 들어갔다. 갑자기 무시무시한 소리가 그 둥근 옛 천장을 진동시켰다. 쥘리앵은 천장이 무너져 내리는 줄 알았다. 그것은 또다시 울려 퍼진 대포 소리였다. 속보로 달려온 여덟 필의 말에 이끌려 대포가 도착한 길이었다. 대포가 도착하자마자 라이프치히의 용사였던 포수들은 포좌 위에 그것을 올리고, 마치 바로 앞에 프로이센군이 있기라도 하듯 1분에 다섯 발씩 발사해 댔다.

그러나 이 감탄할 만한 소리는 더 이상 쥘리앵에게 효력을 발휘하지 못했다. 이제는 나폴레옹이나 군인의 영예를 생각하지 않았다. 이처럼 젊은 나이에 아그드의 주교라니! 그런데 아그드가 어디 있지! 그리고 그의 수입은 얼마나 될까? 아마 이삼십만 프랑은 되겠지. 그는 이런 생각을 하는 것이었다.

주교 예하의 시종들이 찬란한 천개(天蓋)를 들고 나타났다. 셸랑 씨가 거기에 달린 막대기 하나를 잡았으나 실제로 그것을 떠받친 것은 쥘리앵이었다. 주교는 천개 밑에 자리를 잡았다. 그는 사실상 늙은 모습을 띠고 있었다. 우리 주인공의 감탄은 이루 말할 수가 없었다. 재주가 있으면 못할 것이 없구나! 그는 이렇게 생각했다.

국왕이 들어왔다. 쥘리앵은 다행히도 국왕을 아주 가까이에서 볼 수 있었다. 주교는 국왕 폐하에 대해 황공하여 약간 동요한 듯한 뉘앙스를 잊지 않은 채, 은근히 감동시키는 어조로 강론을 했다.

우리는 브레이 르 오의 의식을 묘사하는 일을 되풀이하고자 하지 않는다. 이 의식은 두 주일 동안이나 현 내 모든 신문의 지면을 가득 채웠으니 말이다. 주교의 강론을 통해 쥘리앵은 국왕이 대담공 샤를의 후예라는 것을 알게 되었다.

나중에 쥘리앵은 이 의식에 든 비용의 회계를 확인해 본 적이 있었다. 자기 조카에게 주교 직을 얻어 준 드 라 몰 씨가 비용을 모두 맡음으로써 조카에게 친절을 베풀고자 했다. 브레이 르 오의 의식에 소요된 비용만 해도 3800프랑이나 되었다.

주교의 강론과 왕의 답사가 끝난 다음 국왕 폐하는 천개 밑으로 들어갔다. 뒤이어 폐하께서는 제단 옆의 방석 위에 경건하게 꿇어앉았다. 성가대석은 성직자석으로 둘러싸여 있고 성직자석은 바닥에서 두 계단 높이에 마련되어 있었다. 로마의 시스티나 성당에서 추기경의 옷자락을 받드는 사람처럼 쥘리앵은 셸랑 사제 밑의 마지막 계단에 앉아 있었다. 테 데움이 울려 퍼지고 향연(香煙)이 뭉게뭉게 피어올랐으며 총포의 일제 사격 소리가 끊임없이 울려 퍼졌다. 시골 군중은 행복감과 신앙심에 도취해 있었다. 그러한 하루는 과격파 신문 100호가 해낸 일을 무산시키기에 족한 것이다.

정말로 몰두하여 기도를 올리는 국왕에게서 쥘리앵은 불과

몇 발짝 떨어진 곳에 자리 잡고 있었다. 그는 처음으로 재치에 넘치는 시선을 가진 자그마한 사람을 눈여겨보았다. 그 사람은 수가 거의 놓이지 않은 옷을 입고 있었다. 그러나 그 단순한 옷 위에 푸른 하늘빛 훈장을 두르고 있었다. 그는, 쥘리앵의 표현을 빌리자면 천이 보이지 않을 정도로 금색 자수가 수놓인 옷을 입은 많은 다른 귀족들보다도 가까이에서 왕을 시중들고 있었다. 쥘리앵은 잠시 후 그 사람이 드 라 몰 씨라는 것을 알았다. 그의 태도는 오만하고 불손하게까지 보였다.

쥘리앵은 혼자 생각했다. 이 후작은 우리 멋진 주교처럼 예의 바르지는 못할 것이다. 아아! 성직자의 신분은 얼마나 사람을 온화하고 현명하게 만드는 것인가! 그런데 국왕께서는 유골에 참배하러 오셨는데, 나는 유골을 전혀 볼 수가 없구나. 성 클레망은 어디에 모셔져 있는가?

곁에 있는 젊은 성직자 한 사람이 그 존귀한 유골은 건물 위쪽의 '촛불이 타고 있는 예배당'에 안치되어 있다고 쥘리앵에게 가르쳐주었다.

촛불이 타고 있는 예배당이 무엇일까? 하고 쥘리앵은 의아하게 생각했다. 그러나 그 말뜻을 물어보고 싶지는 않았다. 그는 더욱더 주의를 기울였다.

군주가 방문할 경우에는 참사회원들이 주교를 수행하지 않는 것이 예법으로 되어 있었다. 그러나 촛불이 타고 있는 예배당으로 행진하기 시작했을 때 아그드의 주교는 셸랑 사제를 불렀다. 쥘리앵도 감히 셸랑 사제를 뒤따라갔다.

긴 층계를 오른 다음 일행은 아주 조그만 문 앞에 당도했다. 그러나 그 고딕식 문틀은 으리으리하게 금박이 칠해져 있었다. 금박은 엊그제 해놓은 듯 눈부셔 보였다.

문 앞에는 베리에르에서 가장 명문에 속하는 집안의 딸들인 스물네 명의 처녀가 무릎을 꿇은 자세로 모여 있었다. 문을 열기 전에 주교는 그 아리따운 처녀들 가운데에 무릎을 꿇고 앉았다. 주교가 큰 소리로 기도를 올리는 동안, 처녀들은 그의 아름다운 레이스며 우아한 태도며 그처럼 젊고도 온화한 그의 얼굴에 충분히 감탄할 여유가 없었던 듯이 보였다. 이 광경은 우리의 주인공에게 남아 있던 마지막 이성마저도 잃게 했다. 이 순간에만은 그는 종교 재판을 위해서라도 기꺼이 싸웠을 것이다. 갑자기 문이 열렸다. 작은 예배당은 불빛으로 타오르는 듯 보였다. 꽃다발을 사이에 두고 여덟 줄로 나뉘어 정렬된 1000개 이상의 촛불이 제단 위에 켜 있었다. 순수한 향의 그윽한 냄새가 성전의 문에서 소용돌이쳐 흘러나왔다. 새로 금박을 칠한 예배당은 매우 작기는 했지만 대단히 높았다. 제단 위에 켜 있는 4미터 이상이나 되는 촛불들이 쥘리앵의 눈길을 끌었다. 처녀들은 감탄의 외침을 억제하지 못했다. 예배당의 작은 입구에 들어갈 수 있었던 것은 스물네 명의 처녀와 두 명의 사제와 쥘리앵뿐이었다.

뒤이어 드 라 몰 씨와 시종장만을 대동하고 국왕이 도착했다. 호위병들까지도 받들어총의 자세로 무릎을 꿇고 밖에 머물러 있었다.

폐하는 기도대 위에 털썩 몸을 내던지듯이 꿇어앉았다. 금박을 칠한 문에 바짝 몸을 기대고 있던 쥘리앵은 이때 한 처녀의 맨살이 드러난 팔 밑으로 성 클레망의 아름다운 조각상을 얼핏 보았다. 성 클레망은 젊은 로마 병사의 복장을 하고 제단 밑에 누워 있는 자세를 취하고 있었다. 목에는 지금도 피가 흘러내리는 듯한 커다란 상처가 있었다. 가위 신기라 할 만한 예술가의 솜씨였다. 자비로움이 넘치는 그분의 임종한 눈은 반쯤 감겨 있었다. 아직도 기도를 올리는 듯 반쯤 닫힌 우아한 입을 자라나는 수염이 덮고 있었다. 그 모습을 보고 쥘리앵의 옆에 있던 처녀가 뜨거운 눈물을 흘렸다. 그 눈물 한 방울이 쥘리앵의 손에 떨어졌다.

사방 40킬로미터에 걸친 모든 마을에서 울리는 종소리만이 은은하게 들리는 깊은 정적 속에서 짧막한 기도를 올리고 난 다음, 아그드의 주교는 국왕에게 강론의 허락을 청했다. 그는 매우 감동적인 짧막한 강론을 했다. 말은 단순했지만 그 효과는 더욱더 뚜렷한 것이었다.

"젊은 기독교 신자들이여, 여러분은 지상에서 가장 위대하신 국왕 한 분이 전능하시고 두려우신 천주님의 종복들 앞에 무릎 꿇고 알현하셨다는 사실을 결코 잊어서는 안 됩니다. 아직도 피가 흐르는 성 클레망의 상처를 통해 보았듯이, 이 지상에서는 약하고 박해받고 학살당하는 천주님의 종복들이 하늘나라에서는 승리를 거두는 것입니다. 젊은 기독교 신자들이여, 여러분은 오늘을 영원히 기억하지 않겠습니까? 여러분은 불경(不敬)을 증오해야 합니다. 여러분은 저 위대하시고 두려우신, 그러나 선량하신 천주님께 영원히 충실해야 합니다."

이 말을 하고 주교는 위엄 있게 일어섰다.

"여러분은 내게 그것을 약속하겠습니까?" 그는 영감을 받은 듯한 모습으로 팔을 앞으로 내밀며 말했다.

"약속합니다." 처녀들은 눈물을 쏟으며 대답했다.

"나는 두려우신 천주님의 이름으로 여러분의 약속을 받아들이는 바입니다." 주교는 천둥 같은 목소리로 이와 같이 덧붙여 말했다. 그러고서 의식은 끝났다.

국왕 자신도 눈물을 흘리고 있었다. 한참 후에야 쥘리앵은 냉정을 되찾고, 로마에서 부르고뉴의 공작인 선량왕 필립[17]에게로 보내온 성 클레망의 유골이 어디에 안치되어 있는지 물어보았다. 그는 유골이 밀랍으로 만든 그 조각상의 아름다운 얼굴 속에 안치되어 있다는 것을 알게 되었다.

폐하는 예배당 안까지 자신을 수행했던 아가씨들에게 붉은 리본을 착용하는 것을 허락했다. 그 리본에는 '불경을 증오하라, 항상 천주를 찬미하라.'라는 어구가 수놓여 있었다.

드 라 몰 씨는 농부들에게 포도주 만 병을 나누어 주었다. 저녁이 되자, 베리에르의 자유주의자들은 왕당파 사람들보다 백배 이상이나 휘황찬란하게 그들의 집을 밝힐 이유를 찾아냈다. 떠나기 전에 국왕은 드 무아로 씨를 방문했다.

---

17) 필립 3세를 말한다. 부르고뉴, 프랑슈콩테, 플랑드르, 아르투아 지방의 영주였다.

19장 생각은 괴로움을 낳나니

기괴한 일상사가 정열이 낳는
진정한 불행을 우리 눈에 띄지 않게 한다.

— 바르나브

드 라 몰 씨가 들었던 방에 본래 있던 대로 가구를 옮겨 놓
다가 쥘리앵은 넷으로 접은 아주 빳빳한 종이 한 장을 발견했
다. 첫 면 아래쪽에는 다음과 같은 글귀가 적혀 있었다.

'드 라 몰 후작 각하, 프랑스 귀족원 의원, 왕실 시종 무
관……, 귀하.'
그것은 형편없는 글씨로 쓰인 한 통의 청원서였다.

후작님,
소인은 일생을 종교적 원칙으로 살아왔습니다. 지난 93년 생
각만 해도 지긋지긋한 포위 공격 때, 소인은 리옹에서 포탄 세
례를 받은 바 있습니다. 소인은 성체 배령을 이행하며 일요일마

다 교구의 성당에 나가 미사에 참석하고 있습니다. 소인은 생각만 해도 지긋지긋한 93년에도 부활절의 의무를 거른 적이 없습니다. 소인의 식모는(혁명 전에는 소인도 하인들을 거느리고 있었습니다만) 금요일마다 소재일(小齋日) 음식을 만들고 있습니다. 소인은 베리에르에서 일반의 존경을 받고 있습니다만, 응당 그럴 만한 자격이 있다고 감히 말씀드리는 바입니다. 행렬 때 소인은 신부님과 시장님 옆에서 천개 밑을 행진하고 있었습니다. 중요 행사 때면 소인은 소인의 비용으로 큰 초를 사서 들기도 합니다. 소인의 재산 증명서는 파리의 재무성에 비치되어 있습니다. 소인은 삼가 후작님께 베리에르 복권 판매 소장 직을 청원하는 바입니다. 현 소장은 중병으로 와병 중인 데다가 선거 때마다 자유주의파에 투표하는 자이므로 조만간 그 자리가 비게 될 것으로 사료됩니다……. 운운.

드 숄랭

이 청원서의 여백에는 드 무아로라는 서명과 함께 난외(欄外)에 기록한 추천문이 쓰여 있었는데, 그것은 이렇게 시작하고 있었다.

'어제 소인은 이 청원을 올리는 자에 대해 말씀드리는 영광을 입었습니다…….' 운운.

이 숄랭 같은 바보 녀석도 이처럼 개척해야 할 길을 내게 보여 주는 셈이구나. 쥘리앵은 혼자 이렇게 생각했다.

국왕이 베리에르를 다녀간 후 일주일 동안은 수많은 거짓말, 어리석은 해석, 우스꽝스러운 논의가 난무했다. 국왕, 아그드의 주교, 드 라 몰 후작, 포도주 만 병, 말에서 떨어진 가련한 무아로(그는 훈장을 타게 될 것을 기대하고 낙마한 후 한 달 동안은 두문분출했다.) 등등이 계속 화제에 올랐다. 목수의 아들인 쥘리앵 소렐을 의장대에 끼워 넣은 것은 터무니없이 부당한 조치라고들 말했다. 이 문제에 관해서는, 아침저녁으로 카페에 모여 평등을 설교하기에 목이 쉬는 부유한 날염직(捺染織) 제조업자들의 수작이 들어 볼 만했다. 드 레날 부인이란 오만한 여자가 그런 가증스러운 짓을 한 장본인이라는 것이었다. 그 이유는? 꼬마 사제 소렐의 아름다운 눈이며 싱싱한 볼을 보면 나머지 것은 말 안 해도 다 알 만하지 않느냐는 얘기였다.

베르지로 돌아온 후 얼마 안 되어, 막내인 스타니슬라스 크사비에가 병에 걸려 열이 올랐다. 드 레날 부인은 갑자기 무서운 회한에 빠졌다. 처음으로 자신의 사랑에 대해 지속적으로 가책을 느꼈다. 그녀는 자기가 얼마나 엄청난 죄의 구렁텅이에 빠져들었는지 기적적으로 깨달은 듯 보였다. 마음속 깊이까지 종교적인 성격이었는데도, 그녀는 지금껏 하느님이 보시기에 자기 죄가 얼마나 큰 것인지에는 생각이 미치지 못했던 것이었다.

이전에 성심 수녀원에 있을 때 그녀는 하느님을 열렬히 숭배했었다. 이 상황에서는 그 숭배와 같은 정도로 하느님이 두려웠다. 그녀의 두려움은 전혀 합리적인 것이 아니었던 만큼 그녀의 마음을 갈가리 찢는 갈등은 더욱더 끔찍한 것이었다.

쥘리앵은 이치에 맞는 말은 무엇이건 그녀를 진정시키기는커 녕 역정만 돋을 뿐이라는 것을 경험했다. 그녀는 그런 말은 악마의 소리로 생각하는 것이었다. 하지만 쥘리앵 자신도 어린 스타니슬라스를 매우 귀여워했으므로 그 애의 병세에 관한 얘기를 더 자주 하게 되었다. 병세는 곧 중태가 되었다. 드 레날 부인은 끊임없는 회한으로 잠도 이룰 수 없게 되었다. 그녀는 완강히 침묵을 지켰다. 만약 그녀가 입을 열었다면 그것은 하느님과 여러 사람에게 자신의 죄를 고백하기 위해서였을 것이다.

"제발 아무에게도 말하지 마세요. 그 고통은 오직 제게만 털어놓으세요. 아직도 저를 사랑하신다면 누구에게도 말하지 마세요. 말한다고 우리 스타니슬라스의 열이 떨어지지는 않습니다." 둘만 있게 되자 쥘리앵은 부인에게 이렇게 말했다.

그러나 그의 위로도 아무런 효력을 발휘하지 못했다. 부인은, 질투심 많은 하느님의 진노를 가라앉히기 위해서는 쥘리앵을 미워하든가 아니면 자기 아들이 죽는 꼴을 볼 수밖에 없다는 강박 관념에 빠져 있는 것을 그는 모르고 있었다. 애인을 증오할 수 없다고 느끼기 때문에 그녀는 더욱더 괴로웠다.

"내 곁을 떠나세요, 제발 이 집에서 나가 주세요. 당신이 여기 있기 때문에 내 아들이 죽는 거예요." 어느 날 그녀는 쥘리앵에게 이렇게 말하기도 했다. 그러고는 나지막한 소리로 덧붙이는 것이었다.

"하느님은 제게 벌을 내리시는 거예요. 당연한 일이죠. 하느님의 공정하심을 찬양해야죠. 나는 끔찍한 죄를 지었어요. 그런데도 후회도 않고 살아왔으니! 그건 하느님이 나를 버리시는 첫 번째 신호였어요. 나는 이중으로 벌을 받아야만 해요."

쥘리앵은 깊은 감동을 느꼈다. 부인의 말에는 위선도 과장도 들어 있지 않았다. 부인은 나를 사랑했기 때문에 자기 아들이 죽는다고 생각하고 있다. 그러면서도 가엾은 부인은 자기 아들보다 나를 더 사랑하고 있다. 그래서 죽도록 고통스러운 가책에 몸부림치는 것이다. 그건 의심의 여지가 없다. 이것이야말로 위대한 감정이다. 그런데 나처럼 가난하고 버릇없고 무지하며, 곧잘 상스러운 태도까지 보이는 놈이 어떻게 그런 사랑을 불어넣을 수 있었을까?

어느 날 밤 아이의 병이 위독해졌다. 새벽 2시경 드 레날 씨가 아들을 보러 왔다. 고열에 시달려 얼굴이 벌겋게 달아오른 아이는 제 아버지도 알아보지 못했다. 갑자기 부인이 남편의 발밑에 꿇어 엎드렸다. 쥘리앵은 부인이 모든 것을 털어놓고 영원히 파멸에 빠지려 한다는 것을 알았다.

다행히도 이런 이상한 행동에 드 레날 씨는 역정을 냈다.

"자, 자, 그만해 두라고." 그가 나가면서 말했다.

"아녜요, 제 말을 들어 보세요." 부인은 남편 앞에 무릎을 꿇고 앉아, 남편을 붙잡으려고 애쓰면서 부르짖었다. "사실을 모두 말씀드리겠어요. 아들을 죽게 만든 건 저란 말이에요. 저는 그 애에게 생명을 주고는 지금 그것을 도로 빼앗는 거예요. 하늘이 제게 벌을 내리고 있어요. 하느님이 보시기에 저는 살인죄를 범한 죄인이에요. 저는 파멸당하고 모욕당해야 마땅해요. 그렇게 돼야만 주님의 진노가 가라앉으실지 모르겠어요."

드 레날 씨가 좀 상상력이 있는 사람이었다면 진상을 이해했을 것이다.

"헛된 공상이야!" 그는 자기 무릎을 부둥켜안으려는 부인을 밀치면서 소리 질렀다. "그런 건 모두 헛된 공상이라니까! 쥘리앵, 날이 밝는 대로 의사를 부르게 하시오."

그러고는 자러 되돌아갔다. 드 레날 부인은 부축하려는 쥘리앵을 발작적인 몸짓으로 뿌리치면서, 반쯤 기절한 상태로 무릎을 꿇었다.

쥘리앵은 놀라서 어쩔 줄 몰랐다.

이것이 간통이란 것이구나! 간사한 사제들의 얘기가 옳단 말인가! 하고많은 죄를 저지르는 주제에 그들이 어찌 죄의 참뜻을 안단 말인가? 참 괴상한 일이다······! 쥘리앵은 혼자 생각에 잠겼다.

드 레날 씨가 물러간 후 20분 동안이나 쥘리앵은 사랑하는 여인이 거의 의식을 잃은 상태로 아이의 작은 침대에 머리를 기댄 채 꼼짝 않고 있는 모습을 지켜보았다. 여기, 탁월한 천성을 타고난 여인이 나를 알았기 때문에 한없는 불행에 빠져 있다. 그는 속으로 생각했다.

시간은 살같이 빨리 흘러간다. 나는 이 여인을 위해 무엇을 할 수 있는가? 결단을 내려야 한다. 여기서는 더 이상 내가 문제가 아니다. 세상 사람들과 그들의 하잘것없는 허식이 내게 무슨 상관이란 말인가? 나는 이 여인을 위해 무엇을 할 수 있는가······? 그녀를 떠난다? 그러나 그것은 끔찍한 고통 속에 그녀를 홀로 남겨두는 것이 된다. 저 허수아비 같은 남편은 이 여인에게 도움이 되기는커녕 해만 끼칠 것이다. 그 상스러운 작자는 아내에게 거친 말이나 퍼부어 댈 것이다. 그녀는 정말로 정신이 나가 창문으로 뛰어내릴지도 모른다.

내가 이 여인을 혼자 내버려 두고 주의 깊게 돌보지 않으면 그녀는 남편에게 모든 걸 고백해 버릴 것이다. 부인이 가져올 많은 유산에도 불구하고 이 작자가 소동을 벌이게 될지 또 누가 알겠는가. 어쩌나! 부인은 모든 걸 말해 버릴지도 몰라, 그 망할 놈의 마슬롱 사제에게. 녀석은 여섯 살짜리 막내 아이의 병을 핑계 삼아 요새 늘 이 집에 죽치고 있거든. 무슨 꿍꿍이속이 있을 거다. 괴로움과 신에 대한 두려움 때문에 부인은 인간이 어떤 것인지 모조리 잊고서 오직 사제에게만 기대고 있으니 낭패지.

"가세요!" 별안간 눈을 번쩍 뜨며 드 레날 부인이 그에게 외쳤다.

"당신을 도울 길을 알 수만 있다면 나는 골백번이라도 목숨을 바치겠습니다." 쥘리앵이 대답했다. "이제껏 당신을 이렇게 사랑해 본 적은 없었습니다. 내 사랑하는 천사, 차라리 지금 이 순간에 이르러서야 나는 당신의 참된 가치를 알고 당신을 진정으로 사모하기 시작했다고 말하는 편이 옳겠습니다. 나 때문에 불행에 빠진 것을 알고서 당신 곁을 떠난다면 나는 어떻게 되겠습니까! 그러나 내 괴로움쯤은 문제도 안 됩니다. 그래요. 사랑하는 분이여, 나는 떠나겠습니다. 그러나 내가 떠나면, 내가 끊임없이 당신과 당신 남편 사이에 끼어들어 당신을 감시하지 않게 되면 당신은 주인 양반께 모든 걸 털어놓고 파멸할 겁니다. 치욕스럽게도 집에서 쫓겨날 것을 생각해 보세요. 베리에르와 브장송의 모든 사람들이 그 추문을 떠들어 댈 거예요. 사람들은 잘못을 모두 당신에게만 뒤집어씌울 겁니다. 당신은 그 치욕에서 영영 벗어날 수 없을 테고……."

"내가 바라는 게 바로 그거예요." 그녀는 벌떡 일어서면서 울부짖었다. "나는 고통받겠어요, 차라리 잘된 일이죠."

"그렇지만 그런 흉한 추문이 돌면 그 양반 신세도 파멸입니다!"

"그러나 나는 치욕을 자청하는 거예요, 나는 진흙탕 속에 뛰어드는 거예요. 그렇게 하면 아마 내 아들을 구할 수 있겠지요. 모든 사람에게 당하는 치욕이야말로 공공연한 회개가 아니겠어요? 연약한 내가 판단할 수 있는 한, 이것이야말로 하느님께 드릴 수 있는 최대의 희생이 아니겠어요……? 어쩌면 하느님께서는 내 굴욕을 받아들이시고 내 아들을 돌려주시겠지요! 이보다 힘든 희생이 있으면 알려 주세요, 그리로 달려가겠어요."

"나도 벌을 받게 해 주세요. 나 역시 죄인입니다. 트라피스트 수도원에라도 들어갈까요? 그곳의 고행 생활이 당신 하느님의 노여움을 진정시킬 수도 있겠지요……. 아아! 어찌 스타니슬라스의 병을 내가 대신 앓을 수는 없단 말인가……."

"오! 당신도 그 애를 사랑하는군요!" 드 레날 부인은 몸을 일으켜 그의 품에 뛰어들면서 외쳤다.

그 순간 그녀는 무서움에 떨며 쥘리앵을 다시 떠밀었다.

"당신을 믿어요! 당신을 믿어요!" 그녀는 다시 꿇어앉으며 계속해서 말했다. "오, 둘도 없는 내 친구! 오, 왜 당신이 스타니슬라스의 아버지가 아니었던가! 그랬다면 당신을 아들보다 사랑하는 것이 끔찍한 죄가 아니었을 텐데."

"이대로 머물러 있으면서 당신을 남매간처럼 사랑하게 해 주시겠습니까? 이것이 유일하게 분별 있는 속죄의 길입니다. 하늘에 계신 분의 노여움도 진정시킬 수 있을 거예요."

"그런데 내가, 내가 당신을 동생처럼 사랑할 수 있을까? 내 힘으로 당신을 동생처럼 사랑할 수 있을까?" 그녀는 몸을 일으켜 쥘리앵의 얼굴을 두 손으로 얼싸안고 뚫어지게 쳐다보면서 외쳤다.

쥘리앵은 뜨거운 눈물을 흘렸다.

그는 부인의 발아래 쓰러지며 말했다.

"저는 복종하겠습니다, 당신이 무슨 명령을 해도 저는 복종하겠습니다. 그것이 제가 할 수 있는 유일한 일입니다. 제 정신은 그만 눈이 멀어 버리고 말았어요. 저는 어찌 해야 좋을지 모르겠어요. 제가 떠나 버리면, 당신은 주인 양반께 모든 걸 다 말씀하실 테고 그러면 당신은 주인 양반과 함께 파멸이에요. 그런 웃음거리가 되고 나면 그분은 국회의원에 당선되지도 못할 겁니다. 제가 남아 있는다면, 당신은 저 때문에 아들이 목숨을 잃었다고 생각하고 고통을 견디지 못할 거고요. 제가 떠나면 어떻게 되는지 한번 시험해 보시겠어요? 원하신다면 일주일쯤 떠나 있으면서 우리의 죗값을 치러 보겠습니다. 저는 원하시는 대로 어디든, 브레이 르 오 수도원에라도 가 있도록 하지요. 그렇지만 제가 없는 동안 주인 양반께 아무 말도 않겠다고 맹세해 주세요. 만약 말씀하신다면 제가 다시는 돌아올 수 없다는 것을 명심하세요."

그녀는 약속했다. 쥘리앵은 집을 떠났으나 이틀 만에 다시 불려 왔다.

"당신 없이는 약속을 지킬 수가 없어요. 당신이 항상 곁에 있어 입을 다물라는 명령의 눈초리를 보내 주지 않으면 나는 남편에게 말해 버리고 말 거예요. 이 끔찍한 생활의 한 시간 한 시간이 하루처럼 지루해 보여요."

마침내 하늘은 이 불행한 어머니를 가엾게 여겼다. 스타니슬라스는 조금씩 위험한 고비를 벗어났다. 그러나 맹목의 열정은 깨어져서, 이성을 되찾은 부인은 자기 죄가 얼마나 큰지 깨달았다. 그녀는 다시는 마음의 안정을 되찾을 수 없었다. 회한만이 남아 있었다. 그 회한은 그처럼 성실한 영혼에는 응당 깃들게 마련인 그런 성격의 회한이었다. 그녀의 삶은 천국인 동시에 지옥이기도 했다. 쥘리앵이 눈에 띄지 않을 때는 지옥이었고 그의 앞에 있을 때는 천국이었다.

"나는 이제 아무런 환상도 품고 있지 않아요." 사랑에 온통 몸을 내맡기고 있는 순간에도 그녀는 이렇게 얘기하는 것이었다. "나는 저주받았어요, 돌이킬 길 없이 저주받았어요. 당신은 젊어요, 당신은 내 유혹에 지고 만 거예요. 하늘도 당신은 용서해 줄 거예요. 그렇지만 나는 저주받았어요. 확실한 표시로 나는 그것을 알아요. 두려워요. 지옥을 눈앞에 보면서 두렵지 않을 사람이 누가 있겠어요? 그렇지만 나는 속으로는 전혀 참회하고 있지 않나 봐요. 그럴 기회가 되면 또다시 죄를 저지를지도 모를 거예요. 다만 이승에 살아 있는 동안만은, 그

190

리고 자식들에게만은 하늘이 벌을 내리지 마시기를 빌 뿐이에요. 죽어서 죄지은 이상의 벌을 받더라도 말이죠." 또 어떤 때는 이렇게 부르짖기도 했다. "나의 쥘리앵, 적어도 당신은 행복하시죠? 내 사랑이 모자라지는 않나요?"

무엇보다도 희생이 따르는 사랑을 필요로 해 온 쥘리앵의 번민에 찬 자존심과 의심도, 이처럼 크고 이처럼 확실하며 시시각각으로 행해지는 희생을 보고서는 굴복하지 않을 수 없었다. 그는 진심으로 드 레날 부인을 사모했다.

부인이 귀족이고 내가 노동자의 자식이라 해도 그것은 문제가 되지 않는다. 부인은 진정 나를 사랑하고 있는 것이다……. 나는 부인 곁에서 정부 역할을 하는 하인 격은 아닌 것이다. 일단 의심이 사라지자 쥘리앵은 사랑의 온갖 광기와 아울러 견딜 수 없는 불안에 빠졌다.

자기의 사랑을 의심하는 눈치를 보고 부인은 이렇게 외쳤다. "우리가 함께 지낼 수 있는 얼마 안 되는 동안이라도 당신을 아주 행복하게 해 드리고 싶어요! 서둘러야 해요. 내일이면 나는 당신 것이 아닐지도 몰라요. 만약 하늘이 나 대신 아이들을 빼앗아 가기라도 한다면 아이들을 죽인 것은 내 죄라고 생각하지 않을 수 없고, 그러면 나는 당신을 사랑하기 위해서만 살아갈 수는 없을 거예요. 나는 그런 불행을 당하고는 살아남을 수 없을 거예요. 살고 싶어도 살 수 없을 거예요. 나는 미치고 말겠지요. 아아! 당신이 너그럽게도 스타니슬라스의 열병을 대신 앓고 싶다던 것처럼 내가 당신의 죄를 내 몸에 짊어질 수만 있다면!"

이와 같은 커다란 정신적 위기는 쥘리앵과 그의 연인을 결합시키는 감정의 성격을 일변시켰다. 그의 사랑은 이제 연인의 아름다움에 대한 찬미만도 아니었고 그녀를 소유하려는 자존심만도 아니었다.

　그 후로 그들의 행복은 훨씬 숭고한 성격을 띠었고 그들의 가슴을 태우는 불길도 더 강렬해졌다. 그들은 미친 듯한 환희를 맛보았다. 세상 사람들의 눈에 띄었다면 그들의 행복은 더욱 커 보였을 것이다. 그러나 쥘리앵이 자기를 충분히 사랑하지 않는다는 것이 드 레날 부인의 유일한 걱정거리였던 그들 사랑의 초기와는 달리, 그들은 그 달콤한 평화로움, 그늘 없는 환희, 용이한 행복을 더 이상 되찾을 수 없었다. 이제 그들의 행복에는 때때로 죄의 그림자가 얽혀 드는 것이었다.

　겉으로는 그지없이 평온해 보이는 행복의 순간에도 드 레날 부인은 경련을 일으키듯 쥘리앵의 손을 그러쥐고 갑자기 부르짖는 것이었다. “아! 어쩌나! 지옥이 보여요. 이 무슨 끔찍한 고통인가! 내게는 그것도 당연하지만.” 그러면서 그녀는 벽에 달라붙는 담쟁이덩굴처럼 쥘리앵을 바짝 끌어안았다.

　쥘리앵은 이 불안에 떠는 영혼을 진정시켜 보려고 애썼지만 허사였다. 그녀는 쥘리앵의 손을 부여잡고 키스로 뒤덮곤 했다. 그러다가도 다시 우울한 몽상에 빠져 외치는 것이었다. “지옥, 지옥이 내게는 은총일지도 몰라. 나는 아직은 이분과 함께 지상에서 얼마 동안 지내게 되겠지. 그러나 이승에서부터 지옥에 떨어져, 아이들이 죽게 된다면…… 하지만 그런 대가를 치러야 내 죄가 용서를 받을지도 몰라…… 아아! 제발 그런 대가로 저를 용서하지는 마소서. 이 가엾은 아이들은 주님을 거스른 적이 없나이다. 저, 저만이 죄를 지었나이다. 저는 제 남편이 아닌 남자를 사랑하고 있습니다."

그러고 나서 드 레날 부인이 겉으로는 평온한 상태에 다다르는 것을 쥘리앵은 볼 수 있었다. 그녀는 모든 것을 혼자 떠맡아, 사랑하는 사람의 생활을 망치지 않으려고 애썼던 것이다.

사랑과 회한과 기쁨이 교차하는 가운데 그들에게는 시간이 번개처럼 빨리 흘러갔다. 쥘리앵은 깊이 생각에 잠기는 습관을 버렸다.

엘리자 양은 작은 소송 사건이 있어 베리에르에 갔다. 거기에서 그녀는 발르노 씨가 쥘리앵에게 몹시 감정이 상해 있다는 것을 알았다. 자신도 가정 교사를 미워하고 있었으므로 그녀는 발르노 씨에게 자주 쥘리앵의 일을 고자질했다.

그녀는 어느 날 발르노 씨에게 이런 얘기를 했다.

"사실대로 말씀드리면 저는 쫓겨날 거예요……! 중요한 일에 있어서는 주인들은 모두 한패가 되니까요……. 불쌍한 하인들은 비밀을 털어놓으면 절대로 용서받지 못하는 법이죠……."

비밀을 누설할 때면 상투적으로 따르는 이런 말이 나오자, 호기심으로 초조해진 발르노 씨는 서론을 줄이도록 유도하고 자기의 자만심에 심한 상처를 입히는 사실을 알게 되었다.

이 지방에서 가장 뛰어난 그 여자가, 불행히도 사람들 눈에 띄어 모두 다 알 정도로 자기가 육 년 동안이나 추파를 던져 온 그 여자가, 몇 번씩이나 모욕감에 자기 얼굴을 붉히게 했던 그렇게 오만한 그 여자가, 가정 교사로 꾸민 풋내기 노동자 녀석을 정부로 삼았다니! 빈민 수용소장의 분통을 터뜨리게 하느라고, 드 레날 부인은 그 정부를 열렬히 사랑하기까지 한다는 것이었다.

"그런데 쥘리앵 선생은 조금도 힘들이지 않고 마님을 정복했다고요. 마님한테도 그 쌀쌀맞은 태도를 버리지 않았거든요." 하녀는 한숨을 내쉬며 이렇게 덧붙이는 것이었다.

엘리자는 시골 별장에 가서야 사태를 확실히 알았지만, 그 관계가 훨씬 전부터 시작된 것으로 믿고 있었다. 그래서 앙심을 품고 이렇게 덧붙여 말했다.

"그때 그이가 저와의 결혼을 거절한 것도 아마 그 때문일 거예요. 그런데도 저는 바보같이 드 레날 부인께 상의하러 가서, 가정 교사에게 말 좀 해 달라고 부탁까지 했지 뭐예요."

바로 그날 저녁 드 레날 씨는 시내에서 오는 신문과 함께 긴 익명의 편지 한 통을 받았다. 그 편지는 자기 집에서 일어나고 있는 일을 세세히 고하는 내용이었다. 쥘리앵은 그가 푸르스름한 종이 위에 쓰인 그 편지를 읽더니, 얼굴이 새파랗게 질리면서 자기에게 험상궂은 눈길을 보내는 것을 알아챘다. 저녁 내내 시장은 마음의 동요를 감추지 못했다. 쥘리앵이 부르고뉴 지방 명문가의 족보에 대해 물어보며 그의 비위를 맞추려고 해 보았으나 허사였다.

20장 익명의 편지

불장난을 너무 구속하지 말지라.
더없이 엄숙한 맹세도 혈관에 타오르는 불길에는
한 오라기 지푸라기와도 같으니.

—『템페스트』

자정 무렵 응접실을 떠날 때 쥘리앵은 기회를 잡아 연인에게 이렇게 말했다.

"오늘 저녁에는 만나지 맙시다. 남편께서 의심하고 있어요. 그 양반이 아까 한숨을 내쉬며 읽던 그 두툼한 편지는 익명의 편지가 틀림없어요."

다행히 쥘리앵은 자기 방을 열쇠로 잠가 두었다. 드 레날 부인은 그 경고가 자기를 만나지 않으려는 핑계가 아닐까 하는 어리석은 생각을 했던 것이다. 그녀는 완전히 분별력을 잃고 정해진 시간이 되자 그의 방문 앞으로 왔다. 복도에서 발걸음 소리가 들리자 쥘리앵은 즉시 램프 불을 껐다. 방문을 열려고 애쓰는 기색이었다. 드 레날 부인일까, 아니면 질투에 사로잡힌 남편일까?

다음 날 아침 이른 시간에 쥘리앵을 따르는 식모아이가 그에게 책 한 권을 가져왔다. 겉장에는 이탈리아어로 '130페이지를 읽어 보세요.'라고 쓰여 있었다.

쥘리앵은 그런 경솔함에 전율을 느끼며 130페이지를 펼쳐 보았다. 거기에는 눈물에 젖고 철자법이 엉망인, 황급히 갈겨 쓴 다음과 같은 편지가 핀으로 꽂혀 있었다. 평소에 드 레날 부인의 철자법은 아주 정확한 편이었다. 쥘리앵은 그런 세세한 점에 감동하여 가공할 만한 경솔함을 약간 잊을 수 있었다.

오늘 밤 당신은 나를 만나지 않으려 하셨죠? 당신 마음을 속속들이 알 수 없다고 여겨지는 때가 있어요. 당신 눈초리는 겁이 나요. 당신이 두려워요. 아아! 당신은 나를 사랑하지 않았단 말인가요? 그렇다면 차라리 우리의 사랑이 남편에게 발각되어, 자식들과도 멀리 떨어져 시골의 감옥에 영원히 갇히게 되기를 바라요. 아마 하느님도 그걸 원하시겠죠. 나는 머지않아 죽게 될 거고요. 그러나 당신은 무정한 사내가 될 거예요.

당신은 나를 사랑하지 않죠? 내 광기가, 내 후회가 싫증 나신 거죠, 나쁜 사람? 내가 파멸하길 바라시나요? 그렇다면 쉬운 방법 하나를 가르쳐 드리죠. 이 편지를 들고 가서 모든 베리에르 사람들에게, 차라리 발르노 씨 한 사람에게 보여 주세요. 그 사람에게 내가 당신을 사랑한다고, 아니 그런 모독의 언사가 아니라 당신을 숭배한다고 말하세요. 당신을 만난 날 비로소 내 삶이 시작되었다고 말하세요. 처녀 시절 미친 듯이 들떠 있던 순간에도 당신에게서 얻은 것과 같은 행복은 꿈꿔본 일조차 없다고. 나는 생명과 영혼을 당신에게 바쳤다고 말하세요. 당신은 내가 그 이상의 것을 바쳤다는 것을 알고 있죠.

하지만 발르노 씨 같은 사람이 어찌 자기희생의 참뜻을 알겠어요? 그러니 그에게 말하세요, 그를 화나게 하기 위해서라도 그에게 말하세요. 나는 모든 악인들을 무시한다고 말이죠. 내게 단 한 가지 불행이 남아 있다면 그것은 내 생명을 붙들어 주는 사람의 변심을 보게 되는 불행이라고. 생명을 잃게 되는 것이, 생명을 희생으로 바치고 자식들을 위해 더 이상 두려워하지 않는 것이 내게는 얼마나 행복한 일인지 몰라요!

사랑하는 이여! 만약 익명의 편지가 왔다면 그것은 틀림없이 그 밉살스러운 사람에게서 온 걸 거예요. 그자는 거친 목소리로, 말 타는 얘기로, 그 꼴불견의 거드름으로, 또 자기의 모든 장점을 늘어놓아 가며 육 년 동안이나 나를 따라다녔어요.

익명의 편지가 정말 왔을까요? 몹쓸 사람, 내가 당신과 의논하려 한 것은 바로 그 문제였어요. 하지만 당신의 처사가 옳았어요. 당신을 품 안에 껴안고서는(어쩌면 그것이 마지막 포옹이 되었을지도 모르지만) 지금 혼자 있는 것처럼 이렇게 냉정하게 얘기할 수 없었을 거예요. 지금부터는 우리의 행복도 그렇게 수월하지 않을 듯해요. 그러면 당신은 괴로우실까요? 그래요, 푸케 씨로부터 어떤 재미있는 책을 받지 못하게 될 때처럼 당신은 괴롭겠지요. 희생은 이미 치러진 셈이에요. 익명의 편지가 왔건 안 왔건, 내일 나도 역시 익명의 편지를 한 통 받았다고 남편에게 얘기하겠어요. 그리고 즉시 당신에게 얼마간의 금액을 지불하고 어떤 점잖은 구실을 붙여 지체 없이 당신을 가족에게 돌려보내야 한다고 말하겠어요.

아아! 소중한 친구여, 우리는 보름 동안, 어쩌면 한 달 동안 헤어져 있게 될 거예요! 가세요, 나는 당신이 옳았다고 생각해요. 당신도 나만큼 괴롭겠지요. 그렇지만 이것이 그 익명 편지의 영향을 피하는 유일한 방법이에요. 남편이 나에 관해 그런 편지를 받은 것은 이번이 처음은 아니에요. 아! 전에 나는 얼마나 마음 편히 그런 것을 웃어넘겼던가!

내 행동의 목적은 그 편지가 발르노 씨에게서 온 것이라고 남편이 믿게 하려는 거예요. 그 사람이 편지를 써 보낸 장본인이라는 것은 의심할 나위가 없어요. 집을 떠나게 되면 꼭 베리에르에 가서 자리를 잡으세요. 나는 남편을 보름쯤 이곳에 머물게 해서, 남편과 나 사이에 아무런 불화가 없다는 것을 바보 같은 사람들에게 증명해 보이겠어요. 일단 베리에르에 가 있게 되면 모든 사람들과 친하게 지내고 자유주의자들과도 잘 어울리도록 하세요. 나는 부인들이 모두 당신과 교제하고 싶어 한다는 것을 알고 있어요.

발르노 씨와 불화하지 말고 언젠가 벼르던 대로 그를 혼내주지도 마세요. 반대로 그 사람에게 친절히 대하세요. 당신이 발르노 씨 집이나 또는 다른 어느 집에 가정 교사로 들어갈지 모른다고 베리에르 사람들이 믿게 만드는 것이 요점이에요.

그러면 남편은 그것을 결코 참지 못할 거예요. 혹 남편이 그렇게 하도록 작정하더라도, 적어도 당신은 베리에르에 머물 테고 나는 이따금 당신을 만날 수 있겠지요. 당신을 몹시 따르는 아이들도 당신을 보러 가겠지요. 아아! 당신을 따르기 때문에 아이들이 더 사랑스럽게 느껴져요. 이 무슨 가책거리인가요! 어떻게 하면 이 모든 것이 끝날 수 있을까요……? 나는 모르겠어요……. 이제 당신이 취할 행동을 아셨지요. 부드럽고 공손하게 대하세요. 제발 그 상스러운 사람들을 멸시하지 마세요. 무릎 꿇고 빌어요. 그 사람들이 우리 운명의 심판관이 될 거예요. 남편은 세상 여론이 지시하는 대로 당신에 대한 태도를 결정하리라는 것을 잠시도 잊어선 안 돼요.

당신이 내게 익명의 편지 한 통을 마련해 주세요. 인내심과 가위를 준비하세요. 그리고 다음에 쓰여 있는 대로 책에서 단어들을 오려 내세요. 그런 다음 동봉한 푸른 종이에 풀로 붙이세요. 그 종이는 발르노 씨에게서 온 것이에요. 당신 방이 수색당할지도 모르니까 오려 낸 책장들은 태워 버리세요. 책 속에 완전한 단어가 없다 해도 인내심을 갖고 한 자 한 자 오려서 맞춰 보세요. 당신의 수고를 덜기 위해 익명의 편지는 아주 짧게 만들었어요. 아아! 내가 두려워하듯 당신이 나를 사랑하지 않는다면, 내 편지가 당신에게는 얼마나 지루해 보일 것인가!

익명의 편지 초안

부인,

당신의 행실은 속속들이 밝혀졌습니다. 그러나 그것을 아는 사람들은 당신의 행실을 바로잡고 싶어 하는 사람들입니다. 당신에 대해 남아 있는 우정으로 충고하는 바이니, 그 시골뜨기 아이와 완전히 손을 끊으시오. 만약 당신이 그 일을 해낼 만큼

현명하다면, 당신 남편은 자기에게 온 편지 내용이 거짓이라고
생각할 것입니다. 그리하여 당신 남편은 속고 말 것입니다. 나
는 당신의 비밀을 쥐고 있다는 것을 염두에 두시오. 가엾은 여
인이여, 두려움을 느끼시오. 이제 내 앞으로 똑바로 걸어와야
만 합니다.

이 편지에 들어 있는 말(그것이 수용소장의 말투라는 것을
알아보시겠어요?)을 다 오려 붙이고 나면 집 밖으로 나가세요.
내가 당신을 만나러 갈 테니까요.

나는 이웃 마을에 갔다가 당황한 얼굴을 하고 돌아오겠어
요. 사실 몹시 당황할 거예요. 아아! 나는 무슨 짓을 하고 있는
것인가! 이런 일은 모두 당신이 익명의 투서가 왔다고 추측했
기 때문에 하는 거예요. 결국 나는 대경실색한 얼굴로 어떤 낯
선 사람이 건네줬다고 말하면서 그 편지를 남편에게 보이겠어
요. 당신은 아이들과 함께 숲 속 길로 산책 나가서 점심 식사
때나 돌아오세요.

바위 꼭대기에서 바라보면 비둘기장의 탑이 보일 거예요. 우
리 일이 잘 진행되면 거기에 흰 손수건을 걸어 놓을게요. 반대
의 경우엔 아무 표적도 없을 거예요.

무정한 사람, 당신은 산책 나가기 전에 내게 사랑한다는 말
을 전해 줄 방법을 찾아내시겠죠? 무슨 일이 일어나도 한 가지
사실만은 확신하세요. 우리가 끝내 헤어지게 되면 나는 단 하
루도 살아남지 못한다는 것을요. 아! 몹쓸 어미! 사랑하는 쥘리
앵, 몹쓸 어미란 두 마디를 여기 써 봐도 헛일이지요. 나는 정말

로 그렇게 느끼지 못하니까요. 이 순간 나는 당신밖에는 생각할 수 없어요. 당신의 비난이 두려워 몹쓸 어미란 말을 써봤을 뿐인걸요. 당신을 잃을지도 모르는 이 찰나에, 숨긴들 무슨 소용이 있겠어요? 그래요! 내 마음이 당신에게 잔인해 보일지라도 사모하는 사람에게 거짓말은 못 하겠어요! 나는 이미 너무 많은 거짓말을 하며 살아왔거든요. 당신이 나를 사랑하지 않는다 해도 나는 당신을 용서하겠어요. 이 편지를 다시 읽어 볼 시간도 없군요. 당신의 품에 안겨 지낸 행복한 나날을 생각하면 생명을 지불하는 것쯤은 아무것도 아니에요. 내가 생명보다 비싼 대가를 치르게 되리라는 건 당신도 알고 계시죠.

21장 주인과의 대화

아아, 잘못은 우리가 아니라, 우리의 약함 탓이다.
우리는 그렇게 만들어졌으니 그럴 수밖에.

—『십이야』

　어린아이같이 즐거움을 느끼며 쥘리앵은 한 시간 동안 단어들을 짜 맞추었다. 방에서 나오는 길에 그는 아이들과 아이들의 어머니를 만났다. 부인은 태연하고 용감하게 편지를 받았는데, 그 침착성에 쥘리앵은 놀라지 않을 수 없었다.

　"풀이 충분히 말랐어요?" 부인이 그에게 물었다.

　회한에 미치다시피 되었던 여자가 어쩌면 이럴 수가 있을까? 지금 부인의 계획은 어떤 것일까? 쥘리앵은 혼자 생각했다. 부인에게 계획을 물어보기에는 그는 너무 자존심이 강했다. 하지만 부인이 이처럼 그의 마음에 든 적은 일찍이 없었던 듯했다.

　"이 일이 잘못 돌아가면 나는 모든 것을 빼앗기고 말 거예요. 이 물건을 산속 어딘가에 묻어 두세요. 언젠가는 이것이

내 유일한 재산이 될지도 모르니까요." 그녀는 한결같은 침착함을 보이며 이렇게 덧붙였다.

그녀는 금과 얼마간의 다이아몬드로 가득 찬 붉은 모로코 가죽 제품의 유리 뚜껑이 달린 상자를 그에게 내밀었다.

"이제 떠나세요." 그녀가 말했다.

그녀는 아이들에게, 특히 막내에게는 두 번 키스했다. 쥘리앵은 꼼짝 않고 서 있었다. 그녀는 그를 쳐다보지도 않고 잰걸음으로 그의 곁을 떠났다.

익명의 편지를 펼쳐본 순간부터 드 레날 씨는 끔찍한 상태에 빠졌다. 자신을 정당화하기 위해서 1816년에 자칫 결투를 벌일 뻔한 이후로 이처럼 동요한 적은 없었다. 그때 총탄을 맞게 될지도 모를 전망 앞에서도 이처럼 불행하지는 않았던 것이다. 그는 모든 면에서 편지를 살펴보았다. 이것은 여자의 필적이 아닌가? 그는 혼자 생각에 잠겼다. 그렇다면 어떤 여자가 이 편지를 썼단 말인가? 그는 자기가 알고 있는 베리에르의 여자들을 모두 머리에 떠올려 보았으나, 딱히 누구를 의심해야 할지 알 수 없었다. 어떤 남자가 이 편지를 구술했을까? 그렇다면 그 남자는 누구란 말인가? 여기서도 마찬가지로 불확실했다. 그가 아는 남자들은 대부분 그를 질투하거나 미워하는 편이었다. 그럼 아내와 의논해 봐야겠군. 그는 깊이 몸을 파묻고 있던 안락의자에서 일어서면서 평소 습관대로 이렇게 중얼거렸다.

뭐라고! 특히 경계해야 할 사람이 아내가 아닌가! 지금 이 순간에는 마누라가 내 적인 것이다. 자리에서 일어서자마자 그는 손으로 이마를 치며 문득 생각했다. 노여움으로 눈에서는 눈물이 흘러내렸다.

이 지방에서 실질적인 지혜의 전부로 여기고 있는 메마른 감정의 당연한 대가겠지만, 드 레날 씨가 지금 가장 두려워하는 두 남자도 전에는 그의 가장 친밀한 친구들이었다.

그 작자들 말고도 내게 여남은 명의 친구는 있을 거야. 그는 이렇게 생각하며, 그들 각자에게서 얻을 수 있을 위안의 정도를 저울질하면서 그들의 모습을 떠올려 보았다. 모두들! 모두들! 내 끔찍한 불행을 고소해할 작자들이다. 그는 화에 복받쳐 소리쳤다. 다행히 그는 남들이 자기를 몹시 부러워한다고 생각했는데, 그것은 근거가 없지는 않았다. 국왕이 유숙함으로써 영원한 명예를 얻은 시내의 훌륭한 저택 말고도 그는 베르지에 잘 가꿔 놓은 성관을 갖고 있었다. 성관의 현관은 하얀색으로 칠해져 있었고 창문마다 아름다운 초록빛 덧문이 달려 있었다. 그는 이 장관(壯觀)을 생각하고 한순간 위안을 받았다. 사실 이 성관은, 세월에 우중충한 잿빛으로 퇴색된 이웃의 자칭 성관들이나 모든 시골 별장들을 무색하게 하며 십여 킬로미터 밖에서도 두드러져 보였다.

드 레날 씨는 교구 재산 관리 위원으로 있는 한 친구의 눈물과 동정을 기대할 수 있었다. 그러나 그 사람은 모든 일에 눈물이나 질질 짜는 바보에 불과했다. 하지만 그가 믿을 수 있는 친구란 그 사람뿐이었다.

이와 비견될 만한 불행이 또 어디 있단 말인가! 이 무슨 외톨이 신세인가! 그는 화가 나서 소리쳤다.

이럴 수가 있는가! 정말로 동정받을 처지가 된 이 사내는 이렇게 생각하는 것이었다. 불행에 빠져서도 조언을 구할 친구 하나 없다니, 이럴 수가 있는가! 그렇다! 정신을 차릴 수가 없구나! 아, 팔코! 아, 뒤크로! 그는 쓰라리게 울부짖었다. 그 것은 1814년에 그가 거만하게 멀리해 버린 어릴 적 두 친구의 이름이었다. 그들은 귀족이 아니었다. 그래서 그는 어린 시절부터 지내 오던 무람없는 태도를 바꾸고자 했던 것이다.

그들 중 하나인 팔코는 재주도 있고 용기도 있는 사내로, 베리에르에서 지물상(紙物商)을 하다가 현청 소재지에 인쇄소를 하나 사서 신문을 발간하려 했었다. 그러자 수도회에서는 그를 파산시키기로 작정했다. 그의 신문은 폐간 처분을 받았고 인쇄 면허는 취소당했다. 이런 서글픈 상황에서 그는 십 년 만에 처음으로 드 레날 씨에게 편지를 써 보기로 했다. 베리에르 시장은 옛 로마인처럼 답장을 써야 한다고 생각하고 이렇게 써 보냈던 것이다. '만약 폐하의 대신이 나에게 의논하는 영예를 베푸신다면 본인은 대답하리라. 지방의 모든 인쇄업자를 무자비하게 파멸시키고 인쇄업을 담배처럼 전매 사업으로 하시라고.' 친한 친구에게 보냈던 그 편지, 당시 베리에르 사람 모두가 감탄했던 그 편지의 문구를 돌이켜 생각하면서, 드 레날 씨는 소름이 끼쳤다. 내 지위와 내 재산, 내 훈장을 가지고서 훗날 그것을 후회하게 될 줄 누가 알았던가? 때로는 자기 자신에 대해, 때로는 주위의 모든 사람에 대해 열화 같은 분노를 느끼며 그는 참혹한 하룻밤을 지새웠다. 그러나 다행히도 아내의 행동을 엿볼 생각은 하지 않았다.

그는 다시 생각했다. 나는 루이즈와의 생활에 익숙해 있다. 아내는 내 일을 모두 알고 있는 것이다. 내일 내가 자유의 몸이 되어 다시 결혼한다 해도 루이즈를 대신할 만한 여자는 찾아낼 수 없을 것이다. 그러고 나서 그는 자기 아내가 결백하리라는 생각이 들어 만족을 느꼈다. 지금껏 얼마나 많은 여자들이 중상모략을 당했던가! 이런 식으로 생각하니, 단호한 성격을 보여야 할 필요성에 봉착하지도 않고 사태가 잘 해결되는 듯했다.

그는 갑자기 발작적인 발걸음으로 왔다 갔다 하며 다시 부르짖었다. 뭐라고! 그 여자가 제 정부 놈과 함께 나를 비웃고 있다면 내가 가난뱅이 거지처럼 그것을 참아야 한단 말인가? 온 베리에르 사람들에게 바보 같다는 조소를 받아야 한단 말인가? 그들이 샤르미에(그 사람은 이 지방에서 아내에게 속아 넘어간 남편의 대명사와 같은 존재이다.)에 대해 뭐라고 말하던가? 그의 이름이 나오면 모두들 입가에 미소를 떠올리지 않던가? 그는 훌륭한 변호사다. 그런데도 그의 웅변의 재능을 얘기하는 사람이 어디 있던가? 아! 샤르미에! 샤르미에 드 베르나르 말이지! 하고 사람들은 그에게 오명을 씌운 사내의 이름까지 덧붙여서 그를 지칭하는 것이다.

또 다른 순간에는 드 레날 씨는 이런 생각을 하기도 했다. 다행히도 내게는 딸이 없다. 그러니 어미를 어떻게 벌해도 아이들의 장래에는 지장이 없을 것이다. 그 풋내기 시골 놈과 여편네를 현장에서 붙들어 연놈을 함께 죽일 수도 있다. 그럴 경우 사건의 비극성 때문에 웃음거리를 면할 수 있을지도 모른다. 이 생각에 그는 솔깃해졌다. 그는 이 생각을 자세히 검토해 보았다. 형법은 내 편이다. 그리고 어떠한 경우에도 우리 수도회와 배심원 친구들이 나를 구해 줄 것이다. 그는 예리한 사냥칼을 만지작거려 보았다. 그러나 피를 흘린다는 생각에 두려움을 느꼈다.

그 뻔뻔스러운 가정 교사 놈을 사정없이 몽둥이찜질해서 내쫓을 수도 있다. 그러나 그렇게 하면 베리에르는 물론 현 내 전체에서 얼마나 요란한 가십거리가 되랴! 팔코의 신문이 폐간되고 나서 그의 편집장이 감옥에서 나왔을 때 나는 그자를 600프랑의 일자리에서 내쫓는 데 한몫 거들었다. 그 하급 문사 녀석이 뻔뻔스럽게 브장송에 모습을 드러냈다는 소문이 들린다. 그 작자는 법정에 끌려가지는 않을 교묘한 방법으로 내 소문을 퍼뜨릴지도 모른다. 그자를 법정에 끌고 간다……! 그러면 그 뻔뻔스러운 녀석은 오만 가지 방법으로 자기 말이 사실이라고 내세우겠지. 나처럼 가문 좋고 지위 있는 사람은 모든 천민에게 미움받게 마련이거든. 파리의 그 무서운 신문들에 내 이름이 실릴지도 모른다. 오 맙소사! 무슨 파탄인가! 유서 깊은 드 레날의 가명(家名)이 웃음거리의 진흙탕 속에 빠지다니……. 여행이라도 할라치면 성을 바꿔야 할 판이다. 뭐라고! 나의 명예와 세력의 원천인 이 성을 버린다고! 그 무슨 비참한 꼴인가!

아내를 죽이지 않고 모욕을 주어 내쫓는다면 브장송의 제 아주머니에게 가겠지. 그 아주머니는 전 재산을 물려줄 테고 아내는 쥘리앵과 함께 파리에 가서 살겠지. 그러면 베리에르에 소문이 퍼질 테고 나는 또다시 아내에게 속은 놈 취급을 받을 게 아닌가. 이 불행한 사내는 그때 램프 불이 희미해진 것을 보고 날이 새기 시작한 것을 알았다. 그는 시원한 바람을 쐬려고 정원으로 나갔다. 이 순간 그는 사건을 요란하게 만들지 않기로 거의 마음을 굳혔다. 사건이 터지면 특히 베리에르의 친구란 작자들이 기뻐 날뛸 것이란 생각이 떠올랐던 것이다.

정원을 산책하니 얼마간 마음이 진정되었다. 아니다, 나는 결코 아내와 헤어지지는 않겠다. 아내는 내게 너무도 유용하거든. 그는 이렇게 부르짖었다. 아내가 없는 집안을 생각해 보니 몸서리가 쳐졌다. 그에게 친척이라고는 늙고 바보 같고 심술궂은 R후작 부인밖에는 없었다.

이때 대단히 분별 있는 생각 하나가 그에게 떠올랐다. 그러나 그것을 실현하자면 이 가련한 사내가 지닌 성격보다 훨씬 뛰어난 성격의 힘이 필요했다. 그는 이렇게 생각하는 것이었다. 만약 아내를 그대로 집에 두면 언젠가 아내를 견딜 수 없는 순간이 올 것이고, 그러면 나는 아내의 허물을 책망하게 될 것이다. 아내는 자존심이 강하니까 우리 사이는 틀어질 것이다. 그런데 그런 일은 아내가 제 아주머니의 상속을 받기 전에 일어나고 말 것이다. 그러면 나는 또 사람들의 비웃음을 살 것이 아닌가! 아내는 아이들을 사랑하니까 결국 아이들한테 돌아오게 되겠지. 하지만 나는 끝내 베리에르의 웃음거리가 되고 말 거다. 저런, 저 친구는 제 계집에게도 복수를 못 했지! 사람들은 이렇게 지껄일 것이다. 의심을 품은 것으로 그치고 아무것도 진상을 밝히지 않는 편이 낫지 않을까? 그렇게 되면 나는 두 손을 동여매고 앉아, 나중에도 아내에게 한마디 질책도 못할 것이 아닌가.

다음 순간 드 레날 씨는 상처받은 허영심을 되찾고, 베리에르의 신사 클럽이나 카지노의 당구장에서 어떤 수다쟁이가 아내에게 속은 남편을 도마 위에 올려놓고 내기를 중단시키면서 시시덕거리는 그 모든 짓거리를 끈질기게 생각했다. 이 순간에는 그런 농담이 그에게 얼마나 잔인한 것으로 비쳤던가!

아아! 왜 아내가 죽기라도 하지 않았는가! 그렇다면 나는 웃음거리가 되지는 않을 텐데! 내가 홀아비 신세라도 되었다면! 그러면 파리의 상류 사교계에 가서 반년쯤 지낼 수도 있으련만! 홀아비 생활에 대한 생각으로 잠시 행복에 빠졌다가, 그의 상상력은 다시 진상을 밝히는 방법에 관한 것으로 되돌아갔다. 자정이 되어 모두들 잠든 뒤에 쥘리앵의 방문 앞에 살짝 겨를 뿌려 놓으면 어떨까? 이튿날 아침 날이 밝으면 발자국 흔적을 볼 수 있을 것이다.

그러나 이 방법은 깜찍스러운 엘리자란 계집아이가 알아챌 테니까 안 된다. 내가 질투한다고 집 안에 곧 소문이 퍼지고 말 것이다. 그는 화가 나서 부르짖었다.

카지노에서 떠도는 한 얘기에 의하면, 어떤 남편은 아내와 정부의 방문에 머리카락 한 올을 봉인처럼 양초로 붙여놓음으로써 자신이 당한 불운을 확인했다는 것이었다.

그렇게 오랜 시간 동안 망설인 끝에 그에게는 그 방법이 자신의 운명을 밝히는 최선책으로 보였다. 그래서 어떻게 그 방법을 실행할 것인가를 궁리하고 있는데, 오솔길 모퉁이에서 차라리 죽기를 바랐던 아내와 맞닥뜨리고 말았다.

　그녀는 베르지의 교회에 미사를 올리러 갔다가 마을에서 돌아오는 길이었다. 냉정한 철학자의 눈으로 볼 때는 아주 불확실한 것이지만 그녀가 굳게 믿는 전설에 의하면, 현재 사용하는 그 조그만 교회는 옛 베르지 영주의 성에 딸린 예배당이었다고 한다. 그 교회에 기도드리러 가려고 할 때마다 그 전설은 드 레날 부인의 머리를 떠나지 않았다. 그녀는 남편이 사냥터에서 우연한 사고처럼 꾸며 쥘리앵을 죽이고서는 저녁에 자기에게 죽은 쥘리앵의 심장을 먹이는 상상에 줄곧 시달렸다.

　그녀는 속으로 생각했다. 내 운명은 저 양반이 내 얘기를 듣고 어떻게 생각하느냐에 달려 있다. 이 운명의 15분간이 지난 다음에는 다시는 저이에게 말을 건넬 기회가 없을지도 모른다. 그는 이성에 의해 움직이는 현명한 사람은 못 된다. 그러니 나는 내 미약한 이성의 도움으로 남편이 무슨 짓을 하고 무슨 말을 할지 예상할 수 있을 것이다. 그가 우리의 운명을 결정할 것이다. 그는 그런 힘을 가지고 있다. 그러나 그 운명은 내 수완에도 달려 있다. 분노로 눈이 멀어 사물의 반쪽밖에는 보지 못하는 이 변덕스러운 사람의 생각을 조종하는 기술에도 달려 있는 것이다. 아아! 내게는 재능과 냉정함이 필요하다. 그런데 어디서 그걸 얻을 것인가?

　그녀는 정원에 들어서며 멀리서 남편의 모습을 보았을 때 마술에라도 걸린 듯 침착함을 되찾았다. 어수선한 남편의 머리칼과 옷차림은 그가 잠을 자지 못했다는 것을 말해 주고 있었다.

그녀는 겉봉을 뜯기는 했으나 접혀 있는 편지 한 장을 남편에게 내밀었다. 그는 편지를 펴보지도 않고 미친 듯한 눈길로 아내를 쳐다보았다.

"이 가증스러운 걸 좀 보세요. 공증인 집 뜰 뒤를 지나오는데, 당신을 잘 알고 당신에게 은혜를 입기도 했다는 어떤 인상 나쁜 사람이 제게 이걸 내미는 거예요. 당신에게 한 가지 부탁이 있어요. 그 쥘리앵 선생을 지체 없이 집으로 돌려보내 주세요."

드 레날 부인은 좀 때 이르게 그 말을 서둘러 해 버렸다. 그 말을 해야 한다는 끔찍한 생각에서 한시바삐 벗어나고 싶었던 것이다.

그녀는 자기 말에 남편이 기뻐하는 것을 보고 자신도 기쁨에 사로잡혔다. 자기를 뚫어지게 쳐다보는 남편의 모습에서 그녀는 쥘리앵의 추측이 옳았다는 것을 깨달았다. 그녀는 속으로 생각했다. 이런 뚜렷한 불행 앞에서도 번민에 빠지지 않다니, 그는 얼마나 비상한 인간인가! 얼마나 완벽한 기민함인가! 아무런 경험도 없는 젊은 사람이! 나중에 그는 무엇인들 되지 못할 것인가? 아아! 그렇지만 성공하면 나를 잊게 될 거야.

사랑하는 사람에 대한 이 잠깐 동안의 감탄이 그녀의 동요를 완전히 가라앉혔다.

그녀는 자신의 행동에 쾌재를 불렀다. 나도 쥘리앵에 못지않아. 그녀는 남모를 달콤한 쾌감을 느끼며 혼자 이렇게 생각했다.

언질을 주기가 두려웠던지 드 레날 씨는 아무 말 없이 조작된 그 두 번째 익명의 편지를 찬찬히 살펴보았다. 독자도 기억하겠지만, 그것은 푸르스름한 종이에 인쇄된 글자를 오려 붙인 것이었다. 별의별 수단으로 나를 조롱하려 드는군. 드 레날 씨는 기진맥진하여 혼자 중얼거렸다.

또다시 이런 모욕이야, 늘 여편네 때문이잖아! 그는 아내에게 상스러운 욕설을 퍼부을 뻔했으나 브장송에서 올 아내의 유산을 생각하고 가까스로 참았다. 무언가에 분풀이를 해야 직성이 풀릴 것 같아 그는 두 번째 익명 편지의 종이를 와락 구겨 버리고는 다시 성큼성큼 걷기 시작했다. 그는 아내에게서 멀어지고 싶었다. 그러나 잠시 후에는 좀 마음이 가라앉아 다시 아내 곁으로 갔다.

"쥘리앵을 돌려보내기로 결정해야겠어요." 남편이 곁에 오자마자 그녀가 말했다. "그는 결국 노동자의 아들에 불과해요. 돈을 좀 주어 보상하면 돼요. 그런데다 그 사람은 영리하니까 쉽게 일자리를 찾을 거예요. 발르노 씨 댁이나 드 모지롱 군수 댁 같은 데 말이에요. 그분들도 아이들이 있으니까요. 그렇게 되면 당신은 그 사람에게 손해를 끼치는 것도 아니고……."

"당신은 영락없는 바보 같은 소리만 하는군." 드 레날 씨가 무서운 목소리로 외쳤다. "여자에게서 무슨 분별을 기대하겠나? 이치에 닿는 일에는 그저 막무가내니. 그래서야 어찌 뭔가를 좀 알겠소? 무사태평이고 게을러 빠져 가지고 열심히 나비나 쫓아다니고 있으니 원. 집 안에 이런 허수아비들만 들끓으니 고민이지……!"

드 레날 부인은 그가 말하는 대로 내버려 두었다. 그는 오랫동안 지껄였다. 이 지방 말투로 하면, 그는 분을 삭이고 있었다.

"여보세요, 저는 명예를 훼손당한 여자로서, 다시 말해 가장 소중한 것을 훼손당한 여자로서 말하는 거예요." 이윽고 부인이 이렇게 대답했다.

드 레날 부인은 이 고통스러운 대화가 진행되는 동안 내내 냉정함을 지켰다. 쥘리앵과 한 지붕 밑에서 살 수 있는 가능성은 이 대화에 달려 있었다. 그녀는 남편의 맹목적인 분노를 조종하기에 가장 알맞다고 여겨지는 생각을 찾고 있었다. 남편이 퍼붓는 모욕적인 언사에는 무감각했다. 그녀는 그 소리는 듣지도 않고 쥘리앵을 생각하고 있었다. 그는 나에게 만족할까?

"우리가 친절을 다해 주었고 선물도 준 그 애송이 촌뜨기에겐 죄가 없을지도 몰라요. 하지만 이런 모욕을 당하기는 처음이에요……." 이윽고 그녀는 이렇게 말했다. "이보세요! 이 추악한 쪽지를 읽었을 때 그 사람 아니면 내가 집을 나가야겠다고 작정했어요."

"당신은 소란을 떨어 나와 당신을 다 같이 창피스럽게 만들려고 그러오? 베리에르 사람들이 좋아라 떠들어 댈 게 아니오."

"당신의 행정 수완 덕분에 당신과 가족과 시가 번영을 누리게 된 것을 사람들이 대체로 시샘하는 것은 사실이죠……. 그렇다면 쥘리앵더러 당신에게 휴가를 청해서 한 달쯤 그 산속의 재목 상인 집에나 가 있으라고 하겠어요. 애송이 노동자에겐 아주 어울리는 친구겠죠."

"당신은 잠자코 있으라고." 드 레날 씨가 상당히 가라앉은 태도로 대꾸했다. "내가 무엇보다도 요구하는 것은 그 작자와 얘기하지 말라는 거요. 당신은 괜히 화풀이를 해서 나와 그자의 사이만 틀어지게 만들 거요. 그 꼬마 선생이 얼마나 영악한지는 당신도 알지 않소?"

"그 젊은이는 눈치가 없어요. 당신이 아는 대로 그 사람이 지식이 많은지는 몰라도, 알고 보면 진짜 농사꾼에 불과하다고요." 드 레날 부인은 이렇게 대답했다. "그 사람이 엘리자와의 결혼을 거절한 후로는 좀처럼 그를 좋게 생각할 수가 없어요. 그건 편안히 살 수 있는 확실한 길이었는데. 엘리자가 때때로 발르노 씨를 남몰래 방문한다는 것이 거절의 구실이 되기는 했지만."

"뭐라고, 쥘리앵이 당신에게 그런 말을 했소?" 드 레날 씨가 눈썹을 곤두세우고 말했다.

"아니, 꼭 그런 건 아녜요. 그는 늘상 성직에 대한 소명만을 운운하니까요. 하지만 생각해 보세요, 그런 하층민들의 첫째가는 천직이라면 먹을 걸 버는 것이 아니겠어요. 엘리자의 은밀한 방문을 자기도 모르지는 않는다고 넌지시 암시하더군요."

"그런데 나, 나는 그걸 모르고 있었어!" 드 레날 씨는 다시 분노에 휩싸여 말 한마디 한마디를 힘주어 내뱉었다. "내 집에서 내가 모르는 일이 일어나고 있다니……. 뭐라고! 엘리자와 발르노 사이에 무슨 일이 있었다고?"

"여보, 그건 벌써 오래전 얘기예요. 그리고 무슨 불미스러운 일은 없었을 거예요." 드 레날 부인은 웃으면서 얘기했다. "당신의 좋은 친구 발르노와 저 사이에 플라토닉한 가벼운 사랑이 이루어지고 있다고 베리에르에 소문이 도는 것을 발르노 씨가 기분 좋아하던 시절의 얘기니까요."

"나도 그런 생각을 한 적이 있소만, 당신은 내게 아무 말도 안 했단 말이오." 드 레날 씨는 화가 나서 머리를 치면서 하나하나 새로운 발견을 해내듯 걸음을 옮기며 외쳤다.

"우리와 친한 수용소장이 허세를 좀 부렸다고 해서 두 친구 분 사이를 틀어지게 할 필요가 있었겠어요? 사교계의 여자치고 그 사람의 아주 재치 있고 좀 은근하기까지 한 편지 몇 통씩을 안 받아본 여자가 있는 줄 아세요?"

"그자가 당신에게도 편지를 써 보냈단 말이오?"

"많이 보냈어요."

"당장 그걸 보여 줘. 이건 명령이야." 드 레날 씨는 위세를 부리며 말했다.

"안 되겠어요. 나중에 당신이 좀 진정하면 보여 드리죠." 거의 무심한 듯한 상냥함을 띠고 그녀가 대답했다.

"제기랄, 지금 당장이라니까!" 드 레날 씨는 울화에 복받쳐 소리쳤다. 그렇지만 그는 지난 열두 시간 동안보다는 좀 더 행복한 기분이었다.

"그 편지 문제 때문에 수용소장과 싸우지 않겠다고 약속해 주시겠어요?" 드 레날 부인이 아주 엄숙하게 말했다.

"싸우건 안 싸우건, 그자에게서 고아원을 뺏을 수는 있지. 하지만 난 그 편지를 당장 봐야겠소. 그게 어디 있지?" 그는 화를 내며 계속 말했다.

"제 책상 서랍에 있어요. 그러나 열쇠를 드리지는 않겠어요."

"내가 그걸 못 부술 줄 아나." 그는 아내의 방으로 달려가면서 소리쳤다.

그는 나뭇결이 소용돌이 꼴인 값비싼 마호가니 책상을 정말 쇠꼬챙이로 부숴 버렸다. 그것은 파리에서 사 온 것으로, 얼룩이 진 것 같아 보이면 그가 옷자락으로 닦아 주며 소중히 여기던 가구였다.

드 레날 부인은 비둘기장까지 120개의 계단을 달려 올라갔다. 그녀는 작은 창문의 쇠창살에 흰 손수건 한 귀퉁이를 비끄러맸다. 그녀는 말할 수 없이 행복했다. 눈물을 글썽이며 산의 숲 쪽을 바라보았다. 무성한 너도밤나무 아래서 쥘리앵은 아마 이 행복한 신호를 엿보고 있겠지. 그녀는 이렇게 생각했다. 그녀는 오랫동안 귀를 기울였다. 그러고는 단조로운 매미의 울음소리와 새들의 지저귐을 저주했다. 그 귀찮은 소리만 없다면 큰 바위에서 쥘리앵이 기쁨의 함성을 지르는 것이 들릴지도 모를 일이었다. 그녀의 간절한 시선은 빽빽한 나무 꼭대기가 이루고 있는, 목장처럼 가지런한 암녹색의 거대한 비탈을 뚫어지게 쳐다보았다. 그이는 자기도 나와 마찬가지로 기쁘다는 것을 알릴 신호를 찾아낼 만한 재치도 없나? 그녀는 감동하여 이렇게 생각했다. 남편이 거기까지 자기를 찾아오지나 않을까 겁이 나서 그녀는 비로소 비둘기장을 내려왔다.

남편은 노발대발해 있었다. 그는 대수롭지도 않은 발르노 씨의 편지 구절을 되풀이해서 읽고 있었다. 그런 구절이 이처럼 흥분 상태에서 읽힌다는 것은 좀처럼 없는 일이었다.

남편의 고함 소리가 터지는 사이에 틈을 타서 드 레날 부인은 슬쩍 한마디 비쳤다.

"여전히 같은 생각이지만 쥘리앵을 얼마 동안 떠나 있게 하는 게 좋겠어요. 라틴어에 대한 재능이 아무리 뛰어나다 해도 그 사람은 결국 상스럽기 일쑤고 눈치 없는 농사꾼이에요. 매일같이 제 딴에는 그게 예의라고 생각하는지, 저한테 조잡하고 과장된 찬사를 늘어놓거든요. 무슨 소설에서 외워 둔 것이겠지만……."

"그자는 소설은 안 읽어." 드 레날 씨가 버럭 소리를 질렀다. "그건 확실한 얘기야. 내가 내 집에서 일어나는 일도 모르는 눈먼 가장인 줄 아나?"

"그럼, 그런 우스꽝스러운 찬사를 아무 데서도 읽지 않았다면 그 사람이 만들어 내는 거군요. 그렇다면 더욱 나빠요. 그 사람은 베리에르에서도 그런 어조로 내 얘기를 했겠군요……." 드 레날 부인은 새로운 발견이라도 한 듯한 태도로 말했다. "그렇진 않다손 쳐도 엘리자 앞에서 그런 식으로 말했을 거예요. 그건 발르노 씨 앞에서 말한 거나 거의 마찬가지 결과지만."

드 레날 씨는 여태껏 볼 수 없던 모습으로, 방 안이 흔들릴 정도로 책상을 꽝 내리치며 외쳤다.

"그랬구나! 인쇄된 익명의 편지와 발르노의 편지는 똑같은 종이에 쓴 것이군."

드디어……! 드 레날 부인은 속으로 생각했다. 그녀는 이 발견에 깜짝 놀란 표정을 지어 보이고, 한마디도 덧붙일 용기가 없는 듯 멀리 응접실 구석에 있는 긴 의자에 가서 주저앉았다.

이제 싸움은 이긴 것이나 다름없었다. 그녀는 익명 편지의 작성자로 추정되는 사람에게 따지러 가겠다는 드 레날 씨를 말리느라고 몹시 애를 먹었다.

"확실한 증거도 없이 발르노 씨와 싸운다는 건 터무니없이 서툰 짓이라는 걸 왜 못 느끼세요? 당신이 시기를 당하는 게 누구 잘못이에요? 당신 재능 때문이라고요. 당신의 현명한 행정, 멋진 건축, 제가 가져온 지참금, 많이 과장되어 있기는 하지만 착하신 제 아주머니께 기대할 수 있는 막대한 유산, 이런 것들이 당신을 베리에르의 첫째가는 인물로 만들어 놓았어요."

"당신은 가문을 잊고 있군." 드 레날 씨는 살짝 미소마저 지으며 말했다.

"당신은 이 지방에서 가장 저명한 귀족의 한 분이에요." 드 레날 부인은 부랴부랴 덧붙였다. "만약 국왕 폐하께서 자유자재로 가문에 따라 대우하실 수 있다면 당신은 귀족원에 참여하실 수도 있을 거예요. 그런데 당신은 이런 훌륭한 위치에 있으시면서 부러워하는 사람들의 입길에 오를 일을 하시려는 거예요? 그따위 익명의 편지 문제로 지금 발르노 씨와 얘기한다면, 그것은 레날 가문이 경솔하게도 그 소시민을 친밀하게 대해 줬다가 그에게 모욕당했다는 소문을 베리에르는 물론 브장송과 이 지방 전체에 선포하는 것이지 뭐예요. 당신이 방금 읽은 편지에서 제가 발르노 씨의 연정에 응했다는 증거라도 드러난다면 저를 죽이셔도 좋아요. 저는 백번이라도 죽어 마땅해요. 그러나 그 사람에게 화내지는 마세요. 이웃 사람들이 모두 당신의 우월함에 복수할 구실만 기다리고 있다는 걸 생각하세요. 1816년의 몇몇 검거 사건에 당신이 공헌했다는 것도 기억하세요. 지붕 위로 도망쳤던 그 사람도……."

"당신은 나를 생각해 줄 줄도 모르고 나에 대한 우정도 없군. 그리고 나는 귀족원 의원이었던 적도 없어……!" 지난 기억 때문에 생겨난 쓸쓸한 기분으로 드 레날 씨가 외쳤다.

드 레날 부인이 미소를 띠고 대답했다. "저는 당신보다도 부자가 될 거예요. 그리고 전 십이 년 전부터 당신의 아내였어요. 이 모든 면에서 저는 발언권이 있어야 마땅해요. 특히 오늘 일에 있어서는 그래요. 만약 당신이 저보다 쥘리앵 선생을 좋아한다면 저는 아주머니 댁에 가서 겨울을 나겠어요." 그녀는 분한 마음을 드러내 보이며 이렇게 덧붙여 말했다.

이 말은 희한한 효과를 발휘했다. 거기에는 공손한 가운데 단호함이 깃들어 있어, 드 레날 씨로 하여금 결심하지 않을 수 없게 했다. 그러나 이 지방의 습관대로 그는 오랫동안 얘기했으며 모든 논지를 거듭 뇌어 댔다. 부인은 그가 말하는 대로 내버려 두었다. 그의 어조에는 아직도 분노가 스며 있었다. 두 시간 동안이나 쓸데없는 소리를 지껄이고 난 끝에, 이윽고 밤새 분노의 발작에 시달린 사내는 기진맥진했다. 그는 발르노 씨와 쥘리앵에 대해서는 물론 엘리자에 대해서까지도 취해야 할 행동 방침을 정했다.

이런 일대 연극 장면이 벌어지는 동안, 드 레날 부인은 십이 년 동안이나 자기의 반려였던 남자의 뚜렷한 불행에 대해 한두 번 동정심을 느낄 뻔했다. 그러나 진짜 정열이란 이기적인 것이다. 게다가 그녀는 남편이 전날 받은 익명의 편지 얘기를 꺼낼 것을 이제나저제나 기다리고 있었다. 그러나 그 얘기는 끝내 나오지 않았다. 드 레날 부인은 자기의 운명을 쥐고 있는 남편이 그 편지에서 어떤 암시를 받았는지 확실히 알 수가 없었다. 시골에서는 남편의 의견이 절대적이다. 신세 한탄을 하는 남편은 웃음거리가 되게 마련인데, 그런 일이 프랑스에서는 점점 예사가 되어가고 있다. 남편이 돈을 주지 않으면 아내는 하루에 십오 푼을 받는 여직공의 신세로 떨어지고 만다. 그래도 선량한 사람들은 그 여직공을 고용하기를 꺼린다.

터키 궁전의 후궁은 온갖 정성을 기울여 군주를 사랑할지도 모른다. 군주는 전능이어서 후궁이 아무리 간책을 부려도 군주의 권위에서 벗어날 희망은 없다. 주인의 복수는 피비린내 나는 무서운 것이지만, 일견 군대식의 관대한 면도 있다. 단검의 일격이 모든 것을 끝장내는 것이다. 그런데 19세기 프랑스에서는 대중의 공공연한 멸시라는 타격으로 남편이 아내를 죽인다. 아내에게 모든 살롱의 출입을 불가능하게 만드는 것이다.

자기 방으로 되돌아오자 드 레날 부인은 위험에 처해 있다는 느낌이 강하게 되살아났다. 그녀는 자기 방이 어질러진 것에 기분이 상했다. 그녀의 예쁘고 작은 상자들의 자물쇠가 모두 부숴져 있었다. 바닥에 깐 조각 나무 몇 개는 뜯어 젖혀져 있었다. 남편이 나한테 너무했지 뭐야! 자기도 그처럼 아끼던 이 채색한 나무 바닥을 이 꼴로 망쳐 놓다니. 아이들 중 하나가 젖은 신발로 들어오면 얼굴이 뺄게져서 화내던 그이가. 이건 뭐 완전히 망가졌잖아! 그녀는 이렇게 생각했다. 이런 난폭한 광경을 대하자 남편에게 너무 빨리 승리를 얻은 것에 대한 마지막 죄책감마저도 금방 사라지는 것이었다.

점심 식사를 알리는 종소리가 울리기 조금 전에 쥘리앵이 아이들과 함께 돌아왔다. 하인들이 물러간 다음 디저트를 들 때 드 레날 부인은 쥘리앵에게 아주 냉담하게 말했다.

"선생이 베리에르에 가서 이 주일쯤 지내고 싶다고 하셨는데 드 레날 씨가 휴가를 허락하시겠답니다. 아무 때든 편할 때 떠나도록 하세요. 하지만 아이들을 놀릴 수는 없으니 매일 숙제 한 것을 선생에게 보내겠어요. 고쳐 주세요."

"나는 일주일 이상 허락할 수 없소." 드 레날 씨가 아주 거슬리는 어조로 이렇게 덧붙였다.

쥘리앵은 그의 표정에서 몹시 동요한 사람의 불안한 기색을 알아보았다.

응접실에서 잠시 둘만 있게 되었을 때 쥘리앵이 부인에게 얘기했다.

"주인 양반께서 아직 방침을 정하지 못하신 것 같군요."

드 레날 부인은 아침부터 자기가 한 일을 모두 그에게 재빨리 얘기했다.

"자세한 얘기는 오늘 밤에." 그녀가 웃으며 덧붙였다.

여자의 사악함이라! 대체 어떤 쾌감, 어떤 본능 때문에 여자는 남자를 속이는 것일까? 쥘리앵은 문득 이런 생각이 들었다.

"당신은 사랑 때문에 눈을 뜬 동시에 눈이 먼 것 같군요." 그는 좀 냉랭하게 그녀에게 말했다. "오늘 당신의 행동은 감탄할 만합니다. 하지만 우리가 오늘 저녁에 만나는 것이 조심스러운 일일까요? 이 집 안에는 적이 우글거립니다. 엘리자가 제게 품고 있는 강한 증오심을 좀 생각해 보세요."

"그 증오심은 나에 대한 당신의 그 강한 무관심과 아주 흡사하군요."

"무관심하다고 해도 저는 제가 빠뜨린 위험에서 당신을 구해 내야 합니다. 만약 드 레날 씨가 우연히 엘리자에게 말을 걸기라도 한다면 엘리자의 한마디가 모든 걸 누설할 수도 있어요. 주인 양반이 무장을 하고서 제 방에 숨어 있지 말라는 법도 없고……."

"뭐라고요! 용기마저 없군요!" 드 레날 부인은 귀족의 딸다운 오만함을 보이며 말했다.

쥘리앵은 여전히 냉정하게 말했다.

"비굴하게 제 용기를 운위하지는 않겠습니다. 그건 천한 짓입니다. 세상이 사실대로 판단하게 내버려 두겠어요." 그러나 이렇게 말한 다음 그는 그녀의 손을 잡고 덧붙였다. "제가 얼마나 당신께 집착하고 있는지, 또 그 쓰라린 이별이 있기 전에 당신과 작별 인사를 나눌 시간을 갖는 것이 제게 얼마나 큰 기쁨인지 당신은 상상도 못 하실 거예요."

22장 1830년의 행동 방식

인간에게 말이 주어진 것은
생각을 숨기기 위해서이다.

—R. P. 말라그리다

　베리에르에 당도하자마자 쥘리앵은 드 레날 부인에 대한 자신의 부당함을 자책했다. 만약 부인이 나약해서 드 레날 씨와의 연극에서 실패했다면 나는 부인을 하잘것없는 여자로 경멸했을 것이다! 부인은 외교관처럼 능란하게 일을 처리해 냈다. 그런데도 나는 나의 적인 패배자에게 동정을 느꼈거든. 내 행동에는 부르주아적인 쩨쩨함이 배어 있단 말이야. 드 레날 씨가 남성이라는 것 때문에 내 허영심이 상처받은 것이지! 나도 고귀하고 거대한 그 남성 동업 조합의 영광스러운 일원이란 말이지! 나는 바보에 불과해.

　셸랑 씨는 면직당해 사제관에서 쫓겨나게 되었을 때 이 지방에서 가장 저명한 자유주의자들이 앞 다투어 제공한 거처를 모두 거절했다. 그가 세 든 방 두 개는 책으로 뒤덮여 있었다. 성직자가 어떤 것인지를 베리에르에 보여 주고 싶었던 쥘리앵은 자기 아버지 집에 가서 전나무 판자 열두어 장을 등에 짊어지고 큰길을 여봐란듯이 걸어갔다. 그는 옛 친구에게 연장을 빌려서 일종의 책장을 만들어 가지고 셸랑 씨의 책을 정돈해 꽂아 놓았다.

"나는 자네가 세속적인 허영심으로 타락해 버린 줄로만 알았네. 자네에게 많은 적을 만든, 그 의장대원의 화려한 제복을 입었던 유치한 짓도 이제 완전히 씻긴 셈이지." 노사제는 기쁨의 눈물을 흘리며 말했다.

드 레날 씨는 쥘리앵에게 자기 집에 머물라고 지시해 놓았다. 그간 무슨 일이 있었는지 눈치챈 사람은 아무도 없었다. 그가 도착한 사흘 후, 쥘리앵은 드 모지롱 군수 바로 그가 자기 방까지 걸어 올라오는 것을 보게 되었다. 사람들의 사악한 면모라든지, 공금의 관리를 맡은 사람들의 청렴하지 못한 점이라든지, 가련한 프랑스가 처한 위험 등등에 관한 쓸데없는 객설과 푸념을 두어 시간이나 늘어놓은 다음에야, 쥘리앵은 마침내 그 방문의 본래 목적이 꼬리를 드러내기 시작하는 것을 알아보았다. 그들은 벌써 층계참까지 나와 있었다. 반쯤 면직 상태에 있는 가련한 가정 교사는 미래의 지사님을 정중하게 전송하고 있었다. 그때 드 모지롱 씨는 쥘리앵의 앞길 걱정도 해 주고 금전 문제에 대한 겸허함을 칭찬하기도 했다. 마침내 드 모지롱 씨는 어버이같이 온정이 넘치는 태도로 쥘리앵을 품에 끌어안더니, 드 레날 씨 댁을 떠나 어떤 관리의 댁으로 갈 의향이 없느냐고 제안했다. 그 관리는 교육할 자녀를 둔 사람으로, 필립 왕처럼 자녀를 주신 것보다도 쥘리앵 선생 같은 분의 이웃에 그 아이들을 태어나게 해 주신 것을 하늘에 감사드릴 사람이라는 것이었다. 그 댁에 가정 교사로 들어가면 800프랑의 연봉을 받게 되는데, 매달 지급받는 것이 아니라(그건 고상한 방식이 못 된다고 드 모지롱 씨는 말했다.) 삼 개월 치씩, 그것도 선불로 지급받는다는 것이었다.

한 시간 반 전부터 지루하게 기다리던 쥘리앵이 말할 차례가 되었다. 그의 대답은 완벽했으며 무엇보다도 주교의 교서(敎書)처럼 긴 것이었다. 그것은 모든 것을 암시하고 있었으나 분명한 언질은 아무것도 주지 않는 것이었다. 거기에는 드 레날 씨에 대한 존경과 베리에르 시민에 대한 경의와 탁월한 군수에 대한 감사가 동시에 들어 있었다. 쥘리앵이 자기보다도 위선적인 데 놀란 군수는 무언가 분명한 얘기를 끌어내 보려고 애썼으나 허사였다. 신이 난 쥘리앵은 연습할 기회를 포착하고는 다른 말로 그의 답변을 다시 시작하는 것이었다. 억지로 졸지 않는 척해 보이는 의회의 회기 끝 무렵을 이용하려고 하는 웅변적인 장관도, 이처럼 많은 변설을 늘어놓으면서 이처럼 조금밖에 말하지 않은 때는 없으리라. 드 모지롱 씨가 나가자마자 쥘리앵은 미친놈처럼 웃어 대기 시작했다. 자신의 위선적인 능변을 유리하게 이용하려고 그는 드 레날 씨에게 9페이지나 되는 장문의 편지를 썼다. 그는 그 편지에서 자기가 받은 제안을 모두 보고하고 겸손하게 드 레날 씨의 충고를 청했다. 그 교활한 작자는 제안을 한 자의 이름은 말하지 않았겠다! 그건 내가 베리에르로 쫓겨 온 것을 제 익명 투서의 결과로 알고 있는 발르노 씨 그 사람일 것이다.

편지를 발송하고 나서 쥘리앵은 맑게 갠 가을날 아침 6시에 사냥감이 풍성한 들판으로 나서는 사냥꾼처럼 만족한 기분으로 셸랑 씨에게 조언을 청하러 가기 위해 집을 나섰다. 그러나 사제 댁에 이르기도 전에 하늘이 그에게 또다시 기쁨을 마련해 주기라도 하려는 듯 그는 발르노 씨와 마주쳤다. 그는 자기 마음이 갈등을 일으키고 있노라고 발르노 씨에게 숨김없이 털어놓았다. 다음과 같은 얘기였다. 자기처럼 가난한 청년은 하늘이 마음속에 심어 주신 소명감에 전심전력을 다 해야 할 것이지만, 이 천한 세상에서는 소명감이 모든 것을 해결하지는 못한다. 영혼의 구원을 위해서 일하자면 그리고 많은 박식한 동료 성직자들에게 부끄럽지 않게 되려면 교육을 받아야 한다. 브장송의 신학교에 들어가 이 년쯤 보내야 할 텐데 비용이 많이 든다. 그래서 저축이 불가결한데, 저축을 하자면 600프랑을 다달이 나눠 받아 써 버리는 것보다 800프랑을 삼 개월마다 나눠 받는 것이 훨씬 유리하다. 그러나 한편으로는 자기를 드 레날가의 아이들 곁에 있게 하고, 무엇보다도 그 아이들에게 특별한 애착을 갖게 한 것은 다른 아이들을 위해 그들의 교육을 저버려서는 안 된다는 하늘의 계시가 아닐까?

제정 때의 빠른 행동을 대치한 이런 종류의 능변에서 쥘리앵은 얼마나 높은 경지에 도달했던지, 마침내 자신의 말소리에 스스로 지루함을 느끼기에 이르렀다.

돌아오는 길에는 화려한 제복을 차려입은 발르노 씨의 하인을 만났다. 그 사람은 그날 오찬회의 초대장을 들고 쥘리앵을 찾아 온 시내를 헤매던 차였다.

쥘리앵은 그자의 집에 가본 적이 없었다. 며칠 전만 해도 그는 경범 재판 사건을 일으키지 않고서 발르노를 몽둥이로 두들겨 패 줄 방법만을 궁리하고 있었다. 오찬회는 1시로 정해져 있었지만 쥘리앵은 12시 30분부터 수용소장의 서재에 나타나는 것이 더 정중한 태도라고 생각했다. 그는 서류철 더미에 둘러싸여 잔뜩 위엄을 빼고 있는 수용소장을 만났다. 무성한 검은 구레나룻, 숱 많은 머리털, 머리 위에 비스듬히 걸쳐 쓴 그리스 보닛, 커다란 파이프, 수놓은 실내화, 가슴 위에 사방으로 늘어뜨린 굵은 금 사슬 등등 여자들에게 인기 있는 사내로 자처하는 이 시골 재정가의 그 모든 차림새가 쥘리앵에게는 전혀 위엄을 느끼게 하지 못했다. 그런 모습은 오히려 몽둥이찜질을 해 주고 싶은 생각만 더 일으키는 것이었다.

쥘리앵은 발르노 부인께 소개받는 영광을 요청했다. 부인은 화장하는 중이어서 그를 맞을 수 없다고 했다. 그 대신 그는 수용소장이 몸치장하는 모습을 구경할 수 있었다. 뒤이어 그들은 발르노 부인의 방으로 건너갔다. 발르노 부인은 눈에 눈물을 글썽이는 아이들을 쥘리앵에게 소개했다. 베리에르에서 가장 유력한 여인 중 하나인 이 부인은 남자같이 큰 얼굴을 하고 있는데, 성대한 의식을 위해 그 얼굴에 연지 칠을 해 놓았다. 부인은 그 얼굴에 온통 모성애를 드러내 보였다.

쥘리앵은 드 레날 부인을 생각했다. 그의 의심 많은 천성은 대조에 의해 상기되는 그런 종류의 추억에는 민감한 편이 아니었으나, 그러나 이때만은 그 대조에 눈물이 날 정도로 충격을 받았다. 그런 기분은 수용소장 집을 둘러보고 난 뒤 더욱 더 커졌다. 주인은 그에게 집 안 이곳저곳을 구경시켜 주었던 것이다. 집 안의 모든 것이 화려하고 새것이었다. 주인은 가구마다 그 값을 쥘리앵에게 얘기했다. 그러나 쥘리앵은 거기에서 훔친 돈 냄새가 나는, 어떤 천박한 면모를 보는 것이었다. 하인들에 이르기까지 집 안의 모든 사람이 경멸받을까 봐 몸을 사리는 기색이었다.

세무관, 간접세 징수관, 헌병 장교, 두세 명의 다른 관리가 아내를 데리고 당도했다. 몇몇 부유한 자유주의자들도 뒤따라왔다. 오찬이 시작되었다. 벌써부터 몹시 비위가 상한 쥘리앵은 식당 벽 저편에는 가엾은 수용자들이 있으며, 주인이 그를 놀라게 해 주려고 보여 준 몰취미한 모든 사치품도 필경 그들에게 배당된 고기 조각에서 쓱싹한 돈으로 샀으리란 생각이 들었다.

이 순간에도 그들은 배가 고프겠지. 그는 혼자서 이런 생각에 잠겼다. 그는 목이 메어 먹을 수가 없었고 거의 말도 할 수 없었다. 15분쯤 후에는 훨씬 더 나쁜 상황이 벌어졌다. 유행가 가락이 띄엄띄엄 들려왔는데, 수용자 하나가 부르는 그 노랫소리는 사실상 좀 상스러운 것이었다. 발르노 씨가 화려한 제복을 입은 하인 한 사람에게 눈짓을 했다. 하인이 사라지자 곧 노랫소리도 들리지 않게 되었다. 이때 하인 하나가 초록빛 잔에 따른 라인산 포도주를 쥘리앵에게 내밀었다. 그러자 발르노 부인은 그 포도주가 산지 가격으로 한 병당 9프랑이나 나간다는 것을 쥘리앵에게 설명하는 주의를 잊지 않았다. 쥘리앵은 초록빛 잔을 든 채 발르노 씨에게 말했다.

"이제 그 못된 노래를 부르지 않는군요."

"아무렴! 그렇고말고요. 거지들을 잠자코 있게 했으니까요." 소장이 의기양양해하며 대답했다.

쥘리앵에게는 이 말이 너무 지독하게 들렸다. 그는 자기 처지에 맞는 태도를 지니고 있었지만 아직 거기에 어울리는 심정은 지니지 못했다. 그렇게 자주 위선을 행해 왔음에도, 그는 굵은 눈물방울이 뺨을 타고 흘러내리는 것을 느꼈다.

그는 초록빛 잔으로 애써 눈물을 감췄다. 그러나 라인산 포도주를 찬양하는 것은 도저히 불가능했다. 노래 부르는 것도 금지하다니! 오 하느님! 당신께서 이런 일을 참으시다니! 그는 혼자 속으로 부르짖었다.

다행히 아무도 그의 이런 좋지 않은 연민을 알아차리지는 못했다. 세무관이 왕당파의 노래를 부르기 시작했다. 모두들 그 노래의 후렴을 합창하느라고 떠들썩한 가운데 쥘리앵의 양심은 이렇게 소리치고 있었다. 네가 도달하려는 더러운 행운이란 이런 꼴이다. 너는 이런 조건에서, 이런 무리와 어울려야만 그 행운을 누릴 수 있을 것이다! 너는 2만 프랑짜리 지위를 얻을지 모른다. 그러나 목구멍이 메도록 고기를 처먹는 동안 가엾은 죄수에게 노래 부르는 것까지 금지시켜야만 할 것이다. 너는 죄수의 빈약한 양식에서 도둑질한 돈으로 오찬을 낼 것이다. 하지만 네가 식사하는 동안 죄수는 더욱더 불행해질 것이다! 오 나폴레옹이여! 전투의 위험으로 행운을 개척하던 당신의 시대는 얼마나 좋았던가. 그런데 비열하게도 불쌍한 사람의 고통을 가중시키게 되다니!

쥘리앵이 이 독백에서 보인 나약함 때문에 나는 그에 관해 부정적인 견해를 갖게 되었음을 고백해 두는 바이다. 대국의 생활양식 전체를 개조하겠다고 주장하면서 자기 자신은 손톱만 한 흠도 지니고 싶어 하지 않는, 저 노란 장갑을 낀 음모가들의 동아리가 되기에나 어울릴 인물로 보이는 것이다.

쥘리앵은 자기가 해야 할 역할이 번개같이 머리에 떠올랐다. 잠자코 공상에나 잠기라고 그가 이 상류 사회의 오찬에 초대된 것은 아니었다.

은퇴한 날염직 제조업자로서 브장송과 위제스 아카데미의 통신 회원인 사람이 식탁 반대편 끝에서 쥘리앵에게 말을 걸어, 소문대로 『신약 성서』 연구에서의 쥘리앵의 놀라운 성과가 사실인지 물었다.

갑자기 좌중이 쥐 죽은 듯 조용해졌다. 두 아카데미의 그 박식한 회원 손에는 마술에 의한 것이기라도 하듯 라틴어 성경 한 권이 나타났다. 쥘리앵이 대답하자, 그는 되는대로 한 라틴어 구절의 절반쯤을 읽었다. 쥘리앵이 그 뒤를 암송했다. 그의 기억력은 틀림없었다. 좌중은 끝나가는 오찬회의 떠들썩한 열정을 가지고 이 기적을 찬양했다. 쥘리앵은 부인들의 상기된 얼굴을 쳐다보았다. 몇몇은 반반한 편이었다. 노래를 잘 부르는 세무관의 아내가 그의 눈길을 끌었다.

그는 세무관의 아내를 바라보면서 말했다.

"실은 부인들 앞에서 오랫동안 라틴어를 말하는 것이 좀 겸연쩍습니다. 뤼비뇨 선생님(두 아카데미 회원의 이름이었다.)께서 아무 데나 라틴어로 한 구절을 읽어 주신다면, 그다음을 라틴어로 계속하는 대신에 즉석에서 번역해 보겠습니다."

이 두 번째 시도는 그의 영예를 절정에 이르게 했다.

거기에는 몇몇 부유한 자유주의자도 섞여 있었다. 그들은 장학금을 탈 수 있는 자녀들을 둔 행복한 아버지로 최근의 전도회 이후 갑자기 개종한 사람들이었다. 이처럼 약삭빠른 책략을 부렸지만 드 레날 씨는 결코 그들을 자기 집에 받아들이지 않았다. 그래서 쥘리앵을 평판으로만 알고 있고 국왕의 행차 날 말 탄 그의 모습을 보았을 뿐인 이 사람들은, 이제 그의 가장 소란스러운 찬미자들이 되었다. 이 바보들은 저희들이 이해도 못 하는 이 성경 문투를 듣는 데 언제쯤 싫증을 낼 것인가? 쥘리앵은 속으로 이런 생각을 하고 있었다. 그러나 반대로 그들은 생소함 때문에 그 성경 문투가 재미있었고 웃어 대며 좋아했다. 그러나 쥘리앵은 싫증이 났다.

6시를 치자 그는 엄숙하게 자리에서 일어서서, 다음 날 셸랑 사제 앞에서 암송하기 위해 공부했던 리고리오의 새로운 신학 한 장에 관해 얘기했다. 그러고는 유쾌한 어조로 한마디 덧붙여 말했다.

"남에게 암송을 시키거나 스스로 암송하는 것이 저의 직분이니까요."

모두들 시시덕거리며 그를 찬양했다. 이런 것이 베리에르에서 통용되는 재치였다. 쥘리앵은 벌써 일어서 있었다. 예절을 잊고 모두들 그를 따라 일어섰다. 이것이 천재의 지배력이라는 것이다. 발르노 부인이 또다시 15분가량 그를 붙들었다.

아이들이 교리 문답을 외는 것을 들어 주어야 했다. 아이들의 암송은 뒤죽박죽이었는데도 그것을 알아챈 이는 쥘리앵뿐이었다. 그는 잘못을 지적해 주지도 않았다. 종교의 초보적인 원칙에 대해서도 무식하기 짝이 없구나! 그는 이렇게 생각했다. 그는 마침내 인사를 하고 빠져나갈 수 있을 것으로 생각했다. 그러나 이번에는 라 퐁텐의 우화 하나를 공격해 주어야 했다.

"그 저자는 대단히 비도덕적입니다. 장 슈아르 씨에 관한 어떤 우화는 가장 존중해야 할 것에 희롱을 퍼붓고 있거든요. 그는 가장 뛰어난 주석자들에게 혹심한 비판을 받고 있습니다." 그는 발르노 부인에게 이렇게 얘기했다.

쥘리앵은 떠나기 전에 너덧 건의 오찬 초대를 받았다. "이 청년은 현의 명예지요." 아주 유쾌한 기분이 된 회식자들이 이구동성으로 외쳐댔다. 그들은 쥘리앵이 파리에 올라가 공부를 계속할 수 있도록 시의 기금에서 학비를 대는 것에 대해 투표를 하자는 얘기까지도 했다.

이런 경솔한 생각으로 식당이 떠들썩한 동안 쥘리앵은 재빨리 대문에 이르렀다. "아! 상놈들! 상놈들!" 그는 신선한 공기를 마시는 기쁨을 만끽하면서, 나지막한 소리로 서너 번 계속 부르짖었다.

드 레날 씨 집에서 사람들이 그를 대하는 예절 속에는 경멸적인 미소와 거만한 우월감이 섞여 있음을 간파하고 오랫동안 그렇게 기분이 상해 왔던 그가, 이 순간만은 완전히 귀족이 된 듯했다. 그는 극도의 차이를 느끼지 않을 수 없었다. 돌아가면서 그는 혼자 생각했다. 가엾은 수용자들에게서 돈을 훔쳤다는 것도, 노래 부르는 것을 금했다는 것도 잊기로 하자! 하지만 드 레날 씨가 자기가 대접하는 포도주값을 손님들에게 일일이 말한 적이 한 번이라도 있었던가? 그런데 그 발르노 씨란 작자는 끊임없이 제 소유물을 열거하면서, 제 여편네가 곁에 있으면 '당신의' 집, '당신의' 소유지라고 말하지 않고서는 제 집과 제 소유지 얘기를 하지도 못하더라.

소유의 즐거움에는 아주 민감해 보이는 발르노 부인은 식사 중 발 달린 잔 하나를 깨뜨린 하인에게 잔 한 벌을 어긋나게 해 놓았다고 지독한 욕설을 퍼부어 댔다. 한편 그 하인도 더없이 건방진 태도로 대꾸했다.

참 볼 만한 한 쌍이군! 쥘리앵은 중얼거렸다. 그들이 훔친 모든 재산의 절반을 떼어 준다 해도 그들과는 함께 살고 싶지 않다. 언젠가 나는 본심을 드러내고야 말 것이다. 나는 그들의 꼴을 보고는 경멸의 표시를 억제할 수 없을 것이다.

하지만 드 레날 부인의 지시에 따라 같은 종류의 몇몇 오찬회에 참석하지 않을 수 없었다. 쥘리앵은 인기인이 되었다. 사람들은 그가 의장대원의 제복을 입었던 일을 용서해 주었다. 아니 오히려 그 경솔했던 일이 그가 성공을 거둔 진정한 원인이었다. 이 박학한 젊은이를 얻는 싸움에서 드 레날 씨와 수용소장 중 누가 이길 것인가 하는 문제가 곧 베리에르 장안에서 초미의 관심사가 되었다. 이 두 인물은 마슬롱 씨와 함께 삼두 정치를 형성하고 여러 해 전부터 베리에르 시를 마음대로 주물러왔다. 사람들은 시장을 시기했으며 자유주의자들은 그를 원망했다. 그러나 어쨌든 시장은 귀족이었고 따라서 우월하게 태어난 사람이었다. 반면에 발르노 씨의 부친은 아들에게 채 600프랑의 연 수입도 물려주지 못한 형편이었다. 그래서 젊었을 때 그는 푸르스름한 사과 빛의 형편없는 옷을 입고 사람들의 동정을 샀는데, 이제는 노르망디산 말이며 금 사슬이며 파리에서 맞춰 온 옷이며 그의 모든 번영으로 사람들의 부러움을 사는 처지가 된 것이었다.

쥘리앵에게는 새로운 경험인 이런 사람들의 무리 속에서 그는 정직한 인물 하나를 발견한 듯싶었다. 그 인물은 그로라는 이름의 측량 기사로, 과격파로 알려져 있었다. 그러나 자기에게 거짓으로 보이는 것만을 얘기하기로 작정한 쥘리앵은 그로 씨에 관해서도 의심을 품지 않을 수 없었다. 그는 베르지로부터 커다란 숙제 꾸러미를 받았다. 그는 자기 아버지를 종종 찾아보라는 충고를 받았고 그런 괴로운 의무도 이행했다. 요컨대 자신의 평판을 썩 잘 회복해 가고 있었다. 그러던 어느 날 아침 그는 누가 두 손으로 눈을 가리는 것 같아 놀라서 잠이 깼다.

시내로 나들이 나온 드 레날 부인이었다. 데리고 온 토끼한 마리를 보살피는 아이들을 뒤에 남겨 둔 채, 부인은 계단을 한꺼번에 네 개씩이나 뛰어 올라와 아이들보다 한 걸음 먼저 쥘리앵 방에 도착한 것이었다. 그지없이 즐거운 순간이었으나 아주 짧은 순간이었다. 선생에게 보여 주려고 토끼를 안고 아이들이 당도하자 드 레날 부인은 자취를 감췄다. 쥘리앵은 토끼까지 포함해서 모두를 진심으로 반겼다. 그는 자신의 가족을 되찾은 기분이었다. 자신이 그 아이들을 사랑하고 있음을 느꼈으며 그 아이들과 지껄이는 것에 유쾌함을 느꼈다. 그

는 그 아이들의 목소리가 상냥한 데 놀랐으며 그들이 하는 짓
이 순진하고 고상한 데 놀랐다. 그는 베리에르에서 호흡해 왔
던 온갖 천박한 행동 방식과 온갖 불쾌한 생각으로부터 그의
상상력을 씻어 낼 필요성을 느꼈다. 항상 실수하지나 않을까
하는 두려움에 싸여 지내 왔으며, 언제나 사치와 비참이 드잡
이를 벌이는 꼴을 보며 지내 왔던 것이다. 그를 식사에 초대했
던 사람들은 그들이 내놓은 구운 고기에 대해서까지도, 그들
로서는 창피스럽고 듣는 사람에게는 구역질 나게 하는 얘기
를 마구 해 대는 것이었다.

"당신네 귀족들이 자존심이 강한 것은 당연해요." 그는 드
레날 부인에게 이렇게 말했다. 그리고 부인에게 자기가 겪었던
오찬회 얘기를 모두 들려주었다.

"그럼, 당신은 이제 인기인이 되었군요!" 쥘리앵을 만날 때
마다 연지를 발랐다는 발르노 부인 일을 생각하면서 드 레날
부인은 깔깔거리며 덧붙였다. "그 부인은 당신 마음을 사로잡
으려는 거예요."

아침 식사는 더없이 즐거웠다. 아이들이 있는 것이 표면상
으로는 방해가 되는 듯했으나 사실은 모두의 기쁨을 더해 주
었다. 가엾게도 이 아이들은 쥘리앵을 다시 만나게 된 기쁨을
어찌 표현해야 좋을지를 몰랐다. 그들은 쥘리앵이 발르노 집
아이들 교육을 맡아 주면 200프랑을 더 내겠다는 제안이 있
었다는 사실을 하인들을 통해 들었다.

식사 도중에 중병의 여파로 아직도 핼쑥한 스타니슬라스
크사비에가 제 은 식기와 찻잔의 값을 어머니에게 물었다.

"그건 왜 묻지?"

"이걸 팔아서 그 돈을 쥘리앵 선생님께 드리려고요. 그러면 선생님이 우리 집에 계셔도 속은 사람이 안 되니까요."

쥘리앵은 눈물을 글썽이며 그 아이를 포옹했다. 쥘리앵이 스타니슬라스를 무릎 위에 앉히고, 속은 사람이란 말은 그런 뜻으로는 하인들이나 쓰는 말투니 절대로 쓰지 말라고 설명하는 동안, 그 아이의 어머니는 정말로 울고 있었다. 자신의 설명이 드 레날 부인을 기쁘게 하는 것을 보자, 쥘리앵은 아이들이 재미있어 하는 묘한 예를 들어 속는다는 것이 어떤 것인지 애써 설명했다.

"이제 알겠어. 바보같이 치즈를 떨어뜨려 아첨쟁이 여우한테 빼앗긴 까마귀가 그렇지." 스타니슬라스가 말했다.

드 레날 부인은 기뻐 어쩔 줄 모르며 아이들에게 키스를 퍼부었다. 그러느라고 그녀는 쥘리앵에게 몸을 약간 기대지 않을 수 없었다.

이때 갑자기 문이 열렸다. 드 레날 씨였다. 그의 엄격하고 불만스러운 얼굴은 그의 출현으로 사라진 상쾌한 기쁨과 묘한 대조를 이루었다. 드 레날 부인의 얼굴이 파랗게 질렸다. 그녀는 아무것도 부인할 수 없는 상태에 놓여 있음을 느꼈다. 쥘리앵이 입을 열어, 아주 큰 소리로 스타니슬라스가 팔고 싶다던 은잔 얘기를 시장에게 설명하기 시작했다. 그는 그 얘기가 환영받지 못할 것임을 잘 알고 있었다. 돈 얘기만 나오면 늘 그렇듯이 우선 드 레날 씨는 눈살부터 찌푸렸다. 그 돈 얘기만 입에 오르면 항상 내 주머니에서 얼마간 우려내려는 서론의 시작이란 말이야. 그는 이런 생각을 했다.

그러나 이번에는 금전적 이해관계 이상의 것이 있었다. 의혹을 키우는 어떤 것이 있었던 것이다. 자기가 없는 동안 자기 가족이 행복에 잠겨 있는 기색은 강한 허영심에 지배되는 사내에게는 불쾌한 일이었다. 쥘리앵이 얼마나 친절하고 재치 있게 아이들에게 새로운 생각을 일깨워 주었는가를 아내가 칭찬하자, 그는 이렇게 대꾸했다.

"그래! 그래! 알았다고. 그는 내 아이들에게 나를 밉살스럽게 보이도록 하는 거군. 나보다도 몇 배나 더 아이들의 호감을 사는 것도 그에게는 뭐 쉬운 일이겠지. 사실은 내가 이 집 주인인데 말이야. 요즘 세상은 정당한 권위를 미워하는 추세야. 참 가엾은 프랑스 꼴이지!"

드 레날 부인은 자기에 대한 남편의 태도 변화를 쉬지 않고 살폈다. 조금 전까지는 열두어 시간쯤 쥘리앵과 함께 지낼 가능성을 점치고 있었던 것이다. 그녀는 시내에서 사야 할 물건이 많아서 점심 식사는 꼭 카바레에서 하고 싶다고 말했다. 남편이 무슨 소리를 해도 그녀는 자기 생각을 고집했다. 오늘날의 새침 떠는 태도에도 불구하고 누구나 그 말을 입에 올릴 때면 즐거워하는 그 카바레라는 단 한마디 말에 아이들은 기뻐서 어쩔 줄 몰랐다.

드 레날 씨는 처음에 들른 양품점에 아내를 남겨 놓고 몇 군데를 방문하러 가 버렸다. 그는 아침보다 더 침울해져서 돌아왔다. 자기와 쥘리앵이 온 장안의 관심사가 되어 있는 것을 확인했던 것이다. 실상 사람들 사이의 그 모욕적인 화제를 그에게 눈치채게 한 사람은 아직 아무도 없었다. 시장이 사람들에게 되풀이해 들은 얘기란 단지, 쥘리앵이 600프랑을 받으면서 그의 집에 머물러 있을 것인지 아니면 수용소장이 제안한 800프랑을 받아들일 것인지 하는 문제였다.

사교계 석상에서 드 레날 씨와 마주친 수용소장은 쌀쌀한 태도를 지었다. 그런 행동에도 능란함이 결여되어 있지는 않았다. 시골에서는 경솔한 언동이 별로 없다. 그곳에는 센세이셔널한 사건이 드물기 때문에 일단 그런 일이 벌어지면 끝장을 보게 마련인 것이다.

발르노 씨는 파리에서 400킬로미터쯤 떨어진 곳에서는 멋쟁이라고 불리는 사람이었다. 그는 뻔뻔스럽고 야비한 성격을 지닌 인물이었다. 1815년 이후 그의 의기양양한 생활은 그런 알량한 기질을 더욱 조장했다. 그는 말하자면 드 레날 씨의 명령하에서 베리에르에 군림해 온 셈이었다. 그러나 훨씬 더 활동적이며 아무것에도 얼굴을 붉히는 일이 없고 무슨 일에나 끼어들며 끊임없이 오가고, 편지를 쓰고 지껄여 대며 모욕을 곧 잊어버리고 아무런 개인적인 주장이라곤 없는 그는 마침내 성직자 세력의 눈에 시장과 비등한 신임을 얻기에 이르렀다. 어찌 보면 발르노 씨는 그 고장의 식료 잡화 상인들에게 가서는 '너희 중 제일 바보 두 사람만 골라다오.'라고 말하고, 법조인들에게는 '제일 무식한 사람 둘만 지적해 다오.'라고 말하고, 의사들에게는 '제일 엉터리 둘만 지명해 다오.'라고 말한 다음, 각 직업에서 가장 뻔뻔스러운 자들을 규합하여 '함께 군림하자.'라고 말한 것이나 마찬가지였다.

그런 사람들의 방식이 드 레날 씨의 기분에는 거슬렸다. 그러나 발르노의 야비성은 무엇에도 기분이 상하는 법이 없었다. 중인환시(衆人環視) 중에 젊은 마슬롱 사제에게 논박을 받고서도 끄떡도 하지 않았던 것이다.

그러나 이러한 번영의 한가운데서도 발르노 씨는 만인이 자기에게 진상을 지적해 올 것을 잘 느끼고 있었기 때문에, 그에 대항하여 건방지고 뻔뻔스러운 태도로 자신을 방어할 필요성을 느끼고 있었다. 아페르 씨의 방문에 겁을 먹게 된 이후로 그의 활동은 배가되었다. 그는 브장송에 세 번이나 다녀왔다. 배달부가 올 때마다 몇 통씩 편지를 써 보냈으며, 저녁 어스름에 그의 집에 들르는 낯선 사람들 편에도 편지를 보냈다. 노사제 셸랑을 면직시킨 것은 그의 실책인지도 몰랐다. 이런 앙심 깊은 행동으로 말미암아 그는 신앙심이 깊은 몇몇 가문 좋은 부인네들에게 아주 사악한 인간으로 보였기 때문이다. 그런 데다가 도움을 받고 난 후로는 드 프릴레르 부주교에게 완전히 매이는 신세가 되어 그에게서 기묘한 지시를 받고 있었다. 익명의 투서를 쓰며 즐거워했을 때의 그의 전략적 위치는 이상과 같은 것이었다. 더구나 난처하게도 그의 아내는 쥘리앵을 자기 집에 데려오고 싶다고 선언했던 것이다. 그녀의 허영심은 그 문제로 안달이 나 있었다.

이러한 처지에서 발르노 씨는 전날의 동맹자인 드 레날 씨와 일대 결전을 예상하지 않을 수 없었다. 드 레날 씨가 그에게 심한 말을 했지만 그것은 그에게 아무러나 상관없었다. 그러나 문제는 드 레날 씨가 브장송과 파리에까지도 편지를 낼

지 모른다는 것이었다. 어떤 장관의 사촌이란 자가 갑자기 베리에르에 나타나 빈민 수용소를 가로챌지도 모를 일이었다. 그래서 발르노 씨는 자유주의자들과 가까워질 궁리를 했다. 쥘리앵이 암송을 했던 오찬회에 자유주의자가 몇 명 초대되었던 것도 그 때문이었다. 그는 시장에 대항할 강력한 지지를 마련해 두어야 했던 것이다. 그러나 갑자기 선거가 있게 될 경우, 득표의 결과가 나쁘면 수용소를 맡지 못하게 될 것은 너무나 분명한 일이었다. 정치의 이면을 환히 꿰뚫어 보고 있는 드레날 부인은 팔짱을 끼고 상점을 돌아다니는 동안 쥘리앵에게 그런 얘기를 들려주었다. 그들은 얘기하면서 점차 피델리테 산책로 쪽으로 이끌려갔다. 거기에서 그들은 베르지에서와 거의 마찬가지로 조용한 몇 시간을 보냈다.

그동안 발르노 씨는 옛 보호자에 대해 대담한 태도를 취하면서도 그와의 결정적인 장면은 회피하려고 애쓰고 있었다. 그날은 그런 책략이 성공하기는 했으나 시장의 기분을 더욱더 상하게 해 놓았다.

허영심이 악착스럽고 비루한 금전욕과 다툼을 벌인 나머지, 카바레에 들어설 때 드 레날 씨는 이루 말할 수 없는 비참한 상태에 빠져 있었다. 반대로 그의 아이들은 이보다 즐겁고 쾌활할 수가 없었다. 이 대조에 그는 기분이 상할 대로 상했다.

"꼴을 보니 나는 꼭 귀찮은 존재라도 되는 것 같군!" 그는 음식점에 들어서면서 일부러 위압적인 어조로 말했다.

대답 대신 아내는 그를 따로 끌고 가서 쥘리앵을 멀리 보내야 할 필요성을 역설했다. 행복한 몇 시간을 보낸 덕택으로 그녀는 이 주일 전부터 생각해 온 행동 방침을 실천하기에 필요한 마음의 여유와 단호함을 되찾았던 것이다. 가련한 베리에르 시장을 속속들이 뒤흔들어 놓은 것은, 돈에 대한 그의 집착을 온 장안이 공공연히 비웃는다는 사실을 알게 된 것이었다. 발르노 씨는 도둑놈처럼 돈 씀씀이가 헤펐던 반면에, 성조제프 신도회며 성모 수도회며 성체 수도회 등등을 위한 최근 대여섯 차례의 기부금 모금에서 그는 화려하기보다는 신중한 방식으로 처신했던 것이다.

기부금 모금 수도사들의 장부에 교묘하게도 기부금 액수에 따라 정리되어 있는 베리에르 및 인근 지방 명사들 명단에서, 드 레날 씨 이름이 마지막 줄에 나타난 것이 한 번만이 아니었다. 그가 그것을 코웃음 쳐보았자 헛일이었다. 성직자들은 기부금 건을 농담으로 넘기지는 않는 것이다.

23장 관리의 슬픔

한 해 내내 으스대며 누리던 쾌락도
잠깐 동안에 사라져버리는 수가 있다.

─카스티

우리는 이 왜소한 인간을 하찮은 두려움에 떨도록 내버려
두자. 그는 비굴한 하인 근성의 인간이 필요했는데, 왜 기개
있는 인물을 자기 집에 들여놓았단 말인가? 그는 자기 사람
을 고를 줄도 몰랐단 말인가? 권세 있고 문벌 좋은 사람이 기
개 있는 인물을 만나면, 그를 죽이든가 추방하든가 감금하든
가 아니면 심한 모욕을 가해서 상대방이 어리석게도 분에 못
이겨 죽게 만드는 것이 19세기의 보편적인 움직임이다. 여기서
는 우연히도 고통당하는 것이 아직 기개 있는 인물 쪽이 아니
다. 프랑스의 소도시나 뉴욕처럼 정부를 선거로 구성하는 곳
의 커다란 불행은 드 레날 씨 같은 사람들의 존재를 잊을 수
없다는 것이다. 인구 2만 명쯤의 도시에서는 그런 사람들이
여론을 만드는데, 자치권을 가진 고장의 여론은 무서운 것이

다. 당신의·친구가 될 만한, 멀리 떨어져 사는 고상하고 너그러운 마음을 지닌 사람이 있다고 하자. 그 사람은 당신이 살고 있는 도시의 여론에 따라 당신을 판단하게 마련인데, 그 여론이라는 것은 우연히 문벌 좋고 부유하고 온건하게 태어난 바보들에 의해 만들어지는 것이다. 두각을 드러내는 사람에게는 불행이 내리는 것이다!

점심을 먹자 그들은 곧 베르지로 떠났다. 그러나 이틀 만에 쥘리앵은 온 가족이 다시 베리에르로 돌아오는 것을 보았다.

한 시간도 채 지나지 않아 그는 드 레날 부인이 자기에게 무언가를 숨기는 기색을 눈치채고 몹시 놀랐다. 그의 모습을 보자마자 그녀는 남편과 하던 얘기를 중단하더니 그가 자리를 비켜 주기를 바라는 기색이었다. 쥘리앵은 두 번 다시 그런 눈치 없는 행동을 하지 않고 자리를 떴다. 그는 쌀쌀하고 신중한 태도를 취했다. 드 레날 부인도 그것을 알아챘지만 애써 설명을 구하지도 않았다. 쥘리앵은 혼자 생각했다. 부인이 내 후계자를 들이려는 것인가? 그저께까지만 해도 그렇게 친밀한 태도더니만! 하지만 귀부인들이란 그렇게 행동한다고들 하지 않는가. 집에 돌아가 파면장을 받을 대신에게 전에 없이 친절을 베푸는 왕처럼 말이지.

쥘리앵은 자기가 다가가면 갑자기 중단되곤 하는 부부의 대화에 베리에르 시 소유의 커다란 건물이 자주 오르내리는 것을 주목했다. 그 건물은 낡았지만 넓고 편안한 시설로 시내에서 가장 번화한 곳의 교회 맞은편에 있었다. 그 집과 새 애인 사이에 어떤 공통점이 있겠는가? 쥘리앵은 이렇게 생각했

다. 침울한 기분에 빠져서 그는 프랑수아 1세의 아름다운 시
구절을 뇌어 보았다. 드 레날 부인이 그에게 가르쳐 준 지 한
달도 채 안 된 터여서 그 시구는 아주 새로운 듯이 보였다. 그
때 그들은 얼마나 많은 맹세와 애무로 이 시구 하나하나를 부
인했던가!

　　여자의 마음은 자주 변하나니
　　그걸 믿는 자는 어리석을지라.

　드 레날 씨는 역마차로 브장송을 향해 떠났다. 이 여행은
두 시간 만에 결정된 것인데, 그는 몹시 괴로워 보였다. 여행에
서 돌아와서는 회색 종이로 포장한 커다란 꾸러미 하나를 책
상 위에 내던졌다.
　"이것이 그 빌어먹을 용건이오." 그가 아내에게 내뱉었다.
　한 시간 후 쥘리앵은 광고 붙이는 사람이 그 커다란 꾸러미
를 들고 나가는 것을 보았다. 그는 서둘러 그 사람을 따라 나
갔다. 첫 길모퉁이에서 비밀을 알아낼 수 있겠지. 그는 이렇게
생각했다.
　그는 커다란 솔로 광고에 풀칠하고 있는 광고 붙이는 사람
뒤에 서서 초조하게 기다렸다. 광고의 게시가 끝나자 쥘리앵의
호기심에 찬 눈에 띈 것은, 드 레날 부부의 대화 중에 그토록
자주 언급되던 그 커다란 낡은 건물을 공개 입찰로 임대한다
는 아주 자세한 안내문이었다. 임대차의 입찰은 다음 날 오후
2시 시청 홀에서 열려, 세 번째 촛불이 꺼질 때까지의 최고 입

찰가로 결정한다는 공고였다. 쥘리앵은 아주 실망했다. 기간이 촉박해 보였다. 그 시간에 어떻게 모든 경쟁자가 그 사실을 알 수 있단 말인가? 그런 데다가 그 광고는 십오 일 전으로 날짜가 박혀 있었다. 쥘리앵은 세 군데서나 광고를 전부 되풀이해 읽어 보았지만 도무지 영문을 알 수 없었다.

그는 임대할 건물에 가 보았다. 문지기는 그가 다가오는 것을 보지 못하고 옆 사람에게 무언가 숨기는 듯한 태도로 얘기하고 있었다.

"흥! 헛수고야. 마슬롱 씨가 그 사람에게 300프랑에 차지하게 해 주겠다고 약속했단 말일세. 시장이 반대하다가 드 프릴레르 부주교님한테 주교관으로 호출당했거든."

쥘리앵이 온 것이 그 두 친구를 몹시 방해한 듯 그들은 한마디도 덧붙이지 않고 입을 다물었다.

쥘리앵은 임대차 입찰 현장에 가 보았다. 어둑어둑한 홀에 많은 사람이 모여 있었다. 그러나 모두들 이상한 태도로 서로를 훑어보고 있었다. 모든 사람의 눈길이 한 테이블에 붙박여 있었다. 그 테이블 위 주석 쟁반에 놓인 세 개의 초 도막에 불이 켜 있었다. 입찰 계원이 소리쳤다.

"자 여러분, 300프랑입니다!"

"300프랑이라! 그건 너무 심하군." 한 사람이 낮은 목소리로 옆 사람에게 속삭였다. 쥘리앵은 그 두 사람 사이에 끼어 있었다. "이 건물은 800프랑 이상의 가치가 있다고. 내가 값을 올려 보겠어."

"그건 누워서 침 뱉기야. 마슬롱 씨, 발르노 씨, 주교, 무시무시한 드 프릴레르 부주교, 또 그 패거리 전부와 등을 돌리고서 자네가 얻는 것이 무엇이겠나?"

"320프랑." 먼저 사람이 외쳤다.

"바보 같은 녀석!" 옆 사람의 대꾸였다. 그러고는 쥘리앵을 가리키며 덧붙였다. "바로 저기 시장의 밀정이 있단 말이야."

쥘리앵은 그 말을 응징하려고 홱 돌아다봤다. 그러나 그 두 프랑슈콩테 지방 사내는 쥘리앵에게는 더 이상 아무런 주의도 기울이지 않았다. 그들의 냉정함을 보고 쥘리앵도 냉정을 되찾았다. 그 순간 마지막 촛불이 꺼졌다. 계원은 그 건물의 임대가 향후 구 년간 모 현청의 과장인 드 생지로 씨에게 330프랑에 낙찰되었다고 느릿느릿한 목소리로 선언했다.

시장이 홀을 나가자마자 공론이 시작되었다.

"그로조의 경솔한 짓이 시에 30프랑을 보태 줬구먼." 한 사람이 이렇게 말했다.

"하지만 드 생지로 씨가 그로조에게 앙갚음을 할걸. 그로조 혼 좀 날 거야." 다른 사람이 대꾸했다.

쥘리앵의 왼편에 있던 뚱뚱한 사내가 끼어들었다.

"치사한 짓이군! 나라면 800프랑이라도 내고서 내 공장을 차리겠어. 그래도 싼 셈이지."

자유주의자인 젊은 공장주가 대꾸했다.

"흥! 드 생지로 씨는 수도회 회원이 아니던가요? 그 사람의 자식 네 명이 장학금까지 타지 않았어요? 한심한 사람 같으니라고! 베리에르 시는 그 사람 봉급에다가 500프랑의 추가금을 줘야 하는 판이군요. 그게 문제의 전부죠."

"시장이 그걸 막을 수 없었다니! 하긴 시장도 일찍부터 급진 왕당파니까. 그러나 시민의 재산을 도둑질하는 사람은 아닌데." 세 번째 사람이 이런 소리를 했다.

그러자 또 다른 사람이 대꾸했다.

"시장이 도둑질하지 않는다고? 그렇지, 훔쳐 먹는 건 비둘기라니까. 그건 모두 시의 금고 속으로 들어가 연말에 분배되겠지. 그런데 저기 소렐의 아들이 있구려. 자, 갑시다."

쥘리앵은 아주 기분이 상해서 돌아왔다. 드 레날 부인도 몹시 우울한 기색이었다.

"입찰하는 데 갔다 오셨군요?" 그녀가 쥘리앵에게 말했다.

"예, 부인. 영광스럽게도 저를 시장님의 밀정으로들 여기더군요."

"그이는 내 말대로 여행이나 하시는 건데."

이때 드 레날 씨가 나타났다. 그는 몹시 침울해 있었다. 식사도 말 한마디 없이 진행되었다. 드 레날 씨는 쥘리앵에게 아이들과 함께 베르지로 가라고 지시했다. 울적한 여행이었다. 드 레날 부인이 애써 남편을 위로했다.

"여보, 당신은 그런 일쯤 대범하게 넘겨야 해요."

그날 저녁 그들은 난로 주위에 말없이 앉아 있었다. 너도밤나무 장작 타오르는 소리만이 이따금 들릴 뿐이었다. 그것은 더없이 화목한 가정에서도 때때로 볼 수 있는 쓸쓸한 한때였다. 이때 어린아이 하나가 기쁜 듯이 소리쳤다.

"누가 벨을 울려요! 누가 벨을 울려!"

"제기랄! 감사하다는 핑계로 드 생지로 씨가 귀찮게 굴려고 왔다면, 그 작자에게 따끔하게 말해 줘야지. 이건 너무해." 시장이 소리쳤다. "그자가 신세진 건 발르노지. 나는 괜히 체면만 깎였다고. 그 못된 과격파 신문들이 이 사건을 알아채서 나를 가십감으로 삼으면 어쩐다지?"

이때 검은 구레나룻을 기른 대단한 멋쟁이 한 사람이 하인을 따라 들어왔다.

"시장님, 저는 시뇨르 제로니모라는 사람입니다. 나폴리 대사관에 있는 드 보베지 씨가 보내는 편지 한 통을 가지고 왔습니다. 아흐레 전 제가 떠날 때 시장님께 써 준 편지입니다." 시뇨르 제로니모는 드 레날 부인을 쳐다보면서 쾌활한 태도로 덧붙여 말했다. "부인, 부인의 사촌인 드 보베지 씨는 제 친한 친구인데, 부인께서 이탈리아어를 아신다고 말하더군요."

그 나폴리 사람의 쾌활함이 울적한 저녁을 아주 유쾌한 저녁으로 바꾸어놓았다. 드 레날 부인은 그에게 꼭 야식을 대접하고 싶어 했다. 부인은 집 안 전체를 부산하게 만들었다. 그녀는 그날 하루 동안에 두 번이나 밀정이란 말을 들은 쥘리앵의 기분을 어떻게든 풀어 주려고 한 것이다. 시뇨르 제로니모는 유명한 가수로 상류 사회에 드나드는 사람이었지만 대단히 쾌활했다. 이제 프랑스에서는 이 두 가지 성질이 양립하기가 쉽지 않은 것이다. 야식이 끝나자 그는 드 레날 부인과 함께 짧은 이중창을 불렀다. 그는 즐거운 얘기를 들려주었다. 새벽 1시가 되어 쥘리앵이 아이들에게 가서 자자고 말하자 아이들은 싫다고 아우성쳤다.

"더 얘기해 줘요." 맏이가 말했다.

"이건 내 얘긴데요, 도련님." 제로니모 씨가 다시 얘기를 시작했다. "팔 년 전 일인데, 나는 나폴리 음악원의 어린 학생이었지요. 지금 당신 나이쯤 됐을 거예요. 하지만 나는 아름다운 베리에르 시의 훌륭한 시장님을 아버지로 모시는 영광은 못 가졌어요."

이 말을 듣자 드 레날 씨는 한숨을 짓고 아내를 쳐다보았다.

아이들에게 웃음을 터뜨리게 만드는 그의 이탈리아 억양을 좀 과장하면서 젊은 성악가는 계속해서 얘기했다.

"진가렐리 선생님이란 분이 계셨는데, 그분은 극히 엄한 선생님이었어요. 그래서 음악원 학생들은 그분을 좋아하지 않았어요. 하지만 그분은 우리가 항상 자기를 좋아하는 듯이 행동하기를 바라셨어요. 나는 될 수 있는 대로 자주 학교를 빠져나갔지요. 산카를리노 소극장에 가서 멋진 음악을 듣곤 했어요. 그런데 아래층 뒷자리의 입장료 8수를 어떻게 모아야 할지 아득하기만 했어요. 막대한 금액이니까요." 이렇게 말하고서 그가 아이들을 쳐다보자 아이들은 웃음을 터뜨렸다. "산카를리노의 지배인 지오반노네 씨가 우연히 내 노래를 듣게 되었어요. 내가 열여섯 살 때였지요. '이 아이는 보물이다.' 그분은 내 노래를 듣고 이렇게 말했어요.

'이 친구야, 나와 계약하지 않겠나?' 그분이 내게 말하는 거예요.

'얼마를 주시겠습니까?' 내가 물었죠.

'한 달에 40듀카씩 주겠네.' 여러분, 그건 160프랑이나 되는 돈이에요. 하늘이 활짝 열리는 것만 같았어요.

'하지만 어떻게 엄한 진가렐리 선생님의 외출 허락을 얻어 내죠?' 내가 지오반노네 씨에게 물었어요.

'라시아 파레 아 메.'라고 그분이 대답하는 거예요."

"'내게 맡겨라'라는 뜻이죠!" 만이가 외쳤다.

"바로 맞았어요, 꼬마 도련님. '우선 계약 절차를 밟아두자.' 지오반노네 씨가 내게 말했어요. 나는 서명했죠. 그러자 그분은 내게 3듀카를 주었어요. 난생처음 보는 큰 돈이었지요. 그 다음에는 내가 어떻게 해야 할지 말해 주었어요.

이튿날 나는 무서운 진가렐리 선생님께 면회 신청을 했어요. 선생님의 늙은 하인이 안내해 줬지요.

'이 못된 녀석아, 내게 무슨 볼일이냐?' 진가렐리 선생님이 호령하는 거예요.

'선생님, 저는 잘못을 뉘우칩니다. 앞으로는 철책을 넘어 음악원을 빠져나가지 않겠습니다. 열심히 공부하겠습니다.' 나는 그분께 이렇게 말씀드렸죠.

'내가 들어 본 최고의 베이스 목소리를 망칠 염려만 없다면 네놈을 가둬 두고 이 주일 동안 빵과 물만 먹이련만, 이 망나니 녀석아.'

나는 다시 말했죠.

'선생님, 저는 이제 전교의 모범생이 되겠습니다, 크레데테 아메.[18] 그런데 한 가지 부탁드릴 게 있어요. 누가 와서 저한테 밖에서 노래를 부르도록 요청하면 거절해 주십시오. 제발 허

---

18) '저를 믿어주세요.'라는 뜻의 이탈리아어.

락할 수 없다고 말씀해 주세요.'

'도대체 어떤 자가 너같이 못된 놈을 원한단 말이냐? 네가 음악원을 떠나게 허락할 줄 아느냐? 네놈이 나를 놀릴 작정이냐? 썩 꺼져 버려! 마른 빵과 감방을 조심해라, 이놈아!' 선생님은 내 엉덩이를 걷어차려 하면서 이렇게 소리치는 것이었어요.

한 시간 후에 지오반노네 씨가 선생님을 찾아왔어요. 그분은 선생님에게 이렇게 말했지요.

'제 행운을 이루도록 요청드리러 왔습니다. 제로니모를 저한테 주십시오. 우리 극장에서 노래 부르게 말씀입니다. 그리고 올 겨울에는 제 딸과 결혼시키겠습니다.'

'그 엉터리 녀석을 무엇에 쓰려고요? 안 됩니다. 그 애를 줄수 없어요. 게다가 내가 동의한다 해도 그 애는 결코 음악원을 떠나지 않을 겁니다. 방금 내게 맹세했으니까요.' 진가렐리 선생님의 대답이었지요.

'문제되는 것이 본인의 의사뿐이라면, 카르타 칸타!¹⁹⁾ 여기 그의 서명이 있습니다.' 지오반노네 씨는 주머니에서 계약서를 꺼내면서 엄숙하게 말했어요.

그러자 진가렐리 선생님은 노발대발해서 벨을 울려댔지요. '제로니모를 음악원에서 쫓아내라!' 그분은 펄펄 뛰며 소리 질렀어요. 그래서 나는 퇴학당했지요. 깔깔거리고 웃으면서 말이죠. 바로 그날 저녁 나는 「델 몰티플리코」란 곡을 불렀어요. 어릿광대가 결혼하려고 결혼 생활에 필요한 물건을 손가락으로

---

19) '서류가 증명합니다.'라는 뜻의 이탈리아어.

꼽아 보는데, 매번 그 계산이 엇갈린다는 내용의 노래지요."

"아! 그 곡을 우리에게 좀 불러 주세요." 드 레날 부인이 말했다.

제로니모는 노래를 불렀다. 모두들 너무 웃어 눈물이 날 지경이었다. 시뇨르 제로니모는 훌륭한 태도와 친절함과 쾌활함으로 온 가족을 매료시키고 새벽 2시에야 자러 갔다.

다음 날 드 레날 씨 부처는 그가 프랑스 궁정에서 필요로 하는 소개장을 써 주었다.

이렇듯 도처에 거짓투성이구나. 쥘리앵은 생각에 잠겼다. 시뇨르 제로니모는 6만 프랑쯤 번 후 런던으로 가겠지. 산카를리노 극장 지배인의 처세술이 아니었다면 그의 기막힌 목소리도 아마 십 년 후에나 세상에 알려져 찬양받았겠지……. 나로서는 레날보다는 제로니모 같은 사람이 되는 편이 낫겠다. 그는 사회에서 높은 명예를 차지하지는 못하겠지만 오늘 같은 입찰의 비애를 맛보지는 않아도 된다. 그리고 그의 생활은 즐거운 것이다.

베리에르의 드 레날 씨 집에서 혼자 쓸쓸히 지냈던 몇 주일간이 행복한 시기였다는 사실이 쥘리앵에게는 놀라운 일이었다. 초대받아 간 식사 때만 역겨움과 우울한 상념에 마주쳤던 것이다. 그 쓸쓸한 집 안에서는 아무 방해 없이 읽고 쓰고 생각할 수 있지 않았던가? 천한 인간의 마음의 움직임을 살펴야할 잔인한 필요성 때문에 순간순간 자신의 찬란한 꿈에서 벗어나지 않아도 좋았고, 더구나 위선적인 말과 행동으로 그 마음을 속일 필요도 없었던 것이다.

행복이란 나와 아주 가까운 곳에 있는 것일까……? 이처럼 인생을 허비하는 것은 하찮은 일이다. 나는 내 마음대로 엘리자 양과 결혼할 수 있고 푸케의 동업자가 될 수도 있지만……. 그러나 가파른 산을 기어오른 여행자만이 산꼭대기에 앉아 휴식하는 완전한 기쁨을 맛보는 것이다. 항상 쉬라고 강요당한다면 그것이 행복일 것인가?

드 레날 부인의 정신 상태는 불길한 생각을 품는 데까지 이르러 있었다. 그러지 않겠다고 결심했는데도 그녀는 쥘리앵에게 입찰 사건의 내용을 모두 말해 버렸다. 그 사람은 내 모든 맹세를 잊게 만드는구나 하고 그녀는 생각했다.

남편이 위험에 처한 것을 보면 그녀는 남편의 생명을 구하기 위해 서슴없이 자기 생명이라도 바쳤을 것이다. 그녀는 용감한 행동의 가능성을 보고도 행하지 않으면 범죄를 저지른 것과 거의 마찬가지로 회한에 빠지는, 고결하고도 공상적인 영혼의 소유자였다. 그렇지만 그녀가 갑자기 미망인이 되어 쥘리앵과 결혼할 수 있게 된다면 맛볼, 극도의 행복에 대한 환상을 쫓아 버릴 수 없는 암담한 날들도 있었다.

쥘리앵은 드 레날 씨보다 훨씬 아이들을 사랑하는 것이었다. 그가 엄격하고 공정하게 대했어도 아이들 역시 그를 존경했다. 쥘리앵과 결혼하게 되면 베르지의 정다운 나무 그늘을 떠나야 하는 것을 그녀는 알고 있었다. 그녀는 만인을 경탄시킨 교육을 자식들에게 계속 시키면서 파리에서 사는 모습을 그려 보았다. 아이들, 그녀 자신, 쥘리앵 모두 완전한 행복을 누릴 것만 같았다.

19세기의 결혼이 그렇듯이 결혼의 결과란 참으로 묘한 것이다! 결혼에 앞서 사랑이 싹텄을 경우 결혼 생활의 권태가 그 사랑을 송두리째 뽑아 버린다. 일하지 않아도 될 만큼 부유한 사람들에게는 결혼이 온갖 조용한 기쁨에 대한 깊은 권태를 불러오게 마련이라고 철학자는 얘기할지도 모른다. 그리하여 새로운 사랑에 대한 갈구로 기울어지지 않는 여자는 메마른 넋의 소유자뿐이라고.

나로서는 이런 철학자의 고찰로 드 레날 부인을 용서할 수 있다. 그러나 베리에르 사람들은 그녀를 용서하지 않았다. 그녀가 눈치채지 못하는 사이에 온 장안의 관심은 그녀의 연애 사건에 기울어져 있었다. 그 중대한 사건 때문에 베리에르 사람들은 그해 가을을 평소보다 심심치 않게 보냈다.

가을과 겨울의 일부가 순식간에 지나갔다. 이제 베르지의 숲을 떠나야 했다. 베리에르의 상류 사교계는 자기들의 맹렬한 비난이 드 레날 씨에게 별로 영향을 미치지 못하는 데 대해 분개하기 시작했다. 채 일주일도 못 되어 그런 종류의 사명을 수행하는 기쁨으로 평소의 엄숙함을 보상하려 하는 근엄한 사람들은, 더없이 신중한 어법을 사용해서 드 레날 씨에게 가장 잔인한 의혹을 암시했다.

매사에 신중한 발르노 씨는 여자가 다섯이나 있는 아주 존경받는 명문 가정에 엘리자를 소개했다. 겨울 동안 일자리를 구하지 못할까 봐 염려되어, 엘리자는 시장 댁에서 받던 급료의 약 3분의 2만을 그 가정에 요구했다고 말했다. 이 처녀는 쥘리앵의 연애 사건을 상세히 고자질하기 위해 물러난 셸랑 사제와 새로운 사제에게 동시에 고해하러 다니겠다는 기발한 생각을 해냈다.

베리에르에 도착한 다음 날 셸랑 사제는 새벽 6시부터 쥘리앵을 불렀다. 사제는 그에게 말했다.

"나는 자네에게 아무것도 묻지 않겠네. 내게 아무 말도 하지 말라고 부탁하는 바이며, 필요하다면 명령이라도 하겠네. 사흘 안에 브장송의 신학교로 가든지, 아니면 언제든 자네에게 훌륭한 운명을 개척해 줄 채비가 되어 있는 자네 친구 푸케의 집으로 떠나라고 요구하는 바일세. 자네를 위해 모든 걸 예상해 보았고 모든 궁리를 해 보았지만, 떠나는 길밖에는 없네. 그리고 일 년 안에는 베리에르에 돌아오지 말게."

쥘리앵은 아무 대답도 하지 않았다. 결국 자기의 부친은 아닌 셸랑 씨가 자기를 위해 취해 준 조치를 자신의 명예의 손상으로 여겨야 할지 어떨지를 곰곰이 생각했다.

"내일 같은 시간에 다시 찾아뵙겠습니다." 마침내 그는 사제에게 이렇게 말했다.

이런 젊은이쯤 쉽게 설득할 것으로 생각한 셸랑 씨는 여러 가지로 타일렀다. 더할 나위 없이 겸손한 태도와 표정을 짓고 쥘리앵은 끝내 입을 열지 않았다.

이윽고 사제 댁을 나온 그는 드 레날 부인에게 알리러 달려갔다. 부인은 절망에 빠져 있었다. 남편이 그녀에게 꽤 솔직하게 얘기를 털어놓은 길이었다. 선천적으로 나약한 성격인 데다가 브장송으로부터 올 유산에 대한 전망도 곁들여져서, 드 레날 씨는 아내가 완전히 순결하다고 생각하기로 작정해 놓고 있었다. 그러나 그는 베리에르의 여론이 난처한 지경에 빠져 있음을 아내에게 고백한 것이었다. 여론은 잘못된 것으로 질투하는 사람들이 오도한 것이다. 그러나 대체 어찌 해야 한단 말인가?

드 레날 부인은 쥘리앵이 발르노 씨의 제안을 받아들여 베리에르에 머물 수도 있으리란 환상을 잠시 품어 보았다. 그러나 그녀는 이제 지난해와 같이 단순하고 소심한 여인이 아니었다. 숙명적인 열정과 회한이 그녀의 눈을 뜨게 했던 것이다. 남편의 얘기를 들으면서, 그녀는 적어도 일시적이나마 쥘리앵과 헤어지는 것이 불가피해졌다는 것을 깨닫고 괴로움을 느꼈다. 나와 멀리 떨어져 있으면 쥘리앵은 다시 그의 야심 찬 계획에 빠질 것이다. 아무것도 가진 것이 없으니 그것도 당연한 일이지만. 그런데 나는 이렇게 부자구나! 내 행복을 위해서는 아무 쓸모도 없이! 그는 나를 잊게 되겠지. 그는 사랑스러운 사람이니 어떤 여자의 사랑을 받을 테고 그이 또한 사랑하게 되겠지. 아아! 나는 불행한 여자…… 내가 무엇을 원망할 수 있으랴? 하늘은 공정하시다. 나는 죄를 막을 만한 힘이 없었으니. 그이가 내 판단력을 마비시켰어. 돈으로 엘리자를 매수하는 일쯤 아주 수월한 일이었는데 나는 잠시라도 그런 생각조차 해 보지 않았으니. 미친 듯한 사랑의 꿈에 자나 깨나 사로잡혀 있었지 뭐야. 나는 이제 파멸이구나.

드 레날 부인에게 떠나야겠다는 무서운 소식을 알리면서 쥘리앵은 한 가지 사실에 놀랐다. 부인이 아무런 이기적인 반대도 제기하지 않는 것이었다. 그녀는 분명히 울지 않으려고 애쓰는 모습이었다.

"이보세요. 우리는 굳은 마음이 필요해요."

그녀는 이렇게 말하며 자기 머리칼 한 줌을 잘라 냈다.

"나는 어떻게 될지 모르겠어요." 그녀가 말을 이었다. "그러나 내가 죽더라도 아이들을 잊지 않겠다고 약속해 주세요. 멀리 있든 가까이 있든 아이들이 훌륭한 사람이 되도록 힘써 주세요. 또다시 혁명이 일어나면 귀족은 모두 참살당할 거예요. 애들 아버지는 지붕 위에서 죽음을 당한 그 농부 때문에 망명 길에 오를지도 몰라요. 가족을 돌봐 주세요……. 당신 손을 잡게 해 주세요. 잘 가요, 쥘리앵! 여기서는 이게 마지막 순간이에요. 이 큰 희생을 치르고 나면 나도 공공연히 내 평판을 회복할 용기를 갖고 싶어요."

쥘리앵은 절망적인 광경을 예상하고 있었다. 때문에 이런 간단한 이별은 그에게 충격을 주었다.

"아니, 저는 이런 식으로 작별 인사를 받을 수는 없어요. 저는 떠나겠습니다. 모두들 그걸 원하고 부인까지도 그걸 원하시니까요. 그러나 떠난 후 사흘째 되는 날 밤에 당신을 만나러 오겠습니다."

드 레날 부인의 생활은 일변했다. 쥘리앵 스스로 그녀를 다시 만날 생각을 해냈으니, 쥘리앵은 그녀를 사랑하고 있었던 것이다! 그녀의 견딜 수 없는 괴로움도 일찍이 경험해 보지 못했던 강렬한 기쁨으로 변했다. 그녀에게는 모든 것이 수월해졌다. 애인을 다시 만나게 되리라는 확신이 마지막 순간의 모든 비통함을 없애 주는 것이었다. 이 순간부터 드 레날 부인의 행동은 그녀의 용모처럼 고상하고 단호하며, 완전무결하게 합당한 것이 되었다.

잠시 후에 드 레날 씨가 돌아왔다. 그는 제정신이 아니었다. 그는 마침내 두 달 전에 받았던 익명의 편지 얘기를 아내에게 꺼냈다.

"그걸 카지노에 들고 가서 고약한 발르노 녀석이 보냈다는 것을 모두에게 보여 줘야겠어. 거지꼴이던 녀석을 끌어올려 베리에르에서도 제일 부유한 부르주아의 하나로 만들어 준 것이 나인데 말이야. 그 녀석에게 공개적으로 창피를 주고 녀석과 결투하겠어. 이건 너무 지나치단 말이야."

이런, 내가 과부가 될 수 있을지도 모르겠네! 드 레날 부인은 이런 생각이 들었다. 그러나 그와 거의 동시에 그녀는 혼자 중얼거렸다. 내가 틀림없이 말릴 수 있는 이 결투를 말리지 않는다면 나는 내 남편의 살해자가 될 것이다.

그녀가 남편의 허영심을 이처럼 교묘하게 조종했던 적은 한 번도 없었다. 두 시간 가까이 걸려 그것도 한결같이 남편 스스로 분별을 찾게 함으로써, 그녀는 남편이 어느 때보다도 발르노 씨와 친하게 지내야 할 것과 나아가 엘리자를 다시 집에 불러들이는 것에 동의하게 했다. 드 레날 부인이 자기의 온갖 불행의 원인인 그 계집아이를 다시 대할 결심을 하는 데는 용기가 필요했다. 그러나 그 생각은 쥘리앵이 해낸 것이었다.

서너 차례나 망설인 끝에 드 레날 씨는 마침내 경제적인 관점에서 아주 고통스러운 생각에 스스로 도달했다. 그것은, 베리에르 전체가 그 얘기로 들끓고 있는 판국에 쥘리앵이 발르노 씨 집 가정 교사로 베리에르에 머문다는 것은 자기에게 더할 나위 없이 불쾌한 일이 될 것이라는 사실이었다. 빈민 수용소장의 제안을 받아들이는 것은 명백히 쥘리앵에게 유리한 것이었다. 반면에 드 레날 씨의 명예를 위해서는 쥘리앵이 베리에르를 떠나 브장송이나 디종의 신학교에 들어가는 것이 중요한 일이었다. 그러나 어떻게 쥘리앵에게 그런 결심을 시킬 것인가? 그리고 그는 어떻게 먹고살 것인가?

당장 돈을 치러야 하는 것을 알게 되자 드 레날 씨는 자기 아내 이상으로 절망에 빠졌다. 남편과 그런 얘기를 나눈 후 드 레날 부인은 마치 인생살이에 지쳐 흰독말풀의 독을 삼킨 용감한 사내와도 같은 처지에 빠져 있었다. 그런 사내는, 말하자면 용수철의 힘으로 자동으로 움직이는 듯한 상태일 뿐 만사에 아무런 흥미도 느끼지 못하는 것이다. 그리하여 루이 14세는 죽어 가면서 '내가 왕이었을 때'라고 말했던 것이다. 참으로 놀라운 말이 아닌가!

다음 날 새벽에 드 레날 씨는 익명의 편지 한 통을 받았다. 그것은 말할 수 없이 모욕적인 언사로 쓰인 것이었다. 그의 처지를 겨냥한 더없이 야비한 말이 행마다 눈에 띄었다. 그것은 어떤 저질의 시샘하는 자가 쓴 것이었다. 이 편지를 보자 다시 발르노 씨와 결투할 생각이 날 만큼 그는 곧 대담해졌다. 그는 혼자 집을 나와 총기상에 가서 피스톨을 사 즉석에서 총알을 장전했다.

그는 혼자 중얼거렸다. 나폴레옹 황제의 엄격한 행정이 재현된다 해도 사실 나 자신은 한 푼도 횡령했다고 비난받을 일이 없다. 나는 기껏 눈감아 주었을 뿐이다. 그리고 내 결백을 증명하는 서류들을 책상에 간직하고 있다.

드 레날 부인은 남편의 차디찬 분노에 겁이 났다. 그녀는 자기가 과부가 된다는, 좀처럼 머리를 떠나지 않는 그 치명적인 생각을 남편에게 비쳐 봤다. 그녀는 문을 잠그고 남편과 함께 방 안에 들어앉았다. 몇 시간 동안이나 남편을 설득해 보았으나 허사였다. 새로 온 익명의 편지에 그는 마음을 결정한 것이었다. 마침내 그녀는 발르노 씨의 따귀를 때리겠다는 용기를, 일 년간의 신학교 비용으로 쥘리앵에게 600프랑을 제공하겠다는 용기로 바꾸어 놓는 데 성공했다. 드 레날 씨는 자기 집에 가정 교사를 들여놓겠다는 치명적인 생각을 해냈던 날을 수없이 저주하면서 익명의 편지를 잊을 수 있었다.

그는 아내에게는 말하지 않았지만 한 가지 생각이 떠올라 약간 위안을 받았다. 젊은이의 공상적인 생각을 교묘하게 이용해서 좀 더 적은 금액으로 발르노 씨의 제안을 거부하도록 유도한다는 생각이었다.

드 레날 부인은 쥘리앵이 자기 남편의 체면을 살리기 위해서 수용소장이 공공연히 제안한 800프랑짜리 자리를 희생하는 것이므로, 아무 부끄럼 없이 손해 배상을 받을 수 있다고 쥘리앵을 설득하는 데 남편을 설득하는 이상으로 무진 애를 먹었다.

쥘리앵은 한결같이 항변했다.

"하지만 저는 그 제안을 받아들일 생각은 잠시도 하지 않았어요. 댁에서 점잖은 생활이 몸에 배어서 그런 사람들의 상스러움은 도저히 견디지 못할 겁니다."

그러나 냉혹한 현실의 필요성이 그 강철 같은 손으로 쥘리앵의 의지를 꺾었다. 그래도 그의 자존심은 베리에르 시장이 제공한 금액을 차용으로 받아들이고 오 년 후에 이자를 합쳐 상환한다는 증서를 써 줄 생각을 하게 했다.

드 레날 부인은 여전히 수천 프랑을 산의 작은 동굴 속에 숨겨 두고 있었다.

그녀는 쥘리앵이 화를 내며 거절할 것을 잘 느끼면서도 떨면서 그에게 그 돈을 가지라고 말했다.

"우리 사랑의 추억을 더럽히고 싶으세요?" 쥘리앵이 말했다.

마침내 쥘리앵은 베리에르를 떠났다. 드 레날 씨는 몹시 행복했다. 그에게 돈을 받을 결정적인 순간에 이르자, 쥘리앵에게는 그 희생이 너무 심한 듯해 보였다. 그는 돈을 깨끗이 거절하고 말았다. 드 레날 씨는 눈에 눈물을 글썽이며 쥘리앵의 목에 매달렸다. 쥘리앵이 그에게 품행 증서를 써 달라고 요청하자, 그는 감격에 넘쳐서 쥘리앵의 행실을 격찬할 훌륭한 용어를 찾아내지 못할 정도였다. 우리의 주인공은 5루이의 저축금을 가지고 있었고 그만 한 액수를 또 푸케에게 요청할 생각이었다.

그는 매우 감동해 있었다. 그러나 많은 사랑을 남겨 둔 베리에르에서 4킬로미터 떨어져 왔을 때, 그는 브장송과 같은 군사적인 대도시를 보게 된다는 행복만을 생각하고 있었다.

사흘간의 짧은 이별 동안 드 레날 부인은 사랑의 더없이 잔인한 기만에 속고 있었다. 그녀의 생활은 견딜 만했다. 그 생활과 극도의 불행 사이에는 쥘리앵과 함께할 마지막 해후가 있었던 것이다. 그녀는 그 해후까지 남아 있는 시간을 매 분 헤아려 보고 있었다. 마침내 사흘째 밤이 되자 그녀는 멀리에서 약속한 신호 소리를 들었다. 수많은 위험을 통과한 끝에 쥘리앵이 그녀 앞에 나타났다.

이 순간부터 그녀는 한 가지 생각밖에는 하지 않았다. 내가 이 사람을 만나는 것도 이것이 마지막이구나 하는 생각이었다. 애인의 열성에 응답하기는커녕 그녀는 겨우 숨을 쉬는 송장과도 같았다. 그녀가 가까스로 쥘리앵을 사랑한다고 말할라치면 거의 반대의 뜻으로 들릴 정도로 어색한 표정이 되는 것이었다. 그 어떤 것도 영원한 이별이라는 잔인한 생각에서 그녀를 헤어나게 할 수 없었다. 의심 많은 쥘리앵은 한순간 자기가 벌써 잊힌 것이 아닌가 하는 생각까지 했다. 그런 뜻으로 가시 돋친 말을 해도, 그녀는 그저 말없이 굵은 눈물을 흘리며 발작적으로 손을 꼭 쥐는 것으로 응답할 뿐이었다.

"그런데 어떻게 저보고 당신을 믿으란 말이에요? 단순한 친구 사이인 데르빌르 부인에게도 당신은 백배는 더 진정한 애정을 보일 수 있을 거예요." 쥘리앵은 애인의 생기 없는 항변에 이렇게 대꾸했다.

화석처럼 굳은 드 레날 부인은 뭐라고 대답해야 할지를 몰랐다.

"이보다 불행할 수는 없을 거예요……. 차라리 죽고 싶어요……. 심장이 얼어붙는 것만 같아요……."

이것이 부인에게서 쥘리앵이 들을 수 있는 가장 긴 답변이었다.

날이 새기 시작하여 쥘리앵의 출발이 불가피해졌을 때는 드 레날 부인의 눈물도 완전히 말랐다. 그녀는 말없이, 쥘리앵의 키스에도 키스로 응하지 않은 채 그가 창문에 밧줄을 매는 것을 멍하니 바라보고 있었다. 쥘리앵이 이렇게 말해 봐도 소용이 없었다.

"이제 우리는 당신이 그렇게도 원하던 대로 되었군요. 이제부터 당신은 회한 없이 살게 될 겁니다. 아이들이 조금만 아파도 벌써 죽은 듯이 걱정하지 않아도 되겠죠."

"당신이 스타니슬라스를 포옹할 수 없어서 섭섭해요." 그녀는 생기 없이 이렇게 말할 뿐이었다.

쥘리앵은 마침내 이 산송장의 열기 없는 포옹에 가슴이 덜컥 내려앉았다. 그는 몇 킬로미터의 길을 가는 동안 다른 생각은 아무것도 할 수 없었다. 그의 심정은 비통했다. 산을 넘어서기 전, 베리에르 교회의 종루가 보이는 동안 그는 자주 뒤를 돌아다보았다.

24장 현청 소재지

시끄러운 소리, 바삐 돌아가는 사람들!
스무 살의 머릿속에 떠도는 하고많은 장래의 포부!
사랑에 대한 놀라운 방심!

—바르나브

마침내 멀리 산마루에서 검은 성벽이 그의 눈에 들어왔다.
브장송의 성채였다. 이곳을 수비하는 연대에 소위로 임관되어
이 고귀한 전쟁 도시에 온 것이라면 내 처지가 얼마나 다를 것
이랴! 그는 한숨을 내쉬며 중얼거렸다.

브장송은 프랑스에서 가장 아름다운 도시의 하나일 뿐만
아니라 용기 있고 재주 있는 사람들이 넘치는 도시이기도 했
다. 그러나 일개 시골뜨기에 불과한 쥘리앵으로서는 명사들에
게 접근할 아무런 수단도 없었다.

그는 푸케의 집에서 평상복을 한 벌 빌려 입었는데, 그 복
장을 하고 도개교(跳開橋)를 건넜다. 1674년 포위전의 역사로
머리가 가득 찬 그는 신학교에 갇히기 전에 성벽과 성채를 구
경하고 싶었다. 그는 두세 번 보초들에게 붙들릴 뻔했다. 해마

다 12프랑 내지 15프랑어치의 건초를 팔아먹기 위해 군대가 교묘하게 일반인의 출입을 금지해 놓은 장소에 발을 들여놓았던 것이다.

큰길가에 있는 커다란 카페 앞을 지나게 되었을 때까지 몇 시간 동안 그는 성벽의 높이며 호의 깊이며 대포의 무서운 모습 등에 정신이 팔려 있었다. 그는 놀라서 꼼짝 않고 서 있었다. 거대한 두 문짝에 큰 글씨로 쓰인 카페라는 말을 읽어 보아도 소용없었다. 도대체 자기 눈을 믿을 수가 없었다. 그는 애써 소심증을 억누르고 감히 문을 열고 들어섰다. 삼사십 보나 되는 길이에 천장 높이가 줄잡아 6미터는 되어 보이는 홀이었다. 그날은 모든 것이 그에게 마술처럼만 보였다.

두 패가 당구를 치고 있었다. 보이들이 큰 소리로 점수를 외쳐 댔다. 경기자들은 구경꾼으로 붐비는 당구대 주위를 돌고 있었다. 모두의 입에서 뿜어 나오는 담배 연기의 물결이 푸른빛 구름처럼 그들을 감싸고 있었다. 그 사나이들의 커다란 키, 둥근 어깨, 묵직한 거동, 무성한 구레나룻, 그들을 감싼 기다란 프록코트 등 모든 것이 쥘리앵의 관심을 끌었다. 옛 도시 비존티움의 이 귀족 자제들은 소리 지르며 얘기하고 있었다. 그들은 무시무시한 전사와 같은 모습이었다. 쥘리앵은 꼼짝 못하고 서서 감탄에 빠져 있었다. 그는 브장송이란 위대한 도시의 거대함과 화려함을 생각하느라고 여념이 없었다. 당구의 점수를 외치고 있는, 오만한 눈길을 한 그 보이들 중 하나에게 커피 한 잔을 주문할 용기가 도저히 솟아날 것 같지 않았다.

그러나 난로에서 서너 걸음 떨어진 곳에 멈춰 서서, 작은 꾸러미를 팔 밑에 끼고 왕의 아름다운 흰 석고상을 쳐다보는 이 젊은 시골 신사의 매력적인 얼굴을 카운터의 아가씨가 벌써부터 주목하고 있었다. 큰 키에 균형 잡힌 몸매인 데다가 카페에 어울리는 치장을 한 프랑슈콩테 지방 출신의 이 아가씨는 쥘리앵에게만 들리게 하려는 작은 목소리로 벌써 두 번이나 "여보세요! 여보세요!" 하고 부르고 있었다. 쥘리앵은 아주 다정하고 커다란 푸른 두 눈과 마주쳤다. 그제야 그는 그 아가씨가 자기에게 말을 걸어온 것을 알아챘다.

그는 마치 적을 향해 행진하듯이 카운터의 예쁜 처녀에게로 힘차게 다가갔다. 이 같은 격렬한 동작에 그의 꾸러미가 떨어졌다.

열다섯 살이면 벌써 의젓한 태도로 카페에 드나들 줄 아는 파리의 중학생들에게 우리의 이 시골뜨기는 얼마나 가련한 생각을 불러일으킬 것인가? 그러나 열다섯 살에 그렇게 잘 훈련된 그런 아이들은 열여덟이 되면 그만 평범해지고 만다. 시골에서 보게 되는 정열이 깃든 수줍음은 때때로 자신을 극복하게 하고 의지의 힘을 길러 주는 것이다. 자기에게 일부러 말을 걸어 준 몹시 아름다운 처녀에게 다가가면서, 수줍음을 극복한 나머지 대담해진 쥘리앵은 저 여자에게 사실대로 얘기해야지 하고 생각했다.

"부인, 저는 브장송에 처음 왔습니다. 돈을 지불할 테니 빵하나와 커피 한 잔을 주셨으면 합니다."

아가씨는 빙그레 웃음을 짓더니 이어 얼굴을 붉혔다. 그녀는 이 예쁜 청년에게 당구 치는 사람들이 빈정거리고 농을 건네지나 않을까 염려했다. 그러면 이 청년은 겁먹고 다시는 나타나지 않을 것이다.

"여기 내 곁에 앉으세요." 그녀는 홀로 튀어나온 커다란 마호가니 카운터에 거의 다 가려져 있는 대리석 탁자를 가리키며 말했다.

아가씨는 카운터 밖으로 몸을 기울였다. 그것은 그녀의 뛰어난 몸매를 과시할 기회가 되었다. 쥘리앵의 시선이 끌렸다. 그의 생각이 모두 바뀌었다. 아름다운 아가씨는 그의 앞에 잔 하나와 설탕과 작은 빵 한 조각을 갖다 놓았다. 그녀는 커피를 가져오라고 보이를 부르기를 주저하고 있었다. 보이가 오면 쥘리앵과 단둘이 마주 있지 못하게 될 것이기 때문이었다.

쥘리앵은 생각에 잠겨 이 쾌활한 금발 미인과 때때로 그의 마음을 뒤흔드는 추억을 비교해 보았다. 자기가 이 여인의 열성의 대상이 되어 있다는 생각에 수줍음을 거의 잊을 수 있었다. 아름다운 아가씨는 즉시 쥘리앵의 시선이 의미하는 것을 알아차렸다.

"파이프 연기 때문에 기침이 나시죠. 내일 아침 8시 전에 식사하러 오세요. 그때는 거의 저 혼자 있거든요."

"당신 이름이 뭐죠?" 쥘리앵은 행복한 수줍음에서 나오는 다정한 미소를 띠고 말했다.

"아망다 비네라고 해요."

"한 시간 후에 이것만 한 조그만 꾸러미를 당신에게 보내도 좋겠어요?"

아름다운 아망다는 잠시 생각에 잠겼다.

"저는 감시받고 있어요. 당신이 요구하는 일은 저를 위태롭게 할지도 몰라요. 하지만 가서 카드에 제 주소를 써 올 테니 당신 꾸러미를 제게 보내세요."

"저는 쥘리앵 소렐이라고 하는데, 브장송에는 친척도 아는 사람도 없습니다." 그가 이렇게 말했다.

"아! 그런 줄 알았어요. 법률 학교에 들어가려고 오셨지요?" 그녀가 기쁜 듯이 대답했다.

"유감스럽게도 그렇지 않아요. 신학교에 들어가려는 겁니다." 쥘리앵이 대답했다.

아망다의 표정에는 더할 수 없는 실망의 빛이 나타났다. 그녀는 보이를 불렀다. 이제 용기가 났던 것이다. 보이는 쥘리앵을 쳐다보지도 않고 잔에 커피를 따랐다.

아망다는 카운터에서 돈을 받고 있었다. 쥘리앵은 감히 말을 걸 수 있었던 것이 자랑스러웠다. 당구대 하나에서 말다툼이 벌어졌다. 커다란 홀에 시끄럽게 울리는 당구 치는 사람들의 고함 소리와 반박의 외침에 쥘리앵은 놀랐다. 아망다는 꿈속에 잠긴 듯 눈을 내리깔고 있었다.

"아가씨, 당신만 좋으시다면 나는 당신의 사촌이라고 말하겠어요." 쥘리앵은 갑자기 안심한 듯 그녀에게 말했다.

그의 담대한 태도가 아망다의 마음에 들었다. 이 사람은 보잘것없는 청년은 아닌가 보다. 그녀는 이렇게 생각했다. 그녀는 누가 카운터에 다가오나 하고 눈길로 살피고 있었으므로, 쥘리앵을 쳐다보지도 않은 채 재빨리 그에게 말했다.

"저는 디종 근처의 장리스 출신이에요. 당신도 역시 장리스 출신이며 제 어머니의 사촌이 된다고 말하세요."

"틀림없이 그렇게 하겠어요."

"여름이면 매주 목요일 5시에 신학생들이 이곳 카페 앞을 지나가요."

"만약 제 생각을 하고 계신다면 제가 지나갈 때 손에 오랑캐꽃 한 다발을 들고 계세요."

아망다는 놀란 태도로 그를 쳐다보았다. 그 시선을 보고 쥘리앵의 용기는 무모함으로 바뀌었다. 하지만 그는 다음과 같이 말하면서 몹시 얼굴을 붉히지 않을 수 없었다.

"나는 당신을 열렬히 사랑하고 있는 것 같아요."

"좀 나지막이 말씀하세요." 그녀가 질겁한 태도로 말했다.

쥘리앵은 베르지에서 읽었던, 파질이 되어 한 권만 남은 『신 엘로이즈』[20]의 구절들을 기억해 낼 생각을 했다. 그의 기억력이 잘 들어주었다. 10분 전부터 그는 황홀해하는 아망다 양에게 『신 엘로이즈』를 암송하다시피 하면서 자신의 용감함에 기뻐하고 있었다. 그때 갑자기 아름다운 프랑슈콩테 출신 여인이 얼음같이 차가운 표정을 띠었다. 그녀의 애인 하나가 카페 문 앞에 나타났던 것이다.

그자는 휘파람을 불면서 어깨를 거들먹거리는 걸음으로 카운터로 다가왔다. 그는 쥘리앵을 째려보았다. 이 순간 늘 극단으로 치닫는 쥘리앵의 상상력은 결투에 대한 생각으로 가득 찼다. 쥘리앵은 얼굴이 핼쑥해지더니 찻잔을 밀어놓고서 단호

---

20) 18세기 프랑스의 작가 루소의 서간체 소설.

한 표정을 띠고 연적을 주의 깊게 노려봤다. 이 연적이 허물없는 태도로 카운터 위에서 브랜디 한 잔을 따르느라고 고개를 숙였을 때, 아망다는 쥘리앵에게 노려보지 말라고 눈짓으로 타일렀다. 그는 거기에 따랐지만 2분 동안 앞으로 닥쳐올 일만을 생각하면서, 얼굴이 핼쑥해져서는 단호한 태도로 꼼짝 않고 자리에 머물러 있었다. 이 순간 그의 모습은 정말로 훌륭했다. 연적은 쥘리앵의 눈초리에 놀랐다. 그는 브랜디 한 잔을 단숨에 들이켜더니, 아망다에게 뭐라고 한마디 하고는 두 손을 두터운 프록코트 옆 주머니에 찔러 넣었다. 그러고는 씨근거리며 쥘리앵을 노려본 채 당구대로 다가갔다. 쥘리앵은 격노하여 자리에서 벌떡 일어섰다. 그러나 모욕을 가하려면 어떻게 처신해야 좋을지를 몰랐다. 그는 작은 꾸러미를 내려놓고 최대한 건들거리는 태도를 짓고서 당구대 쪽으로 걸어갔다.

브장송에 도착하자마자 결투를 벌인다면 성직자의 생애도 끝장이다. 조심성이 마음속에서 이렇게 속삭였으나 소용없었다.

'아무려면 어떠랴, 무례한 놈을 그대로 내버려 두지는 않을 테다.'

아망다는 그의 용기를 보았다. 그 모습은 그의 순진한 태도와는 좋은 대조를 이루었다. 순간적으로 그녀는 프록코트를 입은 커다란 청년보다 쥘리앵을 더 좋아하게 되었다. 그녀는 자리에서 일어서서 길을 지나가는 어떤 사람을 눈으로 쫓는 듯한 시늉을 지으며 재빨리 쥘리앵과 당구대 사이로 끼어들었다.

"저 신사를 노려보지 마세요. 그분은 저의 형부예요."

"그게 나하고 무슨 상관이오? 저 사람이 나를 노려보았는데."

"저를 난처하게 하실 작정이세요? 그분이 당신을 쳐다보았는지도 몰라요. 어쩌면 당신에게 말을 걸러 올지도 모르고요. 저는 그분에게 당신이 제 어머니의 친척이며 장리스 출신이라고 말했어요. 그분도 프랑슈콩테 사람인데, 부르고뉴 가도(街道)의 돌르 읍 저편까지도 가 본 적이 없는 사람이에요. 그러니 아무 염려 말고 하고 싶은 얘기를 나누세요."

쥘리앵은 아직도 망설이고 있었다. 카운터를 맡아 보는 여자다운 상상력으로 많은 거짓말을 꾸며 대면서 그녀는 재빨리 덧붙였다.

"그분이 당신을 쳐다본 것은 사실이에요. 그러나 그것은 당신이 누구냐고 저한테 물었을 때뿐이죠. 그는 누구에게나 버릇없이 구는 사람이에요. 당신을 모욕하려고 한 것은 아네요."

쥘리앵의 눈길은 그녀의 형부라고 하는 사내를 뒤쫓고 있었다. 그 사내가 두 당구대 중 먼 쪽의 당구대에서 내기 당구표 하나를 사는 것이 눈에 띄었다. 쥘리앵은 "내가 한번 해 보지!" 하고 위협적인 어조로 외치는 그 사내의 굵은 목소리를 들을 수 있었다. 그는 아망다 양의 뒤를 힘차게 지나쳐 당구대 쪽으로 한 걸음 내디뎠다. 아망다가 그의 팔을 붙들었다.

"먼저 제게 셈을 치르세요." 그녀가 이렇게 말했다.

맞는 말이야. 내가 돈을 내지 않고 나갈까 봐 겁나는 모양이군. 쥘리앵은 이렇게 생각했다. 아망다도 쥘리앵만큼이나 동요하고 있었고 얼굴이 새빨개져 있었다. 그녀는 쥘리앵에게 될 수 있는 대로 느릿느릿 잔돈을 내주면서 낮은 목소리로 거듭 말했다.

"즉시 카페를 나가 주세요. 그렇지 않으면 당신이 싫어질 거예요. 하지만 저는 당신을 아주 좋아해요."

쥘리앵은 결국 카페를 나왔다. 그러나 천천히 걸어서 나왔다. 나 역시 씨근덕거리며 가서 그 상스러운 녀석을 노려보는 것이 의무가 아니겠는가? 그는 이런 생각을 거듭했다. 이런 불안감이 카페 앞 거리에 그를 한 시간이나 붙들어 놓았다. 그는 그 작자가 나오는가 하고 눈이 빠져라 쳐다보았다. 그자는 나타나지 않았다. 그래서 쥘리앵은 그 자리를 떠났다.

브장송에 온 지 몇 시간밖에 지나지 않았으나 그는 벌써 한 가지 후회거리를 얻었다. 전에 늙은 군의관은 신경통을 앓고 있었는데도 그에게 검술을 약간 가르쳐 준 적이 있었다. 그것이 쥘리앵의 분노를 해결해 줄 수 있는 기술의 전부였다. 그러나 쥘리앵이 상대방의 따귀를 갈기는 것 외의 방법으로 화풀이를 할 줄 알았더라면 그 곤경은 아무것도 아니었을 것이다. 만약 주먹다짐이 벌어졌다면 육중한 몸집의 상대방이 그를 때려눕히는 것으로 끝났을 것이다.

보호자도 없고 돈도 없는 나처럼 가련한 존재에게는 신학교나 감옥이나 별 차이가 없을 것이다. 어떤 여관에 내 평상복을 맡겨 놓고 검은 옷으로 갈아입어야겠다. 몇 시간 동안이라도 신학교에서 외출할 일이 생기면 평상복으로 갈아입고 멋지게 아망다 양과 재회할 수 있는 것이다. 쥘리앵은 이렇게 생각했다. 근사한 생각이기는 했다. 그러나 많은 여관 앞을 지나왔건만, 쥘리앵은 어느 여관에도 들어갈 용기가 나지 않았다.

마침내 대사(大使) 호텔이란 곳 앞을 두 번째로 지나가다가 그의 불안한 눈길이 한 뚱뚱한 여자의 눈길과 마주치게 되었다. 아직 꽤 젊은 편이며 혈색도 좋고 쾌활하고 행복해 보이는 여자였다. 그는 그 여자에게 다가가서 자기 얘기를 털어놓았다.

"그렇게 하세요, 젊은 사제 양반. 내가 당신 평상복을 맡아 두고 때때로 먼지도 털겠어요. 이런 철에는 나사 옷을 손질하지 않고 그대로 두면 좋지 않아요." 대사 호텔 여주인이 말했다. 그녀는 열쇠를 하나 빼 들고 몸소 쥘리앵을 방으로 안내하면서, 맡기는 물건을 메모에 써 놓으라고 일렀다.

"소렐 사제님, 당신은 참 혈색이 좋으시군요." 그가 부엌으로 내려오자 뚱뚱한 여주인이 말했다. "내가 좋은 점심을 차려 드리죠." 그러고는 낮은 목소리로 덧붙여 말했다. "누구에게나 50수씩 받지만 당신에게는 20수만 받겠어요. 당신의 작은 주머니를 아껴야 할 테니까요."

"저는 10루이를 갖고 있습니다." 쥘리앵이 약간 자랑스럽게 대꾸했다.

"쉬잇! 그렇게 큰 소리로 말하지 마세요." 마음씨 좋은 여주인이 놀란 태도로 말했다. "브장송에는 불한당이 아주 많아요. 그런 돈쯤 감쪽같이 털어 갈 거예요. 특히 카페에는 들어가지 마세요, 불한당이 들끓으니까요."

"정말 그래요!" 그 말에 문득 생각나는 것이 있어 쥘리앵은 이렇게 대꾸했다.

"내 집에만 오세요. 커피도 끓여 드릴 테니까요. 여기에 오면 언제든 친구 하나와 20수짜리 맛있는 식사가 있다는 것을 기억하세요. 그러기를 바라요. 자, 식탁으로 오세요. 내가 직접

차려 드릴 테니까요."

"먹고 싶은 생각이 없어요. 괜히 흥분되는군요. 댁에서 나가면 저는 곧장 신학교에 들어가게 되거든요." 쥘리앵이 그녀에게 말했다.

마음씨 착한 아주머니는 쥘리앵의 호주머니에 먹을 것을 가득 채워 준 후에야 그를 떠나게 했다. 마침내 쥘리앵은 무서운 곳을 향해 걸음을 옮겼다. 여주인은 문밖에서 그에게 길을 가르쳐주었다.

25장 신학교

83상팀짜리 점심 식사가 삼백서른여섯,
38상팀짜리 저녁 식사가 삼백서른여섯,
몇몇 사람에게는 코코아 한 잔씩.
이런 청부로야 벌이가 얼마나 되겠습니까?

—브장송의 발르노

멀리 문 위에 달린, 금박을 입힌 무쇠 십자가가 그의 눈에 들어왔다. 그는 천천히 다가섰다. 두 다리에 힘이 쭉 빠지는 듯했다. 여기가 바로 지상의 지옥이구나. 나는 여기서 빠져나갈 수 없겠지! 마침내 그는 벨을 울리기로 결심했다. 벨 소리는 인적 없는 장소에서처럼 울려 퍼졌다. 한참을 기다린 끝에 검은 옷을 입은 창백한 사람이 나타나 그에게 문을 열어 주었다. 그의 모습을 처다보다가 쥘리앵은 이내 눈을 내리깔았다. 이 문지기는 괴상한 얼굴을 하고 있었다. 불쑥 튀어나온 퍼런 동공이 고양이 눈깔처럼 둥글게 죄어들어 있었는데, 요동도 않는 그 눈꺼풀 언저리가 동정심이라고는 눈꼽만큼도 없음을 드러내고 있었다. 얄팍한 입술은 튀어나온 이빨 위에서 반원형을 그리고 있었다. 이 얼굴 모습은 범죄의 냄새를 풍기는 것은 아니었지만, 젊은이에게는 더욱더 소름 끼치는 완벽한 무감각을 드러내 보였다. 흘낏 바라보고 나서 쥘리앵이 그 신앙심에 절은 기다란 얼굴에서 추측할 수 있었던 유일한 감정이란, 천국에 관한 것이 아닌 한 모든 얘기에 대한 철저한 경멸이었다.

쥘리앵은 억지로 눈을 쳐들고서, 가슴이 두근거려 떨리는 목소리로 신학교 교장인 피라르 선생님을 만나고 싶다고 설명했다. 그 검은 옷을 입은 사내는 한마디 말도 없이 자기를 따라오라는 손짓을 했다. 그들은 나무 난간이 달린 널따란 층계를 통해 3층까지 올라갔다. 휘어진 계단이 벽의 반대쪽으로 완전히 기울어 있어 금방이라도 무너져 내릴 것만 같았다. 묘지에 세워 놓는 것과 같이 검은색 칠을 한 커다란 나무 십자가가 달린 작은 문이 가까스로 열렸다. 문지기는 침침하고 천장이 낮은 방 안으로 쥘리앵을 들어가게 했다. 석회 칠을 한 하얀 벽에는 세월에 검게 바랜 커다란 그림 두 개가 걸려 있었다. 쥘리앵은 거기에 혼자 남겨졌다. 그는 겁에 질려 있었다. 가슴이 세차게 두방망이질 쳤다. 울음이라도 터뜨리면 행복할 듯했다. 죽음과도 같은 침묵이 건물 전체를 짓누르고 있었다.

그에게는 하루 온종일처럼 길게 느껴진 15분 정도가 흐른 후 그 불길한 얼굴을 한 문지기가 방의 반대편 문간에 다시 나타났다. 그는 말 한마디 없이 쥘리앵에게 다가오라는 신호를 했다. 쥘리앵은 먼젓번 방보다 크고 몹시 침침한 방으로 들어갔다. 사방의 벽은 역시 흰색이었다. 그러나 가구는 없었다. 다만 문 근처 구석에 흰 나무 침대 하나, 짚 의자 두 개, 전나무 판자로 만든 쿠션 없는 작은 안락의자 하나가 쥘리앵의 눈에 얼핏 띄었을 뿐이었다. 방의 반대편 끝, 더러운 꽃병들이 놓여 있고 노랗게 바랜 창유리를 끼운 작은 창문 곁에, 누더기 같은 수단를 걸친 한 사람이 책상 앞에 앉아 있는 것이 쥘리앵의 눈에 들어왔다. 그는 성난 듯한 모습이었다. 그는 작고 네모난 종이쪽지 무더기에서 종잇장을 하나씩 집어 들고는 거기에 몇 자씩 적은 다음 책상 위에 늘어놓고 있었다. 쥘리앵이 들어온 것도 알아차리지 못한 모양이었다. 쥘리앵은 방 한가운데에 꼼짝 않고 서 있었다. 문지기는 그 자리에 쥘리앵을 남겨둔 채 문을 닫고 다시 나가 버렸던 것이다.

십여 분이 그렇게 흘러갔다. 허술한 옷차림의 사내는 여전히 무엇을 쓰고 있었다. 쥘리앵은 흥분과 공포로 그 자리에 쓰러질 것만 같았다. 어떤 철학자는 다음과 같이 말했을지도 모른다. 그것은 아름다움을 사랑하도록 태어난 영혼에 추한 것이 일으킨 강렬한 인상이라고. 그러나 이런 철학자의 판단은 아마도 그릇된 것이리라.

글씨를 쓰던 사내가 고개를 들었다. 쥘리앵은 잠시 후에야 그것을 알아차렸다. 그러나 그것을 알아본 후에도, 자기를 쳐다보는 무서운 눈초리 때문에 죽음의 공포에라도 사로잡힌 듯 옴짝달싹할 수 없었다. 쥘리앵의 당황한 눈에는 죽음처럼 창백한 이마를 빼고는 온통 붉은 반점으로 뒤덮인 기다란 얼굴이 겨우 식별될 뿐이었다. 그 붉은 두 뺨과 하얀 이마 사이에는 아무리 용감한 자라도 겁에 질리게 할 듯한 작고 까만 두 눈이 반짝이고 있었다. 그 넓은 이마 주위에는 칠흑처럼 새까

많고 빳빳하며 무성한 머리털이 윤곽을 그리고 있었다.

"좀 가까이 다가오지 않겠나?" 이윽고 그 사내가 기다리다 못해 말했다.

쥘리앵은 비틀거리며 앞으로 나아갔다. 그는 여태껏 그래 본 적이 없는 창백한 얼굴을 하고서 쓰러질 듯하다가, 마침내 네모난 종이쪽지가 쌓여 있는 작은 나무 책상에서 서너 걸음 떨어진 곳에 멈춰 섰다.

"좀 더 가까이." 사내가 말했다.

쥘리앵은 무언가 기댈 것을 찾는 듯 허공에 손을 내저으며 다시 앞으로 나갔다.

"이름은?"

"쥘리앵 소렐입니다."

"자네는 많이 늦었군." 그는 또다시 무서운 눈길로 쥘리앵을 쏘아보면서 말했다.

쥘리앵은 그 시선을 견뎌 낼 수가 없었다. 그는 몸을 기대려는 듯 허공으로 손을 뻗치더니, 마룻바닥에 가로로 쓰러지고 말았다.

사내는 초인종을 울렸다. 쥘리앵은 시력과 몸을 움직이는 힘만을 잃었을 뿐이었다. 그는 자기에게 다가오는 걸음 소리를 들었다.

누군가가 그를 들어 올려 작은 나무 의자에 앉혔다. 그는 그 무서운 사내가 문지기에게 말하는 소리를 들었다.

"십중팔구 간질병으로 쓰러진 모양이야. 가지가지로군."

쥘리앵이 다시 눈을 뜰 수 있게 되었을 때 붉은 얼굴의 사나이는 계속해서 글씨를 쓰고 있었다. 문지기는 나가고 없었다. 용기를 내야 한다. 그리고 특히 내가 마음속으로 느끼는 것을 숨겨야 한다. 우리의 주인공은 이렇게 생각했다. 그는 가슴이 쪼개지는 듯이 아팠다. 만약 내게 무슨 사고라도 일어나면 사람들이 나를 어떻게 생각할지 알게 뭔가. 이런 생각도 했다. 마침내 사나이는 쓰는 일을 멈추고 쥘리앵을 곁눈질로 쳐다보았다.

"묻는 말에 대답할 수 있겠나?"

"예, 선생님." 쥘리앵은 힘없는 목소리로 대답했다.

"그렇다면 다행이군."

검은 옷을 입은 사내는 반쯤 일어서서, 삐걱이는 소리를 내며 열린 그의 전나무 책상 서랍에서 성급하게 편지 한 통을 찾았다. 편지를 발견하자 천천히 자리에 앉더니, 쥘리앵에게 남아 있는 얼마 안 되는 생명을 빼앗기라도 하려는 듯한 태도로 다시 쥘리앵을 노려보았다.

"셀랑 사제가 내게 자네를 추천하셨네. 그분은 교구에서 가장 훌륭한 사제고 덕성스러운 분이며 나와는 삼십 년 전부터 친구로 지내고 있지."

"아! 그러면 선생님이 피라르 선생님이시군요." 쥘리앵은 꺼져가는 목소리로 말했다.

"그렇지." 신학교 교장은 성난 듯이 그를 쳐다보며 대꾸했다.

입가의 근육이 무의식적으로 씰룩거리더니 그의 작은 눈에 한층 더 광채가 돌았다. 먹이를 삼키는 기쁨을 미리 맛보는 호랑이의 표정과도 같았다.

"셸랑 사제의 편지는 짤막해." 그는 혼잣말을 하듯이 중얼거렸다.

　"인텔리겐티 파우카.[21] 요즘 사람들은 짧게 쓸 줄을 모르거든." 그리고 소리 내어 편지를 읽었다.

　"약 이십 년 전에 제가 영세를 준 이 본당의 쥘리앵 소렐을 당신에게 천거합니다. 부유한 재목 상인의 아들이지만 부친은 그에게 한 푼도 주지 않습니다. 쥘리앵은 장래 성직에서 훌륭한 일꾼이 될 것입니다. 기억력과 이해력에 조금도 부족함이 없으며 생각도 깊은 편입니다. 그의 천직이 영속적일 것인지? 천직에 성실할 것인지?"

　"성실이라!" 피라르 사제는 쥘리앵을 쳐다보며 놀란 표정으로 되풀이했다. 그러나 그의 눈길은 이제 덜 몰인정스러웠다. "성실이라!" 그는 목소리를 낮춰 다시 반복하더니 계속해서 편지를 읽었다.

　"쥘리앵 소렐에게 장학금을 지급해 주셨으면 하고 청하는 바입니다. 그는 필요한 시험을 거쳐 장학금을 받을 만한 실력을 갖추고 있습니다. 저는 그에게 신학을 약간 가르친 바 있습니다. 보쉬에, 아르노, 플뢰리 같은 분들의 옛 신학 말입니다. 이 학생이 당신께 적합하지 않으면 돌려보내 주십시오. 당신께서도 잘 알고 계시는 빈민 수용소장이 그에게 아이들 가정교사로 연 800프랑을 제안하고 있습니다. 하느님의 가호로 저

---

21) '이해하는 사람에게는 여러 말이 필요 없다.'라는 뜻의 라틴어. 이후 나오는 라틴어 문장은 뜻만 표기한다.

의 내면은 평안합니다. 그 무서운 타격에도 이제 익숙해졌습니다. 건강을 빕니다."

피라르 사제는 서명을 읽을 때가 되자 목소리를 늦추더니 한숨을 내쉬며 셀랑이란 말을 발음했다.

"그분도 평안을 얻으셨군. 그분의 덕성으로 미루어 보아 그런 보답은 당연하지. 주여, 때가 오면 제게도 그런 은총을 베푸소서!" 그는 이렇게 말했다.

그는 하늘을 쳐다보며 성호를 그었다. 이 성스러운 신호를 보자 쥘리앵은 이 건물에 들어선 이후로 그의 가슴을 얼어붙게 하던 공포심이 좀 사그라지는 것을 느꼈다.

"나는 이곳에 가장 성스러운 일에 종사하기를 원하는 321명의 학생을 데리고 있네." 이윽고 피라르 사제가 엄격하지만 악의 없는 어조로 말을 꺼냈다. "그중 겨우 일고여덟 명만이 셀랑 사제같이 훌륭한 분에게 추천받았네. 그러니 321명 가운데 자네는 아홉 번째 학생이 되는 것이네. 그러나 내 보호는 특별한 대우를 하자는 것도 아니고 버릇없이 놔두자는 것도 아니네. 엄격하게 주의를 기울여 악덕으로부터 막아 주자는 것일 뿐이야. 저리 가서 열쇠로 문을 잠그고 오게."

쥘리앵은 무척 애써서 걸음을 옮겼다. 그는 겨우 쓰러지지 않고 견뎠다. 그는 출입문 옆에 있는 작은 창문이 들판을 향해 있는 것을 알아보았다. 그는 나무들을 바라보았다. 그 광경이 마치 옛 친구들을 만난 듯 그의 마음을 누그러지게 했다.

"로퀘리스네 린구암 라티남?"[22] 그가 제자리로 돌아오자 피라르 사제가 말했다.

"이타, 파테르 옵티메."[23] 쥘리앵이 제정신을 약간 회복하고 대답했다. 하지만 반 시간 전부터 그에게는 피라르 씨보다 존경스럽지 못한 사람은 세상에 하나도 없는 듯이 보였다.

대화는 라틴어로 계속되었다. 사제의 눈빛이 부드러워졌다. 쥘리앵은 다소 냉정을 회복했다. 그는 혼자 생각했다. 이 덕성의 외관에 압도당한다면 나는 얼마나 나약한 것인가! 이 사람은 마슬롱 씨처럼 단지 사기꾼에 지나지 않을지도 모른다. 그리고 쥘리앵은 제 돈을 거의 전부 장화 속에 감추어 둔 것을 천만다행으로 생각했다.

피라르 사제는 쥘리앵의 신학 실력을 시험해 보고 그의 박학함에 놀랐다. 특히 성서에 관해 질문했을 때 피라르 사제의 놀라움은 더욱 커졌다. 그러나 교부들의 교리에 관해 질문이 미치자 그는 쥘리앵이 성 히에로니무스,[24] 성 아우구스티누스,[25] 성 보나벤투라,[26] 성 바실리우스[27] 등등의 이름조차 모르는 것을 알 수 있었다.

피라르 사제는 생각했다. 정말로 이것이 내가 셸랑에게 줄곧 비난했던 그 프로테스탄트적인 치명적 경향이군. 성서만을

---

22) 자네 라틴어를 할 줄 아는가?
23) 네, 존경하는 교부님.
24) 에우세비우스 히에로니무스(Eusebius Hieronymus, 347~419). 고대 로마 4대 교부의 한 사람.
25) 아우렐리우스 아우구스티누스(Aurelius Augustinus, 354~430). 로마 말기의 신학자.
26) Bonaventura(1217~1274). 중세 이탈리아의 신비주의적 스콜라 철학자.
27) Basilius(329~379). 수도원 제도를 창시한 그리스의 성직자.

깊이, 지나치게 깊이 알고 있단 말이야. (쥘리앵은 그 문제에 관해서는 묻지도 않았는데, 「창세기」와 모세의 「오경」 등이 쓰인 진정한 연대를 피라르 사제에게 얘기했던 것이다.)

피라르 사제는 계속 생각에 잠겼다. 성서에 관한 이런 끝없는 이론은 결국 어디로 귀착되는가? 개인적 성찰, 다시 말해 끔찍한 프로테스탄티즘으로 이끌리지 않는가? 이런 무분별한 학문에만 열중하며 그런 경향을 보상할 수 있는 교부들에 관해서는 아무것도 모르다니.

그러나 교황의 권위에 관해 쥘리앵에게 질문을 던져 보았을 때 신학교 교장의 놀라움은 끝이 없었다. 옛 프랑스 교회의 몇 가지 준칙 정도를 답변하리라고 기대했는데, 이 젊은이는 드 메스트르 씨의 저서 전부를 암송했던 것이다.

셀랑이란 사람은 참 이상한 사람이야. 그것을 조롱하는 법을 가르치려고 이 청년에게 그 저서를 보여 줬단 말인가? 피라르 사제는 이런 생각을 했다.

쥘리앵이 드 메스트르 씨의 교리를 진지하게 믿고 있는지 알아보려고 여러 가지로 질문해 보았으나 헛일이었다. 젊은이는 그저 기억력으로 답할 뿐이었다. 이때부터 쥘리앵은 정말 매우 훌륭해 보였다. 그는 완전히 제정신을 되찾은 듯이 느꼈다. 아주 긴 시험이 끝나자 그에 대한 피라르 씨의 엄격함도 더 이상 영향을 미치지 못하는 듯이 여겨졌다. 사실상 십오 년 전부터 신학생들을 대할 때마다 지켜온 엄격함의 원칙만 아니었던들, 신학교 교장은 논리의 이름으로 쥘리앵을 포용해 주었을 것이다. 그만큼 쥘리앵의 답변은 명석하고 정확하며 분명했던 것이다.

이 사람이야말로 대담하고 건전한 정신의 소유자다. 그러나 코르푸스 데빌레.[28] 교장은 중얼거렸다.

"자주 그렇게 쓰러지나?" 그는 손가락으로 마룻바닥을 가리키며 쥘리앵에게 프랑스어로 물었다.

"난생처음입니다. 문지기 얼굴을 보고 몸이 오그라드는 것 같았습니다." 쥘리앵은 어린아이처럼 얼굴을 붉히며 대답했다.

피라르 사제는 거의 미소를 띤 표정이었다.

"그것이 세속의 헛된 화려함의 결과란 것일세. 자네는 분명 웃음 짓는 얼굴에만 익숙해 있을 것이네. 그건 거짓 연극에 지나지 않지. 진실은 엄격한 것이라네. 이 땅에서의 우리의 책무도 역시 엄격한 것이 아닐까? 외면의 공허한 우아함에 대한 지나친 민감성이란 약점을 자네의 양심이 경계하도록 늘 주의해야 할 것이네."

피라르 사제는 여기까지 말하고 나서는 눈에 띄게 즐거운 표정을 띠고 다시 라틴어로 말하기 시작했다.

"만약 자네가 셸랑 사제 같은 분에게 추천받지 않았다면 나도 자네가 익숙해 있을 세속의 공허한 언어로 얘기할 걸세. 자네가 청원하는 전액 장학금은 세상에서 가장 얻기 어려운 것이라네. 그러나 오십육 년간이나 사도의 노고를 치러온 셸랑 사제 같은 분이 신학교에서 장학금 하나 얻어 줄 수 없다면 그건 말이 안 되지."

---

28) 몸이 허약하군.

이렇게 말하고 나서 피라르 사제는 자기의 허가 없이는 어떠한 단체나 비밀 수도회에도 가입해선 안 된다고 쥘리앵에게 타일렀다.

"말씀에 따를 것을 명예를 걸고 맹세하겠습니다." 쥘리앵은 신사의 활달한 감정으로 이렇게 말했다.

신학교 교장은 처음으로 웃음을 지었다. 그리고 쥘리앵에게 말하는 것이었다.

"여기서는 그런 말을 써서는 안 되네. 그 말은 많은 잘못과 또 흔히 죄악으로 이끌게 마련인 속세 사람들의 헛된 명예를 연상시키거든. 자네는 성 피오 5세의 대칙서 17항에 따라 내게 성스러운 복종의 의무가 있는 것이네. 나는 자네의 상급 성직자일세. 내 사랑하는 아들아, 이 학교에서는 듣는 것이 곧 복종하는 것이다. 돈은 얼마나 가지고 있나?"

내 그럴 줄 알았다. 그 문제 때문에 사랑하는 아들이란 말이 튀어나왔겠다. 쥘리앵은 속으로 이렇게 생각했다.

"35프랑입니다, 교부님."

"그 돈의 사용처를 상세히 기록해 두게. 나한테 보고해야 할 테니까."

이 괴로운 회견은 세 시간이나 계속되었다. 쥘리앵은 문지기를 불러오게 되었다.

"쥘리앵 소렐을 103호실로 안내해 주시오." 피라르 사제가 문지기에게 말했다.

사제는 특별한 배려로 쥘리앵에게 독방을 준 것이었다.

"그의 트렁크를 그리로 날라다 주시오." 피라르 사제가 덧붙여 말했다.

쥘리앵은 아래쪽을 내려다보고 자기 트렁크가 바로 맞은편에 있는 것을 알게 되었다. 그는 세 시간 전부터 그것을 보고 있었으나 알아보지 못했던 것이다.

103호실에 도착해 보니, 그것은 건물 맨 위층에 있는 사방 2.5미터 정도의 작은 방이었다. 쥘리앵은 그 방의 창문이 성벽 쪽으로 나 있는 것을 알았다. 그리고 성벽 너머로는 두 강이 시내와 경계를 지어 놓은 아름다운 벌판이 보였다.

얼마나 매력적인 풍경인가! 쥘리앵은 외쳤다. 그러나 그렇게 말해 놓고서도 그 말이 무엇을 뜻하는지 느끼지 못했다. 브장송에 온 지 얼마 안 되는 시간 동안에 느낀 너무나도 강렬한 감정이 그의 힘을 완전히 소진시켜 놓았던 것이다. 그는 창문 곁, 그 방 안에 있는 유일한 나무 의자에 앉았다. 그러고는 곧 깊은 잠에 빠졌다. 그는 저녁 식사 종소리도 예배 종소리도 전혀 듣지 못했다. 또 사람들도 그의 존재를 잊고 있었다.

다음 날 아침 햇빛이 스며들어 깨어보니, 그는 마룻바닥에 누워 있었다.

26장 세상, 또는 부자에게 결핍된 것

나는 이 지상에 혼자뿐이다.
나를 생각해 줄 사람은 아무도 없다.
내가 아는 출세한 자들은 모두 나로서는
전혀 불가능한 뻔뻔스러움과 냉혹함을 갖춘 자들이다.
나의 무르고 착한 천성 때문에 그들은 나를 미워한다.
아! 머지않아 나는 굶주림 때문에,
아니면 그처럼 냉혹한 인간들을 보아야 하는
슬픔 때문에 죽고 말 것이다.

— 영

쥘리앵은 서둘러 옷에 솔질을 하고 밑으로 내려갔다. 시간
에 늦어 있었다. 조교가 호되게 그를 야단쳤다. 변명을 하는
대신 쥘리앵은 두 팔을 가슴 위에 엇대고 후회하는 태도로 말
했다.

"페카비, 파테르 옵티메."[29]

이 출발은 대성공을 거두었다. 신학생 가운데 능란한 패들
은 이 청년이 자기들의 직업적인 요소와는 거리가 먼 인물이
라는 것을 알아보았다. 휴식 시간이 되었다. 쥘리앵은 자기가
모두의 호기심의 대상이 되어 있는 것을 알 수 있었다. 그러나
그는 신중하게 침묵을 지키고 있을 뿐이었다. 스스로 만들어

---

29) 제가 잘못했습니다. 제 잘못을 인정합니다, 교부님.

놓은 행동 방침에 따라 그는 321명의 동료를 모두 적으로 간주했다. 그의 눈에는 그중에서도 가장 위험한 적은 피라르 사제로 보였다.

며칠 후 쥘리앵은 고해 사제를 한 명 선택해야 했다. 그는 사제들의 명부를 받았다.

이런! 나를 뭘로 아는 건가? 이게 무엇을 뜻하는지 내가 모를 줄 아는가 보지. 그는 이렇게 중얼거리며 피라르 사제를 선택했다.

그가 짐작도 못 하는 사이에 이런 처사는 결정적인 것이 되었다. 첫날부터 그의 친구를 자처하고 나선 베리에르 출신의 나이 어린 신학생 하나가, 부교장인 카스타네드 사제를 택하는 편이 더 신중했을 거라고 그에게 알려 주었다.

"카스타네드 사제는 얀세니스트란 의심을 받고 있는 피라르 사제의 적수거든." 어린 신학생은 그의 귀에다 대고 이렇게 덧붙여 말했다.

스스로 신중하다고 자부하는 우리 주인공의 처음 행동들은 고해 사제의 선택과 마찬가지로 모두 경솔한 짓뿐이었다. 공상적인 인간의 자만심에 현혹되어 그는 자신의 의도를 현실로 착각하면서 스스로 완벽한 위선자라고 자처하고 있었던 것이다. 어리석게도 그는 그런 약점의 기교를 부리면서 오히려 자신의 성공에 가책을 느끼기까지 했다.

아아! 이것만이 내 유일한 무기다! 다른 시대 같으면 적을 대적하는 당당한 행동으로 내 밥벌이를 할 수 있었으련만! 그는 이렇게 중얼거렸다.

자신의 거동에 만족해하면서 쥘리앵은 주위를 둘러보았다. 그리고 도처에서 더없이 순결한 덕성의 외관을 발견하는 것이었다.

여남은 명의 신학생은 정말로 성스러워 보이는 생활을 하고 있었다. 그들은 성녀 테레사[30]나 또는 아페닌 산맥의 베르나 산에서 성흔(聖痕)을 받았을 때의 성 프란체스코[31]와 같은 환영을 간직하고 있었다. 그러나 그것은 큰 비밀로 그들의 친구들도 그것을 감추었다. 환영을 쫓는 그 가련한 청년들은 거의가 병약한 자들이었다. 백여 명의 다른 축은 지칠 줄 모르는 근면성과 굳건한 신앙을 연결하는 자들이었다. 그들은 병이 날 정도로 열심히 공부했다. 그러나 대단한 성과를 올리는 것은 아니었다. 두세 명만이 눈에 띄는 재능으로 두드러져 보였는데, 특히 샤젤이란 이름의 청년이 그러했다. 그러나 쥘리앵은 그들과는 서먹함을 느꼈고 그들도 쥘리앵에 대해 그러했다.

321명의 신학생 중 나머지는 하루 종일 반복해 외는 라틴어 단어의 뜻조차 잘 이해하지 못하는 형편없는 무리였다. 거의 모두가 농부의 자식으로, 그들은 땅을 파는 것보다는 라틴어 단어를 욈으로써 빵을 얻는 것을 좋아할 뿐이었다. 이렇게 관찰하고 난 쥘리앵은 처음부터 빠른 성공을 다짐했다. 그는 혼자 생각했다. 어느 분야에서나 총명한 사람이 필요하다. 결

---

30) 테레사 데헤수스(Teresa de Jesús, 1515~1582). 스페인 카르멜회의 수녀로 엄격한 계율의 여러 수녀원을 창설했다.
31) 다시시 프란체스코(d'Assisi Francesco, 1182~1226). 이탈리아의 수도사로 프란체스코회를 창설했다.

국은 해내야 할 일이 있는 것이니까. 나폴레옹 치하에서라면 나는 상사가 되었을 테지. 이 미래의 신부들 사이에서는, 나는 부주교가 될 테다.

그는 또다시 생각했다. 어린 시절부터 날품팔이였던 이 가련한 존재들은 여기 올 때까지 엉긴 우유와 검은 빵만 먹고 살아온 것이다. 오막살이집에서 그들은 일 년에 대여섯 번밖에는 고기를 먹어 보지 못했으리라. 전쟁을 휴식 시간처럼 생각했던 로마의 병정들처럼 이 거친 농사꾼들은 신학교의 안락에 매료되어 있는 것이다.

쥘리앵은 그들의 몽롱한 눈에서, 식후에는 충족된 육체적 욕구와 식전에는 기다리는 육체적 쾌감 이외에는 아무것도 찾아볼 수 없었다. 그는 이런 무리 가운데서 두각을 나타내야 했다. 그러나 교리, 교회사 등등 신학교에서 수강하는 여러 과목에서 모두 일등을 한다는 것은 그들의 눈에 오만의 죄악으로 비칠 뿐이라는 사실을 쥘리앵은 모르고 있었고 또 아무도 그에게 그런 얘기를 해 주지 않았다. 볼테르 이래로, 그리고 근본적으로는 '경계심과 개인적 성찰'에 불과하며 민중의 정신에 불신의 악습을 뿌린 양원 제도 이래로, 프랑스 교회는 서적이 교회의 진정한 적이라는 사실을 깨달은 모양이었다. 교회가 보기에는 마음으로부터의 복종이 가장 중요한 것이다. 비록 종교에 관한 공부라 해도 공부에서 성공을 거두는 것은 당연히 수상쩍게 보이는 것이다. 시에예스[32]나 그레구아르[33]처럼 탁월한 인간이 반대편으로 넘어가는 것을 누가 막을 것인가! 전전긍긍하는 교회는 유일한 구원의 기회라도 되는 듯이 교황에게 매달린다. 오직 교황만이 개인적 성찰을 마비시키고, 그 궁전의 호화로운 종교 의식으로 세상 사람들의 지치고 병든 정신에 강한 인상을 심어 줄 수 있다는 것이다.

신학교에서 공공연히 하는 말로는 모두 부인되는 이런 여러 가지 진실을 어렴풋이 깨닫고서 쥘리앵은 깊은 우울에 빠졌다. 그는 열심히 공부해서, 그의 눈에는 매우 거짓된 것으로 보이지만 성직자에게는 매우 유용한 여러 가지 지식을 재빨리 배웠다. 그러나 그는 그런 것에 아무런 흥미도 느끼지 못했다. 단지 아무런 다른 할 일이 없는 듯이 여겨졌던 것이다.

도대체 나는 이 지상에서 완전히 잊혔단 말인가? 그는 이런 생각을 했다. 그는 피라르 씨가 디종의 소인이 찍힌 편지를 몇 통 받아 불에 던져버린 것을 모르고 있었다. 그 편지에는 점잖은 어투의 형식에도 불구하고 더없이 강렬한 정열이 스며 있었다. 격심한 회한과 사랑이 다툼을 벌이고 있는 듯이 보이는 편지였다. 이 젊은이가 사랑한 여인은 다행히 신앙심이 없는 여자는 아닌가 보군. 피라르 사제는 편지를 보고 이렇게 생각하는 것이었다.

어느 날 피라르 사제는 눈물로 반쯤은 지워지다시피 한 편지 한 통을 열었다. 그것은 마지막 고별 편지였다. 그 편지는

---

32) 에마뉘엘 조제프 시에예스(Emmanuel Joseph Sieyès, 1748~1836). 사제로서 프랑스 대혁명에 편들어 혁명에서 중요한 역할을 했던 인물.
33) 앙리 그레구아르(Henri Grégoire, 1750~1831). 성직자로서 진보적인 정치관을 가지고 정치에 참여했던 인물. 1789년에는 삼부 회의의 대의원으로 특권의 폐지와 보통 선거를 지지했다.

쥘리앵에게 다음과 같이 말하고 있었다.

 "마침내 하늘은 제게 미워할 수 있는 은총을 주셨어요. 제게
는 여전히 세상에서 가장 소중한 분인 제 잘못을 만들어 낸 사
람이 아니라, 제 잘못 자체를 미워하게 말입니다. 희생은 치러
졌어요. 보시다시피 눈물을 흘리지 않을 수 없었습니다. 제가
마땅히 의무를 지고 있으며, 또 당신이 그렇게 사랑해 주신 아
이들의 구원이 제게는 무엇보다 중요합니다. 공정하시고 두려우
신 하느님도 어미의 죄를 아이들에게 벌하지는 않으실 것입니
다. 안녕히 계세요, 쥘리앵. 모든 사람에게 올바르게 대하세요."

 이 편지의 말미는 거의 읽을 수 없을 정도로 글씨가 흐려져
있었다. 디종의 주소가 적혀 있었으나 쥘리앵이 답장을 하지
말든지, 답장을 하더라도 덕성을 회복한 부인이 얼굴을 붉히
지 않고 들을 수 있는 말을 써 줄 것을 부탁하고 있었다.
 청부업자가 83상팀짜리 점심 식사를 제공하는 신학교의 형
편없는 음식에 곁들여 우울이 쥘리앵의 건강에 영향을 미치
기 시작한 어느 날 오전, 푸케가 갑자기 그의 방에 나타났다.
 "드디어 들어오게 됐군. 나무라는 것은 아니지만 나는 자네
를 보려고 브장송에 다섯 차례나 왔었다네. 여전히 안색이 좋
지 않구먼, 나는 자네가 나오는 걸 알려고 신학교 문간에 파
수꾼을 다 세워 놨다네. 도대체 왜 그렇게 외출을 않는 건가?"
 "그것도 다 사서 하는 시련인걸 뭐."
 "자네 많이 변한 것 같네. 드디어 자네를 보는군. 5프랑짜리 은

화 두 닢을 쥐여 주고 나서 내가 여태껏 바보에 불과했다는 것을 막 알게 됐다네. 처음 왔을 때 그걸 집어 주는 건데 말이야."

두 친구 사이에 이야기가 그칠 줄 모르고 계속되었다. 푸케가 다음과 같은 얘기를 꺼내자 쥘리앵의 안색이 확 바뀌었다.

"그런데 말이야, 자네가 가르친 애들의 어머니가 굉장한 신앙심에 빠져 있다는 걸 아나?"

푸케는 거리낌 없는 태도로 말했다. 그런 태도는 쥘리앵의 정열적인 마음에 너무도 야릇한 인상을 주었다. 푸케는 부지불식간에 쥘리앵의 가장 소중한 관심을 멋대로 뒤흔들어 놓고 있는 것이었다.

"그래 이 친구야, 더할 수 없이 격렬한 신앙심이라더군. 순례라도 떠날 것 같다는 소문이야. 그러나 오랫동안 가련한 셸랑 사제를 염탐해 온 마슬롱 사제는 톡톡히 망신당한 셈이지. 드레날 부인은 그 사람은 상대하려 하지 않고, 디종이나 브장송으로 고해하러 다닌다는 거야."

"부인이 브장송에도 온다고?" 쥘리앵은 얼굴이 빨개져서 물었다.

"아주 자주 온다더군." 푸케가 의문스러운 표정으로 대답했다. "자네 《헌정 신문(憲政新聞)》을 가지고 있나?"

"뭐라고 했나?" 푸케가 대꾸했다.

"《헌정 신문》을 가지고 있느냐고 물었네. 여기서는 한 호에 30수씩 팔리고 있다네." 쥘리앵이 태연한 어조로 대답했다.

"뭐라고! 신학교 안에까지 자유주의자가 있다고!" 푸케가 외쳤다. 그러고는 마슬롱 사제의 위선적인 목소리와 간사한 어조를 흉내 내어 "가련한 프랑스여!" 하고 덧붙였다.

바로 그다음 날 쥘리앵에게는 아주 어려 보이는 베리에르 출신의 신학생에게서 들은 한마디로 중요한 발견을 하게 되지 않았다면, 푸케의 방문은 우리 주인공에게 깊은 인상을 남겨 놓았을 것이다. 신학교에 들어온 이후로 쥘리앵의 행동은 허위의 연속이었다. 그는 씁쓸한 심정으로 자신을 비웃었다.

사실 중요한 행동거지는 교묘하게 이끌어 왔었다. 그러나 그는 세부적인 일에는 주의를 기울이지 않았는데, 신학교의 능란한 패들은 세부적인 일만을 중요시하는 것이었다. 따라서 그는 동료들 사이에서 벌써 '자유사상가' 취급을 받고 있었다. 그는 온갖 사소한 행동에서 그의 본성을 드러냈던 것이다.

동료들이 보기에 그는 '권위'와 모범을 맹목적으로 추종하는 대신 '스스로 생각하고 스스로 판단한다'는 엄청난 죄악을 저지르고 있었던 것이다. 피라르 사제는 그에게 아무런 도움도 주지 않았다. 피라르 사제는 고해실 밖에서는 그에게 한번도 얘기하지 않았다. 고해실에서조차도 사제는 말을 하기보다는 쥘리앵의 이야기에 그저 귀를 기울이는 편이었다. 그가 카스타네드 사제를 고해 사제로 선택했다면 사정은 판이하게 달랐을 것이다.

자신의 어리석음을 알아차린 순간부터 쥘리앵은 더 이상 권태를 느끼지 않게 됐다. 그는 악의 전모를 알아내고 싶었다. 그러기 위해서 그는 동료들과 거리감을 만들어온 그 오만하고 집요한 침묵에서 어느 정도 벗어났다. 그러자 동료들은 그에게 앙갚음을 해 왔다. 그의 접근은 터무니없는 멸시의 태도에 부딪혔을 뿐이었다. 그는 자신이 신학교에 입학한 이후로, 특히 휴식 시간에는 언제나 자기가 찬반 어느 쪽이든 동료들의 입길에 올랐다는 것을 알게 되었고, 그때마다 적(敵)의 숫자가 늘어 왔다는 것을 알게 되었다. 그러나 한편 정말로 덕성스럽거나 또는 다른 패들보다는 좀 덜 야비한 몇몇 신학생은 그에게 호의적인 태도를 갖게 된 것도 알 수 있었다. 고쳐야 할 악덕은 엄청났고 그 작업은 몹시 어려운 것이었다. 이때부터 쥘리앵은 끊임없이 자신을 감시하는 데 주의를 기울였다. 완전히 새로운 성격을 빚어 내려는 문제였던 것이다.

예를 들어 눈의 움직임을 조절하는 것만 해도 몹시 힘든 일이었다. 이런 곳에서는 사람들이 눈을 내리깔고 지내는 것도 공연한 짓이 아닌 것이다. 쥘리앵은 혼자 생각했다. 베리에르에서 나는 얼마나 어처구니없는 자만심을 지니고 있었던가! 나는 살고 있다고 생각했는데, 단지 삶을 준비하고 있었을 뿐이다. 이제 드디어 진짜 적들에 둘러싸여 죽을 때까지 내 역할을 수행해야 하는 세상에 나온 것이다. 그는 또다시 생각했다. 순간순간마다 이처럼 위선을 행한다는 것은 얼마나 엄청난 어려움인가! 이것은 헤라클레스의 고역을 무색하게 할 만한 것이다. 현대의 헤라클레스는 식스트 5세[34]라고 할 만하다. 그는 팔팔하고 오만한 젊은 시절의 자신을 보았던 마흔 명의 추기경을 십오 년 동안이나 계속 겸손을 가장하여 속여 왔던 것이다.

---

34) 225대 교황으로 1585년부터 1590년까지 재위.

쥘리앵은 분통을 터뜨리며 계속 생각했다. 여기서는 학식도 아무 쓸모가 없다! 교리나 종교사 등에서 좋은 성적을 올려 보았자 대수롭지 않은 것이다. 그런 것에 관해 얘기하는 수작은 모두 나처럼 어리석은 자들을 함정에 빠뜨리려고 하는 것이다. 아아! 나의 유일한 장점은 빠른 학습 진도와 그런 허튼 소리들을 기억하는 것에 불과했다. 그런데 그들이 그런 것의 진정한 가치를 제대로 평가했던가? 그들이 그런 것을 나처럼 판단하는가? 그런데도 나는 어리석게도 그런 일을 자랑스러워 했으니! 내가 항상 일등을 차지한 것은 집요한 적들을 만들어 냈을 뿐이다. 나보다 학식이 많은 샤젤은 작문에 늘 고의적인 실수를 범해서 오십 등쯤으로 떨어지지 않는가. 그가 어쩌다 일등을 차지하는 것은 방심했기 때문인 것이다. 아! 피라르 사제가 한마디, 단 한마디만 해 주었던들 내게 얼마나 도움이 되었을 것인가!

일단 잘못을 깨닫자, 전에는 죽도록 지루했던 일주일에 다섯 차례씩 하는 묵주 기도라든가 성당에서의 찬송가 등등 금욕적인 신앙의 긴 수련이 쥘리앵에게 더없이 흥미로운 행위의 시간이 되었다. 스스로를 엄격하게 성찰하고 특히 자신의 방법을 과장해서 생각하지 않으려고 애쓰게 된 쥘리앵은, 사람들의 모범이 되는 다른 신학생들처럼 순간순간마다 '의미심장한' 행동을 하려고, 즉 기독교적 완성의 경지를 연출해 보이려고 성급하게 갈망하지는 않았다. 신학교에는 달걀 반숙을 먹는 데도 신앙 생활에서 이룬 진전을 나타내 보이는 특정 방법이 있는 것이다.

이런 말에 미소를 짓는 독자는, 루이 16세 궁정의 한 귀부인 집 오찬에 초대받은 드릴 사제[35]가 달걀을 먹으면서 저지른 실수를 기억하기 바란다.

쥘리앵은 우선 논 쿨파[36]에 도달하려고 애썼다. 그것은 걸음걸이라든지 팔이나 눈을 움직이는 태도 등이 전혀 세속의 냄새를 풍기지는 않지만, 아직 내세의 관념과 이승의 '순수 허무'에 사로잡혀 있음을 보여 주지는 않는, 말하자면 젊은 신학도에 어울리는 경지인 것이다.

쥘리앵은 복도 벽에서 숯으로 써 놓은 다음과 같은 낙서 구절을 끊임없이 발견하는 것이었다. '영겁의 지복(至福)이나 기름 가마가 끓어오르는 영겁의 지옥에 비하면, 육십 년의 시련쯤 무엇이랴!' 그는 이제 그런 것을 경멸하지 않게 되었다. 그는 끊임없이 그런 것을 눈앞에 아로새겨야 한다는 것을 깨달았다. 그는 생각했다. 나는 일생 동안 무엇을 할 것인가? 신자들에게 천국의 한 자리를 팔게 되겠지. 어떻게 신자들에게 그 천국의 자리가 보이게 할 것인가? 나의 외관과 속인의 외관의 차이에 의해서.

몇 달 동안 잠시도 쉬지 않고 노력한 후에도 쥘리앵은 아직 '생각하는' 태도를 지니고 있었다. 눈을 움직이고 입을 오므리는 그의 방식은, 모든 것을 믿고 모든 것을 견디며 나아가 순교라도 할 수 있는 그런 암묵적인 신앙심을 보여 주지는 못하

---

35) 자크 드릴(Jacques Delille, 1738~1813). 사제인 동시에 시인으로 아카데미 프랑세즈의 회원이 되었던 인물.
36) 순수한 경지(non culpa).

고 있었다. 쥘리앵은 이런 종류의 일에서 거친 농사꾼 출신 동료들보다 뒤지는 것을 알고 화가 치밀었다. 그들이 생각하는 태도를 지니지 않는 것은 너무나 당연했다.

게르치노[37]가 우리 속인들에게 여러 종교화 속에서 완벽한 모델들을 보여 준 바 있으며 또 이탈리아의 수도원에서 빈번히 발견되는 것과 같은, 모든 것을 믿고 모든 것을 감내하는 그 열렬하고 맹목적인 신앙심의 모습에 도달하기 위해서라면 쥘리앵은 어떠한 고통이라도 달게 받았을 것이다.

큰 축제일이면 신학생들의 식탁에는 양배추 절임과 함께 소시지가 나왔다. 쥘리앵의 곁에서 식사하는 학생들은 쥘리앵이 그런 기쁨에 무감각하다는 사실을 눈여겨보았다. 그것이 그의 으뜸가는 죄악의 하나였다. 동료들은 그것을 가장 어리석은 위선의 가증스러운 특징으로 여기는 것이었다. 쥘리앵이 가장 많은 적을 만든 것이 바로 그런 경우였다. 동료들은 수군거리는 것이었다. 저 부르주아 자식을 보라! 저 거만한 자식을 보라! 저 녀석은 양배추 절임과 소시지를 곁들인 최고의 음식을 멸시하는 척하고 있다! 흥, 고약한 놈 같으니! 건방진 자식! 저 주받을 놈!

절망에 빠질 때면 쥘리앵은 혼자 부르짖는 것이었다. 아아! 저 촌놈들의 무지가 저들에게는 엄청나게 이로운 점이구나. 신학교에 입학할 때 선생은 그들에게서 세속적 관념을 털어

---

37) Guercino(1591~1666). 본명은 조반니 프란체스코 바르비에리로 이탈리아의 화가다.

내려고 애쓸 필요조차 없었다. 그런데 나는 수많은 세속적 관념을 지니고 들어왔고, 그들은 내가 무엇을 하든 내 얼굴에서 그것을 읽어 내는 것이다.

쥘리앵은 부러움에 가까운 주의력을 기울여, 새로 신학교에 들어오는 거칠기 짝이 없는 젊은 농사꾼들을 유심히 관찰했다. 검은 제복으로 갈아입히기 위해 그들이 입고 온 보풀이 곱슬곱슬한 나사 천 윗도리를 벗길 때면, 그들이 받은 교육은 금전에 대한 무한하고 끝없는 존경심에 국한돼 있음이 드러났다. 프랑슈콩테 지방식으로 말해 '현찰 쇠돈'에 대한 존경심이었다.

그것은 '현금'이란 숭고한 개념을 표현하는 성스럽고도 웅장한 이 지방의 말투였다.

그런 신학생들에게는 볼테르 소설의 주인공들처럼 행복이란 무엇보다도 잘 먹는 데 있었다. 쥘리앵은 그들 거의 모두에게서 고급 나사 천 옷을 입은 사람에 대한 타고난 존경심을 발견했다. 이런 감정은 법정에서 우리가 들을 수 있는 표현으로 말하자면 '배분적 정의'로, 제값대로 또는 제값 이하로 평가한다는 식이다. "'그로'와 맞서 보았자 무슨 소용이 있나?" 그들 사이에는 흔히 이런 말이 오갔다.

'그로'라는 말은 부자를 지칭하는 쥐라 계곡의 용어였다. 그러니 모든 부자 중 최고의 부자인 정부에 대한 그들의 존경심이야 짐작하고도 남음이 있지 않은가!

프랑슈콩테 지방 농부들이 보기에는, 지사님의 이름이 나올 때 존경 어린 미소를 머금지 않으면 경솔한 짓이 된다. 그런

데 가난뱅이에게 경솔한 짓은 곧 밥줄이 끊기는 징벌로 나타나게 마련이다.

처음에는 경멸감으로 숨이 막힐 것 같았던 쥘리앵은 마침내 동정심을 느끼기에 이르렀다. 대부분의 그의 동료들의 아버지는 겨울 저녁에, 빵은 물론 밤 한 톨 감자 하나 없는 그들의 초가집으로 돌아가기 일쑤였을 것이다. 그들이 보기에 행복한 사람이란 우선 잘 먹는 사람이요, 다음으로는 좋은 옷을 입는 사람이라고 한다면 그게 뭐 놀라운 일이겠는가! 쥘리앵은 혼자서 이렇게 생각했다. 내 학우들은 확고한 천직을 갖고 있는 것이다. 그들은 성직자의 신분에서 잘 먹고 겨울에 따뜻한 옷을 입는다는 그 행복의 오랜 지속을 보는 것이니까.

한번은 상상력이 있는 한 신학생이 제 친구에게 이렇게 얘기하는 소리를 들었다.

"돼지를 치던 신세에서 교황이 된 식스트 5세처럼 난들 왜 교황이 되지 못할 것인가?"

그러자 친구가 대답했다.

"이탈리아인이 아니면 교황은 될 수 없어. 그러나 우리 중에서도 결국 운에 따라 부주교나 교회 참사 회원이나 주교까진 될 수 있겠지. 샬롱의 주교인 P 씨도 통장수의 아들이거든. 그건 바로 우리 아버지의 직업이지만 말이야."

하루는 교리 수업 중에 피라르 사제가 쥘리앵을 불렀다. 이 가련한 청년은 제가 빠져 있던 육체적, 정신적 분위기에서 헤어날 수 있게 된 것이 기뻤다.

쥘리앵은 교장에게서 신학교에 처음 들어오던 날과 같은 무서운 태도를 발견했다.

"이 트럼프 패에 적혀 있는 것이 무엇인지 설명해 봐라." 교장은 집어삼킬 듯이 그를 노려보면서 말했다.

다음과 같은 구절이 쥘리앵의 눈에 들어왔다.

'아망다 비네, 라 지라프 카페에서, 8시 전에. 장리스 출신이며 내 어머니의 사촌이라고 말할 것.'

쥘리앵은 엄청난 위험에 봉착한 것을 직감했다. 카스타네드 사제의 밀정이 그 주소를 적은 쪽지를 훔쳐 냈던 것이다.

피라르 사제의 무서운 눈초리를 견뎌 낼 수 없었기 때문에 쥘리앵은 그의 이마를 쳐다보면서 대답했다.

"제가 이곳에 들어오던 날, 저는 두려움에 떨고 있었습니다. 이곳은 밀고와 온갖 종류의 심술궂음이 가득 찬 장소라고 셸랑 사제님께서 말씀해 주셨기 때문입니다. 이곳에서는 동료들 간에 염탐과 밀고가 장려되고 있다는 말씀이셨습니다. 젊은 성직자들에게 인생의 모습을 있는 그대로 보여주고 속세와 그 허영에 대한 혐오를 불어넣기 위해서 하느님도 그것을 원하신다는 것이었죠."

"내게 무슨 말을 꾸며 대려는 거냐, 이 못된 녀석아!" 피라르 사제가 노발대발하며 말했다.

쥘리앵은 냉정하게 말을 이어 갔다.

"베리에르에서 제 형들은 저를 시기할 일이 있을 때면 저를 때리곤 했습니다……."

"사실을 말해! 사실을!" 피라르 사제는 거의 제정신이 아닌 듯 소리쳤다.

쥘리앵은 조금도 겁먹지 않고 얘기를 계속해 갔다.

"브장송에 도착한 날 정오경에 저는 배가 고파서 카페에 들어갔습니다. 제 마음은 그처럼 세속적인 곳에 대한 혐오감으로 가득 차 있었습니다. 그러나 저는 그곳이 여관보다는 점심값이 쌀 것으로 생각했습니다. 그 가게의 여주인인 듯한 부인이 신출내기 같은 제 태도를 보고 동정해 주었습니다. 브장송에는 나쁜 사람들이 많은데 당신이 걱정이군요, 하고 그 부인이 제게 말했습니다. 당신에게 무슨 나쁜 일이 일어나면 내게 도움을 청하고 8시 전에 우리 카페로 전갈을 보내세요, 라고 했습니다. 신학교의 문지기들이 심부름을 거절하거든 당신은 내 친척이고 장리스 태생이라고 말하라는 것이었습니다……."

"그 모든 수다를 조사해서 사실을 밝히겠다." 피라르 사제는 자리에 앉아 있지 못하고 방 안을 오락가락하면서 외쳤다.

"네 방으로 돌아가 있어!"

사제는 쥘리앵을 따라와서 그를 방에 넣고 밖에서 열쇠를 잠갔다. 쥘리앵은 자기 가방을 뒤져보기 시작했다. 그 가방 맨 밑에 바로 문제의 쪽지를 숨겨 두었던 것이다. 가방 안에 없어진 것은 아무것도 없었으나 몇 가지가 흐트러져 있었다. 그렇지만 그는 가방 열쇠를 남에게 내준 적이 한 번도 없었던 것이다. 쥘리앵은 생각했다. 내가 눈이 멀어서 지내는 동안, 카스타네드 씨가 친절하게도 내게 번번이 제안했던 외출 허가를 받아들이지 않았던 것이 천만다행이었지. 이제야 그 친절의 이유를 알겠다. 나는 어리석게도 옷을 바꿔 입고 아름다운 아망다를 만나러 갈 뻔하지 않았는가. 그랬으면 파멸이었지. 그런 식으로 정보를 이용할 수 없게 되자 이번에는 그것을 밀고하는 수단을 쓴 것이로군.

두 시간 후에 교장은 그를 다시 불렀다.

교장은 좀 누그러진 시선으로 그를 바라보며 말했다.

"거짓말을 하진 않았더군. 그러나 이런 주소를 적어 둔다는 것은 경솔한 짓으로, 자네는 그 중대성을 모르고 있네. 하지만 십 년 후에 그것이 자네에게 큰 해를 끼치게 될지도 모를 일이야."

27장 인생의 첫 경험

오호라!
현대는 언약의 궤이니라.
거기에 손대는 자는 재앙을 입을지니라.

—디드로

이 시기의 쥘리앵의 생활에 관해 명백하고 정확한 사실을 아주 적게 기록하는 것을 독자는 양해해 주시기 바란다. 그것은 사실이 결여되어 있기 때문은 아니다. 오히려 그 반대인 것이다. 하지만 이 소설에서 유지하고자 한 온건한 색채에 비해 쥘리앵이 신학교에서 겪은 것은 너무나 어두운 것인지도 모른다. 어떤 일인가에 시달리는 현대인들이 그것을 회상할라치면 일체의 다른 즐거움, 소설을 읽는 즐거움까지도 마비시키는 전율을 일으키기 십상이다.

쥘리앵은 자신의 동작을 위선적으로 꾸며 보려는 시도에서 별로 성공을 거두지 못했다. 그는 극도로 싫증을 느끼기도 했고 또 어떤 때는 완전한 좌절에 빠지기도 했다. 그는 보잘것없는 인생행로에서조차 성공을 거두지 못했던 것이다. 외부의 도움이 조금만 있었더라도 그는 충분히 용기를 회복했을 것이다. 극복해야 할 어려움은 그렇게 큰 것이 아니었다. 그러나 그는 대양 한가운데에 버림받은 한 척의 조각배처럼 홀로였다. 그는 생각했다. 내가 성공한다손 쳐도, 한평생 이런 형편없는 무리와 더불어 지내야 하는 것이다! 점심때 기름에 튀긴 오믈렛을 처먹을 궁리에만 정신이 팔린 식충이들! 아니면 어떠한 범죄 앞에서도 눈 하나 까딱 않을 카스타네드 사제 같은 족속들! 그들이 권력을 획득하게 되겠지. 그러나 오오! 어떤 대가를 치르고서인가!

인간의 의지는 강력한 것이다. 나는 도처에서 그것을 본다. 하지만 그 의지가 이러한 혐오감을 뛰어넘을 만큼 충분히 강한 것일까? 위인들의 임무는 수월한 것이었다. 닥쳐오는 위험이 아무리 끔찍하다 해도 그들은 그 위험을 아름다운 것으로 생각했다. 그런데 나 말고는, 누가 나를 둘러싸고 있는 이 추잡함을 이해할 수 있단 말인가?

이때가 쥘리앵의 일생에서 가장 어려운 시련기였다. 브장송에 주둔하는 어느 멋진 연대에 입대하는 것도 그에게는 아주 수월한 일이었으련만! 그는 라틴어 선생이 될 수도 있었다. 그저 구명도생(苟命徒生)이나 해 가는 데에는 무슨 돈이 그리 필요했으랴! 그러나 그렇게 되면 더 이상 영광의 길은 없으며 그가 상상하는 미래도 없는 것이다. 그것은 죽음을 뜻하는 것이었다. 그의 우울한 나날 중 하루를 자세히 살펴보자면 다음과 같다.

나는 건방지게도 다른 농사꾼 자식과는 다르다는 것을 빈번하게 자랑삼아 왔다. 그런데 이제는 '다르다는 것은 미움을 유발한다'는 사실을 알 만큼 살아온 것이다. 어느 날 아침 쥘리앵은 이렇게 중얼거렸다. 그는 가장 쓰라린 실패를 겪은 끝에 이러한 진실을 깨닫게 되었다. 그는 정말로 경건한 태도로 사는 듯이 보이는 한 신학생의 환심을 사려고 일주일 동안이나 무진 애를 썼다. 그는 선 채로 잠이 올 정도의 어리석은 얘기에 순순히 귀를 기울이며 그 학생과 함께 교정을 거닐었다. 그런데 갑자기 비바람이 몰아치며 천둥이 쳤다. 그러자 그 경건한 척하던 신학생이 쥘리앵을 거칠게 밀어붙이며 소리쳤다.

"이봐, 이 세상에선 누구나 자기를 위해 사는 거야. 나는 벼락 맞아 타 죽고 싶지 않단 말이야. 너같이 불경한 자, 볼테르 같은 자를 하느님은 벼락으로 내리치실지도 몰라."

분노로 이를 악물고 번갯불이 번쩍이는 하늘을 향해 눈을 똑바로 뜨고서 쥘리앵은 혼자 소리쳤다. 그래, 폭풍우가 몰아치는 동안 내가 멍청히 잠들기라도 한다면 나는 침몰하는 것이 마땅하다! 다른 바보 녀석 하나를 정복해 보자.

카스타네드 사제의 종교사 시간을 알리는 종소리가 울렸다.

그날 카스타네드 사제는 중노동과 부모의 가난으로 잔뜩 겁먹은 젊은 농부들에게, 그처럼 무서워 보이는 정부라는 것도 지상에서 천주의 대행자인 교황의 위임에 의해서만 실제적이고 정당한 권력을 행사하는 것이라고 가르쳤다. 그러고는 다음과 같이 덧붙여 말했다.

"경건한 생활과 복종을 통해서 교황의 은총에 합당한 사람이 되시오. 그분의 손안에 든 지팡이처럼 되시오. 그러면 제군은 일체의 통제에서 벗어나 제군이 우두머리로 지배할 훌룽한 자리를 얻을 것이오. 봉급의 3분의 1은 정부가 지급하고 나머지 3분의 2는 제군의 포교로 모인 신자들이 지급하는 종신의 자리 말이오."

수업을 끝내고 나오는 길에 카스타네드 씨는 교정에서 발을 멈췄다. 그리고 자기를 빙 둘러싼 학생들에게 말했다.

"지위의 가치도 사람의 가치 나름이라는 얘기는 바로 사제를 두고 일컫는 것이지. 자네들에게 이런 얘기를 하고 있는 나는 사제의 부수입이 여러 도시보다도 좋은 산골의 교구를 여럿 알고 있다네. 신자들이 바치는 거세한 수탉이며 달걀이며 신선한 버터며 수많은 자질구레한 선물을 계산에 넣지 않더라도, 마찬가지의 현금 수입이 있다는 거야. 거기서는 사제가 이론의 여지 없이 제일인자란 말이야. 사제가 초대받지 않는 연회란 있을 수 없지."

카스타네드 씨가 자기 방으로 올라가자마자 학생들은 여러 그룹으로 나뉘었다. 쥘리앵은 어느 그룹에도 끼지 못했다. 그들은 쥘리앵을 옴 오른 양처럼 멀리했던 것이다. 모든 그룹에서 1수짜리 동전을 공중에 던지는 학생의 모습이 눈에 띄었다. 그 놀이에서 동전이 앞면인지 뒷면인지를 맞히는 데 따라서, 동료들은 그 사람이 머지않아 부수입이 좋은 사제 직을 얻게 될지를 점치는 것이었다.

뒤이어 일화들이 튀어나왔다. 어떤 젊은 성직자는 서품(敍品)된 지 일 년이 될까 말까 해서 자기가 기른 토끼 한 마리를 늙은 수석 사제의 식모에게 바치고는 조제(助祭)로 임명받도록 부탁해 주겠다는 약속을 얻어 냈는데, 몇 달 안 되어 수

석 사제가 죽어 버려서 훌륭한 교구의 수석 사제 자리를 차지
하게 됐다는 것이었다. 또 다른 사람은 풍증에 걸린 늙은 사제
와 식사 때마다 자리를 같이하면서 닭고기를 먹기 좋게 잘라
준 덕택에, 부유한 큰 읍의 사제 직을 물려받을 후계자로 지명
받는 데 성공했다는 얘기였다.

다른 모든 직업에 종사하는 젊은이들과 마찬가지로, 신학
생들도 특별한 효력을 발휘하며 상상력을 자극하는 이런 왜소
한 출세 수단의 결과를 과장하는 것이었다.

나도 저런 대화에 끼어들어야 할 것이다, 하고 쥘리앵은 생
각했다. 소시지나 좋은 교구에 대한 얘기를 하지 않을 때면 그
들은 교리의 세속적 부분에 관한 얘기를 주고받았다. 주교와
지사 사이의 분쟁이나 시장과 사제 사이의 분쟁 같은 얘기였
다. 쥘리앵은 제1의 신보다 훨씬 두렵고 훨씬 강력한 제2의 신
이란 개념이 출현하는 것을 볼 수 있었다. 그 제2의 신이란 교
황이었다. 피라르 사제가 듣지 않는 것이 확실할 때면 그들은
목소리를 낮추어서, 교황이 프랑스의 모든 지사와 시장을 직
접 임명하는 수고를 하지 않는 것은, 프랑스의 국왕을 교회의
맏아들로 지명함으로써 교황이 그에게 그런 일을 위임했기 때
문이라고 수군거렸다.

쥘리앵은 바로 그런 때야말로 드 메스트르 씨의 『교황론』
을 이용하여 자신을 인식시킬 수 있는 기회라고 생각했다. 사
실 그는 동료들을 놀라게 했다. 그러나 그것은 또 하나의 재난
이었다. 그는 동료들의 의견을 그들 자신보다 잘 설명함으로써
그들을 불쾌하게 만들었던 것이다. 셸랑 사제는 자기 자신에

게 그랬듯 쥘리앵에 대해서도 경솔했던 셈이었다. 쥘리앵에게 올바르게 사고하고 헛된 소리를 하지 않는 습관을 길러 준 연후에, 보잘것없는 사람에게는 그런 습관이 죄가 된다는 것을 말해 주지 않았던 것이다. 왜냐하면 모든 훌륭한 논법이란 사람들의 기분을 거스르기 때문이다.

그리하여 쥘리앵의 뛰어난 화술은 그에게 또 하나의 죄가 되었다. 쥘리앵에 대해 생각을 거듭한 끝에 그의 동료들은 그에게 품은 모든 혐오감을 단 한마디로 표현하게 되었다. 쥘리앵에게 '마르틴 루터'라는 별명을 붙였던 것이다. 그들은 무엇보다도 그를 그처럼 거만하게 만드는 악마의 논리 때문에 마르틴 루터답다고 수군거렸다.

몇몇 어린 신학생은 쥘리앵보다 얼굴빛도 싱싱하고 용모도 수려하다고 할 수 있었다. 그러나 쥘리앵은 하얀 손을 가지고 있었고 섬세하고 단정한 습관을 숨길 수가 없었다. 이러한 장점은 운명에 의해 그가 빠져든 그 음울한 신학교에서는 전혀 장점이 아니었다. 그가 함께 살아야 하는 더러운 촌뜨기들은 그의 습성이 몹시 문란한 것이라고 단정했다. 우리는 우리 주인공의 수많은 불행에 대한 얘기로 독자를 피곤하게 만들지나 않을까 염려하는 바이다. 한 가지 예만 더 들자면 그의 동료 중 힘이 센 자들은 그를 두들겨 패려고 들었다. 쥘리앵은 하는 수 없이 쇠 컴퍼스를 꺼내 들고 경우에 따라서는 그것을 사용하겠다는 시늉을 해 보였다. 시늉을 해 보이는 것은 밀정이 보고할 때 찌르겠다고 말한 것만큼 유리하게 작용할 수는 없는 것이다.

28장 행렬

모든 사람의 마음이 감동해 있었다.
사방에 휘장이 쳐 있고 신자들이 정성껏 모래를 깔아놓은
고딕식 건물이 늘어선 좁다란 거리거리에 하느님이
강림하신 듯이 보였다.

—영

쥘리앵이 자신을 보잘것없고 어리석은 자로 보이게 하려고 아무리 애써도 허사로, 그들 마음에 들 수가 없었다. 그는 그들과는 너무나 달랐던 것이다. 그는 이런 생각을 했다. 어쨌든 선생들은 모두 수많은 사람 중에서 뽑힌 총명한 사람들인데 어찌 나의 겸손을 좋아하지 않을까? 단 한 사람만이 모든 것을 믿고 모든 것에 속아 넘어갈 만큼 사람이 좋아 보였다. 그는 성당의 의식을 주재하는 샤 베르나르 사제로 십오 년 전부터 성당의 참사원 자리를 기대하고 있었다. 참사원 자리를 기다리면서 그는 신학교에서 설교술을 가르쳤다. 신학교 분위기에 아직 눈을 뜨기 전에 쥘리앵은 그 강의에서 줄곧 일등을 차지하곤 했다. 그런 연유로 샤 사제는 쥘리앵에게 호감을 보였고, 강의가 끝나면 즐겨 쥘리앵의 팔을 잡고 정원을 몇 바퀴

돌곤 했다.

이 사람은 도대체 무슨 얘기를 하려고 이러는가? 쥘리앵은 혼자 이런 생각을 하곤 했다. 그는 샤 사제가 몇 시간 동안이나 성당이 소유하고 있는 장식물 얘기를 늘어놓는 데 놀라지 않을 수 없었다. 성당에는 장례용 장식물 이외에도 장식 줄이 붙은 제복이 열일곱 벌이나 있다는 것이었다. 또 뤼방프레 노부인에게 많은 기대를 걸고 있었다. 나이가 아흔 살이나 된 그 부인은 칠십여 년 전부터 금으로 수놓은 뛰어난 리옹제 옷감으로 지은 자신의 혼례복을 간직해 왔다. 샤 사제는 발걸음을 딱 멈추고 눈이 휘둥그레져서 말했다. "이보게, 그 옷감에는 금사(金絲)가 하도 많이 들어 있어서 세워 놓으면 똑바로 서 있다는 걸 좀 생각해 보게. 브장송에서는 노부인의 유언으로 성당의 '보물'이, 대축제용 장포 제의(長袍祭衣) 대여섯 벌 말고도 상 제의(上祭衣)가 열 벌 이상 늘어날 것으로 믿고들 있다네. 여기서 샤 사제는 목소리를 낮추고 덧붙여 말했다. 그뿐만이 아닐세. 나는 부인이 도금한 멋진 은 촛대 여덟 개를 우리에게 남겨줄 것이라고 생각하네. 그 촛대들은 부르고뉴 공인 대담공 샤를이 이탈리아에서 사 온 것으로 추측되는데, 뤼방프레 부인의 선조 한 분이 그의 총신이었지."

쥘리앵은 혼자 생각했다. 이 사람은 이런 고물 얘기를 끝없이 늘어놓아 어쩌겠다는 것인가? 이런 교묘한 준비 과정을 시작한 지가 벌써 언제인데 아직도 본심은 전혀 드러나지가 않는구나. 이자는 나를 몹시 경계하고 있으렷다! 이자는 이 주일 정도면 은밀한 목적이 짐작되는 다른 자들보다는 능란한 모양이다. 그래 알 만하다. 이 작자의 야심은 십오 년 전부터 괴로움에 시달리고 있으렷다!

어느 날 저녁 무술 시간 도중에 쥘리앵은 피라르 사제 방에 불려 갔다. 교장은 쥘리앵에게 이렇게 말했다.

"내일이 성체 축일일세. 샤 베르나르 사제님이 성당을 장식하는 데 자네의 조력이 필요하다니, 가서 시키는 대로 하게."

피라르 사제는 그를 다시 불러 세우더니 동정 어린 태도로 부연했다.

"이 기회를 타서 시내를 돌아다니든지 말든지는 군이 잘 알아서 하게."

"인케도 페르 이그네스."[38] 쥘리앵이 대답했다.

다음 날 이른 새벽에 쥘리앵은 눈을 내리깔고 성당으로 갔다. 활기를 띠기 시작한 거리의 풍경에 그는 기분이 유쾌해졌다. 사람들은 행렬을 구경하기 위해 사방에서 집 앞에 천막을 치고 있었다. 신학교에서 지냈던 모든 시간이 그에게는 한순간에 불과했던 듯이 여겨졌다. 그의 생각은 베르지로 달려갔고 또 아름다운 아망다 비네에게로 달려갔다. 그녀의 카페는 멀리 떨어져 있지 않았으므로 그녀와 만날 수 있을지도 몰랐다. 자신의 소중한 성당 문간에 나와 있는 샤 베르나르 사제가 멀리서부터 눈에 띄었다. 뚱뚱한 사제는 명랑하고 즐거운 표정이었다. 그날 그는 의기양양한 태도였다. 쥘리앵이 눈에 띄자 그는 멀리서부터 소리쳤다.

---

38) 제게는 숨은 적들이 있습니다

"자네를 기다리고 있었네. 잘 왔네. 오늘 일은 오래 걸리고 힘들 거야. 뭘 좀 먹고 기운을 차려 두세. 두 번째 식사는 10시 미사 동안에 나올 거야."

"선생님, 저는 잠시도 혼자 있고 싶지 않습니다." 쥘리앵이 그에게 엄숙한 태도로 말했다. "제가 5시 1분 전에 도착했다는 것을 봐주십시오." 쥘리앵은 머리 위의 벽시계를 가리키면서 덧붙였다.

"아! 신학교의 고약한 녀석들이 겁나는 게로군! 그 녀석들 생각을 다 하다니 자네도 참 착하군. 길가의 생나무 울타리에 가시가 있다고 해서 그 길이 덜 아름다운가? 고약한 가시 같은 건 제자리에 팽개쳐 두고 나그네는 갈 길을 가는 거야. 그건 그렇다 치고 일을 시작하세, 일을!" 샤 사제가 이렇게 말했다.

일이 힘들 것이라는 샤 사제의 말은 사실 그대로였다. 전날 성당에 큰 장례식이 있어서 아무것도 준비해 놓을 수가 없었다. 오전 중으로 세 개의 신자석을 이루는 고딕식 기둥을 모두 9미터 높이까지 붉은 천으로 감아올려야 하는 것이었다. 주교는 파리에서 우편 마차 편으로 네 명의 융단업자를 불러왔지만 그들만으로는 그 모든 일을 감당할 수 없었다. 그들은 일을 거드는 브장송 동업자들의 서툰 솜씨를 보고 격려해 주기는커녕 빈정거려서 그 서투름을 더욱 크게 할 뿐이었다.

쥘리앵은 자기 자신이 사다리로 올라가야만 할 것 같았다. 그의 민첩함이 큰 도움이 되었다. 그는 브장송의 융단 업자들을 지휘하는 일을 맡았다. 샤 사제는 사다리에서 사다리로 나는 듯 뛰어다니는 쥘리앵의 모습을 넋을 잃은 표정으로 쳐다보았다. 모든 기둥에 천을 감고 나자, 이번에는 주 제단 위 천 개에 다섯 개의 거대한 깃털 다발을 다는 것이 문제였다. 금박을 입힌 화려한 목제 관(冠)을 이탈리아 대리석으로 만든 여덟 개의 거대한 나선 기둥이 떠받치고 있었다. 그러나 감실(龕室) 위의 천개 중심부까지 다다르기 위해서는 12미터나 높이 솟아 있고 어쩌면 벌레가 먹었을지도 모를 낡은 목제 코니스 위를 걸어가야 했다.

그 험한 길을 보자 그때까지는 그렇게도 부산스럽던 파리 융단업자들의 쾌활함도 사라지고 말았다. 그들은 밑에서 쳐다보며 논쟁만 벌였지, 올라가지를 않았다. 쥘리앵이 깃털 다발을 집어 들고 사다리를 성큼성큼 올라갔다. 천개 가운데의 화관 모양 장식 위에 그는 깃털 다발을 맵시 있게 꽂아놓았다. 그가 사다리에서 내려오자 샤 베르나르 사제는 그를 품에 얼싸안았다.

"옵티메,[39] 주교 각하께 이걸 말씀드리겠어." 착한 사제가 외쳤다.

10시의 아침 식사는 아주 유쾌했다. 샤 사제는 자기 교회가 이처럼 아름다운 것을 일찍이 본 적이 없었던 것이다.

그는 쥘리앵에게 이런 얘기를 들려주었다. "여보게, 내 어머니는 이 훌륭한 대성당에서 의자를 세놓는 사람이었다네. 나는 이 위대한 건물 속에서 자란 셈이지. 로베스피에르의 공포 정치 때문에 우리는 망했다네. 하지만 그때 여덟 살이었던 나

---

39) 멋지다.

는 벌써 방에서 몰래 미사드리는 일을 도왔다네. 미사가 있는 날이면 음식을 얻어먹곤 했지. 나보다 제복을 잘 갤 줄 아는 사람은 아무도 없다네. 장식 줄이 꺾이는 일이 결코 없거든. 나폴레옹에 의해 신앙의 자유가 회복된 이후부터 나는 이 훌륭한 대사교 관구(大司教管區)의 모든 일을 맡아보는 행복을 누리게 됐지. 일 년에 다섯 번씩 내 눈은 이 성당이 이처럼 아름다운 장식에 싸이는 것을 보아왔네. 그러나 이번처럼 휘황찬란하게 장식된 일은 없었단 말이야. 비단 천 자락이 오늘처럼 잘 매이고 기둥에 딱 붙은 적은 없었단 말일세."

쥘리앵은 혼자 생각했다.

'마침내 이 사람은 자기 비밀을 털어놓으려는 모양이군. 내게 자기 얘기를 꺼냈으니 말이야. 심정을 토로하는 거야. 하지만 분명히 흥분했는데도 경솔한 얘기는 한마디도 안 하는걸.' 쥘리앵은 다시 생각했다. '그렇지만 이 양반은 일을 많이 했고 행복한 기분이며 좋은 포도주도 꽤 많이 마셨는데. 무서운 사람이야! 내게는 모범이 될 만한 사람이지! 이 사람이 장원이다. (이 말은 늙은 군의에게 들은 농담이었다.)'

대미사의 삼성창(三聖唱)이 울리자 쥘리앵은 주교를 뒤쫓아 장엄한 행렬을 따라가려고 중백의를 입으려 했다.

"이 사람아, 도둑을 지켜야지, 도둑을! 그 생각을 못 하고 있군." 샤 사제가 외쳤다. "행렬이 곧 떠나면 성당은 텅 빌 걸세. 자네와 내가 지켜야 하네. 기둥 밑을 감은 저 아름다운 장식 줄을 한 치라도 잃게 되면 참말로 큰일이지. 그것도 드 뤼방프레 부인의 선물이라네. 부인의 증조부인 유명한 백작으로부터 물려받은 것이지. 이보게, 저건 순금이야." 사제는 분명히 흥분한 태도로 쥘리앵의 귀에 대고 속삭였다. "진짜 순금이란 말일세! 자네에게 북쪽 편의 감시를 맡길 테니 거기서 떠나지 말게. 나는 남쪽 측면과 중앙 홀을 지키겠네. 고해실을 조심하게. 도둑놈의 염탐꾼들은 거기서 우리가 등을 돌리는 순간을 엿보고 있을 테니."

사제가 말을 마치자 11시 45분이 되었다. 곧 성당의 종소리가 들렸다. 종소리는 우렁차게 울려 퍼졌다. 힘차고 장엄한 종소리에 쥘리앵은 감동하였다. 그의 상상력은 이제 지상에 머물러 있지 않았다.

향 냄새와, 성 요한으로 분장한 어린이들이 성체 안치대 앞에 뿌리는 장미 꽃잎 냄새가 쥘리앵을 결정적으로 흥분에 빠져 들게 했다.

그 장엄한 종소리는 50상팀의 임금을 받는 스무 명의 일꾼이 열대여섯 명 정도의 신자들의 도움을 받아 행하는 노동이란 생각을 쥘리앵에게 불러일으켰어야 마땅했을 것이다. 그는 밧줄이나 목재가 낡아 가는 것이라든지, 2세기마다 떨어져 내리는 종의 위험 따위를 생각해야 했을 것이다. 그리고 종지기들의 임금을 깎는 수단이나, 또는 성당의 재정을 축내지 않으면서 어떤 물건을 선심 쓰듯 대신 지불함으로써 임금을 가로채는 수단 따위에 생각이 미쳐야 마땅했을 것이다.

그런 현명한 성찰을 하는 대신, 그처럼 우렁차고도 은은한 종소리에 들뜬 쥘리앵의 영혼은 공상의 세계를 배회하고 있었다. 그는 결코 훌륭한 성직자도 위대한 행정가도 되지 못하리

라. 이처럼 흥분하기 쉬운 영혼은 기껏 예술가가 되기에나 안성맞춤인 것이다. 여기서 쥘리앵의 자부심이란 것도 결국 백일하에 드러나고 만다. 어느 집 울타리 뒤에나 숨어 있는 공공연한 증오심과 과격 사상에 주목해서, 세상의 진상에 주의를 기울이게 된 신학생들 가운데 오십여 명 정도는 성당의 힘찬 종소리를 들으면서 종지기들의 임금만을 생각했을 것이다. 그들은 바렘[40]과 같은 재능을 발휘하여, 대중이 받는 감동의 정도가 종지기들에게 지불하는 돈만큼 가치가 있는지 따져 보았을 것이다. 만약 쥘리앵이 성당의 물질적 이해관계를 생각하려고 했다면 그의 상상력은 목적을 빗나가서, 건물 유지비에서 40프랑을 절약할 생각은 했겠지만 25상팀의 지출을 피할 기회는 놓쳐 버렸을 것이다.

더할 나위 없이 화창한 날씨에 유지들이 앞 다투어 설치한 화려한 휴게소에서 쉬어 가면서 행렬이 브장송 시내를 천천히 돌아다니는 동안, 성당은 깊은 침묵에 싸여 있었다. 그곳은 어슴푸레했고 기분 좋은 시원함이 깃들어 있었다. 아직도 꽃과 향의 향긋한 냄새가 배어 있었다.

고요와 깊은 적막과 긴 홀의 시원함이 쥘리앵의 몽상을 더욱 감미롭게 해 주었다. 건물의 다른 편을 지키는 샤 사제에게 몽상을 방해당할 염려는 조금도 없었다. 자기에게 감시를 맡긴 북쪽 측면을 천천히 거닐고 있는 육체로부터 그의 마음은 거의 유리되어 있었다. 고해실에는 신앙심 깊은 몇몇 여신도

---

40) 프랑수아 바렘(François Barrême, 1638~1703). 프랑스의 수학자.

만이 있는 것을 확인했기 때문에 더욱더 평온한 심정이었다. 그는 눈을 뜨고 있었지만 아무것도 보고 있지 않았다.

하지만 훌륭한 옷차림을 한 두 여인이 무릎을 꿇고 있는 모습을 보고 그는 방심 상태에서 반쯤 깨어났다. 한 여인은 고해실에, 다른 여인은 바로 옆의 의자에 무릎을 꿇고 있었다. 그는 멍하니 바라보았다. 그렇지만 막연한 의무감에서였든지 아니면 고상하면서도 단순한 그 부인들의 차림새에 이끌려서였든지 간에, 그는 그 고해실 안에 사제가 없다는 사실에 주목하게 되었다. 그는 혼자 생각해 보았다. 이 아름다운 부인들이 신앙심이 깊은 부인들이라면 어느 휴게소 앞에 무릎을 꿇고 있지 않은 것이 이상한 일이다. 이 부인들이 허영심이 많은 여자들이라면 어떤 발코니의 맨 앞줄 유리한 자리를 차지하고 있어야 할 테고. 하여튼 그 옷은 참으로 잘 재단한 것이다! 얼마나 우아한가! 그는 두 여인을 자세히 보려고 걸음을 천천히 옮겼다.

이 깊은 정적 속에서 울리는 쥘리앵의 발걸음 소리를 듣고 고해실에 꿇어앉아 있던 여인이 고개를 약간 돌렸다. 그러더니 그녀는 갑자기 작게 비명을 지르고 정신을 잃었다.

무릎을 꿇고 있던 그 부인은 기운을 잃고 뒤로 넘어졌다. 곁에 있던 그녀의 친구가 부축하려고 달려들었다. 그 순간 쥘리앵은 뒤로 넘어진 부인의 어깨를 보았다. 그에게는 친숙한, 정교하고 굵은 진주알을 꼬아서 엮은 목걸이가 그의 시선을 자극했다. 드 레날 부인의 머리칼을 알아보았을 때의 그의 놀라움이라니! 바로 드 레날 부인이었다. 부인의 머리를 떠받쳐서 완전히 쓰러지지 않게 한 부인은 데르빌르 부인이었다. 쥘리앵은 허겁지겁 내달았다. 쥘리앵이 두 여인을 떠받치지 않았다면 드 레날 부인이 넘어지는 바람에 그녀의 친구까지 쓰러질 뻔했다. 창백한 드 레날 부인의 얼굴은 완전히 무표정한 채로 어깨 위에 축 늘어졌다. 쥘리앵은 데르빌르 부인을 거들어 그 매력적인 얼굴을 짚 의자 등받이에 기대어 놓았다. 그는 어느새 무릎을 꿇고 있었다.

데르빌르 부인이 고개를 돌리더니 그를 알아보았다.

"저리 가세요, 비키세요!" 데르빌르 부인은 격노한 어조로 말했다. "특히 이 사람이 다시는 당신을 보지 못하게 하세요. 당신을 보면 정말로 몸서리가 쳐질 거예요. 당신을 만나기 전에는 그렇게도 행복했던 사람! 당신 행동은 끔찍해요. 저리 가세요. 염치가 조금이라도 남아 있다면 멀리 피하세요."

데르빌르 부인이 너무도 단호하게 말했으며 또 그 순간에 마음이 몹시 약해져 있었으므로 그는 자리를 피했다. 저 여자는 항상 나를 미워했지. 쥘리앵은 데르빌르 부인을 생각하며 혼자 중얼거렸다.

그때 행렬의 맨 앞에 선 사제들이 콧소리로 흥얼거리는 찬송가 소리가 성당 안에 울렸다. 행렬이 돌아오고 있었던 것이다. 샤 베르나르 사제가 몇 번이나 쥘리앵을 불렀지만 그는 듣지 못했다. 이윽고 사제는 기둥 뒤에서 넋 나간 사람처럼 숨어 있는 쥘리앵을 발견하고 그의 팔을 잡았다. 사제는 쥘리앵을 주교에게 소개하려고 했다.

"자네 몸이 좋질 않구먼. 과로한 거야." 얼굴이 핼쑥한 데다 거의 걸음을 옮길 수도 없는 상태에 빠져 있는 쥘리앵을 보고 사제가 말했다. 사제는 그의 팔을 부축했다. "자, 이리 와서, 내 뒤의 성수 뿌리는 사람이 앉는 작은 의자에 좀 앉아 있게. 내가 자네를 가려 줄 테니까. 좀 진정하게. 주교 예하가 지나가실 때까지 아직 이십여 분은 남아 있으니까. 기운을 차리게. 그분이 지나가실 때 내가 부축해서 자네를 일으켜 세우겠네. 나이는 먹었지만 나는 원기 왕성하다네."

그러나 주교가 지나갈 때도 쥘리앵이 너무 떨고 있었으므로 샤 사제는 그를 소개하려는 생각을 포기했다.

"너무 마음 아파하지 말게. 내가 또 기회를 찾아낼 테니까." 사제가 쥘리앵에게 말했다.

그날 저녁 사제는 쥘리앵이 재빨리 꺼서 절약한 것이라고 설명을 붙이면서 신학교의 예배당에 양초 10파운드를 보냈다. 그것은 전혀 사실이 아니었다. 가련한 쥘리앵 자신이 꺼져 있는 상태였던 것이다. 드 레날 부인을 본 이후로 그는 아무런 생각도 할 수가 없었다.

29장 첫 승진

그는 자기 시대를 알았고
자기 지방을 알아서
이제 부자가 되었다.

─『선구자』

성당에서 있었던 사건으로 쥘리앵이 아직도 깊은 몽상에서 헤어나지 못하고 있던 어느 날 아침, 엄격한 피라르 사제가 그를 불렀다.

"샤 베르나르 사제님이 내게 자네를 칭찬하는 편지를 쓰셨더군. 나는 자네의 행동 전반에 대해서 꽤 만족하고 있네. 자네는 일견 그렇지 않아 보이면서도 무분별하고 경솔한 점도 있었네. 하지만 여태껏 마음 쓰는 것이 착하고 관대하기도 했네. 머리는 뛰어난 편이었고. 요컨대 자네에게는 무시할 수 없는 섬광과 같은 재질이 보이네.

나는 십오 년간이나 일해 온 이 학교를 곧 떠날 듯한 전망이네. 신학생들을 자유 판단에 맡겨 두었다는 것과, 언젠가 고해실에서 자네가 얘기한 바 있는 그 비밀 결사를 보호하지도 못하고 해체하지도 못한 것이 내 죄인 셈이지. 떠나기 전에 자네를 위해 뭔가 해 주고 싶네. 자네 방에서 발견된 아망다 비네의 주소에 근거한 밀고만 없었던들 나는 두 달 전에 이 일을 했을 것이네. 자네는 그럴 만한 자격이 있으니까. 자네를 「신약」과 「구약」의 복습 교사로 임명하네."

쥘리앵은 감사하는 마음에 감격하여 무릎을 꿇고 천주께 감사드리고 싶었다. 그러나 그는 좀 더 진실한 충동에 이끌렸다. 그는 피라르 사제에게 다가가 사제의 손을 잡고 자기 입술을 갖다 댔다.

"이게 무슨 짓인가?" 교장은 화난 태도로 소리쳤다. 하지만 쥘리앵의 눈은 그의 행동 이상의 것을 얘기하고 있었다.

피라르 사제는 오래전부터 섬세한 감정과는 마주친 적이 없는 사람처럼 놀라서 그를 쳐다보았다. 쥘리앵에게 기울인 주의가 교장의 본심을 드러내고 말았다. 그는 변한 목소리로 말을 이었다.

"그래! 나는 네게 애착을 느꼈다. 나로서도 어쩔 수 없는 일임을 하느님도 아시겠지. 나는 공정해야 하며 누구한테도 애증의 감정을 지녀서는 안 되는 것인데. 네 일생은 고통스러울 것이다. 너에게는 천박한 인간의 기분을 거스르는 무언가가 있는 듯해. 시기와 중상이 너를 따라다닐 것이다. 하느님의 뜻에 따라 네가 어느 곳에 있더라도 네 동료들은 반드시 너를 미워하게 될 것이다. 그들이 너를 좋아하는 척하더라도 그것은 더욱 확실하게 배반하기 위해서일 뿐일 거야. 그 점에 있어서는 한 가지 치유책밖에 없어. 천주님께만 의지하도록. 천주

322

님은 네 자부심을 벌하시기 위해서 미움받을 필요성을 네게 주신 거야. 행동이 순결하도록 힘써야 한다. 그것만이 네게 주어진 유일한 구원의 방법이야. 불굴의 정신으로 진실에만 매달린다면 머지않아 너의 적들도 당황하게 될 거야."

쥘리앵이 다정한 목소리를 들은 것은 너무나 오래간만이라서 마음이 여려진 것도 당연했다. 그는 눈물이 왈칵 솟아올랐다. 피라르 사제는 팔을 펼쳐 그를 끌어안았다. 이 순간은 그들 둘 모두에게 감미로운 순간이었다.

쥘리앵은 기뻐 어쩔 줄 몰랐다. 이 승진은 그가 얻은 최초의 것이었다. 그로 인한 유리함은 엄청난 것이었다. 몇 달 동안 내내 잠시도 혼자 있지 못하고, 대부분이 견디기 힘든 존재들인 성가신 급우들과 몸을 부대끼며 살아온 것을 생각하면 그 유리함이 얼마나 큰 것인가를 알 수 있었다. 그들의 고함 소리만으로도 섬세한 기질에 혼란을 일으키기 충분했을 것이다. 잘 먹고 잘 입게 된 이 촌뜨기들의 소란스러운 기쁨은 조용히 즐기는 것으로는 충분치 못해서 목청껏 소리를 내질러야만 직성이 풀렸던 것이다.

이제 쥘리앵은 다른 신학생들보다 한 시간 늦게 거의 혼자서 식사할 수 있게 되었다. 그는 정원의 열쇠 하나를 가지게 되어 사람들이 없는 시간에 정원을 산책할 수 있었다.

참으로 놀랍게도 쥘리앵은 자기가 전보다 미움을 덜 받는 것을 알게 되었다. 그는 반대로 훨씬 더 미움받게 될 것을 예상했던 것이다. 아무와도 얘기를 나누고 싶지 않다는 그의 숨은 욕망(그것은 너무나 분명하게 드러나 그에게 많은 적을 만들었던 것이다.)이 이제는 우스꽝스러운 오만함의 표시가 아니었다. 그를 둘러싼 야비한 자들에게는 그것이 그의 품위에서 나오는 당연한 감정으로 보였던 것이다. 증오심은 현저하게 줄어들었다. 특히 그에게 배우게 된 나이 어린 학우들이 그랬는데, 쥘리앵은 그들을 대단히 정중하게 대해 주었다. 점차 그는 자신의 옹호자들도 얻게 되었다. 이제 그를 마르틴 루터라고 부르는 것은 못된 농담이 되었다.

그러나 적을 동지라고 불러 본들 무슨 소용이 있을 것인가? 그런 따위의 일들이란 본심이 드러날수록 더욱더 추한 것이다. 하지만 그런 자들이 민중이 지닌 유일한 도덕 교사이니, 그런 자들이 없다면 민중은 어떻게 될 것인가? 언젠가 신문이 사제를 대신할 수 있을 것인가?

쥘리앵이 새로 승진한 이후부터 신학교 교장은 사람들이 보는 앞이 아니면 그에게 말하려고 하지 않았다. 그러한 행동은 스승이나 제자를 위해 다 같이 신중을 기하려는 의도에서 나온 것이었다. 그러나 그것은 무엇보다도 '시험'이기도 했다. 엄격한 얀세니스트인 피라르의 불변의 원칙은 다음과 같은 것이었다. 어떤 사람이 당신에게 가치 있는 인간으로 보이는가? 그렇다면 그가 욕망하는 모든 것, 그가 시도하는 모든 것 앞에 장애물을 놓아 보라. 그가 지닌 가치가 사실이라면 그는 장애물을 뒤엎든지 피할 수 있을 것이다.

마침 사냥철이었다. 푸케는 쥘리앵의 친척이 보내는 듯이 해서 사슴 한 마리와 멧돼지 한 마리를 신학교에 보낼 생각을 했다. 죽은 짐승들은 부엌과 식당 사이의 통로에 놓여 있었다.

식사를 하러 가는 길에 신학생들은 거기에서 모두 그것을 보게 되었다. 그것은 큰 구경거리가 되었다. 완전히 죽은 것인데도 나이 어린 신학생들은 멧돼지에 겁을 냈다. 그들은 멧돼지의 어금니를 만져 보기도 했다. 일주일 동안은 온통 그 얘기뿐이었다.

쥘리앵의 가정을 존경받아 마땅한 상류층으로 분류시켜 준 그 선물은 지독한 부러움을 자아냈다. 그는 이제 재산으로도 우월함을 인정받았다. 샤젤과 몇몇 우수한 신학생들도 사근사근하게 접근했으며, 부모의 재산을 미리 얘기해 주지 않아서 돈에 대한 경의를 표하지 못했던 점에 대해 그에게 불평할 정도였다.

그동안 징집이 있었지만 쥘리앵은 신학생 자격으로 면제받았다. 그 상황에 쥘리앵은 깊은 동요를 느꼈다. 이십 년 전이라면 내게 영웅적인 삶이 시작되었을 때인데, 그 순간은 영원히 흘러가 버린 것인가!

신학교의 정원을 혼자 산책하다가 쥘리앵은 담장을 수리하는 미장이들이 자기네끼리 주고받는 소리를 우연히 들었다.

"그런데 나도 나가야 할 판이야. 또 징집이 있다니까."

"그 사람 시대가 좋았지! 미장이가 장교도 되고 장군도 되었으니까. 우리가 보았지 않나."

"한번 나가 보시지! 지금 군대에 가는 건 비렁뱅이뿐이라니까. 돈푼이나 있는 놈은 집에 처박히고."

"가난뱅이 팔자는 평생 가난뱅이지 뭐."

"그런데 말이야, 그 사람이 죽었다는 소문은 사실인가?" 세 번째 미장이가 물었다.

"그따위 소문을 퍼뜨리는 건 부자 놈들이라구! 부자들은
그 사람을 무서워하잖아."

"세상 많이 달라졌어, 그 시대엔 만사가 잘되어 나갔는데!
그 사람의 장군들이 배반했다면서! 들고일어나야 해!"

이런 대화를 듣고 쥘리앵은 얼마간 위안을 받았다. 그 자리
를 떠나면서는 한숨을 내쉬며 뇌었다.

　　민중이 기억을 간직하고 있는
　　유일한 왕이여!

시험 때가 다가왔다. 쥘리앵은 시험관에게 뛰어나게 답변
했다. 샤젤까지도 자신의 모든 실력을 발휘하느라고 안간힘을
쓰는 것이 역연했다.

시험 첫날 유명한 프릴레르 부주교가 임명한 시험관들은,
피라르 사제의 애제자로 알려진 쥘리앵 소렐이 맡아 놓고 일
등 아니면 적어도 이등을 차지하는 것을 보고 난처해졌다. 신
학교에서는 쥘리앵이 전체 성적 1위를 차지하리라는 것이 내
기에 걸려 있었다. 일등을 하면 주교 예하와 식사를 하는 영
예를 누리게 되는 것이었다. 그런데 교부들에 관한 시험이 끝
나갈 무렵 능란한 시험관 하나가 성 히에로니무스 및 키케로
에 대한 그의 열정을 질문하고 나서, 쥘리앵에게 호라티우스
와 베르길리우스와 다른 세속적인 작가에 관한 얘기를 꺼냈
다. 학우들이 모르는 사이에 쥘리앵은 그런 작가들의 많은 구

절을 외워 두고 있었다. 그는 자신의 성공에 넋을 잃고서 어떤 장소에 서 있는지도 망각하고, 시험관의 거듭되는 질문에 따라 호라티우스의 오드 여러 편을 암송하면서 열성적으로 설명을 곁들였다. 이십여 분 동안이나 낚싯밥에 걸려들게 내버려 둔 다음 시험관은 갑자기 안면을 바꾸고서, 그런 세속적인 공부에 시간을 낭비해서 무용하고 범죄적인 생각을 머릿속에 채워 넣었다고 쥘리앵을 호되게 나무랐다.

"저는 어리석습니다, 선생님. 선생님 말씀이 옳습니다." 쥘리앵은 자신이 교활한 책략의 희생이 된 것을 알고 겸손한 태도로 말했다.

아무리 신학교라고 해도 시험관의 이런 술책은 더러운 것으로 여겨졌다. 그렇지만 드 프릴레르 사제는 그 강력한 손으로 쥘리앵의 이름 옆에 198등이란 숫자를 적어 넣었다. 이 능란한 인물은 브장송에 수도회 망을 교묘하게 조직해 놓고 있어서, 그가 파리로 띄우는 우편물은 판사며 지사며 수비대 장성들까지 벌벌 떨게 만드는 판이었다. 그는 쥘리앵의 성적을 떨어뜨려 그의 적인 얀세니스트 피라르를 괴롭히는 것을 기뻐했다.

십 년 전부터 그는 피라르 사제에게서 신학교 교장 직을 뺏는 것을 자신의 큰 사명으로 여겨왔다. 쥘리앵에게 지시한 행동 방침을 스스로도 지켜 온 피라르 사제는, 성실하고 경건하고 술책을 부리지 않으며 자신의 의무에 충실한 사람이었다. 그러나 모욕과 증오를 받으면 그것을 가슴 깊이 느끼는 까다로운 기질을 그에게 부여함으로써 하늘은 노여움을 표시한 모양이었다. 그의 불같은 성질은 자신이 받은 모욕을 하나도 건성으로 넘기질 못했다. 그는 수백 번이라도 사직서를 냈을 것이지만, 하늘이 마련해 준 직책에 자신이 필요하다고 믿었던 것이다. 나는 예수회 교리와 우상 숭배가 퍼지는 것을 막고 있는 것이다. 그는 이렇게 생각했다.

시험이 있을 무렵 그는 쥘리앵과 약 두 달 동안이나 얘기도 나누지 않고 지낸 터였지만, 시험의 결과를 알리는 공식 통지서를 받고서 자기가 신학교의 영예로 생각하는 제자의 이름 옆에 198이란 숫자가 쓰여 있는 것을 보자 일주일 동안이나 앓아누웠다. 이 엄격한 성격에 유일한 위안거리가 있다면, 그것은 쥘리앵에게 자신의 모든 감독의 수단을 집중하는 것이었다. 그는 쥘리앵이 분노도 복수의 계획도 낙심도 보이지 않는 것을 알고 몹시 기뻐했다.

몇 주일 후 쥘리앵은 편지 한 통을 받고 소스라쳐 놀랐다. 그 편지에는 파리의 소인이 찍혀 있었다. 마침내 드 레날 부인이 약속을 기억해 낸 모양이구나. 쥘리앵은 이렇게 생각했다. 그의 친척을 자처하는, 폴 소렐이라고 서명한 사람이 그에게 500프랑짜리 환어음을 보내왔던 것이다. 만약 쥘리앵이 훌륭한 라틴 작가들을 계속해서 성과 있게 공부한다면, 같은 액수를 매년 그에게 송금해 주겠다고 덧붙이고 있었다.

쥘리앵은 감동하여 혼자 중얼거렸다. 레날 부인이야, 그분의 호의지! 부인이 나를 위로해 주려는 거야. 그런데 왜 다정한 말이 한마디도 없을까?

그는 이 편지에 대해 오해하고 있었다. 친구인 테르빌르 부인에게 조종받는 드 레날 부인은 깊은 회한에 사로잡혀 있었다. 그와의 만남으로 자신의 생활이 뒤엎어진, 그 야릇한 사람을 그녀는 어쩔 수 없이 자주 생각하는 것이었지만 그에게 편지 쓰는 것은 삼가고 있었다.

신학교식 언어로 얘기한다면 우리는 이 500프랑의 송금에서 하나의 기적을 발견할 수 있을 것이다. 그리고 하늘이 드 프릴레르 씨 바로 그 사람을 이용하여 쥘리앵에게 그런 선물을 하게 했다고 말할 수 있을 것이다.

십이 년 전에 드 프릴레르 사제는 아주 조그만 여행 가방 하나를 들고 브장송에 도착했다. 전하는 얘기에 의하면 그 가방 속에 그의 전 재산이 들어 있었다는 것이다. 그런데 이제는 그가 현에서도 가장 부유한 지주의 한 사람이 되었다. 그가 번창해 가는 도중에 그는 어떤 토지의 반을 샀는데, 그 토지의 나머지 반은 상속 재산으로 드 라 몰 씨에게 떨어지게 되었다. 그런 연유로 그 두 인물 사이에 일대 소송 사건이 벌어졌던 것이다.

파리에서 호사스러운 생활을 누리며 궁정에 세력 있는 직책을 가지고 있는데도, 드 라 몰 후작은 지사의 임면권을 좌지우지한다는 부주교에 대항하여 브장송에서 싸우는 것이 위험한 일임을 느꼈다. 국가 예산의 어떤 명목으로든 5만 프랑의 하사금을 위장하여 청원하고 그 대신 5만 프랑짜리 그 보잘것없는 소송건을 드 프릴레르 사제에게 양보해 버리지 않고서, 후작은 화를 냈다. 그는 자기편에 그럴 만한 이유가 있다고, 그것도 아주 정당한 이유가 있다고 생각했던 것이다.

29장 첫 승진

이런 얘기를 하는 것이 허용된다면 말이지만, 도대체 출세시켜야 할 아들이나 아니면 적어도 사촌을 갖고 있지 않은 판사가 어디 있겠는가?

　사정을 잘 모르는 사람들에게 알려 주기 위해서 하는 말인데, 드 프릴레르 사제는 일심 판결에서 승소한 일주일 후 몸소 주교 예하의 사륜마차를 타고서 자기 변호사에게 레지옹 도뇌르 훈장을 가져다주었다. 상대편의 대담한 태도에 약간 어안이 벙벙해진 드 라 몰 씨는 자기 변호사들의 사기를 죽일까 봐 염려되어 셸랑 사제에게 충고를 부탁했다. 그러자 셸랑 사제는 그에게 피라르 씨를 소개했던 것이다.

　두 사람의 관계는 우리의 이야기가 진행되고 있는 이 시기까지 여러 해 계속되어 오고 있었다. 피라르 사제는 이 사건에 자신의 열정적인 성격을 쏟아부어 관여했다. 후작의 변호사들과 끊임없이 만나며 소송건을 연구한 끝에 후작의 입장이 정당하다는 것을 알게 되자, 그는 전능한 부주교에 맞서 공공연히 드 라 몰 후작의 옹호자가 되었다. 부주교는 보잘것없는 얀세니스트의 그와 같은 불손함에 몹시 화를 냈다.

　드 프릴레르 사제는 가까운 친구들에게 이런 말을 늘어놓곤 했다.

　"그렇게 권세가 좋다는 그 궁정 귀족의 꼬락서니를 좀 보시오! 드 라 몰 씨는 브장송의 제 심부름꾼에게 보잘것없는 훈장 하나 보내 주지 못했을뿐더러, 그자를 보기 좋게 쫓겨나게 만들 거요. 그런데도 그 귀족원 의원 나리는 한 주일도 거르지 않고 법무 대신의 살롱에 출입하며 자기의 청색 훈장을 과시한다는 소문이니."

피라르 사제의 정력적인 활동이 있었으며 드 라 몰 씨가 여전히 법무 대신 및 법무성 관료들과 친밀한 사이였는데도, 육 년간이나 애쓴 끝에 그가 해낼 수 있었던 일은 고작 소송에서 완전히 패하지 않은 정도였다.

둘이 함께 정열적으로 관여해 온 사건으로 말미암아 피라르 사제와 줄곧 서신 왕래를 갖게 된 후작은 마침내 사제의 인품을 높이 평가하게 되었다. 사회적 지위의 현격한 격차에도 불구하고 그들의 서신은 점차 친밀한 어조를 띠어 갔다. 피라르 사제는 갖가지 모욕을 당한 나머지 마침내 자신이 사직하지 않을 수 없노라고 후작에게 편지를 써 보냈다. 쥘리앵을 대상으로 한 치사한 술책에 격분한 사제는 그 얘기도 후작에게 써 보냈던 것이다.

대단히 부유한데도 그 대영주는 전혀 인색한 사람이 아니었다. 후작은 피라르 사제에게 소송 사건의 비용을 보상하려 했지만 사제는 우편 요금의 환불조차 받으려 들지 않았다. 그래서 후작은 사제의 애제자에게 500프랑을 송금해 줄 생각을 해냈던 것이다.

드 라 몰 씨는 손수 그 송금의 편지를 썼다. 그 편지를 쓰노라니 사제 생각이 떠올랐다.

어느 날 피라르 사제는 작은 쪽지 한 장을 받았다. 그 쪽지에는 급한 일로 만나고자 하니, 브장송 교외의 한 여관으로 지체 없이 들러 달라는 내용이 적혀 있었다. 사제는 거기서 드 라 몰 씨의 집사를 만났다.

집사는 그에게 이렇게 말했다.

"후작님께서 당신의 마차 편에 사제님을 모셔 오라고 분부하셨습니다. 이 편지를 읽으신 후 사오 일 내에 파리로 출발하셨으면 좋겠다는 후작님의 당부이십니다. 사제님이 정하시는 날짜까지 남은 시간을 저는 프랑슈콩테 지방에 있는 후작님의 영지를 돌아보며 지내겠습니다. 그런 다음 사제님께서 편하신 날짜에 파리로 떠났으면 합니다."

편지는 짤막한 것이었다.

"시골의 온갖 번잡함을 버리시고 파리로 오셔서 평온한 바람을 쐬시기를 앙망합니다. 제 마차를 보내 드립니다. 마차는 사제님께서 결정하실 때까지 나흘 동안 기다리라고 지시해 두었습니다. 저는 오는 화요일까지 파리에서 사제님을 기다리고 있겠습니다. 사제님을 위해 파리 근교의 한 좋은 사제구(司祭區)를 준비해 두었사오니, 부디 응낙해 주시기를 바랍니다. 사제님을 뵌 적은 없으나, 미래의 사제님의 교구민 중 가장 부유하며 또한 사제님을 흠모하는 사람이 있으니, 바로 드 라 몰 후작인 저 자신입니다."

엄격한 피라르 사제는 적으로 우글거리는 그 신학교를 자신도 모르는 사이에 사랑하고 있었다. 그는 십오 년 전부터 그 신학교에 자신의 모든 정성을 바쳐 왔던 것이다. 그에게 있어 드 라 몰 씨의 편지는 잔인하지만 필연적인 수술을 책임 맡은 외과 의사의 출현과도 같았다. 그가 쫓겨날 것은 틀림없는 사실이었다. 그는 사흘 후로 집사와 약속 날짜를 정했다.

사십팔 시간 동안 그는 주저와 망설임에 시달렸다. 그러나 마침내 드 라 몰 씨에게 편지를 쓰고 주교 예하께 보내는 편지도 한 통 작성했다. 그것은 성직자의 문체로 쓰인 걸작이라 할 만한 것으로 약간 긴 편지였다. 이처럼 완전무결하며 이처럼 성실한 존경심을 나타내 보이는 문장을 발견하기란 좀처럼 어려울 것이다. 그렇지만 드 프릴레르 씨와 그의 보호자의 관계를 일시 면구스럽게 만들 목적인 이 편지는 온갖 중대한 문제에 관한 불평을 열거했을뿐더러, 육 년 동안이나 인종(忍從)하며 견뎌 온 끝에 피라르 사제로 하여금 교구를 떠나지 않을 수 없게 만든 자질구레하고 추악한 박해들까지 언급하고 있었다.

자기의 장작 광에서 나무를 도둑질해 간 얘기며 자기 개를 독살한 얘기 등등도 적혀 있었다.

이 편지를 다 쓰자 그는 다른 신학생들처럼 저녁 8시부터 벌써 잠자리에 들어 있는 쥘리앵을 깨웠다.

"자네, 주교관이 어디 있는지 알지?" 피라르 사제가 완벽한 라틴어로 쥘리앵에게 말했다. "이 편지를 주교 예하께 갖다 드리게. 나는 자네를 이리 떼 속으로 보낸다는 것을 숨김없이 말해 두겠네. 정신을 똑바로 차리게. 묻는 말에 대답할 때는 조금도 거짓이 없게 하고. 그러나 자네를 심문하는 자는 아마도 자네를 해칠 수 있다면 정말로 기뻐할 것이라는 사실을 명심해 두게. 자네와 헤어지기 전에 이런 경험의 기회를 줄 수 있는 것을 다행으로 생각하네. 사실은 자네가 들고 가는 이 편지는 내 사임서니까."

쥘리앵은 꼼짝 않고 서 있었다. 그는 피라르 사제를 사랑했던 것이다. 이 정직한 분이 떠나고 나면 성심회파는 내 지위를 박탈하고 나를 내쫓을지도 모른다. 신중함이 이런 생각을 해내도 아무 소용 없었다.

그는 자신의 걱정을 할 수 없었다. 그를 당황하게 한 것은, 공손하게 한마디 말씀드리고 싶은데 도무지 생각이 떠오르지 않는 것이었다.

"자, 이제 가지 않겠나?"

쥘리앵은 더듬더듬 말을 꺼냈다.

"선생님, 선생님께서는 오랫동안 학교를 관리하시고도 조금도 여축이 없으시다는 소문을 들었습니다. 제게 600프랑이 있습니다만……."

눈물이 앞을 가려 더 이상 말을 계속할 수가 없었다.

"고마운 말이네만," 전 교장은 냉담하게 말했다. "주교관으로 가게, 시간이 늦었어."

우연히도 그날 저녁 주교관 응접실의 당직은 드 프릴레르 사제였다. 주교는 지사 관저에서 만찬을 드시는 중이었다. 그래서 쥘리앵이 편지를 건넨 사람은 바로 드 프릴레르 그 사람이었지만, 그는 그 사람이 누구인지 몰랐다.

쥘리앵은 주교 앞으로 된 편지를 그 사제가 감히 뜯는 것을 보고 놀라지 않을 수 없었다. 부주교의 잘생긴 얼굴에는 강한 기쁨과 함께 놀라움의 표정이 떠오르더니, 더욱더 엄숙해졌다. 그가 편지를 읽는 동안 그의 멋진 용모에 놀란 쥘리앵은 그를 찬찬히 살펴보았다. 그 멋진 얼굴의 소유자가 잠시라도 자기 용모에 신경을 쓰지 않게 되면 가식의 표시를 드러내기까지 하는, 그의 용모에서 보이는 극도의 날카로움만 없었다면 그 얼굴은 더 엄숙해 보였을 것이다. 불쑥 내민 코가 유일하게 반듯한 선을 그려 보이고 있었는데, 그것은 뛰어난 그의 옆모습을 불행하게도 여우의 얼굴을 빼다 박은 듯이 보이게 했다. 그런 데다가 피라르 씨의 사직원에 온통 정신이 팔린 듯 보이는 그 사제는 쥘리앵의 마음에 드는 맵시 있는 옷차림을 하고 있었다. 쥘리앵은 그와 같은 옷차림을 다른 어떤 사제에게서도 본 적이 없었다.

쥘리앵이 드 프릴레르 사제의 특별한 재능이 무엇인지를 알게 된 것은 나중의 일이었다. 그 사람은 파리에 머무는 데 익숙해 있어서 브장송을 유배지처럼 생각하는 상냥한 노인인 자기 주교를 즐겁게 해 주는 방법을 알고 있었다. 그 주교는 시력이 몹시 나빴는데 생선 요리를 아주 좋아했다. 드 프릴레르 사제는 주교의 식탁에 오르는 생선의 가시를 잘 발라 냈던 것이다.

쥘리앵은 사직서를 다시 읽는 사제를 말없이 바라보고 있었다. 그때 갑자기 요란스러운 소리를 내며 문이 열렸다. 화려한 복장을 한 하인이 재빨리 지나갔다. 쥘리앵이 문 쪽으로 고개를 돌리자마자 주교의 십자가를 가슴에 단 자그마한 노인의 모습이 눈에 띄었다. 그는 몸을 엎드려 경의를 표했다. 주교는 그에게 마음씨 좋은 미소를 지어 보이며 지나갔다. 미남 사제가 주교를 뒤따라갔다. 쥘리앵은 응접실에 혼자 남아 그곳의 경건한 장엄함을 여유 있게 돌아볼 수 있었다.

오랜 망명 생활의 고초로 시련을 겪기는 했지만 아직도 기력이 좋은 브장송의 주교는 일흔다섯 살이 넘은 분으로 십 년 후에 일어날 일 따위는 조금도 개의치 않고 있었다.

"영리한 눈초리를 한 그 신학생이 누구지? 지나올 때 본 것 같은데." 주교가 말했다. "내 규칙에 따라 신학생들은 이 시간에 잠자리에 들어 있어야 하지 않은가?"

"그 학생은 분명히 깨어 있습니다, 예하. 중대한 소식을 가져온 것입니다. 예하의 교구에 남아 있는 단 하나의 얀세니스트가 사직원을 냈습니다. 그 무서운 피라르 사제가 드디어 처지를 깨달은 것이지요."

주교가 웃으면서 대꾸했다.

"그래! 하지만 그만한 후임자를 구하기는 어려울걸. 자네에게 그 사람의 가치를 보여 주기 위해 내일 저녁 식사엔 그를 초대해야겠어."

부주교는 후임자의 인선에 대해 몇 마디 암시를 하려고 했다. 그러나 사무적인 얘기를 하고 싶은 기분이 아닌 주교가 그에게 말했다.

"후임자를 들이기 전에 현직자가 어떻게 떠나는지를 좀 알아보기로 하세. 그 신학생을 불러 주게. 진실은 어린아이의 말 속에 있게 마련이니까."

쥘리앵은 주교에게 불려 갔다. 나는 이제 두 종교 재판관 앞으로 끌려가는 것이구나, 하고 쥘리앵은 생각했다. 그는 그 어느 때보다도 용기가 충천함을 느꼈다.

그가 들어섰을 때 발르노 씨보다도 훌륭한 옷차림을 한 시종 두 명이 주교 예하의 옷을 벗겨 드리고 있었다. 주교는 피라르 씨 얘기를 하기 전에 쥘리앵의 학업에 관해서 물어봐야겠다고 생각했다. 주교는 교리에 관해 문답을 좀 해 보고는 매우 놀랐다. 뒤이어 그는 베르길리우스, 호라티우스, 키케로 등 고전 문학에 관한 얘기를 꺼냈다. 쥘리앵은 속으로 생각했다. 그 작가들 이름 때문에 198등으로 떨어졌겠다. 더 이상 잃을 것이 없으니 어디 한번 실력을 발휘해 보자. 쥘리앵은 성공을 거두었다. 그 자신이 뛰어난 고전 연구가인 주교는 몹시 기뻐했다.

지사 관저의 만찬에서는 막 명성을 얻은 젊은 여자 하나가 마들렌의 시를 낭송했었다. 주교는 문학 얘기를 하던 참이었으므로, 호라티우스가 부자였는지 가난했는지 하는 문제를 놓고 신학생과 토론을 벌이면서 피라르 사제 및 모든 사무적인 일을 금방 잊어버리고 말았다. 주교는 몇 편의 오드를 암송했다. 그러나 때때로 그의 기억력이 막히는 것이었는데, 그러면 즉시 쥘리앵이 겸손한 태도로 오드 전체를 낭송했다. 주교에게 놀라웠던 것은 쥘리앵이 평범한 대화의 어조를 조금도 벗어나지 않으면서 시를 낭송하는 것이었다. 그는 이삼십 편의 라틴어 시를 마치 자기 신학교에서 일어나는 일상사를 얘기하듯이 외워 냈다. 베르길리우스와 키케로에 대해 오랫동안 대화가 이어졌다. 마침내 주교는 어린 신학생에게 찬사를 보내지 않을 수 없었다.

"이보다 훌륭히 공부하기는 어려울 걸세."

그러자 쥘리앵이 말했다.

"예하, 예하의 신학교에는 저 이상으로 예하의 칭찬을 들을 만한 학생이 197명이나 있습니다."

"그건 또 무슨 연유인고?" 그 숫자에 놀란 주교가 말했다.

"예하께 말씀드리는 것은 공식적인 증거에 의한 것입니다. 신학교의 학년말 시험에서, 지금 예하의 칭찬을 받은 동일한 주제에 관해 정확히 대답했다고 해서 저는 198등을 했습니다."

"아아! 피라르 사제의 애제자가 자네였군." 주교는 드 프릴레르 사제를 쳐다보면서 웃으며 소리쳤다. "내 이럴 줄 알았다니까. 하지만 훌륭한 싸움이었네." 주교는 이렇게 말하고 나서 다시 쥘리앵에게 덧붙여 물었다. "이보게, 자네를 이리 보내려고 깨우더란 말인가?"

"그렇습니다, 예하. 제가 신학교에서 혼자 외출해 본 것은 단 한 번뿐이었습니다. 성체 축일 날 샤 베르나르 사제님을 도와 성당 장식을 하러 갈 때였습니다."

"옵티메." 주교가 말했다. "천개 위에 깃털 다발을 다느라고 그처럼 용기를 발휘한 것이 자네였단 말이지? 그 일 때문에 나는 해마다 몸이 부들부들 떨린다네. 그것 때문에 누군가의 생명을 잃지나 않을까 항상 걱정이지. 이보게, 군은 전도가 유망해. 나는 자네의 찬란할 앞날을 배고픔으로 망치게 하고 싶지는 않은걸."

주교는 비스킷과 말라가 포도주를 내오라고 지시했다. 쥘리앵은 사양 않고 잘 먹었다. 주교가 사람들이 맛있게 잘 먹는 모습을 보는 것을 좋아한다는 사실을 알고 있는 드 프릴레르 사제도 쥘리앵 이상으로 사양 않고 잘 먹어 댔다.

그날 밤에 점점 기분이 좋아진 주교는 잠시 교회사 얘기를 꺼냈다. 그는 쥘리앵이 잘 이해하지 못한다는 사실을 알았다. 그러자 주교는 콘스탄티누스 시대 여러 황제 치하에서 로마 제국의 도덕적 상태에 관한 것으로 화제를 옮겼다. 우상 숭배의 말기는 불안과 회의의 상태, 즉 19세기에 쓸쓸하고 권태에 빠진 인심을 더욱 황폐하게 만드는 상태를 수반했던 것이다. 주교는 쥘리앵이 타키투스에 관해서는 이름조차도 잘 모른다는 것을 알았다.

그 작가의 책은 신학교 도서관에는 없었다고 쥘리앵이 솔직하게 대답하자 주교는 놀라지 않을 수 없었다.

주교는 쾌활하게 말했다.

"마침 아주 잘됐네. 군이 내 난처함을 해결해 주었어. 뜻하지 않게 즐거운 저녁 시간을 마련해 준 군에게 고마움을 표할 방법이 없나 하고 조금 전부터 궁리하던 길이라네. 내 신학교의 학생 중에서 학자를 발견하리라고는 기대하지 못했던 일이야. 이런 선물이 종규(宗規)에 꼭 맞는 것은 아니지만, 자네에게 타키투스 저서 한 질을 주고 싶네."

주교는 화려한 장정이 된 책 여덟 권을 가져오게 하더니, 첫째 권 제목 밑에 손수 라틴어로 쥘리앵 소렐에게 주는 헌사를 썼다. 주교는 자신의 뛰어난 라틴어 지식에 자부심을 갖고 있었다. 그는 마지막으로 그때까지의 대화와는 판이하게 엄숙한 어조로 쥘리앵에게 말했다.

"이보게, 앞으로 군이 분별 있게 처신한다면, 군은 주교관에서 400킬로미터 내에 있는 내 교구 중 최상의 주임 사제 직을 얻게 될 것이네. 하지만 분별 있게 처신해야 하네."

12시가 울리자 쥘리앵은 깜짝 놀라 책을 들고 주교관을 나왔다.

주교 예하는 피라르 사제에 관해서는 쥘리앵에게 한마디도 하지 않았다. 쥘리앵은 무엇보다도 주교의 정중한 예절에 놀랐다. 그는 그처럼 자연스러운 위엄과 세련된 태도가 조화된 모습은 상상도 못 했던 것이다. 쥘리앵은 초조하게 자기를 기다리는 침울한 피라르 사제를 보고는 두 사람의 대조에 몹시 놀랐다.

"퀴드 티비 디크세룬트?"[41] 멀리서 쥘리앵이 눈에 띄자마자 사제는 큰 소리로 외쳤다.

쥘리앵이 주교의 얘기를 라틴어로 번역하느라고 약간 머뭇거리자, 신학교의 전 교장은 엄숙한 목소리로 퉁명스럽게 말했다.

"프랑스어로 말하게. 주교의 말씀을 조금도 덧붙이거나 빼지 말고 그대로 옮겨 보란 말이야."

그러고는 금박을 칠한 책의 단면이 질색인 듯이 호화판 타키투스 저작의 책장을 넘기면서 중얼거렸다.

"주교가 젊은 신학생에게 참 이상한 선물을 하는군!"

아주 상세한 보고를 들은 다음 사제가 자기 애제자에게 방으로 돌아가도록 허락했을 때 시계는 2시를 쳤다.

---

41) 그들이 자네에게 뭐라고 말하던가?

"주교 예하의 헌사가 적힌 타키투스 저작의 첫 권은 여기 놔두고 가게. 그 라틴어 헌사는 내가 떠난 다음 이 학교에서 자네의 피뢰침 역할을 해 줄 걸세. 에리트 티비, 필리 미, 수케소르 메우스 탄쿠암 레오 쿼렌스 쿼 데보레트."[42] 사제는 이렇게 말했다.

다음 날 아침 쥘리앵은 동료들이 자신에게 말하는 태도에서 어떤 이상한 것을 발견했다. 그래서 더욱더 조심스럽게 행동했다. 그는 이렇게 생각하는 것이었다. 피라르 사제가 사직한 결과가 벌써 나타나는구나. 그분의 사직은 학교 전체가 알고 있을 테고 나는 그분의 애제자로 통하고 있으니, 그들의 태도에는 모욕이 숨어 있는 것이 틀림없다. 그러나 그는 거기에서 모욕을 발견할 수 없었다. 반대로 복도에서 마주치는 모든 사람들의 눈초리에 증오심이 사라져 버린 것을 알 수 있었다. 이게 무슨 영문인가? 아마도 함정이겠지. 조심스럽게 행동하자. 이윽고 베리에르 출신의 어린 신학생이 웃으면서 그에게 말했다. "코르넬리 타키티 오페라 옴니아."[43]

이 말을 듣자 저마다 앞 다투어 쥘리앵이 주교 예하로부터 받은 훌륭한 선물에 대해서뿐만 아니라, 주교 예하와 두 시간 동안이나 대화를 나눈 영광에 대해 찬사를 늘어놓았다. 그들은 세부적인 일까지 상세하게 알고 있었다. 이제는 이미 시기심이라고는 없었다. 그들은 쥘리앵에게 비굴하게 아첨했다. 어제까지만 해도 쥘리앵에게 거만하기 짝이 없던 카스타네드 사

---

42) 내 후임자는 자네를 잡아먹으려고 드는 성난 사자와도 같을 테니까.
43) 타키투스 전집.

제는 그의 팔을 잡고 그를 점심 식사에 초대했다.

쥘리앵의 성격이 갖고 있는 난점은 그런 상스러운 자들의 오만불손에는 몹시 괴로움을 당하는 반면에, 그런 자들이 비굴하게 굴면 즐겁기는커녕 구역질을 느낀다는 것이었다.

정오경에 피라르 사제는 엄숙한 훈시를 하고 제자들과 작별을 고했다.

"제군들은 세속의 영예와 온갖 사회적 특전과 지배하는 기쁨과 법을 무시하고 만인에게 불손하게 대하는 기쁨을 원하는 것입니까? 아니면 제군들의 영원한 구원을 원하는 것입니까? 제군들 중 아직 깨닫지 못한 사람이 있다면 속히 눈을 뜨고 두 길을 구별해야 할 것입니다."

피라르 사제가 떠나자마자 예수 성심회의 신도들은 예배당에 가서 감사의 노래를 영창(詠唱)했다. 신학교에서는 누구 하나 전 교장의 훈시를 진지하게 받아들이는 사람이 없었다. 그 사람은 쫓겨난 것이 몹시 화나는 모양이군 하고 사방에서 수군거렸다. 큰 납품업자들과 많은 관계를 맺고 있는 자리를 자진해서 사직했다고 믿는 단순한 신학생은 한 명도 없었다.

피라르 사제는 브장송에서 제일 훌륭한 여관에 유숙하면서 볼일이 있다는 핑계로 거기서 이틀을 보냈다.

주교는 그를 만찬에 초대하고, 드 프릴레르 부주교를 놀려 주려는 심산으로 그를 높이 치켜세웠다. 식후 디저트 시간에, 피라르 사제가 수도에서 16킬로미터밖에 떨어지지 않은 훌륭한 N교구에 주임 사제로 임명되었다는 소식이 파리로부터 전해졌다. 마음씨 좋은 주교는 그를 진심으로 축하해 주었다. 주교는 이 모든 일에서 멋진 플레이를 보고, 기쁜 마음으로 피라르 사제의 재능을 높이 평가해 주었다. 그는 사제에게 훌륭한 라틴어 증명서를 써 주면서, 참견하려 드는 드 프릴레르 사제에게는 입을 다물게 했다.

저녁에 주교는 드 뤼방프레 후작 부인의 집에서 피라르 사제를 칭찬했다. 그것은 브장송의 상류 사회에 커다란 뉴스가 되었다. 그런 특별한 두둔에 대해 사람들은 구구한 억측을 했다. 어떤 사람들은 벌써 주교가 된 피라르 사제의 모습을 그려 보기도 했다. 약삭빠른 사람들은 드 라 몰 씨가 장관이 되었다고 생각하고, 사교계에서 한껏 거드름을 피우는 드 프릴레르 사제의 태도를 그날만은 비웃어 주기도 했다.

다음 날 아침 사람들은 거리에서 피라르 사제를 줄줄 따라 다니다시피 했다. 그가 후작의 소송 사건을 맡은 판사들을 만나러 갈 때 상인들은 자기 가게 문간까지 나와서 그를 쳐다보았다. 그는 처음으로 상인들에게 정중한 대접을 받은 셈이었다. 눈에 띄는 모든 것에 분노를 느낀 엄격한 얀세니스트는 드라 몰 후작을 위해 자기가 선정한 변호사들과 장시간에 걸쳐 깊이 의논한 후 파리를 향해 출발했다. 사륜마차까지 그를 전송하고 마차의 문장(紋章)에 감탄한 두세 명의 학교 시절 친구에게, 피라르 사제는 십오 년간 신학교를 관리한 끝에 자기는 겨우 520프랑의 저축금을 지니고 브장송을 떠난다고 얘기하는 약점을 보였다. 그 친구들은 눈물을 글썽이며 그를 포옹했지만, 자기들끼리는 이렇게 수군거리는 것이었다. "착한 사제가 그런 거짓말은 안 했으면 좋았을 것을. 그 사람도 결국 우스운 사람이군."

　돈에 대한 애착으로 눈이 먼 천박한 인간들이, 피라르 사제가 육 년 동안이나 마리 알라코크며 예수 성심회며 예수회원들이며 자기 주교 등에 대항하여 혼자 투쟁하는 데 필요한 힘을 오직 자신의 성실성에서 찾았다는 사실을 이해할 리 만무했다.

30장 야심가

남아 있는 유일한 귀족은 '공작' 칭호뿐이다.
후작도 우스꽝스러운 것이며, '공작'이란 말에
비로소 고개가 돌려진다.

─『에딘버러 평론』

드 라 몰 후작은 외견상 극히 예절 바르되 알 만한 사람에게는 오만불손하기 짝이 없어 보이는, 그 대영주의 거드름 피우는 태도를 전혀 보이지 않고 피라르 사제를 맞았다. 그런 거드름이란 시간을 낭비하게 한다. 후작은 중대한 사건들과 맞서 있었기 때문에 낭비할 시간이라고는 없었다.

그는 반년 전부터 국왕과 국민에게 특정 내각을 수락시키기 위해 책동하고 있었는데, 그 일만 성사되면 보상으로 공작에 오를 판이었다.

후작은 여러 해 전부터 브장송의 자기 변호사에게 프랑슈 콩테 지방의 소송건에 관해 명료하고도 정확한 작업을 요구해 왔으나 허사였다. 유명한 변호사라고 한들 자기 자신이 소송 사건을 이해하지 못하고 있다면 어떻게 후작에게 설명을 해낼 수 있을 것인가? 그런데 사제가 후작에게 넘겨 준 조그만 종이쪽지는 모든 것을 설명해 주는 것이었다.

채 오 분도 안 되어 인사치레며 신상에 관한 질문을 모두 끝마쳐 버리고, 후작은 그에게 이렇게 말하는 것이었다.

"사제님, 저는 유복한 처지에 있다고 말할 수 있지만, 결국은 중요한 일이기도 한 사소한 두 가지 일에 골똘히 마음을 쓸 시간이 없습니다. 제 가족과 제 개인적인 일이지요. 저는 가문의 운명에 크게 신경 쓰고 있으며 또 가문을 번성하게 이끌어 갈 수도 있습니다. 그리고 저 자신의 즐거움에도 신경을 쓰지요. 그것이 무엇보다도 우선되어야 할 일이니까요." 여기까지 말하고는 피라르 사제의 눈에서 놀라움의 기색을 눈치 채고 덧붙여 말했다. "적어도 제가 보기에는 그렇다는 말입니다."

피라르 사제는 상식이 풍부한 사람이었지만, 그처럼 솔직하게 자신의 향락에 관한 얘기를 털어놓는 노인을 보고 놀라지 않을 수 없었다. 대영주는 얘기를 계속해 갔다.

"파리에도 근면한 사람이 있기는 하지만 대개 6층 꼭대기에서 가난하게 살아갑니다. 그런데 그런 사람이 나와 접촉하게 되면, 바로 집을 3층으로 옮기고 그 사람의 마누라는 정기적으로 사람들을 초대하는 겁니다. 요컨대 사교계 인사가 되거나 사교계에 출입하기 위해서만 일하고 노력하는 것이지요. 파리 사람들은 식생활이 해결되자마자 사교 생활만을 꿈꾸는 것입니다.

제 소송 사건들을 위해, 좀 더 정확히 말해서 각각의 다른 소송 사건을 위해 죽도록 열심히 일해 주는 변호사들도 제게는 있습니다. 그저께만 해도 한 변호사가 과로한 나머지 폐병으로 죽기까지 했습니다. 그렇지만 사제님, 제 일 전반에 걸쳐서, 제 편지를 대서(代書)하면서 자기가 하는 일이 무엇인지를 진지하게 생각할 만한 그런 사람을 삼 년 전부터 찾아왔으나 끝내 발견하지 못했다는 것을 믿어 주시겠습니까? 그런데 실은 이런 얘기는 서론에 지나지 않습니다.

저는 사제님을 존경합니다. 그리고 굳이 덧붙여 말씀드리자면, 오늘 처음으로 뵈었지만 저는 사제님이 좋습니다. 제 비서가 되어 주시지 않겠습니까? 봉급으로는 8000프랑, 아니 그 두 배라도 좋겠습니다만. 틀림없이 제겐 그 이상 이득이 있을 것입니다. 그리고 우리가 함께 일할 필요가 없게 되는 날을 위해, 저는 사제님의 훌륭한 교구를 사제님을 위해 간직해 두도록 일을 처리하겠습니다."

사제는 제의를 거절했다. 그러나 대화가 끝날 무렵, 후작이 정말로 난처해하는 모습을 보고 그에게 한 가지 생각이 떠올랐다.

"저는 제 신학교 구석에 가련한 청년 하나를 놔두고 왔습니다. 제 생각이 틀리지 않는다면 그 청년은 거기서 심한 박해를 당할 것입니다. 그가 단순한 수도사라면 그는 벌써 수도원 감옥에 감금되었을 것입니다.

그 청년은 아직은 라틴어와 성서밖에 모릅니다만, 언젠가는 설교라든지 인간 영혼의 인도에 있어 위대한 재능을 발휘할 수 있을 것입니다. 그가 무슨 일을 하게 될지는 모르지만, 그는 성스러운 열정을 지니고 있으며 탁월한 인재가 될 수 있을 것입니다. 저는 후작님처럼 사람과 일을 보는 안목을 지닌 분을 만나게 되면 그를 우리 주교님께 보낼 생각을 하고 있었습니다."

"그 청년은 어디 출신입니까?" 후작이 물었다.

"저희 산간 지방의 목수 아들이라고들 하는데, 제 생각으로는 어떤 부유한 사람의 사생아가 아닌가 싶습니다. 저는 그 사람이 500프랑의 환어음이 든 익명 혹은 가명의 편지를 받는 것을 보았습니다."

"아! 그 사람이 쥘리앵 소렐인 게로군요." 후작이 말했다.

"어떻게 그의 이름을 알고 계신지요?" 사제가 놀라서 물었다.

"그건 말씀드리기 좀 곤란한데요." 후작이 그 물음에 얼굴을 붉히며 대답했다.

다시 사제가 말했다.

"그러면 그 사람을 시험 삼아 비서로 써 보시는 것이 어떨지요? 그는 활력도 있고 분별도 있습니다. 요컨대 한번 시도해 보실 만한 일입니다."

"기꺼이 해보지요." 후작이 말했다. "하지만 그 사람이 경찰 국장이나 또는 다른 어떤 사람에게 뇌물을 받고 내 집에서 염탐꾼 노릇을 할 그런 사람은 아닌지요? 그것이 나로서는 제일 마음에 걸리는 점입니다."

피라르 사제의 호의적인 보증을 듣자, 후작은 1000프랑짜리 수표를 한 장 내놓으면서 말했다.

"이것을 쥘리앵 소렐에게 노자로 쓰라고 부쳐 주시고, 그를 제게 보내 주십시오."

그러자 피라르 사제가 말했다.

"과연 후작님께서 파리에 살고 계신 것을 알 만합니다. 저희 가련한 시골 사람들, 특히 예수회파와 한 편이 아닌 성직자들에게 어떤 압제가 행해지고 있는지 후작님은 모르십니다. 그들은 쥘리앵 소렐을 보내 주지 않을 것입니다. 그가 아프다든지 편지를 못 받았다든지 하는 등의 갖가지 교활한 핑계를 꾸며 댈 것입니다."

"그러면 근일 중으로 주교가 대신이 보내는 편지 한 통을 받게 하겠습니다." 후작이 말했다.

"한 가지 주의해야 할 점을 잊고 있었습니다." 사제가 말했다. "그 청년은 비천한 출신이지만 높은 기개를 지니고 있습니다. 그의 자존심을 상하게 하면 그는 아무런 쓸모가 없게 될 것입니다. 그는 바보처럼 되어 버릴 것입니다."

"그 점은 내 마음에 듭니다. 그를 내 아들의 친구로 만들겠습니다. 그러면 충분하겠지요?" 후작이 대꾸했다.

얼마 지나지 않아 쥘리앵은 샬롱 소인의 우표가 붙은 낯선 필적의 편지 한 통을 받았다. 그 편지에는 브장송의 상인 앞으로 된 수표 한 장이 들어 있었고 지체 없이 파리로 오라는 사연이 적혀 있었다. 편지는 가명으로 서명되어 있었으나 쥘리앵은 편지를 열어 보고 기쁨에 소스라쳤다. 나뭇잎 하나가 그의 발밑에 떨어졌던 것이다. 나뭇잎은 피라르 사제와 미리 정해 둔 신호였다.

채 한 시간도 안 되어 쥘리앵은 주교관에 호출되어 갔다. 주교는 어버이같이 인자하게 그를 맞아 주었다. 주교는 호라티우스를 인용하면서, 파리에서 그를 기다리는 훌륭한 운명에 대해 쥘리앵에게 재치 있는 축하의 말을 해 주었는데, 그 축하의 말은 그것에 대한 감사의 표시로 훌륭한 운명에 대한 설명을 기대하는 말이었다. 쥘리앵은 아무것도 모르고 있었으므로 전혀 설명할 수가 없었다. 주교는 그를 위해 많은 배려를 베풀어 주었다. 주교관의 하급 사제 한 사람이 시장에게 편지를 쓰자, 시장 자신이 서둘러서 서명한 여행 증명서 한 통을 들고 왔다. 그 여행 증명서의 여행자 서명란은 공백이었다.

그날 밤 자정이 되기 전에 쥘리앵은 푸케의 집에 가 있었다. 그 분별 있는 친구는 쥘리앵을 기다리는 장래에 대해 기뻐하기보다 놀라는 표정이었다.

자유주의파에 투표하는 푸케는 이렇게 말했다.

"자네는 결국 정부에 한 자리 얻게 되겠지. 그러면 신문에서 중상을 당할 어떤 행위를 하도록 강요받을 거고. 나는 자네가 망신당한 소식을 접하게 될 걸세. 경제적인 견지에서 말하더라도 자기가 주인인 목재 사업에서 100루이를 버는 것이 낫지, 정부에서 4000프랑을 받는 것이 낫겠나? 비록 그것이 솔로몬 왕의 정부라 해도 말이야."

쥘리앵은 그런 모든 얘기를 시골 부르주아의 좁은 소견으로 생각할 뿐이었다. 그는 드디어 위대한 일을 할 무대에 나설 참이었던 것이다. 위선적인 음모꾼들이 득실거리겠지만, 브장송의 주교나 아그드의 주교처럼 예절 바른 사람들도 많이 있을 것으로 여겨지는 파리에 가게 된다는 기쁨에 그는 다른 모든 것은 거들떠보지도 않았다. 그는 피라르 사제의 편지 때문에 자기는 마음대로 결정할 수 없다고 푸케에게 설명했다.

다음 날 정오경 쥘리앵은 더없이 행복한 기분으로 베리에르에 당도했다. 그는 드 레날 부인을 만나 볼 심산이었다. 그는 우선 자신의 첫 보호자였던 선량한 셸랑 사제 댁으로 갔다. 사제는 냉담하게 그를 맞았다.

"자네는 내게 무슨 의무가 있다고 생각하는가?" 셸랑 사제는 인사에는 대꾸도 하지 않고 이렇게 말했다. "나와 같이 점심 식사를 하세. 그동안에 말을 한 필 빌리러 보낼 테니, 아무도 만나지 말고 베리에르를 떠나게."

"분부대로 하겠습니다." 쥘리앵은 신학생다운 공손한 얼굴로 대답했다. 그러고 나서 그들은 신학과 라틴 문학에 대해서만 얘기를 주고받았다.

그는 말을 타고 4킬로미터쯤 간 다음, 숲을 하나 발견하고 아무도 보는 사람이 없다는 것을 알자 그 숲 속으로 들어갔다. 황혼 녘이 되어 그는 말을 돌려보냈다. 그런 후에 한 농부 집을 찾아갔다. 농부는 그에게 사다리 하나를 파는 것과, 그 사다리를 들고 베리에르의 피델리테 산책로를 굽어보는 작은 숲까지 그를 따라올 것에 동의했다.

쥘리앵과 헤어지자 농부는 혼자 중얼거렸다.

"나는 꼭 무슨 징병 기피자나 밀수꾼 같은 꼴이군……. 하지만 무슨 상관이야! 사다리값은 톡톡히 받았겠다, 또 내가 평생 빈틈없이 살아온 처지도 아닌데 뭐."

밤은 아주 캄캄했다. 새벽 1시경 쥘리앵은 사다리를 짊어지고 베리에르로 들어갔다. 그는 두 벽 사이에 끼어 드 레날 씨의 아름다운 정원을 3미터 깊이로 흐르는 격류의 하상(河床)으로 황급히 내려갔다. 쥘리앵은 사다리를 타고 쉽사리 담 위로 올라갔다. 집 지키는 개들이 나를 어떻게 맞아 줄 것인가? 쥘리앵은 그 생각을 했다. 문제는 전적으로 거기에 달려 있었다. 개들이 짖어 대며 달려왔다. 그러나 그가 가볍게 휘파람을 불자 개들은 그에게 와서 꼬리를 쳤다.

철책 문이 모두 닫혀 있었지만 그는 테라스마다 기어올라서 드 레날 부인의 침실 창문 밑까지 쉽사리 도달했다. 침실의 창문은 지상 3미터 정도 높이에 정원 쪽으로 나 있었다.

덧창에는 쥘리앵이 잘 알고 있는 하트형의 작은 구멍이 뚫려 있었다. 그 작은 구멍으로 야등(夜燈)의 빛이 새 나오지 않는 것을 보고 쥘리앵은 마음이 몹시 울적했다.

그는 생각했다. 제기랄! 드 레날 부인이 오늘 밤 이 방에 없단 말인가! 그렇다면 부인은 어디서 자는 것일까? 개들이 있는 것을 보니 가족은 베리에르에 분명 와 있는데. 야등이 켜있지 않은 이 방에서 드 레날 씨나 다른 낯선 사람을 만나게 될지도 모른다. 그러면 어떤 소동이 벌어질 것인가!

가장 신중한 방법은 물러서는 것이었다. 그러나 쥘리앵은 그것만은 참을 수가 없었다. 만약 낯선 사람이 있다면 사다리를 팽개치고 줄행랑치면 그만이다. 그러나 부인이 있다면 나를 어떻게 맞아줄 것인가? 부인은 지난 일을 후회하고 철저한 신앙심에 빠져 있는 것이 틀림없다. 그러나 내게 편지를 보내 준 것을 보면 부인은 아직도 나를 얼마간 생각하고 있을 것이다. 이런 생각에 그는 마침내 결심했다.

가슴이 떨려왔지만, 그는 부인을 만나 보든지 아니면 죽어 버리겠다는 군은 각오로 작은 조약돌들을 주워 덧창에 던졌다. 아무런 응답도 없었다. 그는 창문 구석에 사다리를 받쳐 놓고 손으로 덧창을 두드려 봤다. 처음에는 살금살금 두드리다가 뒤이어 세게 두드렸다. 아무리 캄캄하다고 해도 이러다간 누가 내게 총을 쏠지도 모르겠다 하고 쥘리앵은 생각했다. 그러나 이런 생각은 그의 미친 듯한 기도(企圖)를 용맹성의 문제로 돌려놓았을 뿐이었다.

이 방에는 오늘 밤 아무도 자지 않는 모양이다. 그렇지 않다면 누가 됐든 이쯤 하면 잠이 깼을 것이다. 그러니 이 방에 대해선 더 이상 주의할 게 없다. 단지 다른 방에서 자는 사람들에게 들리지 않게 조심해야겠다. 그는 이렇게 생각했다.

그는 내려와서 사다리를 덧창 한 쪽에 기대어 놓고 다시 올라갔다. 그러고는 하트형의 구멍 속에 손을 밀어 넣자, 덧창을 잠그는 걸쇠에 매달린 철사 줄이 이내 손에 잡혔다. 그는 그 철사 줄을 잡아당겼다. 그러자 그 덧창의 걸쇠가 벗겨져 열 수 있게 된 것을 알고 그는 말할 수 없는 기쁨을 느꼈다. 덧창을 살금살금 열고 내 목소리를 알아들을 수 있게 해야겠다 하고 생각했다. 그는 제 머리가 들어갈 만큼 덧창을 열고, "친구예요." 하고 낮은 소리로 되풀이했다.

귀를 기울여 보았으나 방 안의 깊은 고요는 조금도 흔들림이 없었다. 야등이 밝혀져 있지 않았을뿐더러 벽난로에 꺼져 가는 불길조차 없었다. 아주 나쁜 징조였다.

총질을 조심해야지! 그는 잠시 생각하다가 대담하게 손가락으로 유리창을 두드려 보았다. 아무 대답이 없었다. 그는 좀 더 세게 두드렸다. 유리창을 깨는 한이 있어도 끝장을 봐야겠다. 그가 아주 세게 두드리자, 캄캄한 어둠 속에서 방을 지나치는 흰 그림자 같은 것이 언뜻 눈에 띈 듯했다. 이제 더 이상 의심의 여지가 없었다. 아주 느릿느릿 다가오는 듯한 그림자를 보았던 것이다. 별안간 그는 자기가 눈을 대고 있는 유리창에 기대는 사람의 볼을 보았다.

그는 소스라치며 약간 물러섰다. 그러나 어둠이 너무 짙어서 그 거리에서도 그 사람이 드 레날 부인인지 아닌지 구별할 수가 없었다. 그는 그 사람이 놀라서 고함치지 않을까 걱정이었다. 사다리 밑에서는 개들이 빙빙 돌며 나지막이 으르렁거리는 소리가 들렸다. "저예요, 친구입니다." 그는 꽤 큰 소리로 되풀이했다. 대답이 없었다. 흰 유령은 사라져 버렸다. "문 좀 열어 주세요, 꼭 말할 게 있어요, 저는 불행에 빠져 있어요!" 그는 유리창이 부서져라 두드려 댔다.

덜컥하는 작은 소리가 들렸다. 창문의 걸쇠가 벗겨졌던 것이다. 그는 창문을 밀어젖히고 가볍게 방 안으로 뛰어내렸다.

유령 같은 흰 그림자가 뒤로 물러섰다. 그는 그 그림자의 팔을 잡았다. 여자였다. 그의 용기는 모두 사라져 버렸다. 이 사람이 부인이라면, 그녀는 뭐라고 말할 것인가? 작은 외마디 소리를 듣고 그 사람이 드 레날 부인임을 알았을 때 그는 어쩔 줄을 몰랐다.

그는 부인을 품 안에 끌어안았다. 그녀는 부들부들 떨면서 가까스로 그를 떠밀었다.

"망측한 사람! 무슨 짓을 하는 거예요?"

그녀는 경련적인 목소리로 겨우 이 한마디를 토해 냈다. 쥘리앵은 그 말소리에 정말로 분노가 스며 있는 것을 알았다.

"십사 개월의 쓰라린 이별 끝에 저는 당신을 보러 온 것입니다."

"나가세요, 당장 떠나 주세요. 아아! 셸랑 사제님은 왜 내가 편지 쓰는 것을 막으셨나? 나는 이런 끔찍한 일을 예상했었는데." 그녀는 정말로 놀라운 힘으로 그를 떠밀었다. 그러고는 숨이 차서 띄엄띄엄 말하는 것이었다. "나는 내 죄를 후회하고 있어요. 하느님은 내 눈을 뜨게 해 주셨어요. 나가세요! 어서 가세요!"

"십사 개월이나 고통을 겪은 끝에 당신에게 말도 제대로 못하고 이대로 떠나지는 않겠습니다. 부인이 겪은 일을 모두 알고 싶습니다. 아! 저는 당신을 지극히 사랑했으니 그 얘기를 들을 만합니다……. 모든 걸 알고 싶습니다."

드 레날 부인은 이 단호한 어조에 어쩔 수 없이 마음이 풀어져 갔다.

부인을 품 안에 꼭 껴안고 빠져나가려는 그녀의 힘에 저항하던 쥘리앵이 팔의 힘을 좀 늦추었다. 이 동작이 드 레날 부인에게 약간 안도감을 주었다.

"사다리를 끌어 올리겠어요. 소리를 듣고 깨어난 하인이 집 안을 돌아보면 큰일이니까요." 쥘리앵이 말했다.

"아네요, 나가세요, 그러지 말고 나가세요." 그녀가 정말로 화를 내며 말했다. "사람들이 무슨 상관이겠어요? 당신이 내게 하고 있는 이 끔찍한 장면을 보고 계신 것은 하느님이에요. 하느님은 나를 벌하실 거예요. 당신은 내가 당신에게 품었던 감정을 비겁하게 악용하고 있어요. 하지만 이제 내게 그런 감정은 없어졌어요. 쥘리앵 선생, 내 말을 아시겠어요?"

쥘리앵은 소리를 내지 않으려고 아주 천천히 사다리를 끌어 올리고 있었다.

"당신 남편은 시내에 와 계시죠?" 도전적으로 말하려는 것이 아니라 옛 습관에 이끌려서 쥘리앵은 무심코 그렇게 말했다.

"제발 그런 말투를 쓰지 마세요. 그렇지 않으면 남편을 부르겠어요. 어찌 됐든 당신을 내쫓지 않은 것만 해도 나는 벌써 큰 죄를 지었어요. 나는 당신을 불쌍히 여기고 있어요." 민감하다는 걸 잘 알고 있는 그의 자존심을 상하게 하려고 애쓰면서 부인이 이렇게 말했다.

허물없는 말투를 거절하고, 쥘리앵이 아직도 기대하고 있는 부드러운 애정의 끈마저 끊으려는 그 퉁명스러운 태도에 쥘리앵의 사랑의 격정은 미친 듯한 흥분의 상태로 휩쓸려 들어갔다.

"뭐라고요! 이제 나를 사랑하지 않는다고요!" 그는 냉정하게 듣기는 힘든, 가슴속에서 솟구쳐 나오는 어조로 그녀에게 말했다.

그녀는 대답이 없었다. 쥘리앵은 쓰라린 눈물을 흘리고 있었다.

정작 그는 이제 말할 기력도 없었다.

"나를 사랑했던 유일한 사람에게조차 나는 완전히 버림받았군요! 이제 살아서 뭘 하겠소?"

356

다른 사람에게 들킬 염려가 없어지자마자 그의 용기는 모두 사라졌다. 사랑을 빼놓고는 그의 가슴속에서 모든 것이 빠져나갔던 것이다.

그는 오랫동안 말없이 울었다. 그러고는 그녀의 손을 잡았다. 그녀는 손을 빼내려고 했다. 그렇지만 몇 번 손을 빼내려는 경련에 가까운 동작을 한 다음 그에게 손을 내맡겼다. 방 안은 몹시 캄캄했다. 그들은 부인의 침대에 나란히 앉아 있었다.

십사 개월 전과 이렇게도 달라졌단 말인가! 쥘리앵은 이렇게 생각했다. 그러자 눈물이 더욱 비 오듯 쏟아졌다. 이렇듯 눈앞에 보지 않으면 사람의 감정이란 모두 파괴되어 버리는구나!

"무슨 일이 있었는지 좀 말해 주세요." 이윽고 침묵에 거북해진 쥘리앵이 울먹이는 목소리로 말했다.

드 레날 부인은 쥘리앵을 책망하는 듯한 냉정한 어조의 엄한 목소리로 대답했다.

"당신이 떠날 무렵 내 나쁜 소문은 시내에 쫙 퍼졌어요. 당신의 행동은 무척 조심성이 없었으니까요! 얼마 후 내가 절망에 빠져 있을 때 존경하는 셸랑 사제님이 나를 찾아오셨어요. 그분은 오랫동안 고백을 받아 내려고 애쓰셨지만 허사였어요. 하루는 그분이 내가 첫 성체 배령을 받았던 디종의 성당으로 나를 데려가려는 생각을 하셨어요. 거기서 그분이 먼저 말을 꺼내셔서⋯⋯." 드 레날 부인은 눈물이 솟구쳐서 말을 중단했다. "얼마나 창피스러웠던지! 나는 다 고백해 버리고 말았어요. 그 착하신 양반은 노하시긴 했지만 나를 꾸짖진 않으셨어요. 나와 함께 몹시 슬퍼해 주셨지요. 그 무렵 나는 매일같이 당신에게 편지를 썼으나 부치지는 못했어요. 조심스럽게 편지를 감추어 두고는 너무나 슬플 때면 내 방에 들어앉아 다시 읽어 보곤 했어요.

마침내 셸랑 사제님은 편지를 자기에게 맡겨 두게 하셨어요. 좀 더 조심스럽게 쓴 편지 몇 통은 당신께 부쳤었지요. 그런데 답장이 전혀 없었어요."

"신학교에서 나는 당신의 편지를 한 통도 받지 못했어요, 정말이오."

"어머나, 누가 그 편지를 가로챘을까?"

"성당에서 당신을 본 그날까지는 당신이 살아 있는지조차 몰랐으니 내 괴로움이 얼마나 컸겠나 생각해 보세요."

드 레날 부인이 다시 말했다.

"하느님은 은총을 베푸셔서 내가 하느님과 아이들과 남편에게 얼마나 큰 죄를 지었는지 깨닫게 해 주셨어요. 그 무렵 당신이 나를 사랑해 주듯 남편이 나를 사랑해 준 적은 없지만요."

쥘리앵은 아무런 생각 없이 무엇을 하는지도 모르고 부인의 품 안으로 와락 달려들었다. 그러나 드 레날 부인은 그를 밀어 내고, 단호한 어조로 계속 얘기했다.

"존경하는 셸랑 사제님은 내가 드 레날 씨와 결혼할 때 내 애정을 모두 그에게 바치기로 약속했다는 사실을 깨닫게 해 주셨어요. 당신과 숙명적인 관계를 맺기 전까지는 내가 알지도 경험하지도 못했던 애정까지도 말이죠……. 내게는 너무도 소중한 그 편지들을 맡겨 버린 이후로, 내 생활은 행복하다고는 할 수 없어도 꽤 평온하게 흘러왔어요. 이 생활을 흔들어

놓지 말아 주세요. 내 친구가 되어 주세요……. 내 가장 좋은 친구가." 쥘리앵은 그녀의 손에 키스를 퍼부었다. 그녀는 쥘리앵이 아직도 울고 있는 것을 느꼈다.

"울지 마세요, 당신은 나를 너무도 괴롭게 하시니……. 이제 당신이 어떻게 지냈는지 말씀해 주세요."

쥘리앵은 말을 할 수가 없었다.

"당신이 신학교에서 지낸 생활을 알고 싶어요. 그걸 얘기해 주고 가세요."

그녀가 되풀이했다.

쥘리앵은 자기가 무슨 얘기를 하는지도 모른 채, 처음에 마주쳤던 수많은 음모와 질투와 복습 교사로 임명받은 이후부터 좀 평온하게 지내게 된 내력을 얘기했다.

"그때였습니다." 그는 말을 이었다. "아마도 오늘의 상황, 당신이 이제는 저를 사랑하지 않는다는 것과 저는 이제 당신에게 관심 밖의 사람이 되었다는 것을 깨닫게 해 주려는 것이겠지만, 오랫동안 소식이 없던 끝에……." 말이 여기에 이르자 드 레날 부인은 쥘리앵의 두 손을 꼭 쥐었다. "당신이 제게 500프랑의 돈을 보내 준 것은 그때였습니다."

"나는 보내지 않았어요." 드 레날 부인이 말했다.

"의심받지 않게 하려고 폴 소렐이라고 서명한 파리의 소인이 찍힌 편지였는데요."

그 편지의 가능한 출처에 대해 잠시 얘기가 오고 갔다. 그러는 동안 두 사람의 심경에는 변화가 일어났다. 드 레날 부인과 쥘리앵은 의식하지 못하는 사이에 엄숙한 어조를 벗어나고 있었다. 그들은 다정한 어조로 돌아와 있었다. 어둠이 너무나 짙어서 서로 얼굴은 볼 수 없었지만 목소리가 모든 것을 말해 주었다. 쥘리앵은 연인의 허리를 팔로 감싸 안았다. 이 동작은 아주 위험한 것이었다. 부인은 쥘리앵의 팔을 떼어 내려고 애썼지만, 이 순간 쥘리앵은 교묘하게 이야기의 흥미로운 상황으로 부인의 주의를 돌렸다. 그래서 그의 팔은 잊힌 듯 그 자리에 그대로 남아 있었다.

500프랑이 들어 있던 편지의 출처에 대해 여러 가지 추측을 주고받은 다음 쥘리앵은 자기 얘기를 계속했다. 현재 일어나는 일에 비하면 별다른 흥미가 없는 지난날의 생활을 얘기하면서 그는 점차 정신을 가다듬어 갔다. 그의 주의력은 이 방문이 어떻게 끝날 것인가 하는 문제에 집중되었다. 가 주세요, 하는 쌀쌀한 부인의 말소리가 여전히 이따금씩 되풀이되고 있었다.

이대로 쫓겨난다면 무슨 수치란 말인가! 쥘리앵은 생각했다. 그것은 내 일생을 망칠 후회거리가 될 것이다. 부인은 다시는 내게 편지도 쓰지 않을 것이다. 그리고 내가 언제 다시 이 고장에 돌아오게 될지 알 게 뭐냐!

이 순간 쥘리앵의 마음속에 있던 순결한 모든 것은 순식간에 사라지고 말았다. 깊은 어둠 속, 지난날 자기가 그처럼 행복했던 방 안에서 사랑하는 여인 곁에 거의 그녀를 품 안에 껴안다시피 하고 앉아서, 조금 전부터 그녀가 울고 있다는 걸 알면서도 그리고 그녀의 가슴의 파동으로 보아 그 울음이 심한 흐느낌이라는 것을 느끼면서도, 그는 불행하게도 정략적으로 냉랭한 인간이 되어 갔다. 그는 신학교의 교정에서 자기보다 힘센 동료의 놀림을 받았을 때만큼이나 계산적으로 냉정해졌던 것이다. 쥘리앵은 자기 얘기를 계속하면서 베리에르를 떠난 이후부터 겪었던 불행한 삶에 대해 말했다. 그러자 드 레날 부인은 이런 생각에 잠겼다. 내가 이 사람을 잊고 있었던 동안, 이분은 아무런 추억의 흔적도 없는 일 년간의 생활을 오직 베르지에서 보냈던 행복한 나날을 생각하며 지내셨구나. 그녀의 흐느낌은 더 거세어졌다. 쥘리앵은 제 얘기가 성공적임을 눈치 챘다. 그는 이제 마지막 수단을 시도해야 할 때임을 깨달았다. 그는 불시에 파리로부터 받은 편지 얘기를 꺼냈다.

"저는 주교님께 하직을 고했습니다."

"뭐라고요, 브장송으로 돌아가지 않는다고요! 당신은 영영 떠나시는 건가요?"

"그렇습니다." 쥘리앵은 단호한 어조로 대답했다. "그렇습니다, 일생 동안 가장 사랑했던 사람에게조차 버림받은 땅을 저는 버리고 떠나렵니다. 이 땅을 떠나 다시는 돌아오지 않겠습니다. 저는 파리로 갑니다⋯⋯."

"파리로 가신다고요!" 드 레날 부인은 상당히 큰 소리로 외쳤다.

눈물로 가로막힌 그녀의 목소리는 극심한 마음의 동요를 나타내 보이고 있었다. 쥘리앵은 용기를 필요로 했다. 그는 이제 자신이 처한 상태의 모든 것을 결판낼 행동을 시도하려는 것이었다. 그러나 부인의 외침 소리가 있기 전까지는 자기의 말이 어떤 효과를 나타내고 있는지 그는 전혀 모르고 있었다.

이제는 더 이상 주저하지 않았다. 후회를 겪으리란 두려움이 정신을 바짝 차리게 해주었다. 그는 자리에서 일어서면서 냉랭하게 말했다.

"그렇습니다, 부인. 저는 영원히 부인 곁을 떠납니다. 부디 행복하십시오. 안녕히 계세요."

그는 창문을 향해 몇 발짝 걸어갔다. 벌써 창문을 열려 하고 있었다. 그때 드 레날 부인이 그에게 달려와 그의 품에 몸을 내던졌다.

이렇듯 세 시간에 걸친 대화 끝에 쥘리앵은 처음 두 시간 동안 열렬히 원하던 것을 얻어 냈다. 좀 더 일찍 애정이 되살아나고 드 레날 부인의 회한이 사라졌더라면 그것은 지고(至高)의 행복이었을 것이다. 그러나 이처럼 기교로 얻어지고 보니, 그것은 쾌락에 불과한 것이었다. 부인이 간절히 만류했지만 쥘리앵은 한사코 등불을 켜려고 했다.

그는 이렇게 말하는 것이었다.

"당신을 만나 본 기억도 남지 않게 하려는 건가요? 그 아름다운 눈에 담겨 있을 사랑의 빛을 보지 말란 말씀인가요? 그 새하얀 예쁜 손을 못 보게 하실 작정이세요? 제가 아마도 오랫동안 당신 곁을 떠나 있게 되리라는 걸 좀 생각해 보세요."

영원한 이별이라는 생각에 걷잡을 수 없이 눈물이 솟는 드 레날 부인은 이제 아무것도 거절할 것이 없었다. 그러나 벌써 새벽빛이 베리에르 동쪽 산꼭대기의 전나무 숲의 윤곽을 드러내 보이기 시작하고 있었다. 사랑의 기쁨에 취한 쥘리앵은 돌아가는 대신, 하루 낮을 부인의 방에서 숨어 지내고 다음

날 밤에 떠나겠다고 드 레날 부인에게 요청했다.

"안 될 게 뭐예요? 이 치명적인 추락은 내게서 자존심도 다 걷어 가 버렸어요. 어차피 평생 불행할 텐데요." 그녀는 이렇게 대답하며 쥘리앵을 가슴에 꼭 껴안았다. "남편은 전과 같지 않아요. 잔뜩 의심을 품고 있거든요. 내가 이 모든 사건에 자기를 끌어넣었다고 생각하며 몹시 화가 나 있어요. 남편이 조그만 소리라도 듣는다면 나는 파멸이에요. 못된 여자라고 나를 쫓아내 버릴 거예요."

"아아! 꼭 셸랑 사제님 말투 같군요." 쥘리앵이 말했다. "신학교로 향하던 그 쓰라린 출발 전이라면 당신이 그렇게 말하지는 않았을 텐데. 그때는 당신이 나를 사랑하고 있었지요!"

쥘리앵의 이 침착한 말은 곧 효력을 발휘했다. 쥘리앵이 자기 사랑을 의심하면 어쩌나 하는 더 큰 위험 앞에서, 부인이 남편이 나타나면 겪게 될 위험을 재빨리 잊었다는 것을 쥘리앵은 알 수 있었다. 아침 해가 점점 밝아져서 방을 환하게 비췄다. 몇 시간 전까지만 해도 하느님에 대한 두려움과 자신의 의무에 대한 애착에만 오로지 몸 바치고 있던 여인이, 자기가 유일하게 사랑했던 아름다운 여인이 거의 자기 발아래 꿇어앉듯 품에 안겨 있는 것을 보았을 때 쥘리앵은 잃었던 자존심의 기쁨을 모두 되찾았다. 일 년 동안 계속해서 다져 온 결심도 쥘리앵의 용기 앞에서는 무릎을 꿇고 말았던 것이다.

곧 집 안에서 부산한 소리가 들려왔다. 드 레날 부인은 잊고 있던 일에 마음이 동요하기 시작했다.

"그 심술궂은 엘리자가 방에 들어올 텐데, 이 커다란 사다리를 어쩐다지? 이걸 어디다 감추나?" 그녀는 이렇게 말하더니 갑자기 쾌활한 어조로 소리쳤다. "그렇지, 이걸 광에다 갖다 두겠어요."

"그러려면 하인 방을 지나가야 할 텐데요." 쥘리앵이 놀라서 말했다.

"사다리를 복도에 놔두고, 하인을 불러서 심부름을 시켜 내보내겠어요."

"하인이 복도를 지나다가 사다리를 볼지도 모르니 무슨 핑곗거리를 생각해 두세요."

"염려 말아요, 귀여운 양반." 드 레날 부인은 그에게 키스하며 말했다. "당신은 내가 없는 동안 엘리자가 이리 들어오면 재빨리 침대 밑에 숨을 생각이나 하세요."

쥘리앵은 이런 갑작스러운 쾌활함에 놀랐다. 그리고 그는 생각했다. 부인은 후회를 잊게 되니, 현실적 위험이 닥쳐와도 당황하기는커녕 쾌활해지는구나! 아! 이야말로 그 안에 군림한다는 것이 영광스러운 영혼이구나! 쥘리앵은 기쁨에 매혹되었다.

드 레날 부인은 사다리를 집어 들었다. 사다리는 분명 그녀에게는 너무 무거운 것이었다. 쥘리앵은 그녀를 도우려고 다가갔다. 그는 아무래도 힘이라곤 있을 것 같지 않은 그녀의 아리따운 자태를 감탄하며 바라봤다. 그때 그녀는 아무런 도움도 받지 않고 갑자기 사다리를 집더니 의자 하나를 들어 올리듯 번쩍 들어 올렸다. 그녀는 재빨리 4층 복도로 사다리를 들고 가서 벽을 따라 눕혀 놓았다. 그녀는 하인을 불렀다. 그리고 하인이 옷을 입는 동안 비둘기장에 올라가 있었다. 오 분 후에 복도로 돌아와 보니 사다리가 거기 놓여 있지 않았다. 어떻게 된 일일까? 만약 쥘리앵이 집 밖으로 나간 다음이라면 그녀는 그런 위험에 별로 개의치 않았을 것이다. 그러나 지금 남편이 그 사다리를 보았다면! 그 사건은 끔찍한 결과를 불러올 것이었다. 드 레날 부인은 사방을 뛰어다닌 끝에 마침내 지붕 밑에서 그 사다리를 발견했다. 하인이 거기 갖다가 숨겨 놓았던 것이다. 기묘한 상황이었다. 전 같으면 그녀는 이런 상황에 불안을 느꼈을 것이다.

그러나 그녀는 이렇게 생각했다. 이십사 시간 후 쥘리앵이 떠난 다음엔 어떤 일이 일어나든 무슨 상관이랴? 그때에는 어차피 공포와 후회 밖에 뭐가 남겠는가?

그녀는 세상을 떠나야 한다는 막연한 생각을 해 보았다. 그렇게 된들 어떠랴! 영원히 계속될 것으로 믿었던 이별 끝에 그가 찾아오지 않았는가. 그녀는 그 사람을 다시 보게 된 것이다. 그리고 그녀에게 도달하기 위해 그가 행한 모든 것은 얼마나 극진한 사랑을 보여주고 있는가!

쥘리앵에게 사다리 사건을 얘기하면서 그녀는 이렇게 말했다. "하인이 남편에게 사다리를 발견했다고 얘기하면 나는 뭐라고 대답해야 하지요?" 그러고는 잠시 생각에 잠겼다. "당신에게 사다리를 판 농부를 찾아내려면 이십사 시간은 걸리겠죠." 그녀는 쥘리앵의 품에 뛰어들어 바르르 떨며 그를 껴안았다. 그리고 쥘리앵에게 키스를 퍼부으며 부르짖었다. "아! 죽고 싶어, 이대로 죽고 싶어!" 그녀는 다시 웃음을 짓고 말했다. "하지만 당신을 굶어 죽게 해서는 안 되겠죠."

"이리 오세요. 우선 당신을 데르빌르 부인 방에 숨겨야겠어요. 그 방은 항상 열쇠로 잠가 두고 있어요." 부인이 복도 끝에서 망을 보는 사이에 쥘리앵은 그 방으로 뛰어 들어갔다. "누가 문을 두드리더라도 열어 주지 마세요." 그녀는 열쇠로 방을 잠그면서 말했다. "애들이 저희끼리 놀면서 흔히 장난으로 문을 두드리니까요."

"아이들을 창문 아래 정원으로 나오게 해 주세요. 그 애들을 보면 기쁠 거예요. 그리고 애들에게 말을 시키세요." 쥘리앵이 이렇게 말했다.

"네, 알겠어요." 부인이 그곳을 떠나며 그에게 소리쳤다.

그녀는 오렌지와 비스킷과 말라가 포도주 한 병을 들고 이내 다시 돌아왔다. 빵을 훔쳐 내는 일은 불가능했던 것이다.

"당신 남편은 뭘 하고 있죠?" 쥘리앵이 물었다.

"농부들과 매매 계약서를 쓰고 있어요."

8시가 울리자 집 안이 매우 왁자지껄해졌다. 드 레날 부인이 눈에 띄지 않으면 사방에서 그녀를 찾을 것이었다. 그녀는 쥘리앵의 곁을 떠나지 않을 수 없었다. 곧 그녀는 조심성 없이 커피 한 잔을 들고 그에게 다시 돌아왔다. 쥘리앵이 굶어 죽을까 봐 안달이 났던 것이다. 아침 식사 후 그녀는 데르빌르 부인 방 창문 밑으로 아이들을 데리고 나오는 데 성공했다. 쥘리앵은 그들이 많이 자란 것을 알 수 있었다. 그러나 그의 생각이 변해서 그런지 아이들이 평범한 모습을 하고 있는 듯 보였다.

드 레날 부인은 아이들에게 쥘리앵 얘기를 꺼냈다. 맏이는 옛 가정 교사에 대해 정다움과 그리움이 담긴 대답을 했다. 그러나 밑의 아이들은 그를 거의 잊어버린 듯이 보였다.

그날 아침 드 레날 씨는 외출하지 않았다. 그는 끊임없이 집 안을 오르락내리락하면서 농부들에게 수확한 감자를 팔기 위한 매매 건으로 바삐 움직였다. 저녁 식사 때까지 드 레날 부인은 자신의 수인(囚人)을 위해 잠시도 틈을 낼 수가 없었다. 식사를 알리는 벨이 울리고 식탁을 차렸을 때, 부인은 쥘리앵을 위해 따끈한 수프 한 접시를 훔쳐 낼 생각이 들었다. 조심스럽게 수프 접시를 들고 쥘리앵이 있는 방문으로 소리 없이 다가가다가, 그녀는 아침에 사다리를 감췄던 하인과 정면으로 마주쳤다. 이때 하인도 귀를 기울이면서 소리 없이 복도를 걸어가고 있었다. 아마 쥘리앵이 소리를 내며 방 안을 걸어 다녔던 모양이었다. 하인은 약간 머쓱해하며 자리를 떠났다. 드 레날 부인은 대담하게 쥘리앵이 있는 방으로 들어갔다. 뜻하지 않은 만남에 쥘리앵은 소스라쳐 놀랐다.

"두려워요?" 부인이 그에게 말했다. "나는 이 세상의 어떤 위험에도 눈 하나 깜짝 않고 맞설 거예요. 나는 두려운 게 단한 가지밖에 없어요. 당신이 떠난 후 혼자 남게 되는 순간 말이에요." 이렇게 말하고 나서 그녀는 방을 뛰어나갔다.

아! 이 숭고한 영혼이 두려워하는 위험은 회한뿐이구나! 쥘리앵은 감격하여 중얼거렸다.

이윽고 밤이 되었다. 드 레날 씨는 카지노로 갔다.

부인은 두통이 심하다는 핑계를 대고 일찌감치 자기 방으로 물러나서는, 서둘러 엘리자를 내보내고 쥘리앵의 방문을 열어주려고 재빨리 일어섰다.

쥘리앵은 정말로 배가 고파 죽을 지경이었다. 드 레날 부인은 주방으로 빵을 찾으러 갔다. 쥘리앵은 커다란 외침 소리를 들었다. 드 레날 부인이 돌아와서, 불이 켜 있지 않은 주방으로 들어가 빵을 넣어 두는 찬장에 다가서며 팔을 뻗친 순간 여자의 팔을 건드렸다고 말했다. 쥘리앵이 들은 외침 소리를 낸 것은 엘리자였다.

"그 애는 거기서 뭘 하고 있었지요?"

"사탕을 훔치고 있었든지 아니면 우리를 엿보고 있었겠죠." 드 레날 부인이 아무런 관심도 없이 말했다. "다행히 파이 하나와 큰 빵 한 쪽을 찾아냈어요."

"거기에는 도대체 뭐가 들어 있죠?" 쥘리앵이 부인의 에이프런 주머니를 가리키며 말했다.

드 레날 부인은 저녁 식사 때부터 주머니에 빵을 가득 넣어 두었던 것을 잊고 있었다.

쥘리앵은 모든 정열을 기울여 부인을 품에 꼭 껴안았다. 그녀가 그처럼 아름다워 보였던 적은 일찍이 없었다. 파리에서도 나는 이보다 훌륭한 품성을 지닌 여인은 만날 수 없으리라. 쥘리앵에겐 막연히 그런 생각이 떠올랐다. 그녀는 이런 종류의 보살핌에는 익숙하지 않아 서툴러 보였지만, 다른 차원의 훨씬 더 무서운 위험밖에는 두려워하지 않는 사람의 진정한 용기를 동시에 간직하고 있었던 것이다.

쥘리앵이 맛있게 저녁을 먹는 동안 엄숙한 얘기를 하고 싶지 않았던 부인이 그 간단한 식사에 대해 농담을 하고 있는

데, 갑자기 방문이 세차게 흔들렸다. 드 레날 씨였다.

"왜 문을 잠그고 있소?" 그가 부인에게 소리쳤다.

쥘리앵은 가까스로 장의자 밑으로 기어 들어갈 시간밖에 없었다.

"웬일이오!" 드 레날 씨가 방으로 들어오면서 말했다. "당신 야식을 들고 있구려. 그러면서 문을 잠가 두다니!"

평소 같으면 남편의 이런 퉁명스러운 질문에 드 레날 부인의 마음이 흔들렸겠지만, 지금은 남편이 조금만 고개를 숙여도 쥘리앵이 눈에 띌 것 같아 조마조마했다. 드 레날 씨가 조금 전 쥘리앵이 앉아 있던 장의자 맞은편의 의자에 털썩 주저앉았던 것이다.

두통이 모든 것의 핑계가 됐다. '자그마치 19프랑짜리 내기였단 말이야!' 하고 말하면서 카지노의 당구 게임에서 이긴 얘기를 남편이 길게 늘어놓는 동안, 그녀는 그들 앞으로 서너 발짝 떨어진 의자 위에 쥘리앵의 모자가 놓여 있는 것을 얼핏 보았다. 그녀는 냉정을 되찾고 옷을 벗기 시작했다. 그러고는 재빨리 남편 뒤로 돌아가서 모자가 놓인 의자 위에 옷을 던져 놓았다.

이윽고 드 레날 씨가 방을 나갔다. 그녀는 쥘리앵에게 신학교에서 지낸 얘기를 다시 해 달라고 졸랐다. "어제는 당신 얘기를 듣지도 못했거든요. 당신이 얘기하는 동안 나는 줄곧 당신을 돌려보낼 생각만 하고 있었으니까요."

부인은 조심성이 없었다. 그들은 아주 큰 소리로 얘기하고 있었던 것이다. 새벽 2시경이나 되었을까, 문을 세차게 두드리는 소리에 그들의 얘기는 중단되었다. 또다시 드 레날 씨가 온 것이었다.

"빨리 문 열어, 집에 도둑이 들었단 말이야! 오늘 아침 생장이 도둑놈의 사다리를 발견했다고." 드 레날 씨가 소리쳤다.

"모든 게 끝장이에요!" 드 레날 부인이 쥘리앵의 품으로 뛰어들며 부르짖었다. "남편은 우리 둘 모두를 죽일 거예요. 저이는 도둑이 들었다고 생각하는 게 아녜요. 난 당신 품에 안겨 죽겠어요. 죽는 편이 살아 있는 것보다 행복해요." 그녀는 잔뜩 화내고 있는 남편에게는 대답하지 않고 쥘리앵을 열정적으로 포옹했다.

"스타니슬라스 어머니의 생명을 구하세요." 쥘리앵이 명령적인 태도로 그녀에게 말했다. "나는 화장실 창문으로 마당에 뛰어내려 정원으로 도망치겠어요. 개들은 날 알고 있어요. 내 옷을 뭉쳐서 될 수 있는 대로 빨리 정원으로 던지세요. 그동안 문을 부수려면 부수라고 하죠. 무엇보다도 사실을 털어놓으면 안 돼요. 그건 절대 금지예요. 확증을 주는 것보단 의심하는 편이 나으니까요."

"뛰어내렸다간 당신은 죽을 거예요!" 그것이 그녀의 유일한 대답이었고 유일한 걱정이었다.

그녀는 화장실 창문까지 그와 함께 갔다. 그런 다음 쥘리앵의 옷을 감췄다. 이윽고 그녀는 성이 나서 펄펄 뛰는 남편에게 문을 열어 주었다. 남편은 한마디도 않고 방과 화장실을 살펴본 다음 방에서 나갔다. 쥘리앵의 옷은 그에게 던져졌다. 그는 옷을 집어 들고 두강 쪽의 정원 아래 편을 향해 줄행랑쳤다.

그가 내달리고 있는데 탄환이 스쳐가는 소리가 들리고 뒤이어 총성이 울렸다.

드 레날 씨가 아니구나, 그가 이렇게 잘 쏠 리 없어. 그는 생각했다. 개들이 소리 없이 그의 곁에서 달리고 있었다. 두 번째 총알은 분명 개의 다리를 부러뜨린 모양으로 개가 비명을 지르기 시작했다. 쥘리앵은 테라스 벽을 뛰어넘어 몸을 숨기고 오십여 보쯤 뛰다가 다시 다른 방향으로 도망치기 시작했다. 사람들이 서로 고함치며 부르는 소리가 들렸다. 그리고 그는 그의 적인 하인이 총을 쏘는 것을 분명히 볼 수 있었다. 정원의 반대편에서도 소작인 하나가 총질을 해 대고 있었다. 그러나 쥘리앵은 벌써 두강 기슭에 당도해 거기서 옷을 입었다.

한 시간 후 쥘리앵은 베리에르에서 4킬로미터쯤 떨어진 제네바로 가는 도로에 나와 있었다. 그들이 무슨 낌새를 챘다면 파리로 가는 길목에서 나를 찾겠지, 하고 그는 생각했다.

2부
(상)

그녀는 예쁘지 않다, 홍조를 띤 적이 없다.

— 셍트 뵈브

1장 전원의 즐거움

오 전원이여,
언제 다시 그대를 바라볼 수 있으리!

─베르길리우스

"손님께선 파리행 우편 마차를 기다리러 오신 거죠?" 쥘리
앵이 아침 식사를 하러 들른 여관의 주인이 그에게 물었다.

"나로선 오늘 마차든 내일 마차든 상관없어요." 쥘리앵이 말
했다.

쥘리앵이 아무래도 좋다던 우편 마차가 도착했다. 두 자리
가 비어 있었다.

"이런! 이거 팔코가 아닌가." 제네바 쪽에서 도착한 여행자
가 쥘리앵과 함께 마차에 오른 남자에게 말했다.

"자네는 리옹 근교 론강 가까이 아름다운 계곡에 자리 잡
고 있는 줄 알았는데 웬일인가?" 팔코라는 사내가 대꾸했다.

"잘도 자리 잡았지. 나는 도망치는 길이라네."

"뭐라고! 도망을 치다니? 이보게 생지로, 그런 참한 얼굴로

자네가 무슨 범죄라도 저질렀단 말인가?" 팔코가 웃으면서 말했다.

"뭐 그거나 매한가지지. 시골의 지긋지긋한 생활에서 탈출하는 거라네. 자네도 알다시피 나는 시원한 숲과 전원의 고요를 사랑하네. 자네가 공상적이라고 자주 핀잔을 주었지만 말이야. 나는 평생 정치 얘기는 듣고 싶지 않았는데, 그놈의 정치가 나를 쫓아내는 셈이지."

"자네는 어느 당 소속인데?"

"아무 소속도 아니야, 그게 내 파탄의 원인이라네. 음악과 미술을 사랑하고, 좋은 책 한 권이 내게는 하나의 사건이 되는 것, 나의 정치란 그런 것일 뿐일세. 나는 곧 마흔넷이 되네. 앞으로 얼마나 더 살까? 십오 년, 이십 년, 기껏해야 삼십 년? 삼십 년을 더 산다 치세! 삼십 년 후엔 장관들이 좀 더 능란해지겠지. 하지만 그들의 정직함은 오늘날이나 마찬가지일 거야. 영국의 역사가 우리의 장래를 비춰 주는 거울이라고 생각하네. 여전히 권력 확장에 혈안이 된 왕이 존재하겠지. 국회의원이 되려는 야심도 여전할 테고, 명예욕이라든지 미라보가 해먹은 수십만 프랑 같은 것 때문에 시골 부자들은 잠을 못 잘 걸세. 그 작자들은 그런 걸 가지고 자유주의적이니 민중을 사랑하느니 하고 떠벌릴 테지. 왕당파들은 귀족원 의원이나 궁정 귀족이 되려는 욕망으로 날뛸 테고 말이야. 국가라는 선박 위에서는 누구나 조종을 맡아 보고 싶게 마련이거든. 돈벌이가 되니까 말일세. 단순한 선객(船客)에게는 발붙일 조그만 자리 하나 없을 것 아닌가?"

"사실을 말하게, 사실을! 자네의 조용한 성격으로 미루어 보아 재미있는 사실일 텐데. 자네를 시골에서 쫓아 낸 것이 최근의 선거인가?"

"내 불행의 원인은 훨씬 오래된 거야. 사 년 전 나는 마흔 살이었고 50만 프랑을 가지고 있었네. 그런데 지금은 네 살을 더 먹었고, 론강 근처의 기막힌 위치에 있는 내 몽플뢰리 성을 팔면 아마 5만 프랑쯤 손해 보게 될 거야.

파리에 있을 때 나는 자네들이 19세기 문명이라고 부르는 그 그칠 줄 모르는 신파극에 넌더리가 났었지. 나는 어질고 소박한 인정에 목말라 있었네. 그래서 론강 근처의 산간에 영지를 샀지. 하늘 아래 그처럼 아름다운 곳은 없을 걸세.

마을의 보좌 신부며 이웃의 시골 양반들이 반년 동안은 내게 꽤나 아첨을 하더군. 그들을 식사에 초대하고 이렇게 말해 줬지. 나는 정치 얘기라면 하고 싶지도 않고 듣고 싶지도 않아서 파리를 떠났습니다. 보시다시피 나는 어떤 신문도 구독하지 않습니다. 우편배달부가 가져오는 편지가 적으면 적을수록 나는 더욱더 만족합니다. 이렇게 말이야.

그런데 보좌 신부의 심산은 그게 아니었네. 얼마 안 가 나는 수많은 뻔뻔스러운 요구며 성가신 것들로 들볶이게 되었지 뭔가. 나는 일 년에 이삼백 프랑씩을 가난한 사람들에게 나눠 주려고 했네. 그런데 그 돈을 성 조제프회니 성모회니 하는 종교 단체를 위해 기부하라는 거야. 거절해 버렸지. 그러자 가지가지 모욕을 가해 오는 거야. 나는 어리석게도 그런 일에 화를 냈지 뭔가. 그 후로는 내 몽상을 깨뜨리고 세상 사람들과 그들의 사악함을 불쾌하게 상기시키는 어떤 성가신 일과 마주치지 않고서는, 우리 산간의 아름다운 경치를 즐기러 아침 산책을 나설 수도 없게 되었다네. 예를 들어 풍숙 기원(豊熟祈願) 행렬 때만 해도, 나는 그 행렬의 노래를, 아마 그리스의 멜로디인 듯한데, 좋아하지만 내 밭은 축복을 받지 못했다네. 보좌 신부가 그 밭은 배교자(背敎者)의 소유라서 축복할 수 없다는 거야. 한번은 독실한 신자인 노파의 암소가 죽은 일이 있었는데, 노파는 파리에서 온 불경한 철학자의 연못이 옆에 있어서 그런 불상사가 생겼다고 하는 것이었네. 일주일 후에는 내 연못의 물고기들이 모두 석회에 중독되어 배때기를 공중에 드러내고 떠올라 있는 판이었네그려. 가지가지 중상모략에 휩싸이게 되었지. 치안 판사는 그래도 정직한 사람이었지만, 자기 자리가 두려워서 항상 내게 불리한 판결을 내리는 거야. 전원의 평화란 내게는 지옥일세, 지옥이야. 내가 마을 수도회의 두목인 보좌 신부에게서 따돌림당하고 자유주의파의 두목인 퇴역 대위에게서도 지지를 못 받는 것을 알게 되자마자, 심지어 일 년 전부터 내가 먹여 살려 온 미장이며 쟁기 수리를 할 때마다 날 속여 먹으려 들던 목수까지 모조리 내게 덤벼드는 걸세.

좀 기댈 데도 얻고 소송 몇 건이라도 이겨 볼까 해서 자유주의자 행세도 해 보았네. 그런데 자네 말마따나 그 육시랄 놈의 선거가 닥치자, 내 표를 던져 달라는 거였네."

"생판 모르는 사람에게?"

"모르기는커녕 너무도 잘 아는 사내였네. 나는 거절해 버렸지. 그게 끔찍한 실수였어! 그때부터 자유주의자들마저 적이 되었으니 내 처지는 견딜 수 없게 되었지. 가령 하녀를 살해했다고 나를 무고할 생각이 보좌 신부에게 떠오르기라도 한다면, 그 범죄를 목격했다고 단언할 증인이 양 파에서 스무 명은 나설 그런 판국일세."

"자네는 이웃 사람들의 광증을 아랑곳하지 않고, 그들의 객쩍은 수다조차 들어 주지 않으면서 시골에서 살려고 했단 말이지. 어림도 없는 소리지……!"

"결국 끝장이 났네. 몽플뢰리를 팔려고 내놓았거든. 5만 프랑쯤 손해 보게 되겠지만 즐거울 따름이네. 그 위선과 중상모략의 지옥을 떠나게 되었으니 말이야. 나는 고독과 전원의 평화가 존재하는 프랑스 유일의 땅으로 그것을 찾아가는 길이라네. 파리의 샹젤리제에 면한 5층 방으로 말일세. 그리고 본당에 성체 빵을 공급하면서, 르 룰르 구역에서 내 정치적 인생을 시작할까 곰곰 생각해 볼 참이라네."

"보나파르트 치하에서라면 자네한테 그런 일은 생기지 않았을 텐데." 팔코가 분노와 그리움에 불타는 눈으로 말했다.

"어림없는 소리지. 그런데 자네의 보나파르트는 왜 자리를 지키지도 못했나? 오늘날 내가 겪는 모든 고통을 만들어 낸 것은 바로 그 작자야."

여기서 쥘리앵의 관심은 한층 더 커졌다. 그는 대뜸 보나파르티스트인 팔코란 사람이 드 레날 씨의 어릴 적 친구로, 1816년에 드 레날 씨에게 배반당한 인물임을 알아챘다. 그리고 철학자 생지로는 시 소유 공공건물을 싼 값에 입찰한 모 현청 과장과 형제 간이 되는 사람인 듯했다.

"이 모든 것을 만든 작자가 바로 자네의 보나파르트란 말일세." 생지로가 계속해서 말했다. "아무런 악의 없는 마흔 살의 정직한 남자가 50만 프랑을 갖고서도 시골에 정주하여 평화를 발견할 수 없단 말일세. 그 작자의 사제들과 귀족들이 나를 시골에서 쫓아내는 셈이지."

"아아! 보나파르트를 험구하지는 말게." 팔코가 소리쳤다. "황제가 통치한 십삼 년 동안만큼 프랑스가 민중을 존중한 적은 없었네. 그 당시에는 만사에 위대함이 있었지."

"자네의 그 빌어먹을 황제란 작자는 전쟁터에서와 1802년경 재정(財政)을 회복시켰을 때 말고는 위대했던 적이 없어." 마흔네 살 난 사내가 대꾸했다. "그 후의 그의 모든 행동이 무슨 의미가 있겠나? 그의 시종들이며 사치며 튈르리에서의 접견이며, 그는 온갖 군주 정치적 어리석음의 재판(再版)을 만들어놨어. 그것이 개정판이기는 했지만, 그대로 한두 세기쯤 지속할 뻔하기도 했고. 귀족과 성직자들은 구판(舊版)으로 되돌아가고 싶어 했지만 그걸 대중에게 팔아먹을 만한 철권(鐵拳)이 없었을 뿐이야."

"인쇄업을 해 먹던 사람다운 말투군!"

"누가 나를 내 땅에서 몰아냈나?" 옛 인쇄업자는 성이 나서 계속 말했다. "나폴레옹이 교황과의 화친 조약으로 불러들인 성직자 놈들이 아니냔 말이야. 그들이 무슨 짓을 해서 벌어먹든 상관하지 말고, 국가는 의사나 변호사나 천문학자처럼 성직자도 보통 시민으로서 대우했어야 하는 건데 그러질 않았거든. 자네의 보나파르트가 남작이니 백작이니를 만들어 내지 않았던들 오늘날 오만불손한 귀족들이 있을 수 있겠나? 아니지, 그들의 세상은 지나가 버렸거든. 성직자들 다음으로 나를 화나게 하고 또 내가 어쩔 수 없이 자유주의자 행세를 하게 만든 것은 바로 시골뜨기 소귀족 놈들이란 말일세."

대화는 그칠 줄 모르고 계속되었다. 그들이 주고받는 얘기는 앞으로 반세기 동안은 프랑스인들의 관심을 사로잡게 될 것이다. 생지로가 시골에서 살 수 없다는 얘기를 여전히 되뇌고 있는 동안, 쥘리앵은 드 레날 씨의 예를 조심스럽게 꺼내 보았다. 그러자 팔코가 맞받아 소리쳤다.

"아무렴 젊은이, 그 말 참 잘했소! 그자는 모루가 되지 않으려고 망치가 된 자거든. 그것도 무시무시한 망치지. 하지만 그 작자도 요즘엔 발르노에게 몰리는 기색이더군. 젊은이도 그 불한당 녀석을 아시오? 그자야말로 진짜 불한당이지. 그 드 레날 씨가 불원간 쫓겨나서, 발르노가 자기 자리를 차지하는 꼴을 보면 뭐라고 말할까?"

"뭐 제가 저지른 죄를 마주 보게 되겠지." 이번에는 생지로가 끼어들었다. "그러면 젊은이는 베리에르를 잘 알고 있겠구려? 하늘은 보나파르트와 그의 군주 정치적 폐물을 뒤섞어서 레날과 셸랑의 군림을 가능하게 만들더니, 이제 발르노와 마슬롱의 통치를 가져온 모양이군."

이런 음울한 정치 얘기에 놀란 쥘리앵은 자신의 달콤한 관능적 몽상에서 깨어났다.

멀리 파리의 첫 모습이 눈에 들어왔으나 그는 별다른 감흥

이 없었다. 닥쳐올 자신의 운명에 대한 망상과 아직도 생생한, 베리에르에서 지내고 온 이십사 시간의 추억이 그의 마음속에서 갈등을 빚고 있었다. 성직자들의 오만불손으로 말미암아 공화정이 도래해서 귀족들이 박해를 당하게 된다면, 사랑하는 레날 부인의 아이들을 결코 버리지 않고 모든 것을 희생해서라도 보호하겠노라고 쥘리앵은 마음속으로 다짐했다.

그가 베리에르에 도착한 날 밤 드 레날 부인의 침실 창문에 사다리를 걸쳐 놓았을 때, 만약 그 방에 낯선 사람이나 드 레날 씨가 있었다면 어찌되었을까?

하지만 애인이 그를 돌려보내려고 갖은 애를 쓰고, 그가 어둠 속에서 그녀 곁에 앉아 자신의 처지를 호소하던 처음 두 시간은 얼마나 감미로운 한때였던가!

쥘리앵 같은 영혼은 평생 동안 그런 추억에서 벗어나지 못하는 법이다. 밀회의 나머지 시간은, 그들이 사랑을 속삭이던 십사 개월 전의 첫 시기와 벌써 혼동되고 있었다.

마차가 급히 섰기 때문에 쥘리앵은 깊은 몽상에서 불현듯 깨어났다. 마차가 장자크 루소 거리의 역(驛) 마당에 들어섰던 것이다.

"말메종[44]으로 갑시다." 그는 다가오는 이륜마차를 향해 말했다.

"이 시간에 거긴 뭘 하러 가십니까?"

"무슨 상관이오! 어서 갑시다."

---

44) 나폴레옹이 조제핀과 함께 거주하던 옛 성.

진정한 정열이란 오직 그 정열 자체만을 생각하는 것이다. 그러기에 파리에서는 정열이 우스꽝스러워 보이는 것이다. 파리에서는 사람들이 이웃 사람 생각을 많이 한다고 여겨진다. 말메종에서 쥘리앵이 받은 감격을 얘기하는 것은 그만두기로 하겠다. 그는 울었다. 뭐라고! 그해에 쌓아 올린 흉측한 하얀 벽이 그곳 정원을 조각조각 막아 놓고 있는데도 울었다고? 그렇다, 후세 사람들과 마찬가지로 쥘리앵에게는 아르콜[45]과 세인트헬레나와 말메종 사이에 아무런 차이도 없었던 것이다.

저녁에 쥘리앵은 극장에 들어가기 전에 몹시 망설였다. 그는 풍기가 좋지 않은 그런 장소에 대해 야릇한 관념을 품고 있었다.

깊은 경계심 때문에 그는 살아 있는 파리의 모습을 즐길 수 없었다. 그는 자기가 받드는 영웅이 남긴 기념물에만 감동을 느꼈다.

나는 음모와 위선의 중심지에 와 있는 것이다! 여기엔 드 프릴레르 사제의 후견인들이 군림하고 있다. 쥘리앵은 이렇게 생각하는 것이었다.

사흘째 되는 날 저녁, 그는 피라르 사제 앞에 나타나기 전에 모든 것을 구경하겠다는 계획을 호기심 때문에 포기했다. 피라르 사제는 드 라 몰 씨 댁에서 그를 기다리고 있는 생활이 어떤 것인지 냉정한 어조로 설명했다.

"만약 몇 달 후 자네가 후작 댁에서 필요 없게 되면 자네

---

45) 이탈리아에 있는 나폴레옹의 승전지.

는 떳떳이 신학교로 들어가면 되네. 자네는 프랑스에서 가장 지체 높은 대영주의 한 분인 후작 댁에 머물게 되는 거야. 자네는 검은 복장을 하게 될 텐데, 성직자와 같은 복장이 아니라 상중(喪中)인 사람처럼 입는 걸세. 내가 소개하는 신학교에서 일주일에 세 번씩은 신학 수업을 듣게. 매일 정오에는 후작의 서재에 가 있게. 후작은 자네에게 소송이나 다른 사업 건에 관해 편지 쓰는 일을 시킬 생각이라네. 후작은 자기가 받는 편지의 여백에 필요한 답장의 요령을 두어 마디만 적어 놓는다네. 석 달이 지나면 자네가 제시하는 열두 통의 답장 가운데 여덟 내지 아홉 통은 후작이 그대로 서명할 수 있게 될 것이라고 말해 두었네. 저녁 8시에는 서재를 정돈하고, 10시면 자네는 자유롭게 되네."

피라르 사제는 계속해서 설명했다.

"어떤 노부인이나 또는 상냥한 말투의 어떤 남자가 자네에게 엄청난 이득을 제시하거나 혹은 철면피처럼 금전 공세를 취하면서 후작이 받은 편지를 보여 달라고 할지도 모르나……."

"아아! 선생님도 참!" 쥘리앵이 얼굴을 붉히며 소리쳤다.

"자네처럼 가난한 사람이, 더구나 신학교에서 일 년이나 지내고 나서도 아직 그런 일에 그처럼 분개하다니 이상한 노릇이군. 자네는 눈이 멀었던 모양이야!" 사제가 씁쓸한 미소를 짓고 말했다.

이건 혈통의 힘인가? 하고 사제는 혼잣말을 하듯 나지막이 중얼거렸다. 그러고는 쥘리앵을 쳐다보며 덧붙여 말했다. "이

상한 일은 후작이 자네를 알고 있다는 사실이야……. 어떻게 아는지는 모르겠지만. 후작은 우선 자네 봉급으로 100루이를 주겠다고 하네. 그분은 변덕이 많은 분이야. 그것이 결점이기도 하지. 그래서 하찮은 일로 자네와 다투게 될지도 모르네. 자네가 후작의 마음에 들면 자네 봉급은 8000프랑까지 올라갈 수도 있을 거네."

여기서 사제는 날카로운 어조를 띠며 말을 이었다.

"하지만 뭐 자네가 예뻐서 그만한 돈을 주는 것은 아니라는 사실을 명심해 두게. 무엇보다도 쓸모 있는 사람이 돼야 하네. 내가 자네 처지라면 나는 되도록 말을 적게 하겠네. 특히 내가 모르는 것에 관해서는 입을 열지 않을 거야.

아 참! 자네를 위해 사정을 알아 두었는데, 드 라 몰 씨 가족 얘기를 잊고 있었군. 후작에게는 남매가 있는데, 아들은 열아홉 살 난 멋쟁이 청년으로 정오까지는 자기가 오후 2시에 무슨 일을 할지 전혀 모르는 좀 얼빠진 친구지. 하지만 재치도 있고 용기도 있는 청년으로 스페인 전쟁에도 참전했었다고 하네. 왠지 모르지만 후작은 자네가 젊은 노르베르 백작의 친구가 되기를 바라고 있네. 자네가 훌륭한 라틴어 학자라고 말해 두었으니까 아마 자기 아들에게 키케로나 베르길리우스의 몇몇 구절을 가르쳐 주길 기대하는 것이겠지.

내가 자네라면 그 젊은 멋쟁이한테 결코 희롱당하지 않도록 하겠네. 더할 나위 없이 예의 바르지만 약간 빈정거리는 투가 섞인 그의 접근에 굴복하기 전에, 그런 접근을 여러 번 되풀이하도록 내버려 두겠단 말일세.

자네는 일개 소시민에 지나지 않으니까, 처음에는 젊은 드 라 몰 백작이 자네를 경멸하리라는 것을 솔직히 말해 두겠네. 그의 선조는 궁정에 있던 분으로, 어떤 정치적 음모에 의해 1574년 4월 26일 그레브 광장에서 목이 잘린 영예를 지니고 있다네. 자네는 베리에르 목수의 아들인 데다 그 사람 부친에게서 봉급을 타먹는 처지가 아닌가. 이런 차이를 잘 유념해 두고, 모르리[46]의 저서를 읽고 그 가문의 역사를 공부해 두게. 그 댁에서 식사하는 아첨꾼들은 때때로 그들이 말하는 바의 소위 은밀한 암시로 그 가문의 역사를 들추어내거든. 경기병 대위이며 미래의 프랑스 귀족원 의원인 노르베르 드 라 몰 백작님의 농담에 대답하는 방식에 주의하고, 나중에 나한테 그런 일로 하소연하지 않도록 하게."

　"저를 멸시하는 사람에게 저는 대답조차 하지 말아야 할 것 같군요." 쥘리앵이 몹시 얼굴을 붉히며 말했다.

　"자네는 그 경멸이 어떤 것인지를 모르고 있어. 그것은 과장된 찬사로만 표시된다네. 자네가 바보라면 그런 찬사에 속아 넘어갈 수도 있을 거야. 그리고 출세하고자 한다면 그걸 곧이곧대로 받아들이는 척해야 할 걸세."

　"그런 모든 것이 제게 마땅치 않게 돼서 신학교의 103호실 작은 방으로 되돌아간다면, 저는 배은망덕한 놈이 되겠습니까?" 쥘리앵이 이렇게 물었다.

---

46) 루이 모르리(Louis Moreri, 1643~1680). 프랑스의 성직자이자 학자로 『역사 대사전』의 저자.

"아마 그 집의 아첨꾼들은 모두 자네를 험구하겠지. 그러나 그럴 땐 내가 나서겠네. 아드숨 퀴 페키.[47] 그 결정은 내게서 나온 것이라고 말하겠네." 사제가 대답했다.

쥘리앵은 피라르 사제의 어조가 신랄하고 거의 무자비하게 들려서 착잡한 기분이었다. 그 어조는 그의 마지막 답변을 망쳐 놓고 있었다.

실상 사제는 쥘리앵을 사랑하는 것에 양심의 가책을 느끼고 있었다. 그는 타인의 운명에 이처럼 직접적으로 개입하는 것에 일종의 종교적 두려움까지 지니고 있었던 것이다.

사제는 괴로운 의무를 이행하는 듯이 여전히 퉁명스러운 태도로 덧붙여 말했다.

"자네는 또한 드 라 몰 후작 부인을 만날 것이네. 그 부인은 키가 큰 금발의 여인으로, 신앙심이 깊고 거만하고 완벽한 예절을 갖추고 있으나 무의미한 여자라네. 그 부인은 귀족적 편견으로 널리 알려진 드 숀 노공작의 따님이네. 그 귀부인은 자기 지위에 있는 여자들의 성격을 두드러지게 드러내는 일종의 축도(縮圖)라고 할 만하다네. 그 부인은 십자군 때까지 거슬러 올라가는 조상을 갖고 있다는 것이 자기가 존중하는 유일한 특권임을 숨기려 들지 않는다네. 돈은 그보다 훨씬 나중에나 꼽히는 것이지. 자네에겐 이 사실이 놀라운가? 이보게, 여기는 시골과는 판이하게 달라.

자네는 그 살롱에 모여드는 몇몇 대영주들이 우리 왕자들

---

47) 그건 내 책임이다.

을 이상하리만큼 소홀한 어조로 취급하는 언사를 들을 것이네. 그런데 드 라 몰 부인은 왕자, 특히 공주의 이름을 들먹일 때마다 존경심으로 목소리를 낮춘다네. 그 부인 앞에서는 필립 2세나 앙리 8세가 괴물이었다고 말하지 않도록 하게나. 어쨌든 그들은 왕이었고 그 사실은 만인의 존경을, 특히 자네나 나처럼 태생이 비천한 사람의 존경을 받을 영원한 권리를 부여해 주는 것이거든. 하지만 우리는 성직자네. 그 부인은 자네를 성직자로서 대우할 거야. 그런 이유로 부인은 우리를 자기 영혼의 구원에 필요한 시종쯤으로 여길 것이네."

"선생님, 저는 아무래도 파리에 오래 머물게 될 것 같지 않습니다." 쥘리앵이 말했다.

"그렇겠지. 하지만 우리 같은 처지의 사람에게는 대영주의 비호만이 행운을 개척할 수 있는 길이라는 것을 알아 두게. 뭔가 불확실하기는 하지만, 자네의 성격에는 성공을 못 하면 남의 박해를 받을 소지가 있는 듯하네, 내가 보기에는 그렇다는 얘기야. 자네에게는 중용이라는 게 없어. 이 점 잘 생각해 두게. 자네에게 말을 걸어도 자네를 즐겁게 해 줄 수 없다는 것을 사람들은 알고 있어. 이곳처럼 사교적인 고장에서는, 자네는 남들의 존경을 받지 못하면 불행에 빠지게 되어 있어.

드 라 몰 후작의 변덕스러운 생각이 없었다면 자네가 브장송에서 어떻게 되었겠나? 앞으로 자네는 후작이 자네에게 베푼 것이 아주 유별난 것임을 깨달을 걸세. 그리고 자네가 무감각한 인간이 아니라면 후작과 그분의 가족에 대해 영원히 감사하게 될 걸세. 자네보다 학식이 많으면서도, 미사에서 받는

15수와 소르본의 강사료 10수로 파리에서 몇 해씩이나 썩었던 가련한 사제들이 얼마나 많은지 아나! 지난 겨울에 자네에게 얘기했던 뒤부아 추기경의 그 불운했던 초기를 상기해 보게. 자네가 아무리 자부심이 강해도 그 추기경보다 재능이 높다고 자부할 수야 있겠나?

예를 들어 나를 보게나. 그저 평범하고 보잘것없는 인간인 나는 신학교에서 늙어 죽을 작정이었네. 어리석게도 신학교에 집착을 갖고 있었지. 그런데 내가 사표를 냈을 때는 그렇지 않아도 쫓겨날 참이었어. 그때 내가 재산을 얼마나 가지고 있었는지 아나? 더도 덜도 아니고 꼭 520프랑의 저축금이었다네. 친한 친구 하나 없고, 겨우 두서너 명의 친지가 있었을 뿐이었네. 그런데 한 번 만나 본 적도 없는 드 라 몰 씨가 나를 그런 곤경에서 구해 주었어. 그 양반의 말 한마디로, 나는 교구민 모두가 야비한 악습에서 벗어난 유복한 사람들인 교구를 얻게 된 것이라네. 그리고 내 수입은 하는 일에 비해 부끄러울 정도로 과분한 것이네. 자네가 경솔하지 않도록 하기 위해 이처럼 긴 얘기를 늘어놓았네.

한마디만 더 하지. 나는 불행하게도 성급한 성격을 갖고 있어. 앞으로 군과 얘기를 나누지 못할지도 모르겠네.

후작 부인의 거만이나 그 아들의 조롱 때문에 그 집이 자네에게 결정적으로 견딜 수 없게 되거든, 파리에서 120킬로미터쯤 떨어진 어느 신학교, 그것도 남쪽보다는 북쪽에 있는 신학교에 가서 군의 학업을 끝마치게. 북쪽이 좀 더 개화됐고 부정도 적거든." 여기서 피라르 사제는 목소리를 낮추고 덧붙여 말했다.

"사실인즉 파리의 신문사들이 가까이 있는 곳에서는 소폭군(小暴君)들도 겁을 먹는다네.

앞으로도 우리가 함께 지내는 것이 마음에 들고 후작 댁 분위기가 자네에게 견딜 수 없게 되면, 내 보좌 신부 자리를 자네에게 제공함세. 그 교구에서 나오는 수입은 둘이서 반씩 나누기로 하고." 쥘리앵이 감사의 말을 하려는 것을 중단시키고 피라르 사제는 계속해서 얘기했다. "나는 군에게 이런 정도의 일은 응당 해 줘야 할 걸세. 브장송에서 자네가 보여 준 기특한 호의에 대한 감사로 말이야. 내가 그때 520프랑이 있었기에 망정이지 빈털터리였다면 자네의 도움이 나를 구했을 거야."

사제의 무자비한 어조는 한결 누그러져 있었다. 부끄럽게도 쥘리앵은 두 눈에 눈물이 솟는 것을 어쩌지 못했다. 그는 스승의 품에 뛰어들고 싶은 간절한 충동을 느꼈다. 그러나 애써 사내다운 태도를 꾸미고 이렇게 말할 수밖에 없었다.

"저는 태어날 때부터 제 아버지의 미움을 받았습니다. 그것은 저의 큰 불행이었습니다. 하지만 제 운명을 한탄하지 않겠습니다. 선생님, 선생님께서는 저의 진정한 아버지와 같으십니다."

"자 알았어, 알았으니 그만두게!" 사제는 당황한 듯이 말했다. 그러고 나서는 때마침 신학교 교장다운 말을 찾아내서 이렇게 덧붙였다. "이보게, 운명이란 말을 쓰면 못 써, 언제나 섭리라고 말해야지."

삯마차가 섰다. 마부가 거대한 문에 매달린, 문을 두드리는 놋쇠 고리를 쳐들었다. 그곳이 바로 드 라 몰 저택이었다. 통행인들이 알아보게 하기 위해서인 듯 대문 위의 검은 대리석에 그렇게 새겨져 있었다.

그런 외면치레가 쥘리앵의 마음에 들지 않았다. 귀족들은 자코뱅파를 무서워한다! 그들은 울타리 너머로 로베스피에르와 그의 단두대의 환상을 보며 전전긍긍하는 처지에, 참 요절복통할 노릇이군. 폭동이 터질 때 하층민들한테 알아보고 약탈하라고 이렇게 자기 집을 광고하는 것인가? 그는 피라르 사제에게 자신의 이런 생각을 말했다.

"이런! 자네 아무래도 머지않아 내 보좌 신부가 될 모양이군. 그런 무시무시한 생각을 해내다니!"

"저는 아주 단순한 생각으로 여겨지는데요." 쥘리앵이 말했다.

문지기의 근엄한 태도와 특히 정결한 마당을 보고 쥘리앵은 감탄을 금치 못했다. 마침 화창한 날씨였다.

"참 으리으리한 건물이군요." 쥘리앵이 사제에게 말했다.

그것은 볼테르가 사거(死去)할 무렵에 건축된, 생제르맹 구역에 있는 평범한 현관이 딸린 저택의 하나일 뿐이었다. 유행과 아름다움이 이처럼 서로 동떨어진 경우도 없었을 것이다.

2장 사교계 진출

열여덟의 나이에 아무런 후견도 없이 혼자 처음으로
살롱에 들어섰을 때의 우스꽝스럽고도 감동적인 추억이라니!
여인의 시선만으로도 나는 겁을 먹기에 충분했다.
사람들 마음에 들려고 애쓸수록
점점 어색해지는 것이었다.
나는 매사에 터무니없는 관념을 품고 있었던 것이다.
아무런 이유 없이 속을 털어놓기도 했고
또는 엄숙한 태도로 나를 쳐다본 사람을
적으로 여기기도 했다. 그러나 수줍음 때문에 맛본
쓰라린 불행 속에서도, 그때 그 시절은
얼마나 아름다운 날이었던가!

— 칸트

쥘리앵은 마당 한가운데에 얼빠진 사람처럼 서 있었다. 피
라르 사제가 타일렀다.

"좀 분별 있는 태도를 갖게. 무서운 생각이 드는 모양인데,
자네가 어린아이란 말인가! 호라티우스의 '닐 미라리'[48]를 잊
었는가? 자네가 여기 자리 잡으면 이 집 하인들이 자네를 조
롱하려 들 것을 좀 생각해 보게. 그 사람들은 자네가 부당하
게 자기들 윗자리를 차지했지만 실은 자기들과 동등한 처지라

---

48) 결코 흥분하지 말지니라.

고 생각할 걸세. 그러고는 충고를 한다든지 자네를 바르게 인
도해 준다는 친절을 가장하고서, 자네가 큰 실수를 저지르게
하려고 노릴 거란 말일세."

"저는 그런 자들을 아랑곳하지 않겠습니다." 쥘리앵은 입술
을 깨물며 말했다. 그러고는 자신의 경계심을 되찾았다.

후작의 서재에 다다르기 전에 그들이 가로질러 간 살롱들
을 독자가 보았다면, 그것은 으리으리한 만큼이나 또한 음울
해 보였을 것이다. 독자는 그런 살롱을 거저 준다 해도 거기서
살기를 거절했을 것이다. 그것은 하품과 우울한 생각의 본고
장인 것이다. 그런데 그 살롱들을 보며 쥘리앵은 더욱더 황홀
해했다. 이처럼 찬란한 곳에서 산다면 사람이 어찌 불행할 수
있을 것인가! 그는 이렇게 생각했던 것이다.

피라르 사제와 쥘리앵은 이윽고 이 화려한 저택에서 가장
초라한 방에 당도했다. 그것은 빛이 잘 스며들지 않는 방이었
다. 거기에 날카로운 눈초리를 가진 깡마르고 작은 사람이 블
론드의 가발을 쓰고 앉아 있었다. 사제는 쥘리앵 쪽으로 고개
를 돌리고 그를 소개했다. 그 사람이 후작이었던 것이다. 쥘리
앵은 그를 알아보기가 매우 힘들었다. 그만큼 후작은 공손한
태도를 띠고 있었다. 그는 브레이 르 오의 사원에서 보았던 오
만하기 짝이 없는 얼굴의 대영주가 아닌 듯했다. 쥘리앵에게
는 그의 가발이 너무 숱이 많은 듯이 보였다. 그런 느낌에 힘
입어 그는 전혀 겁먹지 않을 수 있었다. 앙리 3세의 친구를 조
상으로 가진 인물이 그에게는 우선 아주 보잘것없는 풍채의
소유자로 보였던 것이다. 후작은 몹시 깡마른 데다 몸을 많이

움직였다. 그러나 후작이 브장송의 주교 이상으로 상대자를 기분 좋게 하는 예의를 갖추고 있음을 쥘리앵은 곧 알아챘다. 회견은 채 삼 분도 계속되지 않았다. 방을 나오면서 사제가 쥘리앵에게 말했다.

"자네는 마치 그림이라도 보듯이 후작을 뚫어지게 쳐다봤어. 나는 그 사람들이 예절이라고 부르는 것을 잘 알지는 못하네. 머지않아 자네가 더 잘 알게 되겠지. 하지만 자네의 대담한 시선은 별로 공손해 보이지가 않더군."

그들은 다시 삯마차에 올랐다. 마부가 큰 거리 옆에 마차를 세웠다. 사제는 커다란 살롱이 잇달아 있는 곳으로 쥘리앵을 데리고 들어갔다. 쥘리앵은 그곳에 가구가 없는 것을 알았다. 그는 자기가 보기에는 아주 외설스러운 주제를 나타내 보이는, 금도금을 한 화려한 괘종시계를 쳐다보고 있었다. 그때 멋쟁이 신사 하나가 웃는 얼굴로 그에게 다가왔다. 쥘리앵은 반쯤 몸을 숙여 인사했다.

그 신사는 미소를 짓더니 그의 어깨에 손을 얹었다. 쥘리앵은 소스라치며 뒤로 펄쩍 뛰었다. 그는 성이 나서 얼굴이 붉으락푸르락했다. 피라르 사제는 근엄함도 잊고 눈물이 날 정도로 웃어 젖혔다. 그 신사는 양복 재단사였던 것이다.

"자네에게 이틀간 자유 시간을 주겠네." 양복점을 나서면서 사제가 쥘리앵에게 말했다. "자네는 이틀 후에나 드 라 몰 부인에게 소개될 것이네. 다른 사람 같으면 이 신판(新版) 바빌론에 처음 머무르는 동안 자네를 처녀처럼 가두어 둘 테지만……. 뭐 방종할 일이 있으면 즉시 그렇게 하게나. 나는 자네 생각을 해야 하는 나약함에서 해방될 테니까. 모레 아침에 그 재단사가 자네에게 양복 두 벌을 보내 줄 걸세. 가봉하러 오는 심부름꾼에게 5프랑을 쥐여 주게. 그런데 그 파리지앵들에게는 자네 목소리를 듣게 하지 말게. 만약 자네가 한마디라도 하면 그들은 자네를 조롱하는 비결을 찾아낼 거야. 그것이 그들의 재능이니까. 모레 정오에 내 집으로 와 주게……. 자, 가서 마음대로 지내게……. 참, 잊고 있었군. 이 주소로 찾아가서 장화와 셔츠와 모자를 주문하게."

쥘리앵은 그 주소의 글씨를 쳐다보았다. 그러자 사제가 말했다.

"후작이 손수 쓴 것이라네. 그분은 모든 걸 예상하며 명령하기보다는 직접 행하기를 좋아하는 활동적인 분이야. 후작은 그런 수고를 덜기 위해 자네를 옆에 두려는 것이라네. 군은 그 기민한 분이 한두 마디로 지시하는 모든 일을 잘 수행해 낼 만한 재치가 있겠나? 앞으로 두고 볼 일이지. 자, 조심하게나!"

쥘리앵은 한마디도 입을 열지 않고 주소에 적힌 상점들로 들어갔다. 그는 상점에서 자기를 아주 정중하게 맞이하는 것을 알았다. 장화 상인은 장부에 그의 이름을 기입하면서, 쥘리앵 드 소렐이라고 적는 것이었다.

페르라셰즈의 묘지에 갔을 때, 대단히 친절해 보이며 극히 자유주의적인 언사를 사용하는 한 남자가 네[49] 원수의 무덤

---

49) 미셸 네(Michel Ney, 1769~1815). 프랑스의 장군. 나폴레옹의 백일천하에 가담했다가 왕정에 의해 총살당했다.

을 가르쳐 주겠다고 자진해서 쥘리앵에게 제안했다. 교묘한 정략에 의해 그 무덤에는 비석도 세워 두지 않았던 것이다. 그러나 눈에 눈물을 글썽이며 쥘리앵을 품에 껴안다시피 한 자유주의자와 헤어지고 나서 쥘리앵은 자기 시계가 없어진 것을 알았다. 그런 종류의 경험을 숱하게 하고서, 이틀 후 정오에 쥘리앵은 피라르 사제 앞에 나타났다. 사제는 그를 뚫어져라 쳐다보았다.

"이러다간 자네 멋쟁이가 되겠군." 사제는 엄격한 태도로 이렇게 말했다. 쥘리앵은 상복을 입은 나이 어린 젊은이 같은 태도를 지니고 있었다. 사실 그는 대단히 단정한 차림이었다. 하지만 그 자신도 시골뜨기인 마음 착한 사제는 시골에서 멋과 건방짐을 동시에 드러내는 어깻짓을 쥘리앵이 그대로 지니고 있음을 알아보았던 것이다. 쥘리앵을 보자 후작은 사제와는 아주 다른 방식으로 쥘리앵의 맵시를 평가했다. 후작은 사제에게 이렇게 말했던 것이다.

"소렐 군에게 댄스 교습을 받게 해도 반대하시지 않겠습니까?"

사제는 아연실색했지만 마침내 이렇게 대꾸하지 않을 수 없었다.

"네, 쥘리앵은 사제는 아니니까요."

후작은 뒤쪽의 작은 층계를 두 계단씩 뛰어 올라가서, 저택의 드넓은 정원 쪽으로 향한 지붕 밑의 아담한 방에 쥘리앵의 거처를 손수 정해 주었다. 후작은 쥘리앵에게 옷 가게에서 셔츠를 몇 벌이나 사 왔느냐고 물었다.

"두 벌입니다." 이런 대귀족이 이처럼 세세한 일까지 관심을 쓰는 데 질린 쥘리앵의 대답이었다.

"음, 잘했구면." 후작은 정색을 하고서 명령적이면서도 간결한 어조로 덧붙여 말했다. 그 어조는 쥘리앵이 예사로 들어 넘길 수 없는 어조였다. "잘했구면! 스물두 벌만 더 사도록 하오. 이건 삼 개월 치 봉급이니 받아 두고."

지붕 밑 방에서 내려오면서 후작은 나이 지긋한 하인 하나를 불렀다. "아르센, 앞으로 소렐 군의 시중을 들게." 후작이 하인에게 일렀다.

잠시 후 쥘리앵은 화려한 서재에 혼자 남게 되었다. 그것은 즐거운 한때였다. 흥분한 모습을 들키지 않으려고 그는 어두운 구석으로 가서 몸을 숨겼다. 거기에서 그는 반짝이는 책의 표지들을 황홀하게 바라보았다. 그러고는 생각하는 것이었다. 이 책들을 모두 읽을 수 있겠구나, 여기서 지내는 것이 어찌 마음에 들지 않을 수 있겠는가? 드 레날 씨 같으면 드 라 몰 후작이 방금 내게 베푼 것의 100분의 1만 해 주어도 자신의 치욕으로 여길 것이다. 그건 그렇고, 이제 베껴야 할 일거리나 살펴보자.

그 일을 끝내고서 쥘리앵은 감히 책들이 꽂혀 있는 데까지 다가가 보았다. 거기서 볼테르의 어떤 판본을 발견하자 그는 기뻐서 어쩔 줄 몰랐다. 누가 갑자기 들어설까 봐 달려가 서재 문을 열어 놓았다. 그러고는 팔십 권의 책을 한 권 한 권 기쁨에 넘쳐 펼쳐 보았다. 런던에서 제일가는 제본가가 공들여 만든 화려한 장정의 책들이었다. 쥘리앵의 감탄은 거의 절정에 달해 있었다.

한 시간 후 후작이 들어와서 쥘리앵이 베낀 글을 훑어보았다. 그리고 쥘리앵이 슬라[50]라는 낱말에 엘(l) 자 하나를 더 붙여 셀라(cella)라고 써놓은 것을 보고는 놀라움을 금치 못했다. 이 청년의 학식에 대해 사제가 말했던 것은 모두 헛소리에 불과했단 말인가! 몹시 실망하긴 했지만 후작은 그에게 상냥하게 물었다.

"군은 철자에 자신이 없나 보군?"

"네, 그렇습니다." 쥘리앵은 자기가 실수를 저질렀으리라고는 꿈에도 생각지 않고 이렇게 대답했다. 그는 드 레날 씨의 거만한 어조가 생각나서 후작의 친절에 감동해 있었다.

프랑슈콩테 지방 꼬마 사제를 채용해 보는 것도 모두 시간 낭비인 모양이군. 내겐 꼭 확실한 사람이 필요했는데 말이야! 후작은 이런 생각을 하며 쥘리앵에게 덧붙여 말했다.

"슬라(cela)는 엘(l) 자가 하나일세. 앞으로는 베끼고 나서 철자가 확실치 않은 단어는 사전을 찾아보고 확인하게."

6시에 후작은 쥘리앵을 불렀다. 그는 분명 난처한 듯이 쥘리앵의 장화를 쳐다보았다.

"이건 내 잘못이지만, 매일 5시 30분에는 옷차림을 갖춰야 한다는 것을 미처 얘기해 주지 못했군."

쥘리앵은 무슨 뜻인지 모르고 후작을 바라보았다.

"긴 양말을 신어야 한다는 뜻일세. 아르센이 자네에게 상기시켜 주겠지만, 오늘은 내가 자네 변명을 하기로 하겠네."

---

50) cela. '그것'이라는 뜻의 프랑스어.

이렇게 말하고서 드 라 몰 후작은 금박으로 번쩍이는 살롱으로 쥘리앵을 안내했다. 이런 경우에 드 레날 씨 같으면 먼저 문에 들어서는 우월함을 누리려고 걸음을 재촉했을 것이다. 옛 주인의 그런 쩨쩨한 허영심에 습관이 된 나머지, 쥘리앵은 후작의 발을 밟을 정도로 바짝 따라붙어 걸었다. 그것은 신경통을 앓는 후작에게는 몹시 괴로운 일이었다. '게다가 이 친구 눈치까지 없구먼!' 후작은 속으로 이렇게 생각했다. 그는 큰 키에 위엄 있어 보이는 부인에게 쥘리앵을 소개했다. 그 부인이 후작 부인이었다. 쥘리앵은 그녀가 거만한 태도를 짓고 있는 것을 알았다. 생샤를의 만찬에서 보았던 베리에르의 군수 부인 드 모지롱 부인과 닮은 데가 있었다. 눈부시게 으리으리한 살롱에 정신이 산만해진 쥘리앵은 드 라 몰 후작이 무슨 말을 하는지 듣지 못했다. 후작 부인은 그를 힐끗 쳐다보아 주었을 뿐이었다. 손님이 몇 명 와 있었는데, 그 가운데서 브레이 르 오의 의식이 있었을 때 그와 얘기한 적이 있는 젊은 아그드의 주교를 알아보고 쥘리앵은 말할 수 없이 기뻤다. 이 젊은 주교는 수줍은 듯 자기를 바라보는 쥘리앵의 부드러운 눈길에 놀랐지만, 그 시골뜨기가 누구인지 알아볼 생각은 하지 않았다.

그 살롱에 모여 있는 사람들이 쥘리앵에게는 어딘가 우울하고 어색한 듯이 보였다. 파리에서는 사람들이 나지막이 얘기하고, 사소한 일을 과장하지 않는 것이다.

6시 30분쯤 얼굴이 창백하고 키가 늘씬하며 콧수염을 기른 미남 청년이 들어왔다. 그는 머리가 아주 작았다.

"너는 언제나 사람들을 기다리게 하는구나." 후작 부인이 자기 손에 입술을 갖다 댄 그 청년에게 이렇게 말했다.

쥘리앵은 그 사람이 드 라 몰 백작이라는 것을 알았다. 그는 그 청년에게 첫눈에 호감이 갔다.

이 청년이 못된 희롱을 해서 나를 이 집에서 쫓아내는 일이 도대체 있을 수 있겠는가! 쥘리앵은 이렇게 생각했다.

노르베르 백작을 관찰하면서 쥘리앵은 그가 박차 달린 장화를 신고 있는 것에 주목했다. 그런데 나는 아랫사람처럼 단화를 신어야 한단 말이지, 하고 그는 생각했다. 모두들 식탁에 둘러앉았다. 후작 부인이 언성을 약간 높이며 뭐라고 심한 소리를 하는 것이 들렸다. 그와 동시에 눈부신 금발의 젊고 멋진 여자가 그의 맞은편에 와 앉는 것이 보였다. 그는 그녀가 조금도 마음에 들지 않았다. 그렇지만 그녀를 주의 깊게 바라보니, 그처럼 아름다운 눈을 가진 여자는 일찍이 본 적이 없었던 듯했다. 하지만 그 눈은 쌀쌀한 마음을 나타내 보이고 있었다. 쥘리앵은 그 눈이 모든 것을 살펴보면서, 동시에 위엄을 보여야 한다는 것을 잊지 않고 있는 권태의 표정을 띠고 있음을 알았다. 그는 생각했다. 드 레날 부인도 아주 아름다운 눈을 가지고 있었지. 사람들은 부인의 아름다운 눈을 칭찬하곤 했어. 그러나 부인의 눈은 이 눈과는 조금도 닮은 점이 없었어.

쥘리앵은 마틸드 양(사람들이 그녀를 그렇게 불렀다.)의 눈이 이따금 반짝이는 것은 기지(機智)의 불꽃이라는 것을 분간할 만큼 경험이 없었다. 드 레날 부인의 눈이 활기를 띠는 것은 정열의 불길이 타오르거나 어떤 악행의 얘기를 듣고 너그러운 분노를 나타낼 때뿐이었다. 식사가 끝나갈 무렵에야 쥘리앵은 드 라 몰 양의 눈이 보여 주는 아름다움을 표현하기에 적당한 말을 찾아냈다. 보석의 광채처럼 반짝거리는 눈이다, 하고 그는 생각했다. 게다가 그녀는 자기 어머니와 판에 박은 듯이 닮아 있어서 점점 더 그의 마음에 들지 않았다. 그래서 그는 그녀에게서 시선을 돌렸다. 반면에 노르베르 백작은 모든 점에서 감탄할 만해 보였다. 쥘리앵은 그에게 너무나 매혹되어, 그가 자기보다 부유하고 신분이 높다 해서 그를 시기하거나 미워할 생각은 좀처럼 들지 않았다.

쥘리앵은 후작의 지루해하는 기색을 알아보았다. 두 번째 접시가 나올 무렵 후작은 자기 아들에게 이렇게 말했다.

"노르베르, 내 참모부에 들어온 쥘리앵 소렐 군에게 친절히 대해 주기 바란다. 만약 그것(cella)이 가능하다면, 나는 소렐 군을 인재로 키우고 싶어."

그러고서 후작은 자기 옆에 앉은 사람에게 말했다.

"이 사람은 내 비서인데, 그것(cela)에 엘(l)을 두 개나 붙여서 쓴답니다."

모두들 쥘리앵을 쳐다보았다. 그는 노르베르 쪽을 향해 깊숙이 고개를 숙였다. 대체로 그의 시선에는 모두들 만족한 기색이었다.

식탁에 앉아 있던 한 사람이 호라티우스에 관해서 쥘리앵에게 말을 걸었기 때문에 후작은 쥘리앵이 어떤 교육을 받았는지 설명해야 했다. 브장송 주교에게 갔을 때 내가 성공을 거둔 것은 바로 호라티우스가 화제에 올랐기 때문이지. 이들은 모두 호라티우스밖에는 모르는 모양이군. 쥘리앵은 이렇게 생각했다. 이 순간부터 그는 자신을 회복했다. 드 라 몰 양을 여성으로 보지 않기로 마음을 정한 참이었기 때문에 더욱 침착할 수 있었다. 신학교에 입학한 이후로 그는 인간의 나쁜 면들만 경험한 터라 사람들에게 쉽사리 겁먹지 않았다. 식당의 실내 장식이 좀 덜 으리으리했다면 완전히 침착할 수도 있었을 것이다. 으리으리한 장식이란 실상은 높이가 2.5미터인 거울 두 개에 불과했는데, 쥘리앵은 호라티우스에 관해 얘기하면서도 그 거울 속에서 아직도 자신에게 위압감을 주는 상대방의 얼굴을 이따금 흘끔흘끔 쳐다보았다. 시골뜨기치고 그의 말투는 간결한 편이었다. 겁을 집어먹은 듯 또는 행복한 듯 수줍음을 머금은 쥘리앵의 아름다운 눈은 대답을 잘하고 나면 더욱더 광채를 발했다. 그는 사람들의 마음에 들었다. 그런 종류의 시험은 엄숙한 만찬에 얼마간 활기를 불어넣었다. 후작은 쥘리앵의 상대자에게 쥘리앵을 열심히 부추겨보라고 눈짓했다. 이 청년이 뭔가 좀 알고 있는 것인가! 후작은 이런 생각이 들었다.

쥘리앵은 자신의 독자적인 생각을 섞으며 대답해 가는 동안 수줍음을 극복할 수 있었다. 파리에서 사용하는 언어를 모르는 사람에게는 불가능한 일이기 때문에 그의 대답은 재치를 보여 주지는 못했다. 그러나 표현의 우아함과 정확함은 없었을망정 그는 새로운 생각을 제시해 보였다. 그리고 사람들은 그가 라틴어에 정통해 있음을 알 수 있었다.

쥘리앵의 적수는 아카데미 비명 학회(碑銘學會) 회원으로 마침 라틴어를 아는 사람이었다. 그는 쥘리앵이 훌륭한 고전 학자임을 알아보고 공연히 쥘리앵을 창피스럽게 만들 염려가 없어지자, 이번에는 정말로 쥘리앵을 궁지로 몰아넣을 질문을 찾아내려고 애썼다. 논쟁이 가열되자 쥘리앵은 마침내 식당의 화려한 실내 장식을 잊을 수 있었다. 그는 라틴 시인들에 관해 대화 상대자가 어디에서도 읽어 보지 못한 생각들을 개진하기에 이르렀다. 상대방은 신사답게 젊은 비서에게 찬사를 보냈다. 다행히도 호라티우스가 가난했는지 부자였는지에 관한 토론이 시작되었다. 이 시인이 몰리에르와 라 퐁텐의 친구였던 샤펠처럼 상냥하고 활달하고 태평스러운 사람으로 재미로 시를 썼는지, 아니면 바이런 경을 비난한 사우디처럼 궁정을 따라다니며 왕의 생일을 위한 시가(詩歌)나 지은 가련한 계관 시인에 불과했는지 하는 토론이었다. 그들은 아우구스투스 치하와 조지 4세 치하의 사회상에 관해 얘기를 나누었다. 그 두 시대는 귀족 계급의 전성기였다. 그러나 로마에서는 일개 기사에 불과했던 메세나스에게 귀족 계급이 권력을 탈취당했고, 반면에 영국에서는 귀족 계급이 조지 4세를 베니스의 총독 정도의 처지로 떨어뜨려 버렸던 것이다. 이런 토론은 만찬이 시작될 무렵 후작이 빠져 있던 권태의 무기력 상태에서 그를 끌어낸 듯 보였다.

쥘리앵은 사우디라든가 바이런 경이라든가 조지 4세 같은 근대인의 이름은 전혀 이해하지 못했다. 그로서는 처음 듣는 이름들이었다. 그러나 호라티우스, 마르티알리스, 타키투스 등의 저작에서 지식을 끌어낼 수 있는 옛 로마에 관한 것이 화제에 오를 때마다 그가 단연 우세한 것은 누구나 알 수 있었다. 쥘리앵은 브장송의 주교와 대화를 나누었을 때 그에게서 배운 몇 가지 관념도 되는대로 써먹었다. 그것도 호의적인 반응을 불러일으켰다.

시인들에 관한 얘기에 싫증 나게 되었을 때, 남편을 즐겁게 해 주는 것에는 무엇이든 감탄하기로 작정하고 있는 후작 부인은 비로소 쥘리앵을 유심히 바라보았다. "이 젊은 사제의 어색한 태도 뒤에는 아마도 대단한 학식이 숨어 있는 듯합니다." 후작 부인 곁에 있던 아카데미 회원이 부인에게 이렇게 말했다. 쥘리앵도 그 얘기의 몇 마디를 언뜻 주워들었다. 이 집 여주인의 재치는 기껏 남의 말을 그대로 주워섬기는 정도에 불과했다. 그래서 그녀는 아카데미 회원의 말을 쥘리앵에게 그대로 적용하기로 했다. 그리고 아카데미 회원을 식사에 초대한 것을 만족하게 여겼다. 이 사람은 내 남편을 즐겁게 해 드렸어, 하고 그녀는 생각했다.

3장 첫걸음

휘황찬란한 빛과 수많은 사람들로 가득 찬
이 광활한 계곡이 나를 눈부시게 한다.
아는 이 하나 없고, 모두 나보다
뛰어난 사람들이다. 정신이 얼떨떨할 뿐이다.

—레나

이튿날 이른 아침에 쥘리앵은 서재에서 편지를 베껴 쓰고 있었다. 그때 마틸드 양이 책장으로 교묘히 가린 뒷문으로 서재에 들어왔다. 쥘리앵이 그처럼 교묘히 문을 만들어 놓은 데 감탄하고 있을 때, 마틸드 양은 거기서 그를 만난 것에 놀라고 당황한 기색이었다. 컬페이퍼[51]를 붙인 그녀의 모습이 쥘리앵에게는 억세고 거만하며 거의 남성적으로 보였다. 드 라 몰 양은 아버지의 서재에서 남몰래 책을 빼다 보는 비결을 갖고 있었다. 쥘리앵이 있어서 그날 아침의 행차는 무위로 돌아가고 말았다. 성심 수녀원의 걸작이라고 할 만한 군주주의적이고 종교적인 탁월한 교육을 보충할 볼테르의 『바빌론의 왕녀』

---

51) 머리카락을 마는 종이.

제2권을 가지러 왔던 길이었기 때문에 그녀는 더욱더 난처했다. 열아홉 살 난 이 처녀는 벌써부터 소설에 흥미를 가질 만큼 정신적인 자극을 필요로 하고 있었다.

오후 3시경에는 노르베르 백작이 서재에 모습을 드러냈다. 그는 저녁에 정치 얘기를 할 수 있도록 신문을 읽으러 온 길이었는데, 그 존재를 까맣게 잊고 있던 쥘리앵을 만나고는 아주 반가워했다. 그는 쥘리앵에게 아주 친절히 대해 주었다. 그리고 함께 승마할 것을 제안했다.

"아버지께서는 저녁 시간까지 우리에게 자유 시간을 주시죠."

쥘리앵은 '우리'라는 말을 듣고 매우 기뻤다.

"백작님, 24미터 높이의 나무를 쓰러뜨려 다듬어서 판자로 만드는 일이라면 잘 해낼 수 있습니다만, 말을 타 본 것은 일생에 여섯 번도 안 됩니다." 쥘리앵이 말했다.

"그럼 이번이 일곱 번째가 되겠군요." 노르베르가 대꾸했다.

쥘리앵은 속으로는 국왕이 베리에르에 왔을 때를 상기하고, 멋지게 말을 탈 수 있을 것으로 믿고 있었다. 그러나 불로뉴 숲에서 돌아오는 길에 그는 바크 거리 한가운데서 갑자기 이륜마차를 피하려다가 말에서 떨어져 흙투성이가 되고 말았다. 옷이 두 벌 있는 것이 천만다행이었다. 저녁 식탁에서 쥘리앵에게 말을 걸고 싶었던 후작은 그에게 승마 얘기를 물어보았다. 그러자 옆에서 노르베르가 나서서 얼버무려 대답했다.

쥘리앵이 그 뒤를 이어받았다.

"백작님은 제게 아주 친절히 대해 주셨습니다. 마음속 깊이 감사하고 있습니다. 백작님은 제게 가장 온순하고 가장 멋진 말을 빌려주셨습니다만 저를 그 말에 비끄러매지는 못하셨지요. 그 바람에 저는 다리 가까이에 있는 긴 거리 한복판에서 그만 떨어지고 말았습니다."

마틸드 양이 참다못해 웃음을 터뜨리고 말았다. 그러고는 가리지 않고 자세한 얘기를 캐물었다. 쥘리앵은 아주 솔직하게 모두 얘기해 버렸다. 쥘리앵 자신은 몰랐지만, 그런 얘기를 하는 말투는 매력 있어 보였다.

"나는 이 어린 사제의 장래를 촉망하고 있습니다." 후작이 아카데미 회원에게 이렇게 말했다. "이런 경우에 솔직한 시골 사람을 보게 되다니! 이런 모습은 일찍이 본 적이 없었고 앞으로도 보지 못할 거요. 자기 실패담을 숙녀들 앞에서 서슴없이 얘기하다니!"

쥘리앵이 자신의 실패담으로 좌중을 편안한 마음으로 만들어 주었기 때문에, 식사가 끝나갈 무렵 대화의 방향이 바뀌었을 때도 마틸드 양은 그 낙마 사건에 대해 자기 오빠에게 자세히 캐묻고 있었다. 마틸드의 질문이 길어지면서 쥘리앵과 여러 차례 눈이 마주치자 쥘리앵은 자기에게 묻는 것이 아닌데도 직접 대답하기에 이르렀다. 그래서 그들 셋은 마침내 숲 속 마을의 젊은 세 주민처럼 웃으며 담소할 수 있게 되었다.

다음 날 쥘리앵은 신학 강의에 출석했다가 이십여 통의 편지를 베끼려고 바로 되돌아왔다. 서재의 그의 책상 곁에는 대단히 모양을 낸 청년 하나가 자리 잡고 있었다. 그러나 그의 거동은 비속한 데가 있었고, 그의 얼굴에는 선망의 빛이 서려 있었다.

후작이 들어왔다.

"탕보 군, 여기서 뭘 하고 있나?" 후작이 엄격한 어조로 그 청년에게 말했다.

"제 생각으로는……." 그 청년은 비굴한 미소를 짓고 대답했다.

"아니지, 자네 멋대로 생각해서는 안 돼. 여기 들어와 있으려는 모양인데, 유감이군."

그 탕보란 청년은 화난 표정으로 일어서서 나가 버렸다. 그는 드 라 몰 부인의 친구인 아카데미 회원의 조카로 문학 지망생이었다. 아카데미 회원이 그를 후작의 비서로 밀어 넣었던 것이다. 탕보는 외딴 방에서 일하고 있었는데, 쥘리앵이 후작의 신임을 얻고 있는 것을 알고는 자기도 신임을 좀 받아 보려고 아침에 문방구 상자를 들고 서재로 옮겨 왔던 참이었다.

4시가 되자 쥘리앵은 약간 주저한 끝에 노르베르 백작에게 가 보았다. 그는 막 말에 오르려는 참이었는데, 대단히 예절 바른 사람이었기 때문에 쥘리앵을 돌려보낼 수 없어서 난처해했다.

"당신도 곧 승마 연습장에 다니는 게 좋을 것 같군요. 몇 주일 후엔 당신과 함께 승마하는 것이 참 즐겁겠지요." 그는 쥘리앵에게 이렇게 말했다.

"제게 베풀어 주신 호의에 감사드리고 싶습니다." 이렇게 말한 다음 쥘리앵은 심각한 표정으로 덧붙였다. "신세를 진 것에 대해 뭐라고 감사의 말씀을 드려야 할지 모르겠습니다. 그런데 백작님의 말이 어제 제 부주의로 다친 데가 없고 지금 놀고 있다면, 오늘 한 번 더 태워 주셨으면 합니다."

"위험을 무릅쓰고라도 원한다면 타시죠. 그런데 내가 극구 만류했다는 것은 잊지 마시오. 지금 4시니까 빨리 올라타야 겠어요."

일단 말에 올라타자, 쥘리앵이 젊은 백작에게 물었다.

"떨어지지 않으려면 어떻게 해야 합니까?"

"주의할 게 많아요." 노르베르가 웃음을 터뜨리며 대꾸했다. "예를 들어 몸을 뒤로 뺀다든가 하는 거죠."

쥘리앵은 속보로 말을 몰았다. 그들은 루이 16세 광장에 다다랐다.

"이거 참 대담한 젊은이군." 노르베르가 말했다. "마차가 많은 데다 경솔한 마부들이 마차를 모니 주의해요! 땅에 떨어지는 날에는 마차에 깔리고 말 거요. 갑자기 정지시켜서 말의 아가리를 다치게 하려는 마부는 없을 테니까."

노르베르는 쥘리앵이 말에서 떨어지려는 것을 여러 번 목격했다. 그러나 결국 승마는 별 사고 없이 끝났다. 집에 돌아와서 젊은 백작은 누이동생에게 이렇게 말했다.

"너에게 대담무쌍한 말 조련사 한 사람을 소개하겠다."

저녁 식사 때 노르베르는 식탁 맞은편에 앉은 자기 아버지에게 쥘리앵의 대담함을 칭찬했다. 그의 승마술에서 칭찬할수 있는 것이란 그것뿐이었던 것이다. 백작은 아침에 마당에서 말을 손질하던 하인들이 쥘리앵의 낙마 사건을 가지고 그를 심하게 조롱하는 소리를 들었다.

모두들 쥘리앵에게 대단히 친절하게 대해 주었지만 그는 곧 이 집 안에서 완전히 고립되어 있음을 느끼기 시작했다. 모든 풍습이 그에게는 기이해 보였으며, 그는 매사에 실수를 범했다. 하인들은 그의 실수를 보고 기뻐했다.

피라르 사제는 그의 교구로 떠나고 없었다. 만약 쥘리앵이 나약한 갈대에 불과하다면 파멸할 것이요, 용기 있는 사내라면 혼자서 난관을 헤쳐 나가겠지. 피라르 사제는 이렇게 생각했던 것이다.

4장 드 라 몰 저택

그는 여기서 무얼 하는 것일까?
그는 이곳이 마음에 드는 것일까?
그는 여기서 남의 환심을 사려는 것일까?

—롱사르

드 라 몰 저택의 고귀한 살롱에서 모든 것이 쥘리앵에게 이상해 보였다고 한다면, 얼굴이 창백하고 검은 옷을 입은 이 젊은이도 그를 주의해서 보아주는 사람들에게 아주 기묘한 인물로 비쳤다. 드 라 몰 부인은 중요한 인물들에게 만찬을 대접하는 날이면 쥘리앵을 다른 곳으로 심부름이나 보내자고 남편에게 제안했다.

"나는 이 경험을 끝까지 밀고 나가 보고 싶소." 후작은 이렇게 대답했다. "피라르 사제는 우리가 우리 곁에 받아들이는 사람들의 자존심에 상처를 주는 것은 잘못이라고 주장하고 있소. 사람은 저항하는 것에만 기댈 수 있는 법이라오. 이자는 단지 얼굴이 알려져 있지 않기 때문에 불편하게 여겨지는 거요. 게다가 그는 벙어리에 귀머거리나 다름없거든."

한편 쥘리앵은 이런 생각을 하고 있었다. 이곳에 익숙해지기 위해서는, 살롱에 드나드는 사람들의 이름과 아울러 그들의 성격에 대해 간단히 메모해 두어야만 하겠는걸.

이 집에 늘 출입하는 대여섯 명을 그는 첫 줄에 기록해 놓았다. 그들은 쥘리앵을 후작의 변덕에 의해 보호받는 사람으로 생각하고, 되는대로 그에게 아부하는 사람들이었다. 그들은 잘 굽실거리는 가련한 아첨꾼들이었다. 그러나 오늘날 귀족 계급의 살롱에서 볼 수 있는 그런 부류의 인간들로서는 칭찬받을 만한 일로, 그들은 누구에게나 똑같이 굽실거리지는 않았다. 그들 중 어떤 자는 드 라 몰 부인이 조금이라도 심한 말을 하면 발끈하면서도, 후작에게는 어떤 천대를 받아도 감수하는 것이었다.

이 집 주인들의 성품 밑바닥에는 지나친 자부심과 지나친 권태가 도사리고 있었다. 그들은 심심풀이로 남에게 모욕을 주는 데 너무나 습관이 들어 있어서 진정한 친구를 얻기는 어려울 듯했다. 그러나 비 오는 날과 드물기는 하지만 심히 불쾌한 때를 빼놓고는 더할 나위 없이 예의 바른 편이었다.

쥘리앵에게 온정적인 친밀함을 보여 준 대여섯 명의 아첨꾼들이 드 라 몰 저택을 떠난다면 후작 부인은 심한 고독에 처할 판이었다. 그런데 그 지위에 있는 부인들이 보기에는 고독이란 끔찍한 것이다. 그것은 '수치'의 상징과도 같은 것이다.

후작은 아내에게 나무랄 데 없이 대해 주었다. 그는 응접실에 손님들이 끊이지 않고 찾아들도록 마음을 썼다. 그러나 귀족원 의원들이 모여들게 하지는 않았다. 그는 자신의 새로운 동료들이 친구로 받아들이기에는 충분히 귀족적이지 못하며, 하급자로 받아들이기에는 충분히 재미있지 못하다고 생각하는 것이었다.

쥘리앵이 다음과 같은 내막을 알게 된 것은 훨씬 후의 일이었다. 부르주아 가정에서는 늘 화제의 대상이 되는 현실 정치 얘기가, 후작과 같은 계층의 가정에서는 얘깃거리가 몹시 궁할 때 말고는 운위되지 않는다는 사실을 말이다.

이 권태로운 시대에도 즐기고 싶은 욕망은 변함없는 것이어서, 만찬이 열리는 날조차 후작이 살롱을 떠나자마자 모두들 달아나듯 자리를 뜨는 것이었다. 신과 사제들, 왕과 고위층 인사들, 궁정이 보호하는 예술가들과 기존의 모든 것을 헐뜯지만 않는다면, 베랑제[52]와 반대파 신문들과 볼테르와 루소와 그 밖에 솔직한 말씨를 표방하는 모든 것을 찬양하지만 않는다면, 특히 정치 얘기를 하지 않는다면, 그곳에서는 무엇이나 자유롭게 얘기할 수 있었다.

10만 에퀴의 연 수입도 청색 훈장 같은 영예도 살롱의 이런 헌장(憲章)에 맞서 싸울 수는 없었다. 사상이 조금만 강렬해도 그곳에서는 상스러운 것으로 보였다. 공손한 어조와 완벽한 예절과 유쾌해 보이려는 욕망에도 불구하고, 모든 사람의 얼굴에는 권태의 빛이 역력했다. 경의를 표하러 오는 젊은이들은 어떤 사상을 의심받을 말을 하지나 않을까 또는 어떤 금지

---

52) 피에르 장 드 베랑제(Pierre Jean de Béranger, 1780~1857). 프랑스의 시인으로 왕정복고 체제에 적대적인 공화파였다.

된 책을 읽은 것이 누설되지나 않을까 걱정하여, 로시니[53]나 그날의 날씨에 대해 몇 마디 맵시 있게 말하고 나면 입을 다무는 것이었다.

쥘리앵은 살롱의 대화가 보통 두 명의 자작과 다섯 명의 남작에 의해 생기 있게 유지되는 것을 알았다. 그들은 드 라 몰 씨가 망명 중에 알게 된 사람들이었다. 이 귀족들은 6000 내지 8000리브르의 연 수입을 가지고 있는데, 그들 중 넷은 《코티디엔》지 편이었고 셋은 《가제트 드 프랑스》지 편이었다. 그들 중 한 사람은 '감탄할 만한'이란 단어를 수없이 써 가며 매일 궁정의 어떤 일화를 얘기했다. 다른 사람들은 보통 훈장이 세 개밖에 없는 데 비해 그 사람은 훈장을 다섯 개나 가지고 있는 것을 쥘리앵은 알아보았다.

한편 대기실에는 제복을 갖춘 하인이 열 명이나 대기하고 있었고, 매일 저녁 그들은 15분마다 아이스크림이나 차를 날라 왔다. 그리고 자정경이면 샴페인을 곁들인 일종의 야식이 나왔다.

때때로 쥘리앵을 끝까지 남아 있게 한 것은 바로 그것이었다. 하지만 그는 그 으리으리하게 꾸민 살롱의 일상 대화를 사람들이 심각하게 들을 것이라고는 생각할 수 없었다. 때때로 쥘리앵은 대화자들이 자신이 한 말을 스스로 비웃고 있는 것은 아닌가 하고 그들을 유심히 쳐다볼 정도였다. 내가 암기하

---

53) 조아치노 안토니오 로시니(Gioacchino Antonio Rossini, 1792~1868). 이탈리아의 음악가.

고 있는 드 메스트르 씨의 저작에 나오는 얘기도 이보다는 몇 백 배 재미있을 것이다. 그런데도 그게 지겨워 못 견딜 정도인데. 쥘리앵은 이렇게 생각했다.

그런 정신적 질식 상태를 눈치 채고 있는 것은 쥘리앵만이 아니었다. 어떤 사람들은 아이스크림을 마구 먹어 대면서 위안을 삼았다. 또 어떤 사람들은 '나는 지금 드 라 몰 저택에서 나오는 길인데, 거기서 러시아의 사정을 알게 됐지.' 하는 따위의 얘기를 남은 저녁 시간 동안 다른 데서 늘어놓을 수 있는 즐거움으로 위안을 삼았다.

쥘리앵은 한 아첨꾼으로부터 이런 얘기를 들었다. 약 육 개월 전에 왕정복고가 된 이래로 군수로 있던 가련한 르 부르기뇽 남작을 지사로 승진시켜 줌으로써, 드 라 몰 부인은 그 사람이 이십 년 이상이나 자기를 정성스레 찾아다닌 데 대해 보답해 주었다는 얘기였다.

이 대사건이 모든 아첨꾼들의 열성을 부채질했다. 전 같으면 사소한 일에도 화냈을 그들이 이제는 어떤 일에도 화내지 않게 됐다. 결례가 직접적으로 표현되는 일은 드물었다. 그러나 쥘리앵은 후작과 후작 부인이 식탁에서 옆에 앉은 사람들에게 모욕적인 짧막한 얘기를 주고받는 것을 들은 적이 있었다. 이 대귀족들은 왕의 사륜마차에 타본 명문 귀족의 후예가 아닌 모든 사람들에 대한 노골적인 경멸을 감추려 들지 않았다. 쥘리앵은 '십자군'이란 단어만이 그들의 얼굴에 존경 어린 엄숙한 표정을 부여하는 유일한 말임을 알게 되었다. 보통의 존경에는 항상 친절을 베푸는 듯한 뉘앙스가 섞여 있었다.

이 화려함과 이 권태 가운데서 쥘리앵은 오직 드 라 몰 씨에게만 관심을 기울였다. 쥘리앵은 어느 날 후작이 가련한 르부르기뇽의 승진에 자기는 아무런 역할도 하지 않았다고 항변하는 소리를 재미있게 들었다. 그것은 후작 부인에 대한 배려였다. 쥘리앵은 피라르 사제에게 진상을 들을 수 있었다.

어느 날 아침 사제는 쥘리앵과 함께 후작의 서재에서 그칠 줄 모르고 끌어가는 드 프릴레르와의 소송건을 검토하고 있었다.

"선생님, 후작 부인과 매일 식사를 함께해야 하는 것이 제 의무인가요, 아니면 제게 베풀어 주시는 호의인가요?" 쥘리앵이 느닷없이 이렇게 물었다.

"그건 말할 수 없는 영광이지!" 사제는 눈살을 찌푸리며 대답했다. "십오 년 전부터 아부를 해 오고 있는 아카데미 회원 N 씨도 자기 조카 탕보 군에게 그런 영광을 얻어 줄 수 없었다네."

"선생님, 제게는 그것이 가장 견디기 힘든 고역입니다. 신학교에 있을 때도 이보다는 덜 갑갑했습니다. 이 집안 친구들의 상냥함에 길들어 있을 드 라 몰 양까지도 때때로 하품하는 것을 볼 수 있습니다. 저는 잠들지나 않을까 걱정될 정도예요. 제발 어느 허름한 주막집에라도 가서 40수짜리 식사를 할 수 있게 허락을 얻어 주십시오."

실제로 미천한 신분에서 출세한 사제는 대영주와 함께 식사를 하는 영예에는 아주 민감한 편이었다. 그가 이런 감정을 쥘리앵에게 납득시키려고 애쓰는 동안, 가벼운 소리가 나서 그들은 고개를 돌렸다. 이야기 소리를 듣고 있는 드 라 몰 양이 쥘리앵의 눈에 띄었다. 쥘리앵은 얼굴을 붉혔다. 그녀는 책을 한 권 찾으러 왔다가 주고받는 얘기를 모두 들은 것이었다. 그녀는 쥘리앵에게 얼마간 존경심을 갖게 됐다. 이 사람은 저 늙은 사제처럼 무릎을 꿇도록 태어나지는 않았나 봐. 저 늙은 이는 참 보기 흉하기도 하다! 그녀는 이렇게 생각했다.

저녁 식사 때 쥘리앵은 드 라 몰 양을 쳐다볼 수가 없었으나 그녀는 친절하게 그에게 말을 걸었다. 그날은 손님이 많이 올 예정이었다. 마틸드는 쥘리앵을 남아 있게 했다. 파리의 아가씨들은 일정한 연령에 달한 남자들을, 특히 그들이 옷차림에 주의를 기울이지 않았을 때는 좋아하지 않는 법이다. 살롱에 머물러 있는 르 부르기뇽 씨의 동료들이 흔히 드 라 몰 양의 야유의 대상이 되고 있는 것을 쥘리앵은 쉽사리 알아볼 수 있었다. 그날은 짐짓 일부러 그러는지 몰라도, 그녀는 그 따분한 사람들에게 특히 심하게 굴었다.

드 라 몰 양은 거의 매일 저녁 후작 부인의 커다란 안락의자 뒤에 형성되는 작은 그룹의 중심점이었다. 그 그룹에는 드 크루아즈누아 후작, 드 케일뤼스 백작, 드 뤼즈 자작, 노르베르나 마틸드의 친구인 다른 청년 장교 두세 명이 모여 있었다. 그들은 푸른빛의 커다란 긴 의자에 앉아 있었다. 눈부신 마틸드가 차지하고 있는 자리 맞은편, 긴 의자 옆에 놓인 나지막한 작은 짚 의자 위에는 쥘리앵이 묵묵히 자리 잡고 있었다. 이 조촐한 자리는 아첨꾼들이 모두 샘내는 자리였다. 노르베르는 부친의 젊은 비서에게 말을 걸기도 하고 또는 하루 저녁에 두세 차례씩 그의 이름을 부르기도 하면서 그를 그 자리에 정중하게 붙들어 두었다. 그날 드 라 몰 양은 브장송의 성채가 있는 산의 높이가 얼마나 되느냐고 쥘리앵에게 물었다. 쥘리앵은 그 산이 몽마르트르보다 높은지 낮은지 대답할 수가 없었다. 이 작은 그룹에서 주고받는 얘기를 들으며 그는 여러 번 진심으로 웃었다. 그러나 자기로서는 그와 비슷한 얘기를 도저히 할 수 없을 듯했다. 그들의 얘기는 이해할 수는 있되 말할 수는 없는 외국어와도 같았다.

마틸드의 친구들은 그날 그 드넓은 살롱에 모여드는 사람들에게 계속 반감을 보였다. 이 집에 자주 찾아오는 사람들이 얼굴이 잘 알려져 있는 만큼 우선적인 공격의 대상이 되었다. 쥘리앵은 주의 깊게 귀를 기울였다. 농담의 내용과 농담하는 방식 등, 모든 것이 그의 흥미를 끌었던 것이다.

"어머, 저기 데쿨리 씨가 왔군요." 마틸드가 말했다. "저 양반 가발을 벗어 버렸네. 아직도 자기 천재의 힘으로 지사가 되시려는가? 고매한 사상으로 가득 차 있다는 저 대머리를 전시하시는군."

"저 사람은 온 세상을 다 알고 있는 사람이에요." 크루아즈누아 후작이 말을 받았다. "저 사람은 추기경인 우리 아저씨 댁에도 드나들어요. 저이는 몇 년간 계속해서 친구 한 사람 한 사람에게 거짓말을 꾸며 댈 수 있는 사람이죠. 그런 데다 친구는 이삼백 명이나 되죠. 우정을 키울 줄 아는 사람이에요. 그게 그의 재능이거든요. 알다시피 한겨울에도 아침 7시부터 친구 집 문을 드나드는 사람이지요.

저이는 때때로 싸움도 한다나 봐요. 그럴 때면 일고여덟 통의 절교 편지를 쓴다지요. 그러고 나서 또 화해를 하는데, 이번에는 또 뜨거운 우정에 넘치는 편지를 일고여덟 통씩 쓴다는 거예요. 하지만 그가 가장 빛을 발하는 것은 아무것도 마음속에 묻어 두지 않고 솔직 담백하게 마음을 털어놓는 데 있다죠. 그런 술책은 무언가 도움을 청할 때면 잘 나타나죠. 우리 아저씨의 부주교 한 사람이 왕정복고 이후의 데쿨리 씨의 행적을 얘기할 때면 참 기가 막혀요. 그 부주교를 한번 데려와야겠어요."

"그럴 리가! 난 그런 얘기는 믿을 수 없어요. 그건 평민들 사이의 직업적인 질투심이란 거겠지." 드 케일뤼스 백작이 말했다.

"데쿨리 씨는 역사에 이름이 남을걸. 그는 드 프라드 사제[54]와 탈레랑[55] 씨와 포초 디 보르고[56] 씨와 함께 왕정복고를 이루어 놓았으니까." 드 크루아즈누아 후작이 말을 이었다.

이번에는 노르베르가 끼어들었다.

"저 사람은 수백만 금을 주물렀다지. 저 사람이 우리 아버지의 놀림감이 되려고 여기 오는 것은 아닐 텐데. 언젠가는 아버지가 식탁 너머로 이렇게 외치시지 않겠어요. '여보 데쿨리

---

54) 도미니크 뒤푸르 드 프라드(Dominique Dufour de Pradt, 1759~1837). 나폴레옹의 궁중 사제를 지냈던 성직자.

55) 샤를 모리스 드 탈레랑(Charles Maurice de Talleyrand, 1754~1838). 프랑스의 정치가, 외교관.

56) Pozzo di Borgo(1768~1842). 이탈리아의 외교관.

씨, 당신은 친구들을 몇 번이나 배반했소?'라고 말이죠."

"저 사람이 친구들을 배반했다는 것이 사실인가요? 하지만 배반하지 않은 사람이 누가 있겠어요?" 드 라 몰 양이 말을 받았다.

"저런! 자네 집에 유명한 자유주의자 생클레르 씨가 다 왔군." 드 케일뤼스 백작이 노르베르에게 말했다. "도대체 저자가 뭘 하러 왔을까? 저 사람한테 가서 얘기를 붙여 봐야겠는걸. 듣기로는 아주 재치가 많은 사람이라던데."

이번에는 드 크루아즈누아 씨가 노르베르에게 말했다.

"그런데 자네 어머니께서 저 사람을 어떻게 응대하실까? 저 사람은 엉뚱하고 고매하고 아주 독립적인 사상을 지닌 사람이라더군……."

그때 드 라 몰 양이 끼어들었다.

"저 독립적이란 사람이 데쿨리 씨에게 코가 땅에 닿게 절하면서 손잡는 꼴을 좀 보세요. 데쿨리 씨의 손을 자기 입술에 갖다 댈 것만 같군요."

"데쿨리가 생각보다는 권력에 밀착되어 있는 모양인걸." 드 크루아즈누아 씨가 대꾸했다.

"생클레르는 아카데미 회원이 되고 싶어서 여기 오는 거야. 크루아즈누아, 저 사람이 L 남작에게 절하는 걸 좀 보게나." 노르베르가 말했다.

"무릎을 꿇는 편이 차라리 덜 비굴하겠군." 드 뤼즈 씨의 대꾸였다.

이때 노르베르가 쥘리앵에게 말했다.

"소렐, 당신은 총명한 사람이지만 산골에서 나온 지 오래지 않기에 하는 말인데, 설사 하느님 아버지 앞이라 해도 저 위대한 시인처럼 절하지는 마시오."

"아아! 뛰어난 재사 바통[57] 남작님이 왕림하셨습니다." 드 라 몰 양이 손님의 내방을 알리는 하인의 목소리를 약간 흉내 내어 말했다.

"자네 집 하인들도 저 사람을 비웃는 것 같군. 바통 남작이라니, 참 별스러운 이름이군!" 드 케일뤼스 씨가 말했다.

마틸드가 대꾸했다.

"언젠가 그 사람이 이렇게 말하는 것이었어요. '이름이 무슨 상관입니까! 드 부이용[58] 공작이 처음으로 소개될 때를 상상해 보십시오. 제 이름도 사람들의 귀에 좀 설어서 그럴 뿐이지…….' 이러는 거예요."

쥘리앵은 긴 의자 옆을 떠났다. 가벼운 희롱의 묘미를 잘 모르는 그는 그런 농담을 들어도 우스운 줄을 몰랐다. 그는 그런 농담도 이치에 맞아야 하는 것으로 생각했던 것이다. 그는 젊은이들의 대화가 아무것이나 되는대로 헐뜯는 것으로 여겨져 기분이 상했다. 시골뜨기다운 아니면 영국 사람 같은 그의 근엄함 때문에, 그는 그런 농담의 근저에는 선망이 도사리고 있다고까지 생각하는 것이었다. 그러나 이 점은 그의 생각이 분명 잘못된 것이었다.

---

57) 프랑스어로 '막대기'란 단어와 같은 발음.
58) 프랑스어로 '수프'란 단어와 같은 발음.

노르베르 백작이 자기 연대장에게 스무 줄의 편지를 쓰기 위해 세 번이나 초안을 고쳐 쓰는 것을 나는 봤거든. 일생을 통해 생클레르 씨와 같은 글을 1페이지라도 쓸 수 있다면 그는 원이 없을걸. 쥘리앵은 이렇게 생각했다.

　그를 주목하는 사람들이 없었기에 쥘리앵은 남의 이목을 끌지 않고 여러 그룹을 차례로 돌아다닐 수 있었다. 그는 바통 남작의 얘기를 듣고 싶어 멀리서 그를 뒤따라갔다. 뛰어난 재사라는 그 사람도 무언가 불안한 표정을 짓고 있었다. 쥘리앵은 그가 신랄한 문장을 서너 개 지어 내고서야 표정이 좀 누그러지는 것을 발견했다. 이런 종류의 정신을 지닌 사람은 좀 넓은 아량이 필요할 것이라고 쥘리앵은 생각했다.

　남작은 말을 간단하게 할 줄 모르는 사람이었다. 자신을 빛내기 위해서 그는 각각 여섯 줄로 이루어진 네 개쯤의 문장을 지어내야만 직성이 풀렸다.

　"저 작자는 얘기를 하는 게 아니라 연설을 하고 있어." 쥘리앵 뒤에서 누군가가 이렇게 말했다. 그는 고개를 돌려보았다. 그러고는 샬베 백작이라는 이름을 듣고 기쁨으로 얼굴이 달아올랐다. 그는 당대 최고의 재사로 일컬어지는 사람이었다. 쥘리앵은 『세인트헬레나의 기록』과 나폴레옹이 구술한 역사 서술 속에서 그의 이름을 자주 발견했던 것이다. 샬베 백작의 말투는 간결했다. 그의 독설은 정확하고 힘차고 심오했으며 섬광과도 같았다. 그가 어떤 일에 관해 말을 꺼내면 갑자기 토론이 일보 전진하는 듯 보였다. 그는 토론에 요점을 제시했다. 그의 말은 듣기만 해도 즐거웠다. 그런 데다가 정치 문제에 있어서는 뻔뻔스럽도록 시니컬했다.

"나는 독립적인 인간입니다." 그는 훈장을 세 개나 패용하고 있는 어떤 신사에게 분명히 그를 조롱하는 어조로 말했다. "왜 사람들은 나보고 육 주일 전과 똑같은 의견을 지금도 가지라는 것입니까? 그렇다면 내 의견은 내 폭군이 될 것입니다."

그를 둘러싸고 있던 네 명의 근엄한 젊은이들이 눈살을 찌푸렸다. 그들은 이런 농담을 좋아하지 않았던 것이다. 백작은 자기가 좀 지나쳤다고 생각하는 모양이었다. 다행히 그때 백작은 위선적으로 정직함을 내세우는 발랑 씨를 발견했다. 백작은 그에게 말을 걸기 시작했다. 사람들이 그들 주위로 모여들었다. 사람들은 가련한 발랑이 제물이 되려 하는 것을 알아차렸다. 발랑 씨는 끔찍할 정도로 추남이었지만, 도덕군자인 척하는 품성 덕분으로 가까스로 사교계에 발을 내디딘 직후 아주 부유한 여자와 결혼했다. 그런데 그 여자가 죽어 버리자 또다시 부유한 다른 여자와 두 번째 결혼을 했다. 그 두 번째 여자는 사교계에 전혀 모습을 드러내지 않고 있었다. 그는 6만 리브르의 수입을 그지없이 겸손하게 향유하면서, 아첨꾼들까지 거느릴 수 있게 되었다. 살베 백작은 그에게 그런 모든 얘기를 무자비하게 해 댔다. 그들 주위에는 곧 삼십여 명의 사람들이 빙 둘러섰다. 시대의 희망인 근엄한 젊은이들까지 포함하여 모두들 미소를 짓고 있었다.

남의 놀림감이 되면서도 저 사람은 뭣 하러 드 라 몰 씨 댁에 오는 것일까? 쥘리앵은 그런 생각이 들었다. 그는 연유를 물어보려고 피라르 사제에게 다가갔다.

이때 발랑 씨는 슬쩍 자리를 피해 달아났다.

"잘됐군! 아버지 반대파의 스파이 한 놈이 가 버렸으니, 이제 절름발이 나피에 녀석만 남아 있는 셈이군." 노르베르가 이렇게 중얼거렸다.

이건 또 무슨 수수께끼 같은 말인가? 그렇다면 후작은 왜 발랑 씨를 자기 집에 받아들이는 것일까? 쥘리앵은 혼자 생각해 보았다.

엄격한 피라르 사제는 하인들이 손님의 내방을 고하는 소리를 들으며 살롱 한구석에 얼굴을 찌푸리고 서 있었다.

"이건 도대체가 도둑놈 소굴과 같은 꼴이라니까. 타락한 작자들만 모여들고 있으니." 그는 바실리우스처럼 이렇게 중얼거렸다.

엄격한 사제는 상류 사회의 풍습이라는 것을 몰랐다. 그러나 얀세니스트 친구들 덕분으로, 모든 당파에 봉사하는 간교한 책략이나 추악하게 번 재산에 의해서만 명문의 살롱에 드나들게 된 부류의 사람들에 관해서는 상당히 정확한 지식을 갖고 있었다. 그날 저녁 사제는 몇 분 동안 쥘리앵의 성급한 질문들에 마음을 터놓고 답변해 주었다. 그러다가 그는 모든 사람의 험담을 하고 있다는 사실에 마음이 아파, 죄책감을 느끼면서 얘기를 뚝 끊었다. 까다로운 성격의 얀세니스트이며 기독교적 자비를 의무로 여기고 있는 그의 삶은 고투(苦鬪)의 연속이었다.

"저 피라르 사제의 얼굴 꼴 좀 봐요!" 쥘리앵이 다시 긴 의자로 다가가는데 드 라 몰 양이 이렇게 말하고 있었다.

쥘리앵은 화가 치밀어 오르는 것을 느꼈다. 하지만 그녀의 말은 맞는 말이었다. 피라르 씨는 틀림없이 이 살롱에서 가장 정직한 사람이었다. 그러나 양심의 고통으로 일그러지고 농창이 생겨 벌겋게 된 그의 얼굴이 이 순간에는 흉측해 보였다. 얼굴 모습으로 사람을 판단할 테면 해 보라지 하고 쥘리앵은 생각했다. 피라르 사제가 흉한 모습을 하고 있는 것은 작은 과실에 대해서도 자책을 느끼는 섬세함 때문이야. 그런데 누구나 스파이라고 알고 있는 저 나피에의 얼굴에는 태연하고 티 없는 행복이 넘쳐나고 있지 않은가. 하지만 피라르 사제도 자신의 준칙에 커다란 양보를 해서, 하인도 한 명 거느리게 되었고 옷차림도 훌륭히 차리고 있었다.

쥘리앵은 살롱 안에 무언가 야릇한 공기가 흐르는 것을 알아챘다. 모든 사람의 눈길이 문 쪽으로 쏠렸고 갑자기 침묵이 감돌았다. 하인이 최근의 선거 때문에 만인의 주시를 받게 된 유명한 드 톨리 남작의 내방을 알렸던 것이다. 쥘리앵은 가까이 다가가서 그를 자세히 보았다. 남작은 선거인단을 주재하고 있었는데, 특정 당파에 투표한 작은 투표용지를 훔쳐 낸다는 기발한 착상을 해냈던 것이다. 그러고는 부족한 투표용지를 보충하기 위해 자기 마음에 드는 후보자의 이름을 적은 다른 투표용지를 빼낸 숫자만큼 채워 넣었다. 이런 술책은 몇몇 선거인의 눈에 띄게 되었다. 그런데 그 술책을 알아낸 선거인들은 드 톨리 남작에게 앞 다투어 아첨했다. 그 작자는 그 대사건의 여파로 아직도 창백한 얼굴을 하고 있었다. 심술궂은 사람들은 감옥이란 말을 입에 올리기도 했다. 드 라 몰 씨는 그를 쌀쌀하게 맞이했다. 가련한 남작은 이내 꽁무니를 뺐다.

"저 사람이 이렇게 빨리 떠나는 것은 콩트59) 씨에게 가기 위해서겠지." 샬베 백작이 이렇게 말하자 모두들 웃었다.

그날 밤 드 라 몰 씨(그는 곧 장관이 되리란 소문이 떠돌고 있었다.)의 살롱에 계속해서 모여드는 과묵한 대귀족들과 또 대부분 타락한 자들이지만 모두 재사임이 틀림없는 음모자들 사이에서, 젊은 탕보는 제 무기를 휘두르고 있었다. 아직 그는 교묘한 요령을 터득하지는 못했으나 힘찬 구변으로 그런 약점을 벌충하고 있었다.

"왜 그 작자를 십 년 징역에 처하지 않는 것입니까?" 쥘리앵이 그의 그룹에 다가갔을 때 탕보는 이렇게 얘기하고 있었다. "파충류는 지하 감옥 밑바닥에 가둬야 합니다. 그런 것은 어둠 속에서 죽게 해야 하는 것입니다. 그렇지 않으면 독이 퍼져 더 위험해질 뿐입니다. 그자에게 1000에퀴의 벌금형을 내려본들 무슨 소용이 있습니까? 그자는 다행히 가난하기는 합니다. 그렇지만 그의 당파가 그 대신 벌금을 물어 줄 것입니다. 500프랑의 벌금을 물리고 십 년간 지하 감옥에 처넣어야 했을 것입니다."

저런! 화제에 오르고 있는 악당이 도대체 누구일까? 쥘리앵은 동료의 격렬한 어조와 발작적인 제스처에 감탄하며 생각했다. 아카데미 회원의 귀염둥이 조카의 마르고 초췌한 작은 얼굴이 이 순간엔 흉측해 보였다. 쥘리앵은 화제의 인물이 당대

---

59) 유명한 마술사의 이름.

최고의 시인임을 곧 알게 되었다.

"아아, 빌어먹을 놈 같으니!" 쥘리앵은 저도 모르게 소리를 내어 이렇게 외쳤다. 그의 눈에는 의협심의 눈물이 솟구쳤다. '아아, 거지 같은 녀석! 내가 그 수작에 앙갚음을 해 주마.' 그는 속으로 이렇게 생각했다.

그는 계속 생각에 잠겼다. 후작이 괴수의 하나로 있는 당파의 결사대란 이런 녀석들이겠지! 저자가 욕하는 그 저명한 인물로 말할 것 같으면, 지조를 팔기만 했다면 훈장이고 벼슬자리고 얼마든지 얻었을 것이 아닌가? 썩어 빠진 드 네르발 씨의 내각에 지조를 판다는 말이 아니라, 웬만큼 정직했던 역대 대신들 중 누구와 타협했다면 말이다.

피라르 사제가 멀리서 쥘리앵에게 손짓했다. 드 라 몰 씨가 사제와 무슨 얘기를 나눈 길이었다. 눈을 내리깔고 한 주교의 한탄을 듣고 있던 쥘리앵이 마침내 자유로워져서 피라르 사제에게 다가갔을 때, 사제는 그 밉살스러운 탕보 녀석에게 붙잡혀 있었다. 이 어린 악당 녀석은 쥘리앵이 후작의 총애를 받는 것은 피라르 사제에게 기인한 것이라고 생각하여 그를 몹시 미워했으나, 지금은 그에게 아양을 떨고 있었다.

'죽음이 우리를 이 낡은 부패로부터 해방시켜 주는 날은 언제인고?' 이 문학청년은 이와 같이 성서적인 강렬한 표현을 사용하여 존경할 만한 홀랜드 경에 관해 얘기하고 있었다. 그의 장점은 생존해 있는 인물들의 전기를 자세히 안다는 것이었다. 그는 영국의 신왕(新王) 치하에서 영향력을 행사할 수 있는 모든 인물들의 전기를 재빨리 훑어본 길이었다.

피라르 사제가 옆 살롱으로 건너갔다. 쥘리앵은 그를 따라 갔다.

"후작은 엉터리 문사(文士)들을 좋아하지 않는다는 것을 자네에게 말해 두고 싶네. 그건 그분의 유일한 반감이기도 해. 가능한 대로 라틴어와 그리스어, 이집트와 페르시아의 역사를 익혀 두게. 그러면 후작은 자네를 찬양하고 학자로 보호할 것이네. 그러나 프랑스어로는 1페이지의 글도 쓰지 말도록. 특히 자네의 사회적 신분을 넘어서는 심각한 주제에 관해서는 쓰지 않도록 유의하게. 그런 글을 쓰면 후작은 자네를 엉터리 문사로 여겨 좋지 않게 볼 걸세. 대귀족의 저택에 살면서, 드 카스트리 공작이 달랑베르[60]와 루소를 가리켜서 한 말, '이 작자들은 매사에 참견하려고 들면서 일 년에 1000에퀴의 돈도 벌지 못한다.'라는 말을 몰라서야 되겠는가?"

여기서도 신학교에서와 마찬가지로 모든 것이 알려지게 마련이지! 쥘리앵은 이렇게 생각했다. 그는 꽤 과장되게 써 둔 8~9페이지의 글이 있었다. 그것은 그를 하나의 인간 구실을 하도록 만들어 주었다고 여겨지는 늙은 군의에 대한 일종의 서사시와 같은 글이었다. 그 글을 적어 둔 작은 노트는 열쇠를 채워 보관해 두었는데! 쥘리앵은 이렇게 생각했다. 그는 제방에 올라가서 원고를 태우고 다시 살롱으로 돌아왔다. 살롱에는 재치 있는 험담꾼들은 다 가 버리고 훈장을 단 사람들

---

60) 장 르 롱 달랑베르(Jean Le Rond d'Alembert, 1717~1783). 프랑스의 물리학자, 수학자, 계몽 사상가.

만 남아 있었다.

하인들이 막 음식을 차려 놓은 식탁 둘레에는, 매우 고상하고 경건하며 위엄을 빼는 서른 살에서 서른다섯 살 사이의 여자 일고여덟 명이 모여 있었다. 찬란해 보이는 드 페르바크 원수 부인이 늦은 것을 사과하며 들어섰다. 이미 자정이 넘은 시간이었다. 원수 부인은 후작 부인 곁에 자리 잡았다. 쥘리앵은 깊은 감동을 느꼈다. 원수 부인은 드 레날 부인과 닮은 눈과 시선을 갖고 있었던 것이다.

드 라 몰 양의 그룹에는 아직도 사람들이 남아 있었다. 그녀는 친구들과 함께 가엾은 드 탈레르 백작을 조롱하느라 여념이 없었다. 그는 민중과 싸움하는 왕들에게 돈을 빌려주어 재산을 축적한 것으로 유명한 유대인의 외아들이었다. 그 유대인은 매달 10만 에퀴씩이나 수입이 나오는 재산과, 불행히도 너무나 잘 알려진 이름을 아들에게 물려주고 최근에 세상을 떠났다. 이런 특수한 지위를 지켜 나가려면, 단순한 성격이나 아니면 굳은 의지력이 필요했을 것이다.

그런데 불행하게도 백작은 아첨꾼들의 갖가지 감언이설을 그대로 받아들이는 호인에 불과했던 것이다.

드 케일뤼스 씨는 사람들이 백작을 부추겨 드 라 몰 양에게 청혼할 생각을 일으켰다고 주장했다. (드 라 몰 양에게는 10만 리브르의 연 수입과 공작의 작위가 예정되어 있는 드 크루아즈누아 후작이 이미 청혼의 의사를 표하고 있었다.)

"여보게, 그 사람인들 무슨 의지를 갖지 말라는 법이야 있겠나!" 노르베르가 동정 어린 태도로 말했다.

이 가련한 드 탈레르 백작에게 가장 결핍된 것은 아마도 의지를 갖는 기능일 것이다. 그의 이런 성격으로 미루어 보아 그는 왕이라도 될 만한 인물이었다. 끊임없이 모든 사람의 조언에 귀를 기울이면서도, 그는 어떤 의견이라도 끝까지 따를 만한 용기가 없었다.

"저 양반 얼굴만으로도 기쁨을 누리기에 충분하겠네요." 드라 몰 양이 이렇게 말했다. 그것은 불안과 실망의 기색이 기묘하게 뒤얽힌 얼굴이었다. 하지만 아직 서른여섯도 안 된 나이의 잘생긴 남자로, 프랑스에서 제일가는 부자가 지닐 법한 위엄과 단호한 어조도 이따금 그 얼굴에서 엿볼 수 있었다.

"저 사람은 소심하게 오만하군." 드 크루아즈누아 씨가 말했다. 드 케일뤼스 백작과 노르베르와 콧수염을 기른 두세 명의 젊은이가 마음껏 그를 놀려 댔으나, 그는 자기가 놀림감이 되는 줄도 모르고 있었다. 이윽고 1시가 되자 그는 자리에서 일어섰다.

"이런 날씨에 문간에서 백작을 기다리고 있는 말이 유명한 아라비아 말인가요?" 노르베르가 그에게 물었다.

"아닙니다. 좀 싼 값에 새로 산 말이지요." 드 탈레르 씨가 대답했다. "왼쪽 말은 5000프랑짜리고 오른쪽 말은 100루이밖에 값이 나가지 않습니다. 하지만 그건 밤에만 마차를 끌게 한답니다. 보조(步調)는 왼쪽 것과 아주 비슷하니까요."

노르베르의 얘기를 듣고 백작은 자기와 같은 사람은 말을 몹시 사랑하여, 말을 젖게 만들지 않는 것이 온당하다고 생각했던 것이다. 그는 마침내 자리를 떴다. 다른 젊은이들도 그를 비웃으며 잠시 후 살롱을 떠났다.

층계에서 그들이 웃는 소리를 들으며 쥘리앵은 혼자 생각에 잠겼다. 나는 내 처지와는 다른 극단을 본 셈이구나! 나는 일 년에 20루이의 수입도 없는데, 한 시간에 20루이의 수입을 가진 사람과 나란히 앉아 있었다. 그리고 사람들은 그 부자를 비웃고……. 그런 꼴을 보니 부러움도 다 사라져 버리는걸.

5장 감수성과 경건한 귀부인

그곳에서는 다소 활기 있는 생각은
상스러운 것으로 비친다.
그만큼 그들은 평범한 얘기에 길들어 있는 것이다.
대화 중에 독창적인 의견을 말하는 자는 화를 입을지니!

─포블라

몇 달 동안 시련을 겪은 끝에 어느 날 쥘리앵은 드 라 몰가의 집사로부터 세 번째의 사반기분 봉급을 받았다. 드 라 몰 씨는 쥘리앵에게 브르타뉴와 노르망디에 있는 영지의 관리를 맡겼다. 그 때문에 쥘리앵은 그곳을 빈번히 오가게 되었다. 그는 또 드 프릴레르 사제와의 유명한 소송 사건에 관한 서신 왕래도 도맡아 처리하게 되었다. 피라르 씨는 그에게 그 소송 건에 관해 많은 깨우침을 주었다.

후작이 자기가 받은 편지의 여백에다가 짤막하게 답신의 요령을 휘갈겨 써 놓으면, 쥘리앵은 그것에 입각해 답신을 작성했다. 그가 작성한 편지는 거의 모두가 후작의 서명을 받을 수 있었다.

그가 다니는 신학교의 선생들은 그의 출석률이 나쁜 것에 대해 불만이었지만, 그래도 그를 가장 뛰어난 학생의 하나로 여기는 데에는 이의가 없었다. 고통받는 야망의 모든 열정을 기울여 수행한 여러 가지 고된 업무로 말미암아, 시골에서 올라올 때의 쥘리앵의 싱싱한 안색은 곧 사라지고 말았다. 그의 창백한 안색이 동료 신학생들에게는 하나의 장점으로 비쳤다. 쥘리앵은 이곳 신학생들이 브장송의 신학생들보다는 훨씬 덜 심술궂고 돈에 대해서도 훨씬 덜 굴종적임을 알게 되었다. 그들은 쥘리앵이 폐병에 걸린 것으로 생각했다. 후작은 쥘리앵에게 말을 한 필 주었다.

말을 타는 도중에 신학생들을 만나게 될까 염려하여, 쥘리앵은 의사의 처방으로 말 타는 운동을 하려 한다고 미리 말해 두었다. 피라르 사제는 몇몇 얀세니스트의 집에 쥘리앵을 데리고 다녔다. 쥘리앵은 몹시 놀랐다. 그때까지 그의 생각 속에서는 종교라는 관념이 위선이라든지 돈을 벌려는 욕망과 밀접하게 연결되어 있었다. 그는 금전과는 무관한 그 경건하고 엄격한 사람들에 대해 감탄을 금치 못했다. 몇몇 얀세니스트는 그에게 우정을 보여 주고 여러 가지 충고도 해 주었다. 그의 앞에 하나의 새로운 세계가 열린 것이었다. 얀세니스트들의 집에 드나들다가 그는 알타미라 백작이란 사람을 알게 되었다. 그는 1미터 80센티미터에 가까운 거구로 자기 나라에서는 사형 선고까지 받은 자유주의자였지만 또한 독실한 신자이기도 했다. 독실한 신앙심과 자유에 대한 사랑이라는 이 야릇한 대조에 쥘리앵은 놀라지 않을 수 없었다.

쥘리앵은 젊은 백작과는 냉랭해졌다. 노르베르는 자기 친구들의 농담에 쥘리앵이 지나치게 강렬히 응수하는 것을 알게 되었다. 한두 차례 예절을 어긴 바 있는 쥘리앵은 마틸드 양에게는 말을 하지 않기로 작정했다. 드 라 몰 저택에서 사람들은 그에 대해 항상 완벽한 정중함을 보여 주었다. 그러나 그는 자신이 낙오자 같다는 느낌이 들었다. 그의 시골뜨기다운 상식은 이런 결과를 '뭐든지 새로운 동안만 아름다운 법'이란 속담으로 설명하려 들었다.

어쩌면 쥘리앵에게 처음보다 좀 더 통찰력이 생겼거나, 아니면 파리의 세련이 일으켰던 처음의 매혹이 사라져 버렸기 때문일 것이다.

일손을 멈추자마자 그는 견딜 수 없는 권태에 사로잡혔다. 그것은 상류 사회의 두드러진 특징으로, 감탄할 만한 것이기는 하되 지위에 따라 엄격하게 구분되어 있는 예절의 무미건조한 결과였다. 조금만 민감한 사람이라면 거기에서 인위적인 기교를 알아볼 수 있는 것이다.

물론 시골의 범속하고 예의 없는 어조를 비난할 수도 있겠다. 하지만 시골의 대화에는 정열이 스며 있다. 드 라 몰의 저택에서 쥘리앵의 자존심이 상처를 입은 적은 결코 없었다. 그러나 하루가 끝날 때면 그는 흔히 울고 싶은 심정이 되었다. 시골에서는 카페의 보이라도 자기 카페에 들어오다가 손님에게 무슨 사고가 생기면 그에게 관심을 기울이는 법이다. 그리고 그 사고가 자존심에 상처를 주기라도 하면, 카페 보이는 동정을 표하면서 귀찮은 말을 열 번이고 되풀이해 늘어놓는다. 그러나 파리에서는 숨어서 웃으려고 애를 쓴다. 파리에서는 누구나 영원히 낯선 사람인 것이다.

쥘리앵을 우스꽝스럽게 만든 많은 자질구레한 사건들에 관해서는(어쨌든 그가 웃음거리도 못 된다고 하지 않는다면 말이지만) 언급하지 않고 넘어가려 한다. 과도한 민감성 때문에 그는 수많은 어설픈 짓을 저질렀던 것이다. 그는 자신을 보호하려는 무술 연습에 온갖 재미를 걸고 있었다. 그는 매일같이 피스톨 사격 연습을 했으며 유명한 검술 선생의 뛰어난 제자이기도 했다. 잠시라도 시간이 나면 전처럼 책을 읽는 데 몰두하는 대신, 곧장 승마 연습장으로 달려가 가장 사나운 말을 빌리는 것이었다. 승마 교사와 함께 말을 탈 때면 그는 거의 어김없이 땅에 떨어지곤 했다.

후작은 그의 끈기 있는 노력과 과묵함과 총명함 때문에 그를 쓸모 있는 사람으로 여기게 되었다. 그는 해결하기 꽤 어려운 일들도 차차 쥘리앵에게 맡겼다. 후작은 자신의 엄청난 야망에서 벗어나 잠시 틈이 날 때면 아주 총명하게 사업상의 일도 처리했다. 새로운 소식에 접하면 국채(國債)에 투기해서 이득을 보기도 했다. 그는 가옥과 삼림을 사들이곤 했다. 그러나 쉽게 화를 내는 성격이었다. 그는 몇백 프랑 때문에 수백 루이[61]의 돈을 쓰며 소송을 하기도 했다. 고결한 정신을 지닌 부자들은 사업에서 결과가 아니라 재밋거리를 찾는 법이다. 후작은 자기 사업상의 모든 일을 명료하고 수월하게 처리할 참모장을 필요로 하고 있었다.

---

61) 1루이는 20프랑에 해당한다.

드 라 몰 부인은 신중한 성격이었는데도 이따금 쥘리앵을 비웃었다. 민감한 감수성이 일으키는 의외의 반응이란 귀부인들이 몹시 싫어하는 것이다. 그것은 예절과는 정반대의 현상이기 때문이다. 후작은 두세 번 쥘리앵을 두둔했다. "그 사람이 당신 살롱에서는 우스꽝스럽게 보이지만, 책상에 앉으면 훌륭한 일꾼이라오."

한편 쥘리앵도 후작 부인의 비밀을 포착한 것으로 믿고 있었다. 부인은 드 라 주마트 남작의 내방을 알리기만 하면 모든 것에 흥미를 느끼는 듯했다. 그는 무감동한 얼굴의 냉정한 남자였다. 작은 키에 깡마르고 못생긴 얼굴이었는데, 옷차림은 단정했다. 그는 궁전에서 지내는 사람으로 무슨 일에 관해서나 좀처럼 입을 열지 않았다. 그의 사고방식도 마찬가지였다. 드 라 몰 부인은 그 사람을 사위로 맞아들일 수만 있다면 난생처음으로 벅찬 행복감을 느낄 것만 같았다.

세계문학전집 95

적과 흑 1

1판 1쇄 펴냄 2004년 1월 15일
1판 50쇄 펴냄 2023년 9월 13일

지은이 스탕달
옮긴이 이동렬
발행인 박근섭, 박상준
펴낸곳 (주)민음사

출판등록 1966. 5. 19. (제 16-490호)
서울특별시 강남구 도산대로1길 62(신사동) 강남출판문화센터 5층 (우편번호 06027)
대표전화 02-515-2000 팩시밀리 02-515-2007
www.minumsa.com

© 이동렬, 2004. Printed in Seoul, Korea

ISBN 978-89-374-6095-1 04800
ISBN 978-89-374-6000-5 (세트)

세계문학전집 목록

세계문학전집은 계속 간행됩니다.